Dans la gueule
du dragon

JEFFREY ARCHER

Dans la gueule
du dragon

FRANCE LOISIRS
123, boulevard de Grenelle, Paris

Titre original :
A Matter of Honour

Traduit par Dominique Wattwiller

Édition du Club France Loisirs, Paris
avec l'autorisation des Presses de la Cité

© 1986, by Jeffrey Archer
© Presses de la Cité 1987 pour la traduction française
ISBN 2-7242-3819-2

à Will

PREMIÈRE PARTIE

CHAPITRE 1

Le Kremlin, Moscou
19 mai 1966

— C'est un faux, affirma le leader soviétique, le regard rivé sur le ravissant petit tableau qu'il tenait à la main.

— C'est impossible, rétorqua son collègue du Politburo. Il y a plus de cinquante ans que saint Georges et le dragon — l'icône du tsar — est au palais d'Hiver de Leningrad, et sous bonne garde encore.

— Exact, camarade Zaborski. Il n'empêche que depuis cinquante ans nous gardons un faux. Le tsar a dû mettre l'original en lieu sûr peu de temps avant que l'Armée rouge n'entre dans Saint-Pétersbourg et ne fasse irruption dans le palais d'Hiver.

Le chef de la sécurité d'État se trémoussait sur sa chaise tandis que ce petit jeu du chat et de la souris se poursuivait. Lorsque le téléphone l'avait réveillé à quatre heures du matin et qu'on lui avait demandé de se rendre séance tenante auprès du secrétaire général au Kremlin, Zaborski — qui dirigeait le K.G.B. depuis de longues années déjà — avait immédiatement compris qui allait jouer le rôle de la souris.

— Comment pouvez-vous être aussi affirmatif, Léonide Ilitch ? s'enquit le frêle Zaborski.

— Au cours des dix-huit derniers mois, mon cher Zaborski, on a procédé à la datation au carbone 14 des trésors du palais d'Hiver. Or cette méthode est scientifique et sans appel, précisa Brejnev, faisant étalage de ses connaissances toutes neuves. C'est ainsi que nous nous sommes aperçus que ce que nous avions toujours considéré comme l'un des chefs-d'œuvre de notre patrimoine artistique a été exécuté cinq cents ans après l'original de Roublev.

— Par qui et pourquoi ? lâcha le chef de la sécurité d'État, interdit.

— Selon les experts, par un peintre de la cour, répliqua le leader soviétique. On a dû lui demander d'effectuer la copie quelques mois avant qu'éclate la Révolution. Le fait que la couronne en argent du tsar ne soit pas apposée au dos de ce tableau — alors qu'elle figure sur tous les autres chefs-d'œuvre lui appartenant — a toujours chiffonné le conservateur du palais d'Hiver, ajouta Brejnev.

— Et moi qui croyais que c'était un collectionneur de souvenirs maniaque qui avait raflé cette couronne avant même notre entrée dans Saint-Pétersbourg.

— Erreur, énonça d'un ton sec le secrétaire général qui ponctuait chacune de ses phrases d'un haussement de ses épais sourcils. Ce n'est pas sur la couronne du tsar que l'on a fait main basse, mais sur l'icône.

— Mais dans ce cas, qu'est-ce que le tsar a bien pu faire de l'original ? murmura le chef du K.G.B. à part lui.

— C'est justement ce que j'aimerais savoir, camarade, rétorqua Brejnev, dont les grandes mains plaquées sur le bureau faisaient par opposition ressortir la délicatesse et la fragilité de l'icône. Et je compte sur vous pour élucider la question, ajouta-t-il.

Le visage du chef du K.G.B. exprima une certaine inquiétude.

— Avez-vous seulement l'esquisse d'un commencement de piste ?

— Pas grand-chose, convint le secrétaire général, ouvrant la chemise posée devant lui.

Il s'empara d'un dossier dactylographié en simple interligne qui portait en titre : *L'icône dans l'histoire russe*. Quelqu'un avait passé la nuit à préparer ce rapport de dix pages que Brejnev avait tout juste eu le temps de feuilleter. Il tourna les trois premières pages et, arrivé à la quatrième, se mit à lire à haute voix :

« Lorsque la Révolution éclata, le tsar Nicolas II trouva de toute évidence dans le chef-d'œuvre de Roublev le moyen qui allait lui permettre de gagner l'Ouest et sa liberté. Il en fit vraisemblablement exécuter une copie, qu'il accrocha au mur de son bureau en lieu et place de l'original. » Le leader soviétique releva la tête. C'est à peu près tout ce que nous savons.

Le chef du K.G.B. semblait perplexe. Manifestement, il ne comprenait pas pourquoi Brejnev tenait tant à ce que la sécurité d'État intervienne dans cette affaire.

— Cet original, il est... important que nous le retrouvions ? avança-t-il pour sonder son interlocuteur.

Léonide Brejnev fixa l'homme du K.G.B.

— Capital, camarade. Soyez assuré que tous les moyens, financiers et autres, dont vous aurez besoin pour mener à bien cette entreprise vous seront accordés.

— Mais en vous prenant au mot, camarade secrétaire général, objecta son interlocuteur s'efforçant de dissimuler sa stupéfaction, est-ce que je ne risque pas d'entrer dans des dépenses qui dépasseraient, et de loin, la valeur de cette peinture ?

— J'en doute, fit Brejnev, marquant une pause pour donner plus de poids à ses propos. Car ce n'est pas l'icône en elle-même qui m'intéresse.

Tournant le dos à son collègue du Politburo, il s'approcha de la fenêtre. Comme toujours, il était agacé de ne pouvoir apercevoir la place Rouge par-delà le mur du Kremlin.

— Le tsar aurait tout juste réussi à tirer de la vente de ce chef-d'œuvre de quoi vivre quelques mois, un an tout au plus, sur le pied auquel il était accoutumé. C'est ce qu'il avait dissimulé dans l'icône qui devait les mettre, sa famille et lui, à l'abri du besoin pour le restant de leurs jours.

Un petit rond de buée se forma sur la vitre devant le secrétaire général.

— Qu'est-ce qui peut bien avoir une valeur pareille ? souffla Zaborski.

— Vous souvenez-vous de ce que le tsar avait promis à Lénine s'il lui laissait la vie sauve, camarade ?

— Oui, mais c'était du bluff car aucun document de ce genre n'était caché...

Il s'arrêta net : il avait été à deux doigts d'ajouter « dans l'icône ».

— Je vois que vous avez enfin saisi, fit Brejnev avec un sourire de triomphe qui échappa, et pour cause, à Zaborski. Ce document était bel et bien dans l'icône, camarade, seulement nous n'avions pas la bonne.

Le leader soviétique attendit un instant avant de pivoter vers son collègue, à qui il tendit une feuille de papier.

— Voici, rédigé de la main du tsar, le document indiquant ce qui se trouvait dans l'icône de saint Georges et du dragon. A l'époque, on n'y découvrit rien, et Lénine en conclut que cette histoire n'était qu'un coup de bluff du tsar pour sauver sa famille.

Youri Efimovitch Zaborski prit tout son temps pour lire le manuscrit que le tsar avait signé quelques heures avant son exécution. Ses mains se mirent à trembler et la sueur perla à son front bien avant qu'il ait atteint le dernier paragraphe. Il jeta un coup d'œil à la peinture à peine plus grande qu'un livre de poche posée au milieu du bureau du premier secrétaire du parti communiste.

— Depuis la mort de Lénine, poursuivit Brejnev, personne n'a pris au sérieux les affirmations du tsar. Mais aujourd'hui, il ne fait plus aucun doute qu'en retrouvant l'œuvre authentique nous entrerions du même coup en possession du document en question.

— Et compte tenu de l'identité des signataires dudit document, personne ne pourrait mettre en doute la légitimité de nos revendications, fit Zaborski.

— Absolument, camarade, renchérit le leader soviétique. Et je suis également persuadé que les Nations unies et la Cour internationale de justice nous soutiendraient si les Américains essayaient de nous empêcher de faire valoir nos droits. Malheureusement le temps joue contre nous maintenant.

— Pourquoi ?

— Regardez la date portée sur le document du tsar et vous verrez combien de temps il nous reste pour honorer nos engagements, dit Brejnev.

Zaborski jeta un coup d'œil à la date gribouillée de la main du tsar : 20 juin 1966. Tout en songeant à l'énormité de la tâche qu'on venait de lui confier, il rendit le papier à Léonide Ilitch Brejnev, qui poursuivit son monologue.

— Comme vous le voyez, camarade Zaborski, il ne nous reste qu'un mois avant la date limite. Si vous parvenez à mettre la main sur l'icône originale, la stratégie du président Johnson en matière de défense se videra pour ainsi dire de sa substance et les États-Unis ne seront plus qu'un pion sur l'échiquier soviétique.

CHAPITRE 2

Appleshaw, Angleterre
juin 1966

— « A mon très cher et unique fils, le capitaine Adam Scott, Croix de guerre, je lègue la somme de cinq cents livres. »

Adam, qui s'attendait à un montant dérisoire, n'en resta pas moins imperturbable sur sa chaise tandis que le notaire le fixait par-dessus ses lunettes en demi-lune. Le vieillard, derrière son vaste bureau, clignait des paupières à l'adresse du séduisant jeune homme. Adam fourragea nerveusement dans son épaisse chevelure noire en sentant le regard posé sur lui. Mr. Holbrooke piqua de nouveau du nez dans ses papiers.

— « A ma bien chère fille, Margaret Scott, je lègue la somme de quatre cents livres. »

Adam ne put réprimer un sourire : son père était resté misogyne jusqu'au bout.

— « Au club de cricket du Hampshire », poursuivit Mr. Holbrooke de sa voix monotone et sans paraître se soucier de l'injustice faite à miss Scott, « je lègue vingt-cinq livres, en règlement de ma cotisation à vie. » Sa cotisation, songea Adam. Il aura tout de même fini par la payer. « Aux survivants de la "misérable petite armée britannique" de 1914, quinze livres. Et à la paroisse d'Appleshaw, dix livres. » Autre genre de cotisation, se dit Adam. « A Wilf Proudfoot, notre fidèle jardinier, dix livres, et à Mrs. Mavis Cox, notre femme de ménage, cinq livres. »

« Et enfin, à Susan, mon épouse bien-aimée, notre demeure et le reste de mes biens. »

En entendant ces mots, Adam faillit éclater de rire car, une fois vendus les obligations à primes et les clubs de golf d'avant-guerre, le reste des biens de son père ne devait pas se monter à plus de mille livres.

Mais en digne fille du régiment, sa mère ne se plaindrait pas, d'ailleurs elle ne se plaignait jamais. Si c'était Dieu, et non le pape, qui s'occupait des canonisations, sainte Suzanne d'Appleshaw serait déjà dans les cieux aux côtés de Marie et d'Elisabeth. Toute sa vie, Papa — comme Adam l'appelait — avait placé la barre très haut en matière de morale. Peut-être était-ce pour cela qu'Adam lui vouait une telle admiration, le mettant bien au-dessus des autres hommes. Cette pensée lui donnait parfois l'impression de ne pas être à sa place dans l'Angleterre survoltée des années soixante.

Adam commença à se tortiller sur sa chaise : il était temps que la cérémonie se termine. Plus vite ils quitteraient la petite étude terne et glaciale, mieux cela vaudrait.

Mr. Holbrooke leva de nouveau les yeux vers son auditoire et s'éclaircit la gorge, comme s'il était sur le point d'annoncer à qui revenait le Goya ou les diamants des Habsbourg. Il cala ses lunettes sur le haut de son nez et reporta ses regards sur les derniers paragraphes du testament de son défunt client. Les trois membres encore en vie de la famille Scott attendaient en silence. « Qu'est-ce qu'il peut bien avoir à ajouter ? » se dit Adam.

Le notaire devait avoir mûrement pesé ce dernier legs car il récita son texte avec l'aisance d'un acteur chevronné, ne consultant son papier qu'à une seule reprise.

— « Je lègue également à mon fils... » — Mr. Holbrooke marqua une pause — « l'enveloppe ci-jointe », ajouta-t-il en la brandissant, « dans l'espoir qu'elle lui apportera davantage de satisfaction qu'elle ne m'en a valu. S'il décide de l'ouvrir, que ce soit à la condition absolue de n'en révéler le contenu à personne. »

Adam croisa le regard de sa sœur qui secoua doucement la tête, manifestement aussi intriguée que lui. Il jeta un regard en coin à sa mère, qui avait l'air toute retournée. Était-ce l'effet de la peur ou du chagrin ? Adam aurait été bien en peine de le dire. Mr. Holbrooke remit l'enveloppe jaunie au fils du colonel.

Ne sachant trop que faire, les divers protagonistes demeurèrent assis. Mr. Holbrooke finit par refermer le maigre dossier du colonel Gerald Scott, D.S.O.[1], O.B.E.[2], Croix de guerre, repoussa sa chaise et se dirigea à pas lents vers la veuve. Ils échangèrent une poignée de main et elle lui dit « Merci ». Adam trouva le mot d'autant plus ridicule que la seule personne à avoir tiré un bénéfice quelconque de la transaction qui venait de se dérouler entre ces quatre murs était Mr. Holbrooke, et ce pour le compte de l'étude Holbrooke, Holbrooke & Gascoine.

Il se leva et rejoignit sa mère.

— Vous prendrez le thé avec nous, monsieur Holbrooke ? s'enquit-elle.

— Hélas non, chère madame, éluda le notaire.

Adam n'en écouta pas davantage. Les honoraires d'Holbrooke n'avaient pas dû être assez substantiels pour le décider à s'absenter pour le thé.

Une fois qu'ils eurent quitté l'étude et qu'Adam se fut assuré que sa mère et sa sœur étaient confortablement installées à l'arrière de la Morris Minor familiale, il prit le volant. Il s'était garé devant chez le notaire dans High Street. Le stationnement n'était pas réglementé dans Appleshaw — du moins pas encore. Il n'avait même pas mis le contact que sa mère remarqua sur le mode pratique :

— Nous allons être obligés de nous en débarrasser. Au prix où est l'essence, je ne peux pas me permettre d'avoir une voiture.

— On verra ça plus tard, fit Margaret d'un ton qui se voulait réconfortant mais indiquait clairement qu'elle recon-

1. Distinguished Service Order. *(N.d.T.)*
2. Order of the British Empire. *(N.d.T.)*

16

naissait le bien-fondé de la remarque maternelle. Je me demande ce qu'il peut bien y avoir dans cette enveloppe, ajouta-t-elle, désireuse de détourner la conversation.

— Des instructions détaillées sur la façon de placer mes cinq cents livres, j'imagine, rétorqua Adam pour détendre l'atmosphère.

— On ne se moque pas des morts, déclama sa mère, le visage de nouveau tendu par la peur. J'ai demandé cent fois à ton père de la détruire, énonça-t-elle d'une voix à peine audible.

Adam eut une crispation des lèvres. Il devait s'agir de l'enveloppe à laquelle son père avait fait allusion lorsque — des années auparavant — il avait été témoin de l'unique scène de ménage qui avait opposé ses parents. Adam 170 venait de rentrer d'Allemagne à l'époque, et il se souvenait encore de son père haussant le ton sous l'effet de la colère.

— Tu ne comprends donc pas ? Je dois l'ouvrir.

— Il n'en est pas question, avait rétorqué sa mère. Après tous les sacrifices que j'ai faits, tu me dois bien ça.

Vingt ans s'étaient écoulés depuis cet affrontement et jamais le sujet n'était revenu sur le tapis. La seule fois où Adam en avait parlé à sa sœur, elle s'était révélée incapable d'éclairer sa lanterne.

Adam freina au bout de High Street.

Il tourna à gauche et, laissant le village derrière lui, prit une petite route de campagne sinueuse qu'il suivit pendant près d'un kilomètre et demi avant de stopper devant une grille. L'allée qui fendait la pelouse impeccable menait à un petit cottage au toit de chaume.

— Tu dois rentrer à Londres, bien sûr, énonça sa mère à peine entrée dans le séjour.

— Je ne suis pas pressé, maman. Je n'ai pas d'affaire urgente à y régler.

— Comme tu voudras, mon chéri, mais je ne veux pas que tu te fasses du mauvais sang pour moi.

Elle leva les yeux vers ce jeune homme tout en longueur qui lui rappelait tellement Gerald. N'eût été son nez cassé, il aurait été aussi séduisant que son père : mêmes cheveux noirs, mêmes yeux noisette, même physionomie ouverte et franche, même façon d'aborder les gens. Mais surtout même sens élevé de l'honneur, qui n'avait réussi qu'à causer le malheur de la famille.

— D'ailleurs, Margaret est là, elle s'occupera de moi.

Adam considéra sa sœur et se demanda comment elle se débrouillerait avec Sainte-Suzanne-d'Appleshaw.

Margaret s'était fiancée récemment à un agent de change de la City. La date du mariage avait été repoussée, mais la jeune fille ne tarderait pas à vouloir vivre sa vie. Heureusement que son fiancé avait déjà effectué un premier versement en vue de l'achat d'une petite maison à quelque vingt kilomètres de là.

Après le thé, ponctué d'un long monologue maternel sur les vertus et les infortunes de leur père, Margaret débarrassa la table et tourna les talons, les laissant en tête à tête. Chacun à sa manière, ils l'avaient aimé ; mais Adam avait l'impression de ne pas avoir assez montré à son père à quel point il le respectait.

— Maintenant que tu as quitté l'armée, mon chéri, j'espère que tu vas réussir à trouver une situation convenable, dit Mrs. Scott non sans une certaine gêne car elle se rappelait combien ç'avait été difficile pour son père.

— Je suis certain que tout ira bien, maman. Je dois avoir un nouvel entretien au Foreign Office[1], ajouta-t-il dans l'espoir de la rassurer.

— Les cinq cents livres qui viennent de tomber dans ton escarcelle t'aideront, heureusement.

Adam adressa un sourire plein de tendresse à sa mère. Depuis quand n'avait-elle pas mis les pieds à Londres ? L'appartement de Chelsea qu'il partageait avec un ami lui coûtait quatre livres par semaine, sans compter qu'il lui fallait aussi manger de temps en temps. Elle leva les yeux et, consultant la pendule sur la cheminée, dit :

— Il vaudrait mieux que tu te sauves, mon chéri. Je n'aime pas te savoir sur cette moto la nuit.

---

1. Ministère des Affaires étrangères. *(N.d.T.)*

Adam se baissa pour l'embrasser sur la joue.

— Je t'appellerai demain.

En partant, il jeta un œil dans la cuisine et cria à l'adresse de sa sœur :

— Je file, je t'enverrai un chèque de cinquante livres.

— Pourquoi ? fit Margaret depuis l'évier.

— Disons que c'est ma contribution aux droits de la femme.

Il claqua la porte juste à temps pour éviter le chiffon mouillé qu'elle lui avait jeté à la tête. Adam fit ronfler sa B.S.A., traversa Andover par la A 303 et piqua droit sur Londres. Comme le flot du trafic sortait de la capitale, il put rouler à bonne allure pour regagner l'appartement d'Ifield Road.

Adam avait décidé d'attendre d'être seul, au calme, dans sa chambre, pour ouvrir l'enveloppe. Cette petite cérémonie allait mettre un peu de piment dans son existence — qui en était singulièrement dépourvue pour l'instant —, et il n'avait aucune envie de jouer les blasés. N'avait-il pas, d'une certaine façon, attendu une bonne partie de son existence afin de découvrir le contenu de l'enveloppe dont il venait d'hériter ?

Son père lui avait cent fois raconté la tragédie familiale. « C'est une affaire d'honneur, mon garçon », ne cessait-il de répéter, le menton levé. Pas un instant il ne s'était douté qu'Adam avait passé sa vie à surprendre les remarques insidieuses proférées par des subalternes et les regards en coin décochés par des officiers qui prenaient soin de ne pas être vus trop souvent en sa compagnie. Tous gens mesquins à l'esprit étroit. Adam connaissait trop bien son père pour croire, fût-ce une minute, qu'il ait pu être mêlé de près ou de loin aux horreurs qu'on chuchotait sur son compte. Lâchant l'une des poignées du guidon, Adam plongea la main dans la poche intérieure de sa veste pour tripoter la fameuse enveloppe à la manière d'un écolier qui, la veille de son anniversaire, tâte fébrilement un cadeau dans l'espoir d'en deviner la nature. Quel qu'en fût le contenu, il se disait qu'il ne serait plus d'aucune utilité à personne maintenant que son père était mort ; cette certitude n'émoussait cependant en rien sa curiosité.

Il s'efforça de mettre bout à bout les maigres faits glanés au fil des années. En 1946, un an avant de fêter son cinquantième anniversaire, son père avait démissionné de l'armée. De l'avis du *Times*, Papa était un brillant tacticien aux états de service remarquables. Sa décision avait surpris le correspondant du *Times*, ahuri ses proches et abasourdi son régiment, d'autant plus que tout le monde s'attendait à le voir promu général. Le départ précipité du colonel fit qu'on se mit à broder. Interrogé sur les causes de son départ, le colonel se contentait de répondre qu'il était las de la guerre et pensait que le moment était venu de gagner un peu d'argent pour pouvoir prendre sa retraite avec Susan avant qu'il ne soit trop tard. Même à l'époque, rares furent ceux qui trouvèrent que son histoire tenait debout. Le fait que le seul emploi que le colonel réussît à décrocher fût celui de secrétaire du club de golf local ne fit rien pour calmer les rumeurs.

Ce n'est que grâce à la générosité de son défunt grand-père, le général Pelham Westlake, qu'Adam avait pu rester à Wellington College et embrasser la carrière des armes, perpétuant ainsi la tradition familiale.

A sa sortie de l'école, Adam s'était vu offrir une place à l'Académie militaire de Sandhurst[1]. Au cours de son passage à l'École, Adam se plongea avec zèle dans l'étude de l'histoire militaire et de la tactique. Il consacrait ses week-ends à la pratique du rugby et du squash, mais ce fut dans les différentes épreuves de cross qu'il remporta ses plus grands succès. Pendant deux ans, essoufflés et pantelants, les cadets de Cranwell et de Dartmouth ne réussirent à voir de lui que son dos maculé de boue et c'est ainsi qu'Adam, de rencontre en rencontre, devint champion interarmes. Il devint également champion de boxe des poids moyens bien que son adversaire — un cadet nigérian — lui eût cassé le nez au cours

---

1. Le Saint-Cyr britannique.

du premier round de la finale : le Nigérian avait commis l'erreur de croire le combat terminé.

Lorsque Adam quitta Sandhurst en août 1956, il réussit à sortir neuvième. Son prestige et son influence en dehors des salles de cours étaient tels que nul ne s'étonna qu'on lui décerne le Sabre d'Honneur. Dès lors, Adam ne douta pas un instant qu'à l'instar de son père il commanderait un jour le régiment.

Le régiment du Royal Wessex accueillit en son sein le fils du colonel peu après qu'il eut reçu son brevet d'officier. Adam gagna bientôt l'estime des soldats et celle des officiers que les ragots laissaient indifférents. Sur le terrain, c'était un tacticien hors pair, et quant à l'engagement physique il devint vit évident qu'il avait hérité du courage de son père. Pourtant, lorsque, six ans plus tard, le War Office[1] publia dans la *London Gazette* les noms des officiers nommés capitaines, le lieutenant Adam Scott ne figurait pas sur la liste. Ses pairs ne manquèrent pas d'exprimer leur surprise, mais les officiers supérieurs restèrent bouche close. Adam comprit qu'il n'était pas question qu'on le laisse réparer la faute prétendument commise par son père.

Adam finit par passer capitaine, mais seulement après s'être distingué dans la jungle malaise où il s'était battu au corps à corps contre des hordes déferlantes de soldats chinois. Fait prisonnier par les communistes, il subit des tortures morales et physiques auxquelles aucun entraînement quel qu'il fût n'aurait pu le préparer. Il réussit à s'évader huit mois après son incarcération pour découvrir en regagnant le front qu'on lui avait décerné la Croix de guerre à titre posthume. Lorsque, à l'âge de vingt-neuf ans, le capitaine Scott passa brillamment son examen mais ne se vit toujours pas offrir de poste à l'école de guerre, il se résigna et abandonna tout espoir de commander le régiment. Il démissionna quelques semaines plus tard sans se donner la peine de préciser les raisons de son geste, ce qui eût été parfaitement inutile.

1. Ministère de la Guerre.

Tandis qu'il effectuait ses derniers mois de service au régiment, Adam apprit par sa mère que son père n'avait plus que quelques semaines à vivre. Adam décida de taire sa démission à son père, lequel n'aurait pas manqué de se la reprocher. Dieu merci, le colonel Scott mourut sans connaître la honte qui faisait partie intégrante de la vie quotidienne de son fils.

Adam atteignait la banlieue londonienne lorsqu'un problème urgent se présenta une fois de plus à son esprit : celui de trouver un emploi. Il n'était au chômage que depuis sept semaines et il avait déjà eu plus d'entretiens avec le directeur de sa banque qu'avec des employeurs potentiels. Il avait bien un rendez-vous en vue au Foreign Office, mais il avait été très impressionné par le niveau des autres candidats qu'il avait croisés, et n'était que trop conscient du handicap que constituait le fait de ne pas posséder de diplômes universitaires. Toutefois il avait l'impression que le premier entretien s'était bien passé et il constata très vite qu'il y avait beaucoup d'anciens officiers dans le service. Lorsqu'il découvrit que le président du comité de sélection avait la Croix de guerre, Adam en conclut qu'on n'allait pas nécessairement lui confier un travail de gratte-papier.

Au moment où il s'engageait dans Chelsea, Adam tripota de nouveau l'enveloppe dans la poche intérieure de sa veste espérant — pensée peu charitable — que Lawrence ne serait pas encore rentré de la banque. Non qu'il eût à se plaindre de Lawrence. Son ancien camarade de collège avait fait preuve de beaucoup de générosité en lui offrant une chambre aussi agréable dans son spacieux appartement pour la modeste somme de quatre livres par semaine.

— J'augmenterai ton loyer quand on t'aura nommé ambassadeur, lui avait dit Lawrence.

— On croirait entendre Rachmann, avait répondu Adam avec un sourire à son ancien condisciple pour lequel il avait éprouvé une admiration sans bornes lorsqu'ils étaient à Wellington.

Qu'il s'agît d'examens, de carrière, de sport, ou de femmes — de femmes surtout —, Lawrence donnait une impression de grande facilité. Lorsqu'il était allé à Balliol[1] et avait brillamment réussi en philosophie, politique et économie, personne n'avait paru surpris. Mais lorsqu'il choisit de faire carrière dans la banque, ses pairs ne purent dissimuler leur étonnement. C'était comme une fausse note dans une partition jusque-là impeccablement exécutée.

Adam gara sa moto à deux pas d'Ifield Road. Si ce job au Foreign Office ne se concrétisait pas, il lui faudrait, comme sa mère la Morris Minor, bazarder sa B.S.A. Alors qu'il ralliait l'appartement à bonne allure, une fille qui passait dans la rue se retourna sur lui, mais il ne s'en aperçut même pas. Il grimpa les marches quatre à quatre jusqu'au cinquième, et au moment où il introduisait sa clé dans la serrure, une voix cria de l'intérieur :

— C'est ouvert.

— La barbe, marmonna Adam en tournant la poignée.

— Comment ça s'est passé ? s'enquit Lawrence dès qu'Adam entra dans le salon.

— Très bien, étant donné les circonstances, répondit machinalement Adam, se demandant quelle autre réponse il aurait pu faire.

Lawrence avait déjà troqué sa tenue de banquier de la City contre un blazer et un pantalon de flanelle grise. Légèrement plus petit et plus râblé qu'Adam, il avait une masse de cheveux blonds bouclés et des yeux gris à l'air toujours interrogateur.

— J'avais beaucoup d'admiration pour ton père, ajouta-t-il. Il semblait penser que tout le monde avait le même sens des valeurs que lui.

Adam se rappelait encore le jour où, non sans une certaine appréhension, il avait présenté Lawrence à son père. Les deux hommes avaient immédiatement sympathisé. Lawrence, bien sûr, n'était pas du genre à s'intéresser aux ragots.

— Alors, tu vas pouvoir vivre de tes rentes grâce à la fortune familiale ? plaisanta Lawrence.

— A condition que la banque pourrie où tu travailles

1. Collège d'Oxford.

23

trouve le moyen de transformer cinq cents livres en cinq mille en quelques jours.

— Dans l'état actuel des choses, ça va être difficile, mon vieux. Harold Wilson a annoncé un blocage des salaires et des prix.

Adam sourit à son ami. Bien que plus grand que lui aujourd'hui, il se rappelait encore l'époque où Lawrence lui semblait être un géant.

— Alors Scott, encore en retard, commentait-il tandis qu'Adam le doublait à toute vitesse dans le couloir.

Adam avait attendu avec impatience que vînt le jour où lui aussi se comporterait avec cette aisance, cette suprême décontraction. Mais peut-être Lawrence appartenait-il vraiment à une race d'êtres supérieurs... Ses costumes étaient toujours parfaitement repassés, ses chaussures merveilleusement cirées, ses cheveux impeccablement coiffés, sans qu'il parût fournir le moindre effort pour parvenir à ce résultat. S'il avait un secret, Adam ne l'avait toujours pas découvert.

Adam entendit s'ouvrir la porte de la salle de bains. Il jeta un coup d'œil inquisiteur à Lawrence.

— C'est Carolyn, chuchota Lawrence. Elle va passer la nuit ici... enfin, ce n'est pas exclu.

Lorsque Carolyn, longue et belle, entra dans la pièce, Adam lui décocha un sourire timide. Elle avait des cheveux blonds qui lui caressaient doucement l'épaule lorsqu'elle marchait, mais son atout majeur était une silhouette sans défaut qui attirait irrésistiblement le regard. Comment diable Lawrence faisait-il ?

— Tu dînes avec nous ? proposa Lawrence, un bras passé autour du cou de Carolyn et d'un ton un tantinet trop cordial. J'ai découvert un restaurant italien qui vient d'ouvrir dans Fulham Road.

— Je vous rejoindrai peut-être plus tard. J'ai encore un ou deux papiers à examiner.

— Laisse tomber la paperasserie, mon vieux, et viens donc avec nous claquer ton héritage dans une orgie de spaghetti.

— Oh ! Vous avez touché le gros paquet ? glapit Carolyn d'une voix étonnamment aiguë et haut perchée.

— Pas exactement, rectifia Adam, compte tenu de mon découvert à la banque.

Lawrence éclata de rire.

— Rejoins-nous plus tard si tu vois qu'il te reste de quoi t'offrir une assiette de pâtes.

Il adressa à Adam le clin d'œil qui, dans leur code, signifiait : « Arrange-toi pour avoir vidé les lieux quand on rentrera. Ou alors ne bouge pas de ta chambre et fais semblant de dormir. »

— Allons, venez, roucoula Carolyn, ses yeux noisette rivés sur Adam tandis que Lawrence l'entraînait fermement vers la porte.

Adam demeura immobile, attendant que la voix de Carolyn eût cessé de résonner dans l'escalier, avant de se retirer dans sa chambre dont il ferma la porte à clé. S'étant assis sur la seule chaise vraiment confortable qu'il possédât, il tira l'enveloppe que lui avait léguée son père de la poche intérieure de sa veste. Le papier épais, coûteux, était celui que Papa avait toujours utilisé et qu'il achetait chez Smythson dans Bond Street, où il le payait deux fois plus cher que dans une papeterie ordinaire. De son écriture nette, son père avait tracé les mots suivants : « Capitaine Adam Scott, Croix de guerre. »

D'une main qui tremblait légèrement, Adam ouvrit l'enveloppe avec soin et en sortit le contenu : une lettre écrite de la main de son père, et une seconde enveloppe, plus petite que la première, adressée au colonel Gerald Scott, et qui semblait ancienne à en juger par son aspect et la couleur indéfinissable de l'encre utilisée pour rédiger la suscription. Adam posa la vieille enveloppe sur une table près de lui et, dépliant la missive de son père, qui ne portait pas de date, se mit à lire.

Mon cher Adam,

Au fil des années, tu n'auras pas manqué d'entendre toutes sortes d'interprétations relatives à mon départ précipité du régiment, la plupart grotesques, quelques-unes relevant de la pure calomnie. J'ai toujours considéré qu'il valait mieux, dans l'intérêt de tous, que je garde le silence. Cependant, je pense que je te dois des explications, d'où cette lettre.

Comme tu le sais, juste avant de démissionner, j'ai été affecté à Nuremberg de février 1945 à octobre 1946. Après quatre ans passés presque sans discontinuer sur les champs de bataille, on me confia le commandement de la section britannique responsable des officiers nazis qui attendaient d'être jugés pour crimes de guerre. Bien que la responsabilité suprême revînt aux Américains, je finis par connaître assez bien les officiers emprisonnés. Au bout d'un an environ, j'étais même parvenu à en tolérer quelques-uns — Hess, Doenitz et Speer, notamment —, au point que je me demandais souvent comment les Allemands nous auraient traités si la situation avait été inversée. Ce genre d'opinion était jugé inacceptable à l'époque.

Parmi les officiers nazis avec lesquels il me fut donné d'avoir des contacts quotidiens, se trouvait le maréchal Hermann Goering. S'il y a un homme que, contrairement aux trois autres officiers que j'ai cités plus haut, j'ai détesté à la minute où je l'ai rencontré, c'est bien celui-là. Arrogant, persuadé de la justesse de ses vues, il assumait pleinement tous les actes de barbarie commis en son nom pendant la guerre. Pas une fois je n'ai eu l'occasion de changer d'avis à son sujet. Il m'arrivait de me demander comment je faisais pour conserver mon calme en sa présence.

La veille du jour prévu pour son exécution, Goering demanda à s'entretenir avec moi en particulier. C'était un lundi, je me souviens encore de cette entrevue et de tous les détails comme si c'était hier. Le major Kosky, que je relevais, me remit personnellement sa demande écrite. Dès que j'eus passé la garde en revue et rempli les formalités administratives d'usage, je m'en fus accompagné du caporal de service voir le maréchal dans sa cellule. Goering était au garde-à-vous à côté de son lit et me salua dès que j'entrai dans la pièce monacale dont les murs de brique badigeonnés de gris me donnaient toujours le frisson.

— Vous avez demandé à me voir ?

Je n'avais jamais réussi à l'appeler par son nom.

— Oui, colonel, répondit-il. C'est très aimable à vous de vous être dérangé. J'ai une dernière requête à formuler. La

26

dernière volonté d'un condamné à mort. Le caporal pourrait-il nous laisser ?
Supposant qu'il s'agissait de quelque chose de très personnel, je demandai à ce dernier d'attendre dehors. J'avoue que, compte tenu du fait qu'il ne lui restait plus que quelques heures à vivre, cette exigence m'intriguait. Toujours est-il que, à peine la porte fermée, il me salua de nouveau et me tendit l'enveloppe qui est maintenant en ta possession. Comme je la prenais, il me dit simplement : « Voulez-vous avoir l'amabilité d'attendre que j'aie été exécuté pour l'ouvrir. » Et il ajouta : « J'espère qu'elle compensera les désagréments dont vous aurez peut-être à souffrir de mon fait. » Ne voyant pas où il voulait en venir, je me dis qu'il avait du perdre l'esprit. Bon nombre de prisonniers se confiaient à moi au cours des derniers jours qui leur restaient à vivre, et vers la fin, certains d'entre eux étaient à deux doigts de la folie.

Adam interrompit sa lecture pour s'interroger sur la façon dont il aurait agi, lui, dans des circonstances identiques, et décida de poursuivre afin de voir si le père et le fils auraient adopté la même ligne de conduite.

Les derniers mots que Goering m'adressa lorsque je quittai sa cellule pouvaient cependant difficilement passer pour ceux d'un dément. Il me dit simplement : « C'est un chef-d'œuvre, je vous le garantis. Ne sous-estimez pas sa valeur. » Puis, comme un homme qui se détend après un bon dîner à son club, il alluma un de ses cigares. Chacun d'entre nous avait sa petite idée sur l'identité de celui qui s'arrangeait pour les lui faire parvenir, et tous nous nous demandions ce qu'il pouvait réussir à faire sortir de temps en temps.
Je glissai l'enveloppe dans la poche de ma veste et rejoignis le caporal dans le couloir. Nous inspectâmes ensuite les autres cellules afin de vérifier qu'elles étaient bien verrouillées. L'inspection terminée, je regagnai mon bureau. M'étant assuré qu'aucune autre tâche urgente ne requérait mes soins, je m'installai afin de rédiger mon rapport. Je laissai l'enveloppe dans la poche de la veste de mon uniforme avec

27

l'intention de l'ouvrir le lendemain matin, juste après que Goering aurait été exécuté. Je vérifiais les consignes, lorsque, sans même avoir frappé, le caporal fit irruption dans mon bureau. « Goering, mon colonel, lâcha-t-il, hystérique, Goering... » Son visage exprimait une panique telle que je jugeai inutile de lui demander des précisions. Ensemble nous bondîmes jusqu'à la cellule du maréchal.

Goering gisait à plat ventre sur son lit. Lorsque je le retournai, je constatai qu'il était déjà mort. Le remue-ménage qui suivit fut tel que j'en oubliai la lettre. L'autopsie pratiquée quelques jours plus tard permit d'établir qu'il était mort empoisonné et le tribunal parvint à la conclusion que la capsule de cyanure retrouvée dans son corps avait dû être dissimulée dans l'un de ses cigares.

Comme j'avais été le dernier à le voir vivant et en tête à tête, mon nom ne tarda pas à être associé à son décès. Cette accusation n'était, bien entendu, absolument pas fondée. Je n'avais jamais douté un instant que le verdict rendu par le tribunal fût le bon en ce qui le concernait et qu'il méritât d'être pendu pour le rôle qu'il avait joué pendant la guerre.

Ulcéré de m'entendre accuser — dans mon dos — d'avoir aidé Goering à échapper à la pendaison en lui fournissant des cigares sous le manteau, je compris que le seul parti honorable à prendre en la circonstance était de démissionner sur-le-champ de peur de ternir davantage la réputation du régiment. Lorsque, de retour en Angleterre, je me décidai à jeter mon vieil uniforme, je tombai de nouveau sur l'enveloppe. Quand j'eus exposé l'incident à ta mère dans les moindres détails, elle me supplia de détruire cette enveloppe, persuadée qu'elle avait déjà jeté suffisamment le discrédit sur notre famille. Elle ajouta que même si son contenu devait permettre d'identifier celui qui avait aidé Goering à se suicider, ce renseignement ne pourrait plus être désormais d'aucune utilité. J'acceptai de me conformer à ses souhaits mais, songeant à la dernière phrase de Goering, je ne pus me décider à détruire l'enveloppe et la cachai au milieu de mes papiers personnels. Je ne devais jamais l'ouvrir.

Toutefois comme les fautes supposées du père retombent

fatalement sur la génération qui suit, je pense que ce serait une erreur de ta part de faire preuve des mêmes scrupules que moi. Si donc le contenu de cette enveloppe devait te rapporter quoi que ce soit, je ne te demande qu'une chose : que ta mère soit la première à en bénéficier sans qu'elle sache jamais d'où lui vient cette bonne fortune.

C'est avec une immense fierté que j'ai suivi tes progrès d'année en année, je suis persuadé que tu sauras prendre la bonne décision.

Si tu as des doutes concernant l'ouverture de l'enveloppe, détruis-la. Mais si, l'ayant ouverte, tu t'aperçois que son contenu risque de t'entraîner dans une entreprise hasardeuse, n'hésite pas à t'en débarrasser.

Que Dieu soit avec toi,
Ton père affectionné,
Gerald Scott

Adam relut la lettre de bout en bout, touché par la confiance de son père. Rien que d'y penser, il sentait son cœur cogner contre ses côtes : l'existence du colonel Scott avait été ruinée par les insinuations d'hommes sans envergure — ceux-là mêmes qui avaient réussi à mettre un terme prématuré à sa propre carrière. Sa troisième lecture terminée, il replia la missive avec soin et la remit dans son enveloppe.

Il prit ensuite la seconde enveloppe restée sur la petite table, qui portait, tracés en lettres hardies, les mots « Colonel Gerald Scott ».

Adam prit un peigne dans sa poche et le glissa sous le rabat. Puis, s'aidant de ce coupe-papier improvisé, il décacheta lentement l'enveloppe. Il eut un instant d'hésitation avant d'en extraire le contenu, en l'occurrence deux feuillets jaunis, dont l'un semblait être une lettre et l'autre un document officiel. L'écusson du Troisième Reich était gravé sur le papier à lettres au-dessus du nom imprimé du maréchal Hermann Goering. Adam sentit ses mains trembler lorsqu'il lut la première ligne :

Sehr geehrter Herr Oberst Scott.

CHAPITRE 3

Tandis que, après avoir franchi la tour Spasski, la Tchaïka noire se dirigeait vers la place Rouge, deux gardes du Kremlin en uniforme kaki se mirent au garde-à-vous et présentèrent les armes. Un coup de sifflet strident retentit, destiné à éviter à Youri Efimovitch Zaborski toute perte de temps pendant le trajet du retour vers la place Dzerjinski.

L'esprit ailleurs, Zaborski porta machinalement la main à son feutre noir afin de rendre leur salut aux deux hommes. Alors que la limousine roulait avec bruit sur les pavés, il n'eut même pas un regard pour la longue queue qui serpentait du tombeau de Lénine au bord de la place Rouge. De toutes les décisions qu'il allait devoir prendre, la première était sans conteste la plus importante : auquel de ses agents allait-il confier la direction de l'équipe chargée de retrouver l'icône du tsar ? Il continua de réfléchir à la question, cependant que le chauffeur, après avoir traversé la place Rouge et laissé sur sa gauche la façade grise du grand magasin GOUM, s'engageait dans la rue de Kouïbychev.

A peine le chef de la sécurité d'État avait-il pris congé du secrétaire général, que deux noms s'étaient présentés à son esprit : Valchek et Romanov. Le tout était de savoir auquel des deux il allait donner le feu vert, et il hésitait encore. En temps ordinaire, il lui aurait fallu une bonne semaine pour prendre une décision pareille mais, compte tenu de la date limite du 20 juin fixée par le secrétaire général, il n'avait pas le temps de réfléchir à loisir. Il lui fallait avoir arrêté son choix avant même d'être arrivé à destination. Le chauffeur franchit un autre carrefour, dépassa le ministère de la Culture et enfila la rue Tcherkasski, bordée d'imposants bâtiments grisâtres. La voiture filait le long de la voie du milieu, réservée aux hauts responsables du Parti. Zaborski s'était laissé dire que les Anglais allaient mettre en place des couloirs semblables mais ceux-ci — détail piquant — seraient réservés aux autobus.

La voiture s'immobilisa brutalement devant le siège du K.G.B. Moins de quatre minutes pour couvrir trois kilomètres, ce n'était pas ça qui l'avait aidé à résoudre son problème. Le chauffeur bondit, fit le tour du véhicule en courant et ouvrit la porte de derrière afin de permettre à son maître de descendre, mais Zaborski ne bougea pas. Lui qui changeait rarement d'avis en avait déjà changé à deux reprises pendant le trajet du retour. Il savait pouvoir confier les travaux préliminaires à une foule de fonctionnaires et d'universitaires, mais pour diriger l'équipe et lui rendre compte de l'état d'avancement des travaux, il lui fallait un homme doté de flair.

Son intuition lui disait de faire appel à Youri Valchek. Ce fidèle serviteur de l'État était aussi l'un des plus anciens chefs de service en activité du département. Lent, méthodique et sûr, il avait travaillé dix ans en qualité d'agent avant de se cantonner dans un job administratif.

Devenu tout récemment chef de département, Alex Romanov, quant à lui, s'était montré brillant sur le terrain, mais s'il avait du génie il manquait en revanche de discernement. A vingt-neuf ans, c'était l'élément le plus jeune et, sans conteste, le plus ambitieux de l'équipe du directeur.

Zaborski prit pied sur le trottoir et se dirigea vers une autre porte, qu'on lui tenait grande ouverte. Traversant à larges enjambées le hall dallé de marbre, il s'arrêta devant les grilles de l'ascenseur. Plusieurs hommes et femmes attendaient en silence mais lorsque l'appareil s'immobilisa au rez-de-chaussée et que le directeur s'engouffra dans la petite cabine, aucun d'entre eux ne tenta de lui emboîter le pas. Zaborski se laissa hisser poussivement jusqu'à son bureau. Chaque fois qu'il l'empruntait, il ne pouvait s'empêcher de comparer la vitesse de cet appareil à celle — stupéfiante — du seul ascenseur américain qu'il eût jamais utilisé. *Ils sont capables de lancer leurs fusées avant que vous n'atteigniez votre bureau*, ne cessait de répéter son prédécesseur. Lorsque Zaborski arriva au dernier étage et qu'on lui eut ouvert la porte grillagée, sa décision était prise : il ferait appel à Valchek.

Un secrétaire l'aida à se débarrasser de son long manteau noir et prit son chapeau. Zaborski marcha droit sur son bureau où étaient posés les deux dossiers qu'il avait réclamés. Il s'assit et se plongea dans celui de Valchek. Sa lecture terminée, il aboya à l'adresse du secrétaire :

— Trouvez-moi Romanov.

**
*

Le camarade Romanov était allongé sur le dos, le bras gauche derrière la tête, et son adversaire, le bras droit plaqué sur sa gorge, s'apprêtait à lui porter un étranglement. L'entraîneur exécuta le mouvement à la perfection et Romanov poussa un grognement.

Une employée arriva au galop et se baissa pour chuchoter quelques mots à l'oreille du maître. Ce dernier abandonna sans enthousiasme son élève qui se releva lentement, l'air sonné, s'inclina devant son professeur et, d'un mouvement fulgurant du bras droit et de la jambe gauche, le faucha, le laissant étendu de tout son long sur le plancher avant de se diriger vers le bureau d'un pas vif pour prendre la communication.

Romanov n'eut pas un regard pour la fille qui lui tendit le téléphone.

— Le temps de passer sous la douche et j'arrive, dit-il en raccrochant aussitôt.

La fille s'était souvent demandé à quoi Romanov ressemblait sous la douche. Comme toutes ses collègues, elle l'avait vu s'entraîner des centaines de fois au gymnase. Avec son mètre quatre-vingt-deux et ses longs cheveux blonds, il avait l'air d'un acteur de cinéma américain. Et puis il y avait ses yeux, d'un bleu que l'amie assise à la même table de travail qu'elle avait qualifié de « perçant ».

— Il a une cicatrice sur le..., lui avait confié la jeune femme.

— Comment le sais-tu ?

Elle avait dû se contenter d'un gloussement pour toute réponse.

✱✱✱

Pendant ce temps, le directeur du K.G.B. avait ouvert pour la deuxième fois le dossier personnel de Romanov et conti nuait de l'étudier en détail. Il commença à lire les différentes données qui, mises bout à bout, constituaient un portrait sans complaisance dont Romanov n'aurait jamais connaissance, à moins qu'il ne devînt directeur.

Alexandre Petrovitch Romanov, né à Leningrad le 12 mars 1937. Élu membre du Parti en 1958.

Fils de : Piotr Nikolaïevitch Romanov, qui servit sur le front de l'Est en 1942. De retour en Russie en 1945, refusa d'entrer au parti communiste. Sur la foi de plusieurs rapports sur ses activités subversives fournis par son fils, fut condamné à dix ans de prison. Mort en prison le 20 octobre 1948.

Zaborski releva la tête et sourit — un enfant de l'État.

Petit-fils de : Nikolaï Alexandrovitch Romanov, négociant, l'un des plus gros propriétaires terriens de Petrograd. Abattu d'un coup de fusil le 11 mai 1918 alors qu'il tentait d'échapper à l'Armée Rouge.

Entre le grand-père vivant comme un prince et le père récalcitrant, la Révolution avait eu lieu, l'espace d'une génération.

Alex — c'était ainsi qu'il préférait qu'on l'appelle — avait hérité de l'ambition des Romanov et s'était engagé à l'âge de neuf ans dans les Pionniers. A onze ans, il s'était vu offrir une place dans une école spéciale de Smolensk, au grand dam de quelques besogneux qui estimaient que seuls devaient jouir de ce privilège les fils des responsables locaux du Parti, et non ceux dont les parents avaient été envoyés en prison. Romanov se révéla tout de suite être un élève brillant, ceci à la consternation du directeur, qui avait espéré pouvoir prendre en défaut les théories darwiniennes. A quatorze ans, il se voyait sélectionné dans l'élite du Parti et devenait membre du Komsomol.

A l'âge de seize ans, Romanov avait gagné la médaille Lénine des langues et décroché le premier prix de gymnastique. En dépit des efforts déployés par le directeur pour minimiser les performances du jeune Alex, la plupart des membres du conseil d'administration de l'établissement reconnurent les capacités de Romanov et firent en sorte qu'il obtînt une place à l'université. Étudiant, il continua de briller en langues, se spécialisant en anglais, français et allemand. Doué, bûcheur, il obtenait d'excellents résultats dans toutes les matières.

Zaborski décrocha le téléphone posé sur son bureau.

— Je vous ai demandé de m'envoyer Romanov, dit-il d'un ton sec.

— Il était au gymnase où il s'entraînait comme tous les matins, camarade, dit le secrétaire. Dès qu'il a su que vous vouliez le voir, il est parti se changer.

Le chef du K.G.B. raccrocha et se pencha de nouveau sur son dossier. Que l'on pût joindre Romanov au gymnase quelle que fût l'heure n'avait rien de surprenant. Ses prouesses athlétiques avaient largement dépassé le cadre du service.

Pendant sa première année de faculté, loin de négliger la gymnastique, Romanov avait au contraire atteint un niveau national, et ce jusqu'à ce que l'entraîneur de la fac écrivît en capitales sur l'un de ses bulletins : « La participation de cet étudiant aux jeux Olympiques ne saurait être envisagée sérieusement du fait de sa grande taille. » Suivant le conseil de son professeur, Romanov s'était alors mis au judo. Deux ans plus tard, en 1958, on le sélectionnait pour les jeux des pays de l'Est qui se déroulaient à Budapest. Au terme de deux autres années, les autres concurrents préféraient ne pas avoir à le rencontrer tandis qu'il poursuivait la route qui devait le mener inévitablement à la finale. Après sa victoire aux jeux soviétiques de Moscou, la presse occidentale le baptisa crûment « la hache ». Ceux qui faisaient déjà des projets à long terme pour son avenir jugèrent plus sage de ne pas le faire participer aux jeux Olympiques.

Une fois que Romanov eut terminé sa cinquième année à l'université et obtenu son diplôme (avec mention), il resta à Moscou et entra dans les services diplomatiques.

C'est à cette époque que Zaborski avait rencontré pour la première fois ce jeune homme plein de confiance en soi. Chaque année le K.G.B. avait la possibilité de puiser dans les effectifs des services diplomatiques et de demander le détachement de toute personne considérée par lui comme exceptionnellement douée. Romanov était un candidat tout désigné. Zaborski avait pour principe cependant de n'engager que des gens persuadés que le K.G.B. constituait l'élite de la nation. Les tièdes ne faisaient jamais de bons agents — quand ils ne finissaient pas par tourner casaque et travailler pour l'autre camp. Romanov n'avait jamais eu le moindre doute à ce sujet : il avait toujours voulu être officier du K.G.B. Au cours des six années qui suivirent, il servit dans les ambassades soviétiques de Paris, Londres, Prague et Lagos. Lorsqu'il revint travailler au siège, à Moscou, c'était devenu un agent de haut niveau, aussi à l'aise dans les cocktails que dans les salles de gymnastique.

Zaborski se plongea dans la lecture des commentaires qu'il avait ajoutés au rapport au cours des quatre années écoulées et qui montraient à quel point Romanov avait changé pendant la période qu'il avait passée en qualité de membre du personnel rattaché directement au chef du K.G.B. Agent, il avait obtenu le grade de major, après avoir servi avec éclat sur le terrain et avant d'être nommé chef d'un département. Les deux points rouges placés à côté de son nom indiquaient deux missions réussies : un violoniste qui avait tenté de quitter Prague pour passer à l'Ouest, et un général qui s'était imaginé qu'il allait devenir chef d'un petit État africain. Ce qui impressionnait le plus Zaborski dans les hauts faits de son poulain, c'étaient les réactions de la presse occidentale, convaincue que les Tchèques étaient responsables dans le premier cas, et les Américains dans le second. L'exploit le plus éclatant de Romanov avait été le recrutement d'un agent du Foreign Office britannique, dont l'ascension avait tout naturellement entraîné, par contrecoup, celle de Romanov lui-même. La nomination de ce dernier à un poste de chef de département n'avait surpris personne, et lui moins que tout autre, même si — comme Zaborski n'avait pas tardé à s'en apercevoir — la vie mouvementée sur le terrain semblait manquer à son protégé.

Le directeur passa alors à la dernière page, où la plupart de ceux qui avaient été amenés à donner leur avis sur la personnalité du candidat étaient d'accord. Ambitieux, sophistiqué, impitoyable, arrogant mais pas toujours sûr, tels étaient les qualificatifs qui revenaient dans presque toutes les conclusions.

Un coup énergique fut frappé à la porte. Zaborski referma le dossier et appuya sur un bouton placé sous son bureau. Les portes s'ouvrirent avec un léger déclic, livrant passage à Alexandre Petrovitch Romanov.

— Bonjour, camarade, dit l'élégant jeune homme en se mettant au garde-à-vous devant lui.

Zaborski leva les yeux vers celui qu'il avait choisi et ne put se défendre d'éprouver une pointe d'envie : pourquoi les dieux s'étaient-ils montrés si généreux envers quelqu'un d'aussi jeune ? Il se consola en songeant que lui seul savait comment utiliser cet homme pour le plus grand bien de l'État.

Fixant les yeux bleu glacier, il pensa que s'il était né à Hollywood, Romanov n'aurait eu aucun mal à gagner sa vie. On eût dit que son costume avait été coupé à Savile Row — ce qui était probablement le cas. Zaborski choisit de fermer les yeux sur ces extravagances, bien qu'il eût fort envie de demander au jeune homme où il faisait faire ses chemises.

— Vous m'avez fait demander, dit Romanov.

Le chef du K.G.B. opina.

— Je rentre à l'instant du Kremlin. Le secrétaire général nous a confié une mission très délicate et d'une importance capitale pour l'État. (Zaborski marqua une pause.) Tellement délicate même, que vous ne rendrez compte qu'à moi. Choisissez soigneusement votre équipe, tous les moyens nécessaires seront mis à votre disposition.

— C'est un grand honneur pour moi, déclara Romanov, d'un ton vibrant d'une inhabituelle sincérité.

— Pour ce qui est des honneurs, repartit Zaborski, chaque chose en son temps. Commencez donc par retrouver l'icône du tsar.

— Mais je croyais..., s'étonna Romanov,

CHAPITRE 4

Adam s'approcha de son lit et prit sur l'étagère la bible que sa mère lui avait donnée pour sa confirmation. Lorsqu'il l'ouvrit, un nuage de poussière s'échappa des pages dorées. Il glissa l'enveloppe dans l'Apocalypse et remit le livre en place.

D'un pas nonchalant, le jeune homme gagna la cuisine où il se confectionna un œuf au plat et réchauffa le fond d'une boîte de haricots qui restait de la veille. Il disposa ce peu appétissant repas sur la table, songeant au somptueux festin que Lawrence et Carolyn devaient s'offrir en ce moment même au restaurant italien. Une fois qu'il eut fini de manger et débarrassé, Adam retourna dans sa chambre et s'allongea sur son lit pour réfléchir. Le contenu de l'enveloppe lui permettrait-il enfin d'apporter la preuve de l'innocence de son père ? Un plan commença à germer dans son esprit.

Lorsque l'horloge du vestibule égrena dix coups, Adam reprit la bible, et, non sans une certaine appréhension, en retira l'enveloppe. Puis, après avoir allumé la petite lampe de bureau, il déplia les deux morceaux de papier, qu'il plaça devant lui.

Le premier semblait être une lettre de Goering adressée au père d'Adam, l'autre, plus ancien, évoquait par son aspect un document officiel. Adam mit ce dernier de côté et commença d'examiner la lettre ligne à ligne, entreprise qui ne l'avança guère.

Arrachant une feuille vierge à un bloc qui traînait sur le bureau de Lawrence, il se mit à recopier le texte de la missive de Goering, à l'exception de la formule de politesse du début et de ce qu'il supposa être un adieu — « hochachtungsvoll »[1] — suivi de l'imposante et orgueilleuse signature du maréchal. Il se relut avec soin, comparant la copie à l'original, avant de remettre celui-ci dans son enveloppe jaunie. Il venait tout juste de s'attaquer au document officiel lorsqu'il entendit la clé tourner dans la serrure, et des voix dans l'entrée. Lawrence et Carolyn semblaient avoir pas mal bu, et les fous rires de Carolyn fusaient, de plus en plus pointus.

Avec un soupir, Adam éteignit la lampe afin qu'ils le croient endormi. Dans le noir, il percevait les moindres bruits avec une acuité décuplée. L'un d'entre eux se dirigea vers la cuisine. Adam entendit la porte du réfrigérateur se refermer avec un chuintement étouffé, et quelques secondes plus tard le plop d'un bouchon — celui de sa dernière bouteille de vin blanc, sans aucun doute, car ils n'étaient tout de même pas soûls au point de s'attaquer au vinaigre.

A regret, il se leva de sa chaise et, battant prudemment l'air de ses bras pour retrouver son chemin, il entreprit de regagner son lit. Lorsqu'il sentit le coin du bois de lit sous sa paume, il s'allongea en douceur sur le matelas et attendit en rongeant son frein que la porte de la chambre de Lawrence se referme.

Il dut s'endormir car ce fut le tic-tac de l'horloge de l'entrée qui le réveilla. Adam s'humecta les doigts et se les passa sur les paupières, s'efforçant de s'habituer à l'obscurité. Il jeta un coup d'œil au cadran lumineux de son réveil : trois heures dix. Il se glissa à bas de son lit, vanné, ses vêtements en tire-bouchon. Lentement, il gagna avec précaution le bureau, se cognant au passage le genou contre un coin de commode. Il ne put retenir un juron. Il tâtonna à la recherche de l'interrupteur et cligna plusieurs fois des yeux lorsque la lumière s'alluma. L'enveloppe jaunie avait l'air parfaitement anodine et peut-être l'était-elle. Le document officiel était au milieu de la table, à côté de la feuille sur laquelle il avait commencé à le retranscrire.

---

1. « Respectueusement. » *(N.d.T.)*

Adam bâilla en se replongeant dans l'examen du document, plus difficile à recopier que la lettre, car l'écriture était microscopique, de vraies pattes de mouche, à croire que l'auteur considérait le papier comme une denrée de luxe qu'il convenait d'économiser. A l'exception de l'adresse figurant en haut à droite — qu'il supprima —, et du nombre à huit chiffres souligné au bas du texte — qu'il inversa —, Adam transcrivit fidèlement l'original.

Ce travail ingrat lui prit un temps considérable car il écrivit tout en capitales d'imprimerie. Chaque fois qu'il avait un doute sur l'orthographe d'un mot, il inscrivait sous les lettres qu'il n'arrivait pas à déchiffrer celles qui lui semblaient possibles ; il ne voulait pas qu'il pût y avoir d'ambiguïté dans la traduction.

— Vous travaillez tard, on dirait, chuchota une voix derrière lui.

Adam pivota brusquement, comme un cambrioleur surpris en train de dérober l'argenterie de famille.

— Inutile de faire cette tête-là, ce n'est que moi, susurra Carolyn, appuyée au chambranle de la porte.

Adam leva les yeux vers la grande blonde. Dans le pyjama de Lawrence, les pieds chaussés de pantoufles, elle était encore plus séduisante que tout à l'heure. Ses longs cheveux dorés retombaient maintenant en désordre sur ses épaules. Il commença à comprendre où Lawrence avait voulu en venir lorsqu'il avait dit un jour qu'elle était capable de rendre sa virilité à un eunuque.

— La salle de bains est au bout du couloir, dit Adam d'un ton mal assuré.

— Ce n'est pas la salle de bains que je cherche, idiot, pouffa-t-elle. J'ai beau faire, je n'arrive pas à réveiller Lawrence. Il a tellement bu qu'il est complètement K.O., et bien avant le quinzième round, encore. Je crois que je n'en tirerai rien avant demain matin.

Elle fit un pas vers lui.

Adam marmonna vaguement qu'il était lui-même assez fatigué. Se servant de son dos comme paravent, il s'arrangea pour qu'elle ne pût voir les papiers étalés sur le bureau.

— Bon sang ! s'exclama Carolyn. Vous n'allez pas me dire que vous êtes pédé.

— Pas du tout, se récria Adam, avec conviction.

— Je ne vous plais pas ?

— Ce n'est pas la question, fit Adam.

— Mais Lawrence est votre copain. C'est ça ?

Adam ne répondit pas.

— Enfin quoi, Adam ! On est en 1966. On partage tout.

— C'est seulement que..., commença le jeune homme.

— Dommage, conclut Carolyn. Ce sera pour une autre fois.

Sur la pointe des pieds, elle se dirigea vers la porte et se glissa dans le couloir, sans savoir que sa rivale n'était autre qu'une lettre écrite plus de vingt ans auparavant.

⁂

La première chose que fit Romanov en quittant le bureau du chef du K.G.B. fut de retourner à l'université où il avait fait ses études et de constituer une équipe de douze chercheurs, hommes et femmes. Aussitôt qu'il leur eut donné ses instructions, ils se mirent au travail par équipes de deux, se relayant toutes les quatre heures afin que les recherches puissent se poursuivre jour et nuit.

Au bout d'une heure, Romanov avait en main les premiers éléments d'information. Les chercheurs n'avaient eu aucun mal à établir que l'icône du tsar était demeurée dans ses appartements privés du palais d'Hiver à Petrograd jusqu'en décembre 1914. Romanov se pencha religieusement sur la photo du petit tableau représentant saint Georges et le dragon. Saint Georges tout bleu et or, et le dragon rouge sang et jaune. Romanov ne s'était jamais intéressé à l'art, mais il comprenait néanmoins que l'on pût être touché par ce chef-d'œuvre délicat. Il continua de lire l'histoire de l'icône, sans parvenir à s'expliquer l'importance qu'elle pouvait présenter pour l'État. Il en arriva à se demander si Zaborski était au courant.

Un serviteur de la maison royale qui avait témoigné devant

le tribunal du peuple un an après la Révolution prétendait que l'icône du tsar avait disparu l'espace de quelques jours en 1915 après la visite de Ludwig Ernst, grand-duc de Hesse. A l'époque, les enquêteurs avaient prêté peu d'intérêt à ce détail, l'icône ayant été trouvée accrochée au mur du bureau du tsar lorsque le palais d'Hiver avait été pris d'assaut en 1917. Ce qui intéressait bien davantage le tribunal, c'était de savoir pourquoi, au beau milieu d'une guerre acharnée contre l'Allemagne du Kaiser, le grand-duc de Hesse s'était avisé d'aller rendre visite au tsar.

L'avis du titulaire de la chaire d'histoire de l'université fut immédiatement sollicité. Cet universitaire éminent ne fut pas peu surpris qu'on fasse appel à lui, le K.G.B. n'ayant jamais manifesté un intérêt particulier pour le passé historique de la nation. Quoi qu'il en soit, il fit à Romanov un rapport complet sur l'incident. Romanov se plongea de nouveau dans ce rapport. Le grand-duc avait, semblait-il, rendu visite en secret à sa sœur, la tsarine Alexandra. Les historiens étaient aujourd'hui persuadés qu'il avait eu pour but d'obtenir un cessez-le-feu entre l'Allemagne et la Russie, dans l'espoir que l'Allemagne pourrait alors concentrer tous ses efforts de guerre sur les Anglais et les Français.

On n'avait aucune preuve que le tsar eût promis quoi que ce fût au nom de son peuple, mais le grand-duc n'était pas rentré en Allemagne les mains vides. Comme l'attestaient les comptes rendus des procès qui s'étaient tenus devant le tribunal du peuple, un autre domestique du palais avait reçu l'ordre d'emballer l'icône et de la mettre dans les bagages du grand-duc. Aucun des membres du personnel de la maison impériale ne put toutefois expliquer de manière satisfaisante au tribunal par quel miracle l'icône avait repris sa place accoutumée dans le bureau du tsar quelques jours plus tard.

Après avoir étudié les notes de ses collègues, le professeur Oleg Konstantinov — qui dirigeait l'équipe de chercheurs constituée par Romanov — avait souligné en rouge ses propres conclusions :

« Tout porte à croire que le tsar remplaça par une excellente copie l'original confié à son beau-frère, le grand-duc, afin que ce dernier le mette en sûreté. »

Mais, s'interrogeait Romanov, pourquoi le tsar, dont le palais regorgeait de Goya, Greco, Titien et autres Rubens, s'est-il donné la peine de faire sortir en catimini une malheureuse petite icône comme celle-ci et pourquoi Brejnev tient-il tant à remettre la main dessus ?

Le jeune officier du K.G.B. avait demandé au professeur et à ses chercheurs de se concentrer sur la maison royale de Hesse dans l'espoir de découvrir ce qu'il était advenu de l'icône du tsar. En l'espace de dix jours, ils eurent, à eux tous, réuni sur le grand-duc et sa famille plus de données qu'un universitaire n'aurait pu en recueillir un une vie. A mesure que les dossiers arrivaient sur son bureau, Romanov s'y plongeait, vérifiant le moindre élément d'information susceptible de le mettre sur la piste de l'original. Tout cela pour aboutir à une impasse car après la mort du grand-duc, le tableau avait été légué à son frère, qui avait trouvé la mort dans un accident d'avion. Depuis, on n'avait plus revu ni entendu parler de l'icône.

Au début de la troisième semaine, Romanov était parvenu à la déplaisante conclusion qu'il n'en apprendrait pas davantage. Il préparait son rapport pour le chef du K.G.B. lorsque la camarade Petrova — chercheuse qui se distinguait de ses collègues par une tournure d'esprit originale — tomba sur un article du *Times* de Londres en date du mercredi 17 novembre 1937. Négligeant la procédure habituelle, Petrova s'arrangea pour remettre en main propre à Romanov une photocopie de l'article, qu'il finit par savoir par cœur à force de le lire et le relire.

Respectant la tradition en vigueur dans ce vénérable journal, le correspondant étranger n'avait pas signé son billet, écrit à Ostende et daté du 16 novembre 1937.

Le grand-duc George de Hesse et quatre des membres de sa famille ont péri tragiquement ce matin. L'avion de la Sabena qui les emmenait de Darmstadt à Londres s'est écrasé dans la campagne belge par suite du brouillard.

Le grand-duc se rendait en Angleterre pour assister au mariage de son jeune frère le prince Louis, qui devait épouser l'honorable Joanna Geddes. Le jeune prince a appris la nouvelle à l'aéroport de Croydon où il attendait sa famille. Il a immédiatement annulé la cérémonie prévue, qui sera remplacée par un service célébré dans la plus stricte intimité dans la chapelle de Windsor.

Et le *Times* de poursuivre :

Le prince Louis, qui succède à son frère le grand-duc de Hesse, se rendra avec sa future épouse à Ostende un peu plus tard dans la journée afin d'accompagner les cinq cercueils en Allemagne. Les obsèques auront lieu à Darmstadt le 23 novembre.

La jeune femme avait entouré d'un gros trait le paragraphe suivant :

Certaines des affaires personnelles du défunt grand-duc, et parmi elles plusieurs cadeaux de mariage destinés au prince Louis et à sa future épouse, ont été dispersées dans un rayon de plusieurs kilomètres autour de la carlingue de l'avion. Le gouvernement allemand a annoncé ce matin la nomination d'un général à la tête de l'équipe d'experts qui aura pour mission de récupérer tout ce qui peut l'être, et appartient au successeur du grand-duc.

Romanov demanda immédiatement à voir la jeune universitaire. Anna Petrova arriva quelques minutes plus tard, apparemment peu émue de paraître devant son chef de département. Étant donné le genre de vêtements qu'elle pouvait s'offrir, elle savait qu'elle aurait du mal à produire une quelconque impression sur lui. Cependant, elle avait mis sa plus jolie tenue et s'était coupé les cheveux à la Mia Farrow, actrice américaine qu'elle avait vue dans l'un des rares films qui avaient échappé à la censure. Elle espérait que Romanov remarquerait ce détail.

— Je veux que vous passiez au crible tous les numéros du *Times* parus au cours des six mois suivant le 17 novembre 1937. Épluchez également la presse belge et allemande afin de voir s'il n'y aurait pas quelque chose sur ce que les experts ont retrouvé autour de l'épave.

Il la renvoya d'un sourire. Vingt-quatre heures plus tard, la camarade Petrova faisait irruption dans le bureau de Romanov sans même avoir frappé. Romanov salua d'un haussement de sourcils ce comportement pour le moins cavalier avant de dévorer un article qu'elle avait découvert dans le *Berliner Zeitung* du samedi 19 janvier 1938 :

L'enquête concernant l'accident survenu à l'avion de la Sabena, qui s'est écrasé en novembre dernier alors qu'il transportait à son bord la famille royale de Hesse, vient de prendre fin. Tous les biens retrouvés à proximité de l'appareil ont été restitués au grand-duc. Le prince Louis a été particulièrement affecté par la perte d'un objet que le défunt devait lui offrir en cadeau de noces. Ce cadeau, un tableau connu sous le nom d'icône du tsar, avait jadis appartenu à son oncle, le tsar Nicolas II. Bien qu'il s'agît d'une copie du chef-d'œuvre de Roublev, l'icône de saint Georges et du dragon était considérée comme l'un des exemples les plus représentatifs et les plus réussis de l'art du début du XXᵉ siècle qui soient sortis de Russie depuis la Révolution.

Romanov releva les yeux.

— Une copie du XXᵉ siècle, cette bonne blague ! Il s'agissait de l'original du XVᵉ siècle, et personne ne s'en est aperçu à l'époque — pas même le grand-duc, si cela se trouve. Je ne doute pas que le tsar s'en fût servi à d'autres fins s'il avait réussi à s'échapper.

A l'idée d'annoncer à Zaborski qu'il était désormais en mesure d'affirmer, preuves à l'appui, que l'icône originale avait été détruite dans un accident d'avion survenu quelque trente ans plus tôt, Romanov se sentait plutôt mal à l'aise. Le porteur de pareille nouvelle pouvait difficilement espérer une promotion : Romanov restait en effet convaincu que l'enjeu réel était beaucoup plus important que l'icône pour que Zaborski suive l'affaire d'aussi près.

Baissant le nez, il examina la photographie qui accompagnait l'article. Le jeune grand-duc serrait la main du général responsable de l'équipe de techniciens qui avaient réussi à rendre au prince une bonne partie des biens de la famille.

— Les a-t-il tous rendus à leur propriétaire, seulement ? commenta-t-il à haute voix.

— Comment cela ? s'enquit la jeune chercheuse.

Tout en continuant à l'examiner, Romanov désigna de la main la photo pâlie des deux hommes. Le nom du général n'était pas précisé mais c'était inutile : tous les écoliers d'Allemagne auraient reconnu ce visage impassible et massif aux mâchoires carrées et aux prunelles glaciales, devenu symbole d'infamie aux yeux des puissances alliées.

— Laissez tomber le grand-duc, camarade Petrova, dit Romanov en la fixant. Mettez le paquet sur le maréchal Hermann Goering.

***

Lorsque Adam s'éveilla, sa première pensée fut pour Carolyn. Il bâilla puis sourit en évoquant sa proposition de la nuit précédente. C'est alors qu'il se souvint... Bondissant de son lit, il se précipita vers son bureau : chaque chose était à la place où il l'avait laissée. Il bâilla une seconde fois.

Sept heures moins dix. Bien que toujours aussi d'attaque physiquement que le jour où il avait démissionné de l'armée sept semaines plus tôt, cela ne l'empêchait pas de faire de l'exercice tous les matins. Il avait bien l'intention d'être au sommet de sa forme lorsque le Foreign Office lui ferait passer un examen médical. En un tournemain, il enfila un maillot, un short, un vieux survêtement, et laça ses baskets.

Adam se glissa dehors sur la pointe des pieds de peur de réveiller Lawrence ou Carolyn — qu'il soupçonnait néanmoins d'être réveillée et d'attendre son départ avec impatience. Pendant les trente-quatre minutes qui suivirent il descendit en courant jusqu'à l'Embankment, franchit Albert Bridge, traversa Battersea Park et rentra par Chelsea Bridge, obnubilé par une seule et même idée. Allait-il enfin, après vingt ans de rumeurs et d'insinuations, parvenir à faire reconnaître l'innocence de son père ? A peine arrivé, Adam prit son pouls : 150 pulsations à la minute. Soixante secondes plus tard, il n'en comptait que 100, une minute après 70, et avant que la quatrième minute se fût écoulée, 58. La forme se mesure à la faculté de récupération, pas à la rapidité, comme son professeur d'éducation physique à Aldershot[1] ne cessait de le lui répéter.

Adam longea le couloir pour se rendre dans sa chambre : toujours pas de Carolyn à l'horizon. Suprêmement élégant dans un costume gris à fines rayures, Lawrence préparait le petit déjeuner dans la cuisine tout en jetant un œil sur les pages sportives du *Daily Telegraph*.

— Les Antilles nous ont littéralement écrabouillés, annonça-t-il à Adam d'un ton lugubre.

— Nous prendrons notre revanche aujourd'hui, renvoya le jeune homme qui n'avait guère la tête au cricket à ce moment précis.

Il poussa un gémissement en se déshabillant pour passer sous la douche, prêt à jouer à son petit jeu quotidien, qui consistait à découvrir combien de temps il était capable de tenir sous le jet glacé. L'eau glaciale jaillie des quarante-huit trous de la pomme de la douche lui fouetta rudement le dos et la poitrine, l'obligeant à prendre de profondes inspirations. « Une fois passé le cap des trente premières secondes, c'est gagné, on peut rester aussi longtemps qu'on veut », assurait le professeur d'éducation physique. Adam émergea trois minutes plus tard, pas mécontent de lui, mais furieux contre l'instructeur dont il subissait toujours l'influence.

Une fois séché, Adam retourna dans sa chambre. Quelques instants plus tard, ayant enfilé une robe de chambre à la hâte, il rejoignait son ami dans la cuisine. L'air inspiré, Lawrence

1. Camp qu'utilisent, entre autres, les élèves de l'école militaire de Sandhurst. (N.d.T.)

était assis devant un bol de céréales et suivait du doigt les cours de la Bourse dans le *Financial Times.*

Adam jeta un coup d'œil à sa montre : huit heures dix déjà.

— Tu vas arriver en retard au bureau, non ?

— Mon cher, je ne suis pas un grouillot qui travaille dans le genre d'établissement où les clients déboulent à heure fixe.

Adam éclata de rire.

— Cela étant, il faut quand même que je sois à pied d'œuvre à neuf heures et demie, convint Lawrence. Le chauffeur ne passe plus me prendre, expliqua-t-il. Je prends le métro, ça va plus vite.

Adam commença à préparer son petit déjeuner.

— Je peux te déposer, si tu veux.

— Avec la situation que j'ai ? Tu me vois arrivant au siège de la Barclays en moto ? Le directeur en ferait une attaque, remarqua-t-il en pliant le *Financial Times.*

Adam cassa un deuxième œuf dans la poêle.

— A ce soir, beau prolo, marine donc dans l'oisiveté, ironisa Lawrence en prenant son parapluie.

Adam débarrassa et fit la vaisselle, heureux de jouer les femmes au foyer tant qu'il était encore au chômage. Il avait beau avoir eu une ordonnance pendant des années, les tâches ménagères n'avaient pas de secret pour lui. Tout ce qu'il avait prévu avant son entretien au Foreign Office cet après-midi, c'était de prendre un bon bain, et se raser de près. C'est alors qu'il se souvint que le maréchal Goering l'attendait sur la table de sa chambre.

— Avez-vous découvert du nouveau indiquant que Goering aurait gardé l'icône pour lui ? s'enquit Romanov, plein d'espoir.

— Du nouveau ? Pas vraiment, rétorqua Anna Petrova avec une belle désinvolture.

Romanov se demanda s'il n'allait pas moucher l'insolente, mais décida de fermer les yeux pour cette fois. Après tout, la camarade Petrova était de loin la plus astucieuse de tous ses chercheurs.

— C'est-à-dire ? questionna Romanov.

— Hitler — tout le monde le sait — avait confié à Goering le soin de s'occuper des trésors artistiques saisis au nom du Troisième Reich. Mais le Führer avait des vues tellement étriquées en matière d'art que bon nombre de chefs-d'œuvre furent jugés par lui décadents et donc indignes d'être proposés à l'admiration de la race des maîtres.

— Que devinrent-ils ?

— Hitler en ordonna la destruction. Parmi les œuvres condamnées à être brûlées se trouvaient celles de peintres comme Van Gogh, Manet, Monet et Picasso surtout, jugé indigne de la race aryenne au sang bleu qu'Hitler voulait voir régner sur le monde.

— Goering n'aurait tout de même pas volé l'icône du tsar pour la brûler ensuite ? fit Romanov en fixant le plafond.

— Non, Goering n'était pas bête à ce point. Grâce à divers documents, on sait aujourd'hui qu'il n'obéissait pas toujours à la lettre à son Führer.

— Goering n'exécutait pas les ordres d'Hitler ? s'ébahit Romanov.

— Tout dépend du point de vue où l'on se place, répliqua Petrova. Devait-il obéir au dément qui lui servait de maître ou passer outre et, ce faisant, faire preuve de bon sens ?

— Tenez-vous-en aux faits, ordonna Romanov, d'un ton sec.

— Bien, camarade major, dit la jeune femme d'un ton suggérant qu'elle s'estimait, pour l'instant du moins, indispensable.

» Le moment venu, poursuivit-elle, Goering ne détruisit aucun des chefs-d'œuvre tenus pour décadents. Il fit brûler en public à Berlin et Düsseldorf les toiles d'artistes allemands mineurs, qui dans une vente aux enchères se seraient enlevées pour quelques centaines de marks à peine. Quant aux chefs-d'œuvre, on leur fit discrètement franchir la frontière et on les déposa dans les coffres de banques suisses.

— En d'autres termes, il y a une toute petite chance pour qu'après avoir trouvé l'icône...

— ... il l'ait fait mettre en lieu sûr en Suisse, compléta Petrova. Malheureusement ce n'est pas si simple, camarade major, car Goering n'était pas aussi naïf que les caricaturistes de l'époque se plaisaient à le dépeindre. Je crois qu'il a déposé son butin dans plusieurs établissements. Or nul à ce jour n'a encore découvert lesquels, pas plus que les pseudonymes dont il s'est servi.

— Eh bien ce sera à nous de le faire, dit Romanov. Par où suggérez-vous que nous commencions ?

— Depuis la fin de la guerre, bon nombre de tableaux ont été retrouvés et restitués à leurs légitimes propriétaires, y compris à des galeries de la République démocratique allemande. D'autres ont fait leur apparition à la cimaise de galeries aussi lointaines que le musée Getty en Californie et le Gotoh à Tokyo, parfois sans qu'aucune explication vraiment satisfaisante puisse être fournie à ce sujet. L'une des œuvres les plus importantes de Renoir, par exemple, est exposée à l'heure actuelle au Metropolitan Museum de New York. Il ne fait pas de doute qu'elle est passée entre les mains de Goering, bien que le conservateur du musée n'ait jamais voulu expliquer comment cette toile avait atterri chez lui.

— Est-ce que tous les tableaux manquants ont été retrouvés ? s'enquit Romanov non sans inquiétude.

— A soixante-dix pour cent environ, mais il en reste beaucoup dont on ignore ce qu'ils sont devenus. Certains semblent s'être volatilisés, d'autres ont été détruits, mais je suis prête à parier qu'il y en a encore pas mal dans les coffres des banques suisses.

— Qu'est-ce qui vous permet d'être aussi affirmative ? questionna Romanov, craignant de voir son dernier espoir s'envoler en fumée.

— Les banques suisses restituent toujours à leur propriétaire légitime, qu'il s'agisse d'une nation ou d'un particulier, les objets de valeur confiés à leur garde. Dans le cas de l'icône du tsar, il n'y avait aucun document prouvant que le grand-duc de Hesse en fût le propriétaire légal, le dernier propriétaire officiel étant le tsar Nicolas II, qui, comme chacun sait, camarade, n'a jamais eu de successeur.

— Alors il ne me reste qu'à suivre pas à pas l'itinéraire de Goering et m'adresser directement aux banques. Quelle a été leur politique à ce jour ? s'enquit Romanov.

— Cela dépend des établissements, dit Petrova. Au bout de vingt ans voire davantage, certains s'efforcent de retrouver le propriétaire ou la famille de ce dernier. Dans le cas des juifs morts sous le régime nazi, il a souvent été impossible de retrouver un propriétaire légitime. Bien qu'incapable de le prouver, je soupçonne les banquiers d'avoir conservé des biens confiés à leur garde, fit Petrova. Conduite en tous points digne de capitalistes.

— Ce que vous dites est injuste, camarade, et de plus inexact, contra Romanov, heureux de montrer qu'il n'était pas resté inactif de son côté. C'est encore une histoire inventée par les pauvres. En fait, quand les banques ne réussissaient pas à découvrir le propriétaire légitime d'un trésor qu'elles avaient en dépôt, elles le remettaient à la Croix-Rouge suisse, qui le vendait aux enchères.

— Mais si l'icône du tsar avait été mise en vente, nous l'aurions su.

— Justement, dit Romanov. J'ai déjà vérifié auprès de la Croix-Rouge : quatre icônes ont bien été vendues au cours des vingt dernières années, mais pas celle de saint Georges et du dragon.

— Alors c'est que des banquiers sans scrupules s'en sont débarrassés discrètement une fois certains que personne ne la réclamerait.

— Vous repartez sur des bases erronées, camarade Petrova.

— Vous en êtes sûr ?

— Oui, pour une bonne et simple raison, camarade. Les banquiers suisses se connaissent bien et ils n'ont pas pour habitude de contrevenir à la loi. La justice helvétique est aussi sévère avec les financiers indélicats qu'elle l'est avec les criminels. Cela explique d'ailleurs que la Mafia n'ait jamais vraiment tenu à blanchir son argent par le truchement des banques connues. Les banquiers suisses gagnent si bien leur vie en travaillant avec les honnêtes gens qu'ils n'ont aucun intérêt à traiter avec des faisans. Il y a très peu d'exceptions à la règle, c'est pourquoi il y a tellement d'amateurs pour faire des affaires avec les Suisses.

— Si Goering a volé l'icône du tsar et qu'il l'a déposée dans le coffre d'une banque suisse, elle peut être dans n'importe quel coin du monde maintenant ? dit Petrova.

— J'en doute.

— Pourquoi ? soupira Petrova, agacée de voir ses déductions rejetées.

— Parce qu'au cours des trois dernières semaines, j'ai envoyé je ne sais combien d'agents passer l'Europe au peigne fin. Ils se sont entretenus avec presque tous les conservateurs de musée, directeurs de galerie, courtiers et escrocs qui gravitent dans les milieux artistiques et ils n'ont toujours pas trouvé le moindre tuyau. Pourquoi ? Parce que les seuls à avoir vu l'icône depuis 1917 sont les Hesse et Goering. Ce qui me laisse un dernier espoir, à condition qu'elle n'ait pas été détruite quand l'avion du grand-duc s'est écrasé, conclut Romanov.

— A savoir ? s'enquit Petrova.

— Qu'au lieu d'être au palais d'Hiver, comme tout le monde le croit, l'original est enfermé depuis vingt ans dans une banque suisse, attendant que quelqu'un le réclame.

— La probabilité est bien mince, commenta la jeune femme.

— Je sais, fit Romanov d'un ton sec. Mais n'oubliez pas que nombre de banques suisses ont pour principe de garder le secret pendant vingt-cinq ans, quand ce n'est pas pendant trente. Il en existe même une ou deux qui se taisent indéfiniment pourvu que le propriétaire ait versé une provision suffisante pour couvrir les frais de garde.

— Dieu seul sait combien de banques peuvent entrer dans cette catégorie ! soupira Petrova.

— Dieu, opina Romanov, et vous peut-être, à neuf heures demain matin. Après quoi je rendrai visite à l'homme qui est un puits de science en matière de finance.

— Dois-je m'y mettre tout de suite, camarade major ? s'enquit la jeune femme d'un air faussement timide.

Romanov sourit et plongea son regard dans les yeux verts de la fille. Dans son uniforme réglementaire couleur de muraille, personne ne l'aurait remarquée. Mais nue, elle était somptueuse. Il se pencha et leurs lèvres se frôlèrent.

— Il faudra vous lever de très bonne heure, Anna, mais pour l'instant, éteignez la lumière.

CHAPITRE 5

Quelques minutes suffirent à Adam pour vérifier de nouveau les deux documents. Il glissa l'original dans l'enveloppe jaunie, qu'il remit dans la bible sur l'étagère. Finalement, il plia la copie de la lettre de Goering en trois dans le sens de la largeur et, suivant les pliures, la découpa en trois bandes qu'il mit dans une enveloppe neuve et posa sur la table de nuit. Le problème consistait maintenant à obtenir une traduction du document et de la missive de Goering sans éveiller inutilement la curiosité. Des années passées dans l'armée lui avaient appris qu'il fallait faire montre de prudence face à l'imprévu. Il écarta d'emblée l'ambassade, l'office du tourisme et l'agence de presse de la République fédérale d'Allemagne, tous organismes susceptibles en raison de leur caractère officiel de lui poser des questions embarrassantes. Une fois habillé, il passa dans l'entrée et se mit à feuilleter l'annuaire jusqu'à ce qu'il tombât sur ce qu'il cherchait.

Radio allemande
Centre culturel allemand
Chemins de fer de la République fédérale d'Allemagne
Hôpital allemand
Maison de retraite allemande

Il venait juste de dépasser « Traductions techniques de l'allemand », lorsqu'il repéra quelque chose de plus intéressant. L'adresse indiquée était Bayswater House, 35 Craven Terrace, W2. Il consulta sa montre.

Adam Scott quitta l'appartement un peu avant dix heures, après avoir mis les trois morceaux de la lettre dans la poche intérieure de son blazer. Il descendit Edith Grove sans se presser et s'engagea dans King's Road, profitant du soleil matinal. La rue, qu'il avait fréquentée quand il n'était que sous-lieutenant, était méconnaissable. Les librairies spécialisées dans les vieilles éditions avaient cédé la place à des boutiques de mode, le cordonnier à des magasins de disques, et Dolcis à Mary Quant. On prend quinze jours de vacances et on n'est même pas sûr de retrouver les commerces tels qu'on les a laissés, songea-t-il non sans tristesse.

La foule débordait du trottoir sur la chaussée, plaine de gens qui, selon leur age, venaient là pour voir ou être vus. En passant devant le premier magasin de disques, Adam ne put faire autrement que d'écouter *I want to hold your hand*[1], tellement le disquaire avait monté le son pour que personne ne pût y échapper.

Moyennant un shilling, il prit un ticket pour Paddington et, assis dans un compartiment à moitié vide, passa de nouveau son plan en revue. Lorsqu'il émergea à Paddington, il vérifia le nom de la rue et, une fois sûr de la direction, il s'engagea dans Craven Road et demanda son chemin au vendeur du premier kiosque à journaux qu'il rencontra.

— Craven Terrace ? Quatrième à gauche, dit l'homme sans même lever le nez de son magazine.

Adam le remercia et, quelques minutes plus tard, se trouva à l'entrée d'une petite allée face à un panonceau vert et jaune, assez criard : Y.M.C.A.[2] allemand.

Il poussa la grille, remonta l'allée et franchit le seuil d'un pas assuré. Dans le vestibule, un portier l'arrêta.

— Je peux vous aider, m'sieur ?

Adam prit un accent outrageusement martial pour expliquer qu'il était à la recherche d'un certain Hans Kramer.

— Jamais entendu parler de ce gars-là, dit le portier, qui se mit presque au garde-à-vous au vu de la cravate d'ancien

1. Célèbre chanson des Beatles. *(N.d.T.)*
2. Young Men's Christian Association. *(N.d.T.)*

militaire de son interlocuteur. (Il se tourna vers un registre, ouvert sur le bureau.) Il n'est pas inscrit là-dedans.

Du bout de son pouce taché de nicotine, il se mit à vérifier un à un les noms figurant sur la liste.

— Pourquoi est-ce que vous n'allez pas faire un tour dans le salon ou la salle de jeux ? suggéra-t-il, désignant du doigt une porte sur la droite.

— Merci, dit Adam, d'une voix toujours aussi mâle et martiale.

Il traversa vivement le hall et poussa les portes battantes qui, vu l'état de la peinture, devaient le plus souvent avoir été ouvertes à coups de pied. Il jeta un coup d'œil autour de lui. Plusieurs étudiants flânaient, lisant des revues et des quotidiens allemands. Il se demandait par où commencer quand il repéra une jeune fille à l'air studieux qui, seule dans un coin, était plongée dans un *Time* sur la couverture duquel figurait un portrait de Brejnev. Adam se dirigea à pas lents dans sa direction et prit le siège voisin du sien. Elle lui décocha un regard de biais, incapable de dissimuler sa surprise devant l'élégance de sa tenue. Il attendit qu'elle eut posé son magazine pour lui adresser la parole.

— Je me demandais si vous ne pourriez pas m'aider.

— En quoi ? s'enquit la jeune fille avec une certaine inquiétude.

— J'aurais besoin d'une traduction.

Elle eut l'air soulagée.

— Je peux toujours essayer. Vous avez votre texte ?

— Oui, dit-il. J'espère que ce n'est pas trop difficile.

Adam sortit l'enveloppe de sa poche et en extirpa le premier paragraphe de la lettre de Goering.

Puis il remit l'enveloppe à sa place, prit un petit carnet et attendit, le cœur battant comme un reporter débutant. La jeune fille lut le paragraphe en entier à deux ou trois reprises et parut hésiter.

— Il y a quelque chose qui ne va pas ?

Elle contemplait les mots d'un air concentré.

— C'est que... c'est un peu vieillot, je ne sais pas si j'arriverai à rendre le sens exact.

56

Adam eut un soupir de soulagement.

Elle lisait chaque phrase lentement en allemand avant de la transcrire en anglais comme si, non contente de traduire mot à mot, elle voulait s'imprégner du sens.

— « Au cours de l'année... qui vient de s'écouler nous en sommes venus à... nous connaître assez... — non, corrigea-t-elle — à très bien nous connaître, vous et moi. »

Adam écrivait au fur et à mesure qu'elle traduisait.

— « Vous n'avez jamais dissimulé — peut-être que "caché" serait mieux, ajouta-t-elle — le dégoût que vous inspirait le parti national-socialiste. »

Levant la tête, elle dévisagea Adam.

— J'ai copié ça dans un livre, lui assura-t-il.

L'air rien moins que convaincu, elle poursuivit néanmoins.

— « Cela ne vous a pas empêché... en toutes circonstances... de vous conduire avec la courtoisie d'un officier et d'un gentleman. »

La jeune fille regarda Adam, l'air encore plus intriguée maintenant qu'elle avait fini.

— C'est tout ? s'enquit-elle. Ça ne rime à rien. Il y a sûrement une suite.

— Mais non, affirma Adam, s'empressant de récupérer son bien. Je ne sais comment vous remercier de votre complaisance, ajouta-t-il.

Il s'éloigna, soulagé de la voir hausser les épaules avec résignation et se replonger dans son exemplaire du *Time*. Adam partit à la recherche de la salle de jeux.

Lorsqu'il poussa la porte, il se trouva devant un jeune homme en T-shirt et culotte de daim marron qui faisait rebondir une balle de ping-pong sur la table d'un geste mou.

— On fait une partie ? proposa le pongiste sans conviction.

— Bonne idée, approuva Adam, ôtant sa veste et s'emparant de la raquette posée sur la table devant lui.

Pendant vingt minutes Adam dut s'appliquer pour perdre, ce qu'il fit sur le score de 18-21, 21-12, 17-21. Tout en enfilant sa veste et félicitant son adversaire, il se demandait s'il avait gagné la confiance du jeune homme.

— Vous vous êtes bien défendu, dit l'Allemand.

Adam fit le tour de la table et s'approcha de lui.

— Je me demandais si vous ne pourriez pas m'aider à...

— Améliorer votre revers ?

— Non, merci, dit Adam. A traduire un paragraphe écrit en allemand.

Et de tendre le second paragraphe de la lettre au traducteur potentiel, qui ne cacha pas sa surprise.

— Je l'ai copié dans un livre, expliqua Adam d'un ton peu convaincant. C'est pour cela que ça a l'air bizarre, comme ça tout seul.

— D'accord, je vais essayer.

Au moment où il commençait à étudier le texte, la jeune personne qui en avait traduit la première partie fit son entrée dans la salle de jeux et se dirigea droit vers eux.

— Difficile à comprendre, la traduction n'est pas mon fort, s'excusa le jeune homme. Mon amie est meilleure, je vais lui demander.

— *Liebling, kannst du dies für den Herrn ins Englische ?*

Sans regarder Adam il tendit le papier à la fille qui déclara aussitôt :

— J'étais sûre qu'il y avait une suite.

— Laissez, ce n'est pas la peine, dit Adam en lui retirant le bout de papier des mains. Puis, se tournant vers le garçon, il ajouta :

— Merci pour la partie. Désolé de vous avoir dérangé.

Et il sortit, mettant en hâte le cap sur l'entrée.

— Vous l'avez trouvé, monsieur ?

— Qui ça ?

— Hans Kramer, précisa le portier.

— Oh, oui, merci, fit Adam.

Se retournant, il vit que le jeune Allemand et sa petite amie n'étaient pas loin derrière lui.

Adam descendit l'allée en courant et héla un taxi.

— Vous allez où ? dit le chauffeur.

— Hôtel *Royal Lancaster*.

— Mais c'est juste au coin.

— Je sais, fit Adam, mais je suis déjà en retard.

— Comme vous voudrez, mon prince, après tout c'est vous qui payez.

Tandis que le taxi démarrait, Adam regarda par la lunette arrière et vit le pongiste en grande conversation avec le portier. Plantée à côté de lui, la fille montrait le taxi du doigt. Adam ne se détendit que lorsque la voiture eut tourné le coin et qu'ils furent hors de vue.

Moins d'une minute plus tard, le taxi stoppait devant le *Royal Lancaster*. Adam tendit une demi-couronne au chauffeur et attendit sa monnaie. Puis il poussa la porte à tambour de l'hôtel et tournicota un instant dans le hall avant de ressortir. Il consulta sa montre : midi et demi. Il avait largement le temps de déjeuner avant de se rendre à son interview. Traversant Bayswater Road, il se dirigea à vive allure vers le parc, sachant qu'il avait peu de chances de trouver un pub avant Knightsbridge.

Adam évoqua de nouveau le match de ping-pong. « J'aurais dû lui flanquer une déculottée, bon sang. Comme ça, au moins, il aurait eu un autre sujet de préoccupation... »

***

Romanov parcourut la feuille des yeux. Il y avait une toute petite chance pour que l'une des quatorze banques de la liste fût en possession de l'icône du tsar, mais les noms de ces établissements ne lui disaient absolument rien. Le monde de la finance lui était étranger et il allait lui falloir demander l'avis d'un expert.

Il ouvrit le tiroir du haut de son bureau qui était toujours fermé à clé et feuilleta le livre rouge que seuls possédaient les officiers supérieurs du K.G.B. Bon nombre de noms avaient été rayés ou remplacés par d'autres au gré des purges, mais pas celui d'Alexei Andreovitch Poskonov qui occupait toujours — et ce depuis près de dix ans — le poste de président de la Banque d'État. Seul Gromyko, ministre des Affaires étrangères, avait battu ce record de durée. Romanov composa un numéro sur sa ligne privée et demanda qu'on lui passe le président de ladite banque. Un certain temps s'écoula avant qu'on lui répondît.

— Camarade Romanov, que puis-je faire pour vous ?

— Il faut que je vous voie, annonça Romanov, c'est urgent.

— Vraiment, fit à l'autre bout de la ligne une voix raboteuse et nullement impressionnée. (Romanov perçut un bruit de pages qu'on tourne.) Disons mardi, onze heures trente ?

— Je vous ai dit que c'était urgent, répéta Romanov. Il s'agit d'une affaire qui ne saurait attendre, une affaire d'État.

— Cela vous surprendra peut-être, mais les banquiers qui gèrent l'argent de la nation ont eux aussi de petits problèmes à résoudre, rétorqua la voix râpeuse. (Romanov s'abstint de tout commentaire et attendit. Il y eut de nouveaux froissements de pages.) Je peux vous accorder quinze minutes, dit le banquier, à 15 h 45 aujourd'hui. Mais j'aime autant vous prévenir que j'ai un rendez-vous fixé de longue date à seize heures.

— Entendu pour 15 h 45, dit Romanov.

— Dans mon bureau, précisa Poskonov en raccrochant.

Romanov poussa un juron. Pourquoi se sentaient-ils tous obligés de rouler les mécaniques devant les agents du K.G.B. ? Il commença à mettre par écrit les questions qu'il avait à poser à Poskonov. Il ne pouvait se permettre de gaspiller fût-ce une seule des quinze malheureuses minutes qu'on lui avait accordées.

Une heure plus tard, il demanda à voir le chef du K.G.B. Cette fois, on ne le fit pas attendre.

— Vous voulez essayer de battre les capitalistes avec leurs propres armes ? commenta Zaborski une fois que Romanov lui eut exposé son plan. Soyez prudent. Ils pratiquent ce petit jeu depuis plus longtemps que nous.

— Je sais, dit Romanov. Mais si l'icône est à l'Ouest, je n'ai d'autre solution que d'utiliser leurs méthodes pour mettre la main dessus.

— Peut-être, fit le directeur. Mais avec le nom que vous portez, prenez garde qu'on ne se méprenne sur vos intentions.

Romanov était trop fin pour rompre le bref silence qui suivit.

— Ne vous inquiétez pas, je vous soutiendrai à fond, bien qu'aucune requête de cette sorte ne me soit jamais parvenue.

— Puis-je savoir ce que cette icône a de si important ? s'enquit Romanov.

Le chef du K.G.B. fronça les sourcils.

— Je n'ai pas qualité pour répondre à cette question. Toutefois, connaissant la passion que le camarade Brejnev éprouve pour l'art, vous devez bien vous douter que ce n'est pas la peinture en elle-même qui nous intéresse.

Quel secret cette œuvre peut-elle donc renfermer ? songea Romanov, bien décidé à insister.

— Je me demandais si...

Le chef du K.G.B. secoua fermement la tête.

A d'autres, se dit Romanov, mais tu sais parfaitement de quoi il retourne, non ?

Zaborski se leva, se dirigea vers le calendrier accroché au mur et en arracha une autre page.

— Il nous reste dix jours, pas un de plus, pour aboutir. Le secrétaire général en est à me téléphoner tous les matins maintenant, à une heure.

— A une heure ? s'étonna Romanov, entrant dans son jeu.

— Oui, le pauvre homme en a perdu le sommeil, à ce qu'on raconte, fit le chef du K.G.B. en regagnant son bureau. Ça nous arrive à tous à un moment ou à un autre — ça vous arrivera peut-être aussi, Romanov, et peut-être plus tôt que vous ne le pensez si vous continuez à poser des questions, conclut-il en grimaçant un sourire.

Romanov quitta Zaborski quelques minutes plus tard et regagna son bureau pour revoir la liste des questions qu'il allait poser au président de la banque d'État. Qu'est-ce qui pouvait bien se cacher dans un si petit tableau ? Cela tournait à l'obsession. Mais il fallait d'abord le trouver. Cela fait, le secret viendrait peut-être tout seul.

Romanov arriva au 12 rue Neglinnaya à 15 h 30, sachant qu'il lui faudrait plus de quinze minutes s'il voulait avoir les réponses à toutes ses questions. Il espérait que Poskonov accepterait de le recevoir sur-le-champ.

Après qu'il se fut annoncé à la réception, un garde en uniforme, le précédant dans l'imposant escalier de marbre, l'accompagna jusqu'au premier étage où l'attendait le secrétaire de Poskonov. Romanov fut conduit dans une antichambre.

— Je vais prévenir le président que vous êtes arrivé, camarade Romanov, dit le secrétaire, disparaissant dans les profondeurs de son bureau.

L'officier du K.G.B. se mit à tourner comme un ours en cage dans la petite antichambre. Le secrétaire ne reparut que lorsque les aiguilles furent alignées sur le cadran. A 15 h 50, Romanov fut introduit dans le cabinet de travail présidentiel.

L'opulence de la pièce coupa un instant le souffle au jeune major. Les longs rideaux de velours rouge, le sol dallé de marbre et le mobilier français aux lignes délicates n'auraient pas déparé les appartements du gouverneur de la banque d'Angleterre. L'argent restait décidément la denrée la plus importante du monde, même dans le monde communiste. Romanov fixa le vieil homme aux cheveux grisonnants et clairsemés, à la moustache tombante et fournie qui avait la haute main sur les finances de la nation. L'homme censé connaître les secrets honteux de chaque famille. Pas ceux de la mienne en tout cas, songea Romanov. Son costume à carreaux, qui semblait dater d'avant la révolution, aurait été jugé « dans le vent » à Londres par les habitués de King's Road.

— Que puis-je faire pour vous, camarade Romanov ? s'enquit le banquier avec un soupir, comme s'il s'adressait à un client importun venu solliciter un prêt dérisoire.

— J'ai besoin immédiatement de l'équivalent en or de cent millions de dollars américains, annonça Romanov sans un battement de cils.

Le président perdit aussitôt son air d'ennui. La face cramoisie, il se laissa tomber sur sa chaise, prit plusieurs inspirations, sortit d'un tiroir une boîte carrée et en extirpa une grosse pilule blanche. Une bonne minute s'écoula avant qu'il eût recouvré son calme.

— Vous avez perdu l'esprit, camarade? dit le vieil homme. Vous me demandez un rendez-vous sans en préciser l'objet, vous vous ruez dans mon bureau et exigez que je vous remette cent millions de dollars en or sans la moindre explication. Peut-on connaître la raison de cette requête grotesque?

— Il s'agit d'une affaire d'État, répliqua Romanov. Mais puisque vous me posez la question, sachez que j'ai l'intention de déposer dans diverses banques suisses sur des comptes numérotés des sommes d'argent d'un montant identique.

— Et qui vous a donné qualité pour formuler cette demande? demanda le banquier d'un ton uni.

— Le secrétaire général du Parti.

— Bizarre, commenta Poskonov. Je vois Léonide Ilitch au moins une fois par semaine et il ne m'en a pas soufflé mot. (Le président jeta un coup d'œil au bloc posé sur son bureau.) Jamais il n'a été question que je reçoive une demande aussi absurde de la part d'un major Romanov.

Le jeune officier fit un pas en avant, décrocha le téléphone de Poskonov et le lui tendit d'un geste de défi.

— Pourquoi ne pas poser la question à Léonide Ilitch? Cela nous ferait gagner du temps.

Le banquier regarda son interlocuteur droit dans les yeux, prit le combiné et l'approcha de son oreille. Romanov se sentit vibrer d'excitation, comme lorsqu'il était agent en mission.

— Vous m'avez appelé, camarade président? dit une voix à l'autre bout du fil.

— Oui, répondit le vieil homme. Annulez mon rendez-vous de 16 heures et veillez à ce que je ne sois pas dérangé avant le départ du major Romanov.

— Bien, camarade président.

Poskonov raccrocha et, sans un mot, se leva et se dirigea vers Romanov. Il invita le jeune homme à s'asseoir sur une chaise confortable à l'autre bout de la pièce sous une fenêtre en saillie et s'installa en face de lui.

— Je connaissais votre grand-père, dit-il avec le calme de quelqu'un qui sait de quoi il parle. J'étais jeune employé spécialisé dans les matières premières quand je l'ai rencontré. Je sortais de l'école et il a été très bon pour moi, mais il n'avait aucune patience, comme vous. C'est d'ailleurs pourquoi il était le meilleur négociant en fourrures de toute la Russie et le plus exécrable joueur de poker qui fût.

Romanov éclata de rire. Il n'avait jamais connu son grand-père et il y avait belle lurette que les livres qui mentionnaient son nom avaient été détruits. Son père parlait ouvertement de sa fortune et de son prestige, ce qui avait fini par donner aux autorités des arguments pour se débarrasser de lui.

— Pardonnez ma curiosité, major, mais si je dois vous remettre cent millions de dollars en or, j'aimerais savoir à quoi cet argent est destiné. Je croyais que seule la C.I.A. pouvait se permettre de présenter des notes de cette envergure sans explication.

Romanov rit de nouveau et expliqua au président qu'on avait découvert que l'icône du tsar était un faux et qu'on l'avait chargé de retrouver l'original. Son histoire terminée, il tendit sa liste de quatorze noms au banquier. Celui-ci l'étudia avec soin tandis que Romanov lui exposait son plan de bataille, précisant que l'argent lui serait rendu dans sa totalité dès qu'il aurait remis la main sur l'icône.

— Comment se fait-il qu'une icône de cette taille ait autant d'importance pour l'État ? énonça Poskonov comme pour lui-même.

— Je n'en ai pas la moindre idée, repartit Romanov en toute sincérité, avant de lui faire un bref exposé sur les résultats de ses recherches.

Un grognement d'exaspération salua la fin de son discours.

— Puis-je me permettre de vous suggérer une autre marche à suivre ?

— Je vous en prie, faites, dit Romanov, soulagé de voir que le vieil homme semblait décidé à coopérer.

— Vous fumez ? demanda le banquier en sortant de sa poche un paquet de Dunhill.

— Non, déclina Romanov, haussant les sourcils à la vue de la boîte rouge.

Le financier fit une pause, le temps d'allumer sa cigarette.

— Ce costume ne vient pas de Moscou, lui non plus, major, dit le banquier, sa Dunhill pointée sur Romanov. Maintenant, passons aux choses sérieuses, et n'hésitez pas à me reprendre au cas où je vous aurais mal compris. Vous croyez que dans l'une de ces quatorze banques helvétiques... (il tapota la liste de l'index)... se trouve l'icône originale ayant appartenu au tsar. Vous voulez donc que je dépose de l'or dans chacun de ces établissements dans l'espoir que cela vous permettra d'être reçu sans délai par le directeur. Vous lui ferez ensuite miroiter la possibilité d'empocher ces cent millions pourvu qu'il vous promette de collaborer avec vous ?

— C'est cela, confirma Romanov. S'il y a un langage que les occidentaux comprennent, c'est bien celui de la corruption.

— J'aurais dit « naïf » si je n'avais pas connu votre grand-père, encore que, pour être juste, c'est lui qui s'est retrouvé gagnant de millions de roubles, et pas moi. Quoi qu'il en soit, selon vous, pour une banque suisse, une grosse somme d'argent, ça va chercher dans les combien ?

Romanov réfléchit.

— Dix, vingt millions ?

— C'en serait une pour la banque d'État de Moscou, dit Poskonov. Mais chacune des banques avec lesquelles vous espérez traiter doit avoir plusieurs comptes dépassant les cent millions.

Romanov ne put dissimuler sa stupéfaction.

— Je ne vous cacherai pas, poursuivit le président, que notre cher secrétaire général s'est montré aussi interloqué que vous quand je lui ai exposé ces réalités il y a quelques années.

— Alors il me faudra un milliard ? fit Romanov.

— Non. Le tout est d'aborder le problème sous un autre angle. On n'attrape pas un braconnier en lui offrant du civet de lièvre.

— Mais si de grosses sommes d'argent laissent les Suisses indifférents, qu'est-ce qui les touchera ?

— Le simple fait de suggérer que l'on s'est servi de leur banque à des fins criminelles, énonça le président.

— Mais comment..., fit Romanov.

— Laissez-moi vous expliquer. Vous dites que l'icône du tsar accrochée au palais d'Hiver n'est pas l'original mais une copie. Une excellente copie, effectuée par un peintre du XXe siècle, mais une copie tout de même. Pourquoi dans ce cas ne pas glisser à l'oreille de chacun des quatorze directeurs qu'au terme de recherches minutieuses nous avons des raisons de croire que l'un de nos trésors les plus précieux a été remplacé par une copie et que l'original a été déposé dans sa banque ? Et que, plutôt que de causer un incident diplomatique — chose que tout banquier suisse redoute comme la peste —, il vaudrait peut-être mieux envisager de faire l'inventaire des objets qui dorment dans ses chambres fortes depuis plus de vingt ans.

Romanov dévisagea le vieil homme, commençant à comprendre pourquoi il avait survécu à tant de purges.

— Je vous dois des excuses, camarade Poskonov.

— Mais non, à chacun ses compétences. Je suis convaincu que je serais aussi perdu dans votre univers que vous dans le mien. Maintenant, si vous voulez bien me permettre de contacter chacun des directeurs figurant sur votre liste et de leur dire la simple vérité — pratique plus courante dans mon domaine que dans le vôtre —, à savoir que je soupçonne l'icône du tsar d'être dans leur banque, je vous assure que la plupart d'entre eux n'auront aucune envie de conserver le chef-d'œuvre s'ils sont persuadés que ce faisant ils portent atteinte aux droits intangibles d'un État souverain.

— Je ne saurais trop insister sur le caractère urgent de l'affaire, glissa Romanov.

— Tout le portrait de votre grand-père, commenta Poskonov. Il en sera fait comme vous le désirez. Si j'arrive à les joindre, je leur parlerai aujourd'hui même. C'est l'un des avantages qu'il y a à se lever avant le reste du monde. Je vous contacterai dès que j'aurai du nouveau.

— Merci, dit Romanov, se levant pour prendre congé. Votre aide m'a été précieuse.

Il faillit ajouter, comme il avait coutume de le faire en pareille circonstance, « je ne manquerai pas d'en faire part à mon supérieur hiérarchique », mais il se retint à temps, conscient que la formule n'aurait fait ni chaud ni froid au vieil homme.

Le président de la banque d'État referma la porte derrière son visiteur, se dirigea vers la fenêtre et regarda Romanov descendre en courant les marches du perron et sauter dans la voiture qui l'attendait. « J'aurais été bien incapable de te fournir ces cent millions, même si le secrétaire général me l'avait ordonné, songea-t-il. Je ne sais même pas si j'ai pour dix millions de dollars en or dans mes coffres en ce moment. Léonide Ilitch m'a déjà donné l'ordre de faire envoyer jusqu'à la dernière once de métal jaune par avion à la banque de New York, et il a si bien manigancé son coup que la C.I.A. a été avertie du dépôt dans l'heure qui a suivi. Ce n'est pas facile de cacher sept cents millions de dollars en or, même en Amérique. Je l'avais pourtant prévenu. » Le président regarda démarrer la voiture de Romanov. « Si comme ton grand-père tu lisais le *Washington Post* et pas seulement la *Pravda*, tu aurais été au courant de cette histoire. » Il regagna son bureau et examina les noms des quatorze banques.

Il n'eut pas à réfléchir longtemps pour décider auxquelles il convenait de téléphoner.

*
**

Adam sortit de Tattersalls Tavern au coin de Knightsbridge, longea le *Hyde Park Hotel* et se dirigea vers le Royal Thames Yacht Club. Le Foreign Office avait choisi là un curieux endroit pour faire passer des interviews, mais les circonstances entourant l'attribution de ce poste étaient auréolées de mystère.

Le jeune homme arriva avec quelques minutes d'avance et demanda à l'ancien sergent des Royal Marines où se déroulaient les entretiens.

— Sixième étage, monsieur. Prenez l'ascenseur qui est là-bas dans le coin, fit-il, geste à l'appui, et annoncez-vous à la réception.

Adam appuya sur le bouton et attendit l'ascenseur. Les portes s'ouvrirent immédiatement et il entra dans la cabine. Un homme à lunettes, de son âge mais plutôt enrobé — le genre de type qui, arrivé au dessert, craque immanquablement —, le suivit sans hâte excessive. Adam appuya sur le bouton du sixième. Les deux hommes effectuèrent le trajet sans échanger un mot. L'homme corpulent descendit de l'ascenseur avant Adam.

— Wainwright, annonça-t-il à la fille de la réception.

— Vous êtes un peu en avance, monsieur Wainwright, dit la fille. Asseyez-vous là-bas.

Elle lui désigna une chaise du geste puis regarda Adam et sourit.

— Scott, dit-il.

— Pouvez-vous vous asseoir à côté de ce monsieur ? On va vous recevoir dans un instant.

Adam traversa la pièce et prit un *Punch* avant de s'installer à côté de Wainwright, qui avait déjà attaqué les mots croisés du *Telegraph*.

Adam, qui ne tarda pas à se fatiguer de feuilleter les vieux numéros de *Punch*, examina Wainwright de plus près.

— Est-ce que vous parleriez allemand ? s'enquit-il tout à trac en se tournant vers son voisin.

— Allemand, français, italien et espagnol, répondit Wainwright en levant le nez. Je crois que c'est ce qui m'a permis d'arriver jusque-là, ajouta-t-il, l'air assez content de lui.

— Vous pourriez me traduire un paragraphe d'une lettre en allemand ?

— Avec plaisir, mon vieux, fit le compagnon d'Adam, qui retira ses lunettes aux verres épais et attendit que le jeune homme eût extrait de son enveloppe le paragraphe du milieu de la lettre.

— Voyons un peu, dit Wainwright, s'emparant du bout de papier et chaussant de nouveau ses lunettes. Pas commode.

Dites-moi, mon vieux, ce n'est pas une entrevue camouflée, par hasard ?

— Absolument pas, lui assura Adam avec un sourire. Je suis exactement dans la même situation que vous, à ceci près que je ne parle pas un traître mot d'allemand, de français, d'italien ou d'espagnol.

Wainwright parut soulagé.

— Voyons voir, répéta-t-il tandis qu'Adam sortait son petit carnet de sa poche intérieure.

« Vous avez sans doute... remarqué que je recevais par l'intermédiaire d'un de mes gardiens une... une... provision...

— oui, trancha-t-il — une provision régulière de cigares de La Havane. C'est un des rares plaisirs que l'on m'ait accordés — ou plutôt non, « permis » — en dépit de mon incarcération.

— Je ne trouve pas de meilleur mot, commenta le traducteur.

— Ces cigares n'étaient pas seulement destinés à être fumés, poursuivit Wainwright qui s'amusait visiblement, chacun d'eux renfermait une minuscule capsule...

— Monsieur Scott.

— Oui, dit Adam se levant d'un bond.

— Le comité va vous recevoir, dit la réceptionniste.

— Vous voulez que je termine pendant qu'ils en finissent avec vous, mon vieux ? proposa Wainwright.

— Volontiers, repartit Adam, si ce n'est pas trop dur.

— C'est plus facile que les mots croisés, fit Wainwright, abandonnant sa grille à moitié remplie.

Lorsqu'il était de bonne humeur, Alex Romanov n'était déjà guère patient, mais maintenant que le secrétaire général téléphonait à son supérieur hiérarchique deux fois par jour, il tournait comme un ours en cage.

Tout en attendant les résultats des démarches du président de la banque d'État, il relut les documents entassés sur son bureau, et prit connaissance de tous les renseignements que lui avaient fait parvenir ses agents. Romanov bouillait en songeant à tout ce que Poskonov devait déjà savoir, mais il se garda bien de harceler le vieil homme en dépit du temps qui pressait.

C'est alors que le président le convoqua.

Cette fois, Romanov fut conduit directement à la banque d'État au 12 rue Neglinnaya et introduit sans délai dans la pièce élégamment meublée. Poskonov, qui portait un autre costume à carreaux — plus larges, ceux-là —, se tenait près de la porte pour lui souhaiter la bienvenue.

— Vous avez dû vous demander si je ne vous avais pas oublié, fit-il en entraînant Romanov vers le siège confortable près de la baie. Je voulais avoir des nouvelles positives à vous communiquer plutôt que de vous faire perdre votre temps. Vous ne fumez pas, si ma mémoire est bonne, ajouta-t-il en sortant son paquet de Dunhill.

— Non, merci, dit Romanov.

Le secrétaire entra et déposa devant eux deux verres, un carafon givré et une assiette de caviar.

Romanov attendit en silence.

— Au cours des dernières quarante-huit heures, j'ai réussi à parler aux directeurs de douze des banques figurant sur votre liste, commença Poskonov en versant la vodka. Mais j'ai évité d'entrer en contact avec les deux derniers.

— « Évité » ? reprit Romanov en écho.

— Patience, camarade, dit Poskonov avec une bienveillance toute avunculaire. Vous vivrez sûrement plus longtemps que moi, donc si quelqu'un peut se permettre de perdre du temps ici, c'est vous.

Romanov baissa les yeux.

— Si j'ai évité de joindre le premier, poursuivit Poskonov, c'est parce qu'il se trouve au Mexique où il explique au président Ortiz comment s'y prendre pour ne pas rembourser son prêt à la Chase Manhattan tout en empruntant dans le même temps davantage de dollars à la Bank of America. S'il réussit ce coup-là, je demanderai au secrétaire général du Parti de lui confier mon poste le jour où je prendrai ma retraite. Quant au second, je ne l'ai pas contacté pour la bonne raison qu'il est censé être à Chicago, en train de traiter une énorme affaire d'euro-obligations avec la Continental

Illinois, alors qu'en fait il est claquemuré avec sa maîtresse à l'hôtel *Saint-Francis*, à San Francisco. Je suis certain que comme moi vous penserez, camarade major, qu'il ne servirait à rien de déranger ces messieurs en ce moment précis. Le premier a suffisamment de problèmes sur les bras pour le reste de la semaine. Quant au second, il y a gros à parier que son téléphone est sur table d'écoute, or il n'est pas question que les Américains se doutent de quoi que ce soit, n'est-ce pas ?

— En effet, camarade, renchérit Romanov.

— Parfait. De toute façon, comme ils regagnent tous deux la Suisse en début de semaine prochaine, nous avons largement de quoi nous occuper pour l'instant.

— Oui, mais qu'est-ce que..., commença Romanov.

— Vous serez heureux d'apprendre, poursuivit Poskonov, que les douze autres directeurs ont accepté de collaborer avec nous et que cinq d'entre eux m'ont même déjà rappelé. Quatre pour me dire qu'ils avaient examiné les biens des clients qui ne leur avaient pas donné signe de vie depuis plus de vingt ans, et qu'ils n'avaient rien trouvé qui pût ressembler de près ou de loin à une icône. L'un d'entre eux a ouvert, en présence de trois de ses collègues, un coffre auquel nul n'avait touché depuis 1931, tout cela pour s'apercevoir qu'il contenait en tout et pour tout le bouchon d'une bouteille de porto.

— Un bouchon ?

— Oui, mais le Taylor 1929 était une grande année, convint le président.

— Et le cinquième ? s'enquit Romanov.

— Je crois bien que nous tenons là notre première trouvaille, continua Poskonov, désignant le dossier posé devant lui. (De l'index de la main droite il remonta ses lunettes sur son nez avant de poursuivre.) Herr Dieter Bischoff, de Bischoff et Cie, fit-il, l'œil soudain braqué sur son invité, comme s'il s'agissait d'un nom que Romanov était censé reconnaître. Un homme d'honneur avec lequel j'ai traité de nombreuses affaires par le passé — selon les critères occidentaux, bien sûr, camarade, précisa le banquier, qui semblait s'amuser. Bischoff est tombé sur quelque chose qui a été déposé chez lui en 1938. Il s'agit d'une icône, cela ne fait aucun doute, mais il ignore si c'est celle que nous cherchons.

Très excité, Romanov bondit de sa chaise.

— Il vaut mieux que j'aille me rendre compte sur place. Je pourrais partir aujourd'hui.

D'un geste, le président l'invita à se rasseoir.

— Votre avion ne décolle qu'à 4 h 35 de l'aéroport de Cheremetievo. Et de toute façon je vous ai déjà retenu deux places.

— Deux ? s'étonna Romanov.

— Il faudra que vous soyez accompagné d'un expert, à moins que vous n'en sachiez davantage sur les icônes que sur la banque. Je me suis également permis de vous faire voyager par la Swissair. Inutile de prendre un vol Aeroflot quand on peut faire autrement. Cette compagnie depuis sa création détient un triste record : celui de perdre régulièrement le plus grand nombre de passagers chaque année. Et un banquier ne se dresse jamais contre les chiffres. Vous avez rendez-vous avec Herr Bischoff à 10 heures demain matin, à moins évidemment que des affaires plus urgentes ne vous retiennent à Moscou, camarade ?

Romanov sourit.

— En compulsant votre dossier, j'ai remarqué que vous n'aviez jamais servi en Suisse, dit le vieil homme, faisant étalage de ses connaissances. Je ne saurais trop vous recommander de descendre au *Saint-Gothard* pendant votre séjour à Zurich. Vous y serez admirablement reçu par Jacques Pontin. Les Suisses se moquent de la nationalité de leurs clients, seul leur argent les intéresse. Mon enquête s'arrête là pour l'instant, je vous recontacterai dès que les deux directeurs actuellement en déplacement auront regagné leur pays lundi prochain. Il ne me reste plus qu'à vous souhaiter bonne chance à Zurich.

— Merci, fit Romanov. Je ne saurais trop vous dire à quel point j'apprécie le sérieux avec lequel vous avez mené votre enquête.

— Ça a été un plaisir, camarade ; sachez que je reste

l'obligé de votre grand-père ; si un jour vous vous trouvez être le mien, vous m'en tiendrez peut-être quitte.

Romanov aurait bien aimé savoir ce qui se cachait derrière ces paroles. Le visage impassible de son interlocuteur ne lui fournissant aucun indice, il partit sans un mot. Mais tandis qu'il descendait l'escalier de marbre, Romanov tourna et retourna l'allusion du banquier dans sa tête. Quand on s'adresse à un officier du K.G.B., ce n'est pas pour lancer des paroles en l'air.

*
**

Lorsque Romanov fut de retour place Dzerjinski, son secrétaire lui apprit que l'assistant de Herr Bischoff avait téléphoné de Zurich pour confirmer son rendez-vous avec le directeur de la banque à 10 heures le lendemain matin. Romanov lui demanda d'appeler le *Saint-Gothard* et de réserver deux chambres. « Et passez un coup de fil à la Swissair pour confirmer mon vol », ajouta-t-il avant de grimper les deux étages qui le séparaient de Zaborski, et de rendre compte à ce dernier de l'entretien qu'il venait d'avoir avec le président de la banque d'État.

— Dieu soit loué, jeta Zaborski. Il ne nous reste plus que neuf jours, mais j'aurai au moins quelque chose à dire quand le secrétaire général m'appellera à une heure du matin.

Romanov sourit.

— Bonne chance, camarade. N'hésitez pas à faire appel à notre ambassade si vous avez besoin de quoi que ce soit. J'espère de tout cœur que, grâce à vous, le chef-d'œuvre retrouvera sa place au mur du palais d'Hiver.

— S'il est dans cette banque, vous l'aurez demain soir, promit Romanov en quittant le chef du K.G.B. dont le visage s'éclaira d'un sourire.

En entrant dans son bureau, Romanov y trouva Petrova, qui l'attendait.

— Vous m'avez fait appeler, camarade ?

— Oui, nous partons pour Zurich. (Il consulta sa montre.)

Dans trois heures. Les billets d'avion et les chambres sont déjà réservés.

— Au nom de Herr et Fraulein Schmidt, je suppose ? susurra sa maîtresse.

CHAPITRE 6

Adam sortit de l'entretien relativement optimiste. La dernière question du directeur du comité de sélection avait en effet été pour lui demander s'il serait libre pour passer une visite médicale approfondie une semaine plus tard. Adam avait répondu qu'il ne voyait pas a priori ce qui l'en empêcherait. Il avait hâte d'entrer au service du Foreign Office. Lorsqu'il réintégra la salle d'attente, Wainwright leva le nez vers lui et lui tendit son bout de papier.

— Merci infiniment, dit Adam.

Et, s'efforçant de prendre un air détaché, il le glissa dans la poche intérieure de sa veste sans y jeter un coup d'œil.

— Alors, comment ça s'est passé, mon vieux ? s'enquit son compagnon, tâtant prudemment le terrain.

— Pour un type qui possède l'allemand, le français, l'espagnol et l'italien, ce devrait être un jeu d'enfant, lui assura Adam. Bonne chance, en tout cas.

— Monsieur Wainwright, appela la secrétaire, c'est à vous.

Adam prit l'ascenseur jusqu'au rez-de-chaussée et décida de rentrer chez lui à pied. Il fit halte au coin de Wilton Place pour acheter des pommes à un marchand des quatre saisons qui, l'air inquiet, semblait guetter l'arrivée de la police. Adam s'éloigna, repassant dans son esprit les questions que lui avaient posées les membres du comité et ses réponses — exercice stérile, encore qu'il restât convaincu que l'entretien avait plutôt bien marché. Il s'immobilisa si brutalement que le piéton qui était derrière lui faillit lui rentrer dedans. Adam avait eu l'œil tiré en effet par l'enseigne de la Maison d'Allemagne. Une jolie fille au sourire éclatant et aux yeux rieurs était à la caisse près de la porte. Adam s'engouffra dans le magasin et, sans même essayer d'acheter quoi que ce soit, marcha droit sur elle.

— Vous n'avez rien acheté ? s'enquit-elle avec un léger accent.

— Pas encore, mais ça ne saurait tarder, déclara Adam. Je me demandais si vous parliez allemand.

— Comme la plupart des filles de Mayence, répondit-elle, avec un large sourire.

— Évidemment, cela va de soi, dit Adam en l'examinant de plus près.

Il lui donna une vingtaine d'années et fut immédiatement conquis par son air épanoui et ses manières amicales. Ses cheveux d'un noir brillant relevés en queue de cheval étaient maintenus par un gros nœud rouge. Avec son chandail blanc et sa jupe plissée impeccable, elle aurait donné à tout homme normalement constitué envie de lui faire un brin de cour. Ses jambes fines étaient repliées sous sa chaise.

— Pourriez-vous faire un petit travail de traduction pour moi ?

— Je veux bien essayer, dit-elle en souriant toujours.

Adam sortit de sa poche l'enveloppe renfermant le dernier paragraphe de la lettre, et le lui tendit.

— Le style est un peu vieillot, fit-elle, sérieuse cette fois. Ça risque de prendre un peu de temps.

— Je vais faire mes courses, dit-il, commençant à explorer les rayons.

Il prit un peu de salami, des saucisses de Francfort, du bacon et de la moutarde allemande, jetant des coups d'œil subreptices vers la caisse pour voir comment elle s'en sortait. Comme elle était continuellement interrompue par les clients, elle ne pouvait pas aller très vite. Près de vingt minutes s'étaient écoulées lorsqu'il la vit mettre le bout de papier de côté. Adam se dirigea vers la caisse et déposa ses emplettes sur le comptoir.

— Une livre, deux shillings et six pence, annonça-t-elle.

Adam lui donna deux livres, et elle lui rendit sa monnaie et le bout de papier.

— C'est une traduction assez grossière mais je crois que le sens est clair.

— Je ne sais comment vous remercier, dit Adam, tandis qu'une dame âgée venait prendre la queue derrière lui.

— Vous pourriez m'inviter à partager vos saucisses, fit-elle en éclatant de rire.

— Quelle bonne idée ! rétorqua Adam. Pourquoi ne pas dîner avec moi ce soir ?

— Je plaisantais.

— Pas moi.

La queue s'enrichit d'une nouvelle personne et la vieille dame, derrière lui, commença à donner des signes d'impatience.

Adam attrapa un dépliant qui traînait sur le comptoir, repartit vers le fond du magasin et se mit à griffonner ses nom, adresse et numéro de téléphone. Il attendit que les deux clients qui le précédaient aient payé et lui tendit le prospectus.

— Qu'est-ce que c'est que ça ? fit-elle, innocemment.

— Mon nom et mon adresse, dit Adam, sur la page du milieu. Je vous attends pour dîner à 8 heures ce soir. Au moins, vous connaissez le menu.

— Je vous assure que je plaisantais, dit-elle d'un ton hésitant.

— Que les choses soient claires : je n'ai aucune intention de vous manger. Je me contenterai des saucisses.

Elle regarda le petit prospectus et rit.

— Je vais réfléchir.

Adam sortit sans se presser en sifflotant. La matinée avait été mauvaise, l'après-midi bonne, quant à la soirée, elle s'annonçait meilleure encore.

Il rentra à temps pour regarder le journal télévisé de 17 h 45. Mme Gandhi, nouveau Premier ministre de l'Inde, devait faire face à une révolte ouverte de son propre cabinet. Adam se demanda si la Grande-Bretagne aurait un jour une femme Premier ministre. Au cricket, les Anglais étaient toujours menés, et de loin. Avec un grognement dégoûté, il éteignit la télévision. Après avoir mis ses provisions au réfrigérateur, il passa dans sa chambre pour reconstituer le texte intégral de la lettre de Goering. Après avoir lu tous les petits bouts de papier il prit son carnet et se mit à recopier les différentes traductions dans l'ordre. D'abord le paragraphe traduit par la fille du Y.M.C.A., ensuite les notes écrites de la main de Wainwright, et enfin le passage traduit par la jolie caissière de Mayence. Il relut lentement le tout d'un bout à l'autre.

Nuremberg

15 octobre 1946

Cher colonel,
Au cours de l'année qui vient de s'écouler, nous en sommes venus à très bien nous connaître, vous et moi. Vous n'avez jamais caché le dégoût que vous inspirait le Parti national-socialiste. Cela ne vous a pas empêché en toutes circonstances de vous conduire avec la courtoisie d'un officier et d'un gentleman.
Vous avez sans doute remarqué que je recevais par l'intermédiaire d'un de mes gardiens une provision régulière de cigares de La Havane. C'est un des rares plaisirs que l'on m'ait permis en dépit de mon incarcération. Ces cigares n'étaient pas seulement destinés à être fumés, chacun d'eux renfermait une minuscule capsule contenant une dose infime de poison. De quoi me permettre, le moment venu, d'échapper au bourreau.
Mon unique regret est que vous, officier chargé d'assurer la garde au moment où il y a toutes les chances que je meure, risquez d'être tenu pour responsable d'une chose dont vous ignorez tout. Pour essayer de me faire pardonner, je joins à cette lettre un document au nom d'un certain Emmanuel Rosenbaum qui devrait vous permettre de faire face aux difficultés financières que vous pourriez rencontrer dans un proche avenir.
Il vous suffira de...

— Il y a quelqu'un ? cria Lawrence.

Adam replia les bouts de papier, se précipita vers l'étagère et les glissa dans la bible à côté de la lettre originale quelques secondes avant que Lawrence ne passe la tête par l'entrebâillement de la porte.

— Saletés d'embouteillages, proféra Lawrence d'un ton allègre. Vivement que je sois nommé P.-D.G. pour pouvoir enfin disposer de somptueux appartements, sans parler d'un chauffeur et d'une Rolls de fonction.

Adam rit.

— Mon pauvre chéri, tu as encore eu une dure journée au bureau ? bouffonna-t-il avant de rejoindre Lawrence dans la cuisine et de se mettre à retirer différentes choses du frigo.

— Qui peut bien venir dîner ce soir, fit Lawrence.

— Une ravissante Allemande, j'espère, dit Adam.

— Tu « espères » ?

— Comme mon invitation était rien moins qu'officielle, je ne suis pas sûr qu'elle vienne.

— Étant donné la façon dont les choses se présentent, je ferais aussi bien de rester dans les parages au cas où elle te poserait un lapin et où tu aurais besoin d'aide pour manger tout ça.

— Merci pour le compliment, mais je crois que ça va être ton tour de disparaître. Au fait, et Carolyn ?

— Carolyn, c'est de l'histoire ancienne. Comment as-tu rencontré ta charmante *fraulein* ?

— Elle travaille dans un magasin d'alimentation de Knightsbridge.

— On en est à séduire des vendeuses, maintenant ?

— J'ignore ce qu'elle fait, et pour tout dire, je ne sais même pas comment elle s'appelle, fit Adam. Mais je compte éclaircir ça ce soir, une fois que tu auras vidé les lieux. Parce que je te rappelle que c'est à toi de te volatiliser dans la nature.

— *Natürlich*. Si tu as besoin d'un interprète, je peux te donner un coup de main.

— Contente-toi de mettre le vin au frais et de dresser la table.

— Pourquoi confier à un homme de mon envergure des tâches aussi dérisoires ? s'esclaffa Lawrence.

Lorsque 20 heures sonnèrent, le couvert était mis et le dîner prêt. A 20 h 30, ils cessèrent de faire semblant d'attendre et Adam servit les saucisses, le salami et la laitue avec une pomme de terre en robe des champs arrosée de sauce. Il accrocha ensuite son tablier derrière la porte de la cuisine et s'assit en face de Lawrence, qui avait commencé à servir le vin.

— Oh, *mein liebes Mädchen*, vous êtes divine dans ce veston de tweed, ironisa Lawrence en levant son verre.

La cuiller de service à la main, Adam s'apprêtait à prendre des mesures de rétorsion lorsqu'un coup violent fut frappé à la porte. Les deux hommes s'entre-regardèrent avant qu'Adam bondît pour aller ouvrir. Planté sur le seuil, se dressait un gaillard de plus d'un mètre quatre-vingt-cinq aux épaules de déménageur. Près de lui, minuscule par contraste, se tenait la jeune fille qu'Adam avait invitée à dîner.

— C'est Jochen, mon frère, expliqua-t-elle.

Adam fut frappé de voir comme elle était jolie dans ce chemisier bleu imprimé et cette jupe plissée marine qui lui arrivait au genou. Malgré la faible lumière dispensée par l'ampoule de quarante watts qui éclairait l'entrée, ses longs cheveux noirs flottant librement sur ses épaules brillaient comme s'ils venaient tout juste d'être lavés.

— Soyez le bienvenu, énonça Adam, passablement interloqué.

— Jochen est juste venu m'accompagner, il ne reste pas.

— Je comprends, dit Adam. Entrez donc boire un verre, Jochen.

— Non, merci. J'ai moi-même un rendez-vous, mais je repasserai prendre Heidi à 23 heures, si ça vous va.

— Ça me va, opina Adam. (Enfin, il savait son nom.)

Le géant se baissa pour embrasser sa sœur sur les deux joues. Après quoi, il serra la main d'Adam et s'en fut, les laissant tous les deux sur le pas de la porte.

— Désolée d'être en retard, s'excusa Heidi. Mon frère est rentré du travail à 19 heures passées.

— Aucun problème, dit Adam, la précédant dans l'appartement. Si vous étiez arrivée plus tôt, vous m'auriez trouvé en pleins préparatifs. Au fait, je vous présente mon ami Lawrence Pemberton.

— Est-ce que les hommes eux aussi ont besoin d'un chaperon en Angleterre ? s'enquit Heidi.

Les deux amis éclatèrent de rire.

— Absolument pas, fit Lawrence. J'allais sortir. Comme votre frère, j'ai moi aussi un rendez-vous. Vous pouvez voir que le couvert est mis pour deux personnes, d'ailleurs. Je serai de retour vers 23 heures, Adam, histoire de voir si tu es toujours entier.

Il gratifia Heidi d'un sourire, enfila sa veste et referma la porte derrière lui, coupant court à d'éventuelles protestations.

— J'espère que je ne le chasse pas, fit Heidi.

— Mais non, la rassura Adam, tandis qu'elle s'installait à la place de Lawrence. Il est déjà en retard et Carolyn doit l'attendre. C'est une fille charmante, elle est assistante sociale.

Il acheva de remplir son verre, comme si le vin n'avait pas déjà été servi.

— Alors comme ça, je vais manger mes saucisses, dit-elle en riant.

Elle ne cessa de rire de toute la soirée tout en parlant à Adam de sa vie en Allemagne, de sa famille et du job qu'elle avait pris à Londres pendant les vacances, l'université de Mayence étant fermée.

— Mes parents ne m'ont laissée venir en Angleterre que parce que mon frère est déjà à Londres, pour que je puisse améliorer mon anglais. Et maintenant, Adam, dites-moi ce que vous faites quand vous ne draguez pas dans les magasins d'alimentation.

— J'ai passé neuf ans à l'armée et j'espère travailler bientôt au Foreign Office.

— En qualité de quoi, si c'est bien comme ça qu'on dit ? s'enquit Heidi.

— C'est bien comme ça qu'on dit, mais j'ai peur de ne pas pouvoir vous répondre.

— Quand on parle du Foreign Office comme vous le faites, cela veut généralement dire qu'on est un espion.

— Franchement, je ne sais pas ce que cela veut dire, mais on me l'expliquera la semaine prochaine. De toute façon, je ne crois pas que j'aie l'étoffe d'un espion. Que comptez-vous faire lorsque vous rentrerez en Allemagne ?

— Terminer mes études à Mayence et décrocher un job à la télévision.

— Et Jochen ?

— Il entrera dans le cabinet juridique de mon père dès son retour.

— Combien de temps comptez-vous rester encore à Londres ? s'entendit demander Adam.

— Deux mois, si j'arrive à tenir le coup.

— C'est si pénible que ça ? Mais alors, pourquoi continuer ?

— Il n'y a rien de mieux pour tester sa compréhension de l'anglais que d'avoir en face de soi des clients survoltés parlant avec toutes sortes d'accents.

— J'espère que vous resterez, dit Adam.

— Moi aussi, fit-elle avec un sourire.

Lorsque Jochen revint ponctuellement à 23 heures, il trouva Adam et Heidi en train de faire la vaisselle.

— Merci pour cette soirée instructive, dit-elle en s'essuyant les mains.

— « Instructive », c'est pas le bon mot, rectifia Jochen. Charmante, délicieuse, agréable, peut-être, mais pas instructive.

— Elle a été tout cela, dit Adam, et elle a été instructive aussi.

Heidi sourit.

— Puis-je venir acheter d'autres saucisses chez vous demain ?

— Bonne idée, approuva Heidi. Mais pas question de me demander de vous traduire quoi que ce soit, les vieilles grincheuses détestent attendre. Au fait, vous ne m'avez toujours pas dit pourquoi vous aviez besoin de la traduction de ce drôle de texte. Je n'arrête pas de me demander qui est ce Rosenbaum, et ce qu'il a bien pu léguer à je ne sais qui.

— La prochaine fois peut-être, fit Adam, un peu gêné.

— La prochaine fois, vous pourrez raccompagner ma sœur vous-même, dit Jochen en serrant vigoureusement la main d'Adam.

Après le départ d'Heidi, Adam s'assit et but un ultime verre de vin, conscient qu'il y avait bien longtemps qu'il n'avait passé une aussi charmante, délicieuse, agréable et instructive soirée.

*
**

Une limousine noire aux vitres fumées et aux plaques minéralogiques non éclairées restait garée dans la zone réservée aux V.I.P. à l'aéroport de Zurich Kloten. Des policiers suisses méticuleux s'étaient à deux reprises approchés du véhicule et avaient vérifié les papiers du chauffeur avant que le major Romanov et Anna Petrova émergeant de la douane ne prennent place à l'arrière de la voiture.

Il faisait déjà nuit lorsque le chauffeur démarra en direction des lumières de la ville. Quand la limousine s'immobilisa devant le *Saint-Gothard*, les seuls mots qu'adressa Romanov au conducteur se résumèrent à ceci :

— Je rentre à Moscou par le vol de mardi matin.

Jacques Pontin, directeur de l'hôtel, était posté devant la porte pour accueillir les nouveaux arrivants, auxquels il se présenta. Dès qu'il eut inscrit les visiteurs, il appuya de la paume sur une petite sonnette pour appeler un bagagiste. Quelques instants plus tard, un jeune homme d'une vingtaine d'années vêtu d'un uniforme vert fit son apparition.

— Suite 73 et chambre 74, dit Jacques Pontin avant de se tourner vers Romanov. Je vous souhaite un agréable séjour parmi nous, Herr Romanov. N'hésitez pas à faire appel à moi si vous avez besoin de quoi que ce soit.

— Merci, dit Romanov, pivotant pour rejoindre le bagagiste qui se tenait au garde-à-vous près de la porte grande ouverte de l'ascenseur.

Romanov s'effaça pour laisser monter Anna. L'appareil s'arrêta au septième et le porteur enfila un long couloir menant à une suite d'angle. Il ouvrit et invita les deux visiteurs à entrer. L'appartement était tel que Romanov l'avait imaginé, et n'avait rien de commun avec les meilleurs établissements qu'il avait fréquentés à Moscou ou à Leningrad. Lorsqu'il vit les gadgets déployés dans la salle de bains de marbre, il songea que les étrangers se rendant en Union soviétique, s'ils avaient tant soit peu l'habitude de voyager, ne devaient pas se déplacer sans leur bouchon de lavabo personnel.

— Votre chambre est par là, madame, annonça le porteur en ouvrant une porte communicante.

Bien que plus modeste par la taille, la pièce était meublée avec la même discrète élégance. Le bagagiste rejoignit Romanov, lui remit sa clé et lui demanda s'il avait besoin de quelque chose. Romanov lui répondit par la négative en lui donnant un billet de cinq francs.

Le ʼporteur s'inclina et, refermant la porte derrière lui, laissa Romanov déballer ses affaires tandis qu'Anna Petrova se dirigeait vers sa chambre.

Romanov entreprit de se déshabiller et passa dans la salle de bains où il s'examina dans la glace. Déjà assez satisfait de son visage, il l'était davantage encore de son corps. A vingt-neuf ans, malgré son mètre quatre-vingt-cinq, il ne pesait que soixante-quinze kilos et il avait des muscles d'acier.

Lorsque Romanov réintégra sa chambre, il entendit crépiter l'eau de la douche dans le cabinet de toilette voisin. Se glissant jusqu'à la porte, il l'entrebâilla. Il distinguait nettement la silhouette d'Anna debout sous le jet brûlant. Foulant la moquette épaisse, il traversa la pièce avec un sourire et se faufila dans le lit de la jeune femme. Puis il attendit qu'elle coupe l'eau.

⁎⁎

Adam émergea de sous le jet glacé et, quelques minutes plus tard, rejoignit Lawrence dans la cuisine pour le petit déjeuner.

— Toujours pas moyen de te faire payer l'eau chaude ? dit Lawrence tandis qu'Adam, penché au-dessus de son épaule, essayait de lire les derniers résultats de la rencontre internationale de cricket.

— Comment se fait-il qu'on n'ait pas de lanceurs vraiment valables ?

— Tu m'excuseras mais je n'ai pas le temps de tailler une bavette avec les chômeurs, dit Lawrence en prenant son attaché-case. Le shah veut m'entretenir de ses problèmes financiers. Désolé de t'abandonner devant ton assiette de porridge, mais je ne peux décemment pas faire attendre Sa Majesté.

Resté seul, Adam se fit un œuf à la coque et quelques toasts avant de se plonger dans le journal. Des morts, encore des morts au Viêt-nam. Le président Johnson envisageait d'effectuer un voyage en Extrême-Orient. S'il continuait à traînasser comme ça, jamais il ne gagnerait le concours de la fée du logis de l'année organisé par le *Daily Mail*. Il finit par remettre de l'ordre dans la cuisine, fit son lit et rangea les affaires de Lawrence — on ne se débarrasse pas comme ça de ses vieilles habitudes — puis il réfléchit à l'emploi de sa journée.

Il se rendit compte qu'il allait devoir prendre une décision. Il s'assit à son bureau, se demandant comment faire traduire le document officiel sans éveiller les soupçons.

D'un geste quasi machinal, il prit la bible sur l'étagère et en retira la lettre qu'il avait lue la nuit d'avant. Le dernier paragraphe continuait de l'intriguer. Il jeta un nouveau coup d'œil à la traduction de Heidi.

Il vous suffira de vous présenter à l'adresse indiquée en haut à droite du document ci-joint avec des papiers prouvant que vous êtes bien le colonel Gerald Scott — un passeport devrait suffire. On vous remettra alors un legs que je vous ai laissé au nom d'Emmanuel Rosenbaum.

J'espère qu'il vous portera chance.

Adam examina le document. Il ne voyait toujours pas en quoi pouvait bien consister le legs, et encore moins s'il avait

85

une quelconque valeur. Le fait qu'un homme à l'âme si noire, sachant qu'il ne lui restait que quelques heures à vivre, les eût employées à faire une bonne action ne laissait pas de l'intriguer.

***

Romanov empoigna les couvertures et d'un geste brusque les jeta à terre, révélant Anna pelotonnée comme une enfant, les genoux touchant presque ses seins nus. La jeune femme tâtonna à la recherche d'un bout de drap pour se couvrir.

— On prend le petit déjeuner au lit ? murmura-t-elle.

— Tu as dix minutes pour t'habiller, sinon tu te passes de petit déjeuner, rétorqua Romanov.

Anna posa précautionneusement le pied sur la moquette épaisse et attendit que la chambre cesse de tourner avant de se diriger vers la salle de bains. Romanov entendit l'eau gicler et Anna pousser un cri aigu : il sourit en se rappelant qu'il avait laissé le mélangeur réglé sur froid.

Pendant le repas, qu'ils prirent à la salle à manger, ils réfléchirent à la conduite à adopter avec les gens de la banque pour le cas où Anna serait en mesure de confirmer que l'icône était bien le chef-d'œuvre original de Roublev. Romanov, qui ne cessait de jeter des regards autour de lui, lâcha soudain :

— Allons-nous-en.

— Pourquoi ? fit Anna, mordant dans un autre toast.

Son compagnon se leva et, sans un mot d'explication, sortit en trombe et se dirigea vers l'ascenseur. Anna Petrova le rejoignit juste avant que la grille ne se referme.

— Pourquoi ? questionna-t-elle de nouveau.

Mais Romanov attendit qu'ils fussent dans sa suite pour parler.

— Ah, elle est devant ta chambre, fit-il après avoir ouvert la grande fenêtre donnant sur la gare.

Et il traversa vivement la chambre contiguë. Sans un regard pour le lit au désordre éloquent, il ouvrit la première fenêtre qui lui tomba sous la main et en enjamba l'appui. Anna jeta un coup d'œil du haut du septième étage et se sentit prise de vertige. Une fois que Romanov eut atteint le dernier barreau de l'échelle d'incendie, il se dirigea en courant vers un tram qui passait. Petrova n'aurait jamais réussi à grimper dedans si Romanov ne l'avait hissée à la force du poignet.

— Que se passe-t-il ? fit-elle, interloquée.

— Je n'en sais trop rien, dit Romanov, jetant un coup d'œil par la vitre arrière. Mais je sais à quoi ressemble l'agent local de la C.I.A.

La jeune femme regarda en direction de l'hôtel, mais ne put distinguer qu'une foule anonyme remontant et descendant le trottoir.

Romanov attendit d'avoir parcouru environ un kilomètre et demi avant de sauter du tram et de héler un taxi.

— Bischoff et Cie, ordonna-t-il en attendant que son assistante hors d'haleine le rattrape.

Le taxi repartit en direction de l'hôtel, zigzaguant au milieu de la circulation matinale, et s'arrêta devant un énorme immeuble de granit brun qui occupait tout un pâté de maisons. Romanov régla la course et se planta devant les immenses portes de verre sur lesquelles couraient des branches de fer forgé. A côté des portes, on pouvait lire, gravés discrètement dans la pierre et incrustés d'or les mots : « Bischoff et Cie. » Il n'y avait aucune autre indication permettant de savoir quelle sorte d'établissement dissimulait cette façade.

Romanov tourna la lourde poignée de fer forgé et les deux Soviétiques pénétrèrent dans un hall spacieux. Sur la gauche se trouvait un bureau isolé derrière lequel était assis un élégant jeune homme.

— *Guten morgen, mein Herr*, dit-il.

— Bonjour, dit Romanov. J'ai rendez-vous avec Herr Dieter Bischoff.

— Oui, Herr Romanov, dit le réceptionniste après avoir consulté une liste devant lui. Si vous voulez bien prendre l'ascenseur jusqu'au cinquième, la secrétaire de Herr Bischoff vous attend.

Lorsqu'ils descendirent de l'appareil, ils furent accueillis par une dame en tailleur strict.

— Veuillez me suivre, je vous prie, dit-elle.

Et elle les précéda le long d'un couloir orné de tableaux jusqu'à une pièce confortable qui évoquait davantage une salle de réception de manoir qu'une banque.

— Herr Bischoff sera là dans un instant, fit la dame en se retirant.

Romanov resta debout à examiner les lieux. Trois photographies en noir et blanc de vieux messieurs solennels sanglés dans des costumes gris et qui se donnaient beaucoup de mal pour avoir l'air vieux et solennels occupaient la plus grande partie du mur du fond. Des toiles sans prétention mais agréables à l'œil — vues champêtres et citadines de la Suisse du XIXᵉ siècle — égayaient les autres murs. Au centre de la pièce se dressait une splendide table Louis XIV ovale, qu'entouraient huit chaises d'acajou sculpté. Romanov ne put se défendre d'éprouver une pointe d'amertume à la pensée que jamais il ne pourrait vivre sur ce pied.

La porte s'ouvrit et un homme âgé d'une bonne soixantaine d'années entra, suivi de trois autres vêtus de gris foncé. Romanov jeta un coup d'œil à Herr Bischoff et comprit tout de suite que c'était sa photo qui finirait par rejoindre celles des trois autres vieux messieurs solennels couleur de muraille.

— Quel honneur pour notre modeste maison, monsieur Romanov, fit Bischoff qui, s'inclinant, serra la main du Russe.

Romanov hocha la tête et présenta au banquier son assistante, qui fut elle aussi gratifiée d'une courbette et d'une poignée de main.

— Permettez-moi de vous présenter mon fils et deux de mes associés, Herr Muller et Herr Weizkopf.

Les trois hommes s'inclinèrent en chœur mais restèrent debout tandis que Bischoff s'asseyait à la place d'honneur.

Sur un geste de lui, Romanov et Anna prirent place à ses côtés.

— Me serait-il possible de voir votre passeport ? s'enquit Bischoff, comme pour montrer que le moment de passer aux affaires sérieuses était arrivé.

Romanov prit dans sa poche intérieure le petit passeport bleu à couverture souple et le lui tendit. Bischoff l'examina avec le soin du philatéliste qui étudie un timbre ancien pour s'assurer qu'il ne s'agit pas d'un faux. « Merci », dit-il en le rendant à son propriétaire.

Bischoff leva la main et l'un des associés sortit immédiatement.

— Mon fils est parti chercher l'icône, c'est l'affaire d'un instant, confia-t-il à ses visiteurs. En attendant, peut-être qu'un peu de café...

Le café arriva quelques minutes plus tard, apporté par une seconde dame tout aussi sobrement élégante que la première.

— Merci, dit Anna Petrova, visiblement impressionnée.

Romanov garda le silence jusqu'à ce que le fils de Herr Bischoff revienne avec un petit coffre, qu'il remit à son père.

— Vous comprenez que je dois agir avec la plus grande prudence, confia le vieil homme. L'icône n'est peut-être pas celle que votre gouvernement recherche.

— Je comprends, lui assura Romanov.

— Ce superbe échantillon d'art russe est en notre possession depuis 1938, il a été déposé chez nous au nom d'un certain Emmanuel Rosenbaum.

Les deux visiteurs eurent l'air choqué.

— Impossible, souffla Anna, se tournant vers son chef. Il n'aurait jamais...

— Au contraire, c'est pour cela qu'il a choisi ce nom, jeta sèchement Romanov, furieux de la remarque imprudente d'Anna. C'est d'une logique aveuglante. Puis-je voir l'icône ? fit-il, se tournant de nouveau vers le directeur de la banque.

Herr Bischoff posa le coffre au milieu de la table. Les trois hommes en gris firent un pas en avant. Romanov releva la tête.

— Aux termes de la loi suisse, l'ouverture d'un coffre au nom d'une tierce personne ne peut se faire qu'en présence de trois témoins, expliqua le vieil homme.

Romanov opina d'un air raide.

Herr Bischoff se mit en devoir d'ouvrir la boîte métallique à l'aide d'une clé qu'il sortit de sa poche, tandis que son fils s'attaquait à la seconde serrure avec une clé différente. Cette petite cérémonie terminée, Herr Bischoff souleva le couvercle et plaça la boîte devant ses hôtes. Plongeant les mains dans le coffret, Romanov en retira l'icône, qu'il examina. C'était un petit rectangle de bois couvert de minuscules touches de rouge, d'or et de bleu représentant un homme qui semblait porter sur ses épaules toutes les misères du monde. Bien que triste, le visage exprimait néanmoins une certaine sérénité. Le tableau était magnifique, aussi beau que tout ce qu'il avait vu au palais d'Hiver. Romanov resta un long moment silencieux, tout le monde se demandant ce qui allait se passer.

Ce fut Anna qui prit finalement la parole.

— C'est un chef-d'œuvre qui date du XVe siècle sans aucun doute, mais ce n'est pas saint Georges et le dragon.

Romanov hocha la tête, visiblement peu pressé de se séparer du petit tableau.

— Est-ce que vous en connaissez l'origine ?

— Oui, fit Anna, ravie de se voir, pour la première fois, appréciée à sa juste valeur. C'est l'icône de saint Pierre, vous voyez, il porte les clés, elle a été peinte par Dionisi en 1471, et bien que ce soit un des spécimens les plus achevés de son art, ce n'est pas l'icône du tsar.

— Appartient-elle au peuple russe ? s'enquit Romanov, espérant toucher quelque récompense pour tout le mal qu'il s'était donné.

— Non, camarade major, dit la jeune femme avec emphase. Elle appartient au musée de Munich, dont elle a disparu depuis le jour où Hitler a été nommé chancelier du Reich.

Herr Bischoff griffonna un mot sur un morceau de papier. Il y aurait au moins une banque à Munich qui aurait le plaisir de traiter des affaires avec lui à l'avenir.

Romanov rendit à regret l'icône à Herr Bischoff, s'arrachant avec peine un merci.

— Je vous en prie, dit Herr Bischoff, imperturbable, en remettant l'icône dans le coffret et donnant un tour de clé.

Son fils donna le second tour de clé rituel et s'en fut avec le trésor. Romanov se leva, estimant que le moment était venu de mettre fin à l'entretien, qui lui avait au moins permis à défaut d'autre chose de découvrir le ou l'un des pseudonymes de Goering.

— Pourrais-je m'entretenir avec vous en particulier, Herr Romanov? risqua le banquier.

— Certainement.

— Il s'agit d'une affaire assez délicate, précisa Herr Bischoff, c'est pourquoi je me disais que vous préféreriez peut-être que votre assistante nous laisse.

— C'est inutile, se récria Romanov, voyant mal ce que Bischoff pourrait avoir à lui dire dont il ne pût parler ultérieurement avec Anna Petrova.

— Comme vous voudrez, dit Bischoff. J'aimerais savoir ni votre visite a un autre but

— Je ne comprends pas.

— Je croyais savoir pourquoi vous aviez choisi notre établissement pour commencer votre enquête...

— Je ne l'ai pas choisi, dit Romanov. Il se trouve simplement qu'il figurait sur une...

Il s'arrêta net.

— Je vois, dit Bischoff, l'air assez interloqué à son tour. Alors puis-je me permettre de vous poser quelques questions?

— Si c'est indispensable, soit, dit Romanov, pressé maintenant de s'en aller.

— Vous êtes bien Alexandre Petrovitch Romanov?

— J'imagine que je ne serais plus ici si vous n'en étiez pas persuadé.

— Fils unique de Piotr Nikolaievitch Romanov?

— Oui.

— Et petit-fils du comte Nikolaï Alexandrovitch Romanov?

— Vous ne prétendez pas me faire un cours d'histoire et m'apprendre mon arbre généalogique, grommela Romanov, visiblement irrité.

— Non, je voulais seulement m'assurer que je ne faisais pas erreur. Je suis de plus en plus convaincu qu'il vaudrait mieux que votre assistante nous laisse un instant, suggéra le vieil homme non sans hésitation.

— Il n'en est pas question, protesta Romanov. En Union soviétique, nous sommes tous égaux, précisa-t-il pompeusement.

— Bien sûr, dit Bischoff en jetant un coup d'œil à Anna avant de continuer. Votre père est décédé en 1946, n'est-ce pas ?

— En effet, opina Romanov, commençant à se sentir mal à l'aise.

— Et vous êtes le seul enfant encore vivant ?

— Oui, confirma Romanov fièrement.

— Dans ce cas, cette banque se trouve en possession...

Bischoff eut une hésitation et un des hommes en gris déposa un dossier devant lui. Il chaussa une paire de lunettes en demi-lune, prenant tout son temps.

— Plus un mot, dit Romanov d'un ton calme.

Bischoff leva le nez.

— Je suis désolé, mais j'avais toutes les raisons de penser que votre visite ne devait rien au hasard.

Assise au bord de sa chaise, Petrova savourait chaque minute de la scène qui se déroulait sous ses yeux. Fine mouche, elle avait compris ce qui allait se passer, aussi fut-elle déçue lorsque Romanov se tourna vers elle.

— Allez m'attendre dehors, dit-il sèchement.

Avec une moue, Petrova se leva pour les laisser en tête à tête, fermant la porte derrière elle.

Bischoff attendit que la porte fût fermée et fit glisser le dossier sur la table. Romanov l'ouvrit avec précaution. En haut de la première page était écrit le nom de son grand-père, souligné trois fois. Et sous ce nom, d'interminables colonnes de chiffres énigmatiques.

— Vous constaterez que nous avons exécuté les instructions de votre grand-père et sagement géré son portefeuille.

Bischoff se pencha et désigna du doigt le chiffre de 6,7 % de dividendes que la banque avait servi en moyenne lors des quarante-neuf dernières années.

— Que représente le chiffre qui est au bas de la page ? s'enquit Romanov.

— La valeur totale de vos actions, obligations et espèces ce matin à neuf heures. Il est mis à jour tous les lundis depuis que votre grand-père a ouvert un compte chez nous en 1916.

Et le vieil homme de jeter un regard plein de fierté aux trois photographies accrochées au mur.

— Mon Dieu ! s'exclama Romanov, assimilant le chiffre. Mais dans quelle monnaie...

— Votre grand-père n'avait confiance qu'en la livre anglaise, dit Herr Bischoff.

— Mon Dieu ! fit de nouveau Romanov.

— Dois-je conclure que vous êtes satisfait de notre gestion ?

Romanov resta sans voix.

— Vous serez également heureux d'apprendre que nous sommes en possession de plusieurs coffres, dont nous ignorons le contenu. Votre père nous a rendu visite une fois après la guerre. Il a semblé satisfait et m'a assuré qu'il reviendrait, mais nous n'avons plus jamais eu de ses nouvelles. Sa mort nous a beaucoup attristés. Peut-être étant donné les circonstances préférez-vous revenir examiner le contenu des coffres à un autre moment ?

— Oui, dit Romanov, très calme. Pourquoi pas cet après-midi ?

— La banque sera toujours à votre service, Excellence, répondit Herr Bischoff.

Depuis la Révolution, personne n'avait appelé un Romanov par son titre. Le major demeura silencieux un bon moment.

Finalement il se leva et serra la main de Herr Bischoff.

— Je repasserai cet après-midi, fit-il avant de rejoindre son assistante dans le couloir.

Ni l'un ni l'autre ne prononcèrent un mot avant de se retrouver dans la rue. Romanov était encore si abasourdi par ce qu'il venait d'apprendre qu'il ne remarqua pas que l'homme auquel il avait si habilement faussé compagnie aux abords de l'hôtel faisait la queue à un arrêt de tramway de l'autre côté de la rue.

CHAPITRE 7

Le pasteur s'assit pour étudier le document ; il s'écoula un laps de temps assez long avant qu'il se risquât à avancer une opinion. Lorsque Adam lui avait présenté sa requête, il l'avait invité à le suivre dans son petit bureau derrière l'église luthérienne allemande. La pièce dépouillée était meublée d'une table et de chaises en bois dépareillées. Un crucifix noir était le seul ornement des murs nus blanchis à la chaux. Adam et le pasteur s'étaient installés de part et d'autre de la table sur les sièges disparates. Adam était assis le buste rigide tandis que l'ecclésiastique, ensaché dans une soutane noire, les coudes sur la table, le front dans les mains, considérait la copie du document.

Après un temps fort long, et sans lever le nez, il hasarda :

— Si je ne me trompe pas, il s'agit d'un reçu. Bien que peu au fait de ce genre de choses, j'ai tout lieu de penser que Roget et Cie, banquiers à Genève, sont en possession d'un objet connu sous le nom d'icône du tsar. Si mes souvenirs en histoire sont bons, l'original se trouve quelque part à Moscou.

L'œil toujours rivé sur le document, il poursuivit :

— Il semblerait que si le détenteur du reçu se présentait en personne à Genève, il serait fondé à réclamer l'icône de saint Georges et du dragon, déposée là-bas par un certain Emmanuel Rosenbaum. J'avoue, dit le pasteur, se décidant à regarder son vis-à-vis, que c'est la première fois que j'ai un papier comme celui-ci entre les mains.

Il plia le document et le rendit à Adam.

— Merci, dit ce dernier, votre aide m'a été précieuse.

— Je suis navré que l'évêque ne soit pas là — il est parti faire sa retraite annuelle —, car je suis certain qu'il aurait pu éclairer votre lanterne beaucoup mieux que je ne l'ai fait.

— Grâce à vous, je sais tout ce que j'avais besoin de savoir, lui assura Adam. Une dernière question cependant : est-ce que les icônes ont de la valeur ?

— Encore une fois, je ne crois pas être la personne la mieux qualifiée pour formuler un avis sur la question. Ce que je peux vous dire, et c'est valable pour tous les objets d'art, c'est que la valeur d'un objet donné est variable et peut aller d'un extrême à l'autre sans que les profanes que nous sommes sachent exactement pourquoi.

— Alors il n'y a pas moyen de connaître la valeur de cette icône ? s'enquit Adam.

— Je ne m'aventurerais pas sur ce terrain, mais je suis sûr que c'est tout à fait dans les cordes des commissaires-priseurs de chez Sotheby's ou de chez Christie's. Après tout, s'il faut en croire les annonces qu'ils font passer dans la presse, ils ont des experts dans tous les domaines.

— Eh bien, je vais m'en assurer de ce pas et leur rendre une petite visite. (Adam se leva, serra la main du pasteur.) Merci de votre amabilité.

— Je vous en prie, rétorqua le pasteur. Trop heureux d'avoir pu vous aider. Ça me change des problèmes conjugaux de Frau Gerber et de la taille des courgettes du marguillier.

*
**

Adam prit un bus jusqu'à Hyde Park Corner et en descendit au moment où celui-ci, tournant à gauche, s'engageait dans Knightsbridge. Il emprunta le passage souterrain et poursuivit son chemin d'un pas vif le long de Piccadilly en direction du Ritz. Il avait lu quelque part que Sotheby's était dans Bond Street, mais ne se rappelait pas avoir jamais vu la salle des ventes.

Il parcourut encore une centaine de mètres avant de bifurquer sur la gauche. Ralentissant l'allure, il se mit à examiner les enseignes des magasins qui bordaient la rue de part et d'autre. Gucci, Cartier, Asprey's. Il commençait à se demander si sa mémoire ne l'avait pas trahi et s'il ne ferait pas mieux de vérifier dans l'annuaire téléphonique. Il continua, dépassa l'office du tourisme irlandais puis Céline, et repéra enfin les lettres dorées au-dessus d'un petit kiosque à journaux de l'autre côté de la rue.

Il traversa Bond Street — qui était à sens unique — et entra par la grande porte qui jouxtait le kiosque. Il avait l'impression d'être un petit nouveau un jour de rentrée scolaire, qui ne sait quelle direction prendre ni à qui demander son chemin. La plupart des gens qui le dépassaient se dirigeaient vers l'escalier. Il allait leur emboîter le pas lorsqu'il entendit quelqu'un lancer d'une voix de stentor :

— En haut de l'escalier et tout droit, madame. La vente commence dans quelques minutes.

Adam pivota et vit un homme vêtu d'une longue blouse verte sur la poche gauche de laquelle était brodé « Sotheby's ».

— Où dois-je m'adresser pour faire expertiser un objet ? s'enquit Adam.

— A la réception, monsieur. Au fond du couloir et à gauche, aboya l'homme en vert.

Songeant à part lui qu'une voix pareille ne pouvait appartenir qu'à un ancien sergent instructeur, Adam le remercia et mit le cap vers la réception. Une vieille dame expliquait à une des jeunes filles au comptoir qu'elle avait hérité du vase de sa grand-mère il y avait de cela plusieurs années, et qu'elle se demandait ce qu'il pouvait valoir.

La jeune fille se contenta de jeter un coup d'œil à l'objet de famille et dit :

— Pouvez-vous revenir dans un quart d'heure ? Mr. Makepeace l'aura examiné et sera à même de vous donner une estimation.

— Merci, mon petit, dit la vieille dame, l'œil pétillant d'impatience.

La jeune fille prit le vase au décor exubérant et l'emporta

dans une pièce du fond. Elle reparut quelques instants plus tard pour se trouver face à Adam.

— Puis-je vous aider, monsieur ?

— Je ne sais pas trop, commença le jeune homme. J'ai besoin d'un avis, c'est au sujet d'une icône.

— Vous l'avez là ?

— Non.

— Avez-vous des détails concernant cette œuvre ?

— Des détails ?

— Nom de l'artiste, date, dimensions. Ou mieux encore, une photo.

— Non, avoua Adam, penaud. Je ne connais que son titre, mais j'ai de la documentation, ajouta-t-il en tendant à son interlocutrice le reçu qu'il avait montré au pasteur.

— C'est plutôt léger comme renseignements, remarqua la fille en étudiant le document traduit de l'allemand. Mais je vais demander à Mr. Sedgwick qui est notre expert en icônes russes et grecques s'il peut faire quelque chose pour vous.

— Merci, fit Adam tandis qu'elle décrochait son téléphone.

— Est-ce que Mr. Sedgwick peut venir un instant ? s'enquit la jeune fille. (Elle se tut, écouta la réponse, puis raccrocha.) Mr. Sedgwick sera là dans un moment, si vous voulez bien l'attendre.

— Certainement, dit Adam, se faisant l'effet d'être un imposteur.

Pendant que la fille s'occupait du client suivant, Adam examina les tableaux accrochés autour de lui. Il y avait plusieurs clichés d'œuvres mises aux enchères au cours de ventes récentes. Une grande toile de Picasso intitulée *Les trois baigneuses* s'était vendue quatorze mille livres. Pour autant qu'Adam pût en juger, cette huile aux couleurs agressives représentait trois femmes s'ébrouant sur une plage. Il y avait de fortes chances du moins pour que ce fussent des femmes, car même si elles ne les avaient pas au milieu du buste, elles avaient des seins. Près du Picasso se trouvait un Degas représentant une jeune personne prenant un cours de danse ; cette fois, aucun doute n'était possible : il s'agissait bien d'une jeune fille. Mais la toile qui retint le plus l'attention d'Adam était une huile de belle taille d'un dénommé Jackson Pollock — il n'avait jamais entendu prononcer ce nom —, qui s'était vendue onze mille livres. Adam se demanda quel genre de gens pouvaient se permettre de dépenser des sommes pareilles pour acheter des œuvres d'art.

— Superbe échantillon du travail de l'artiste, commenta une voix derrière lui.

Adam fit demi-tour et se trouva face à un grand type décharné à la moustache carotte, au cheveu roux et rare, flottant dans un costume trop vaste pour lui.

— Sedgwick, se présenta-t-il d'une voix à la diction impeccable.

— Scott, dit Adam en lui tendant la main.

— Eh bien, monsieur Scott, asseyons-nous et dites-moi donc ce que je peux faire pour vous.

— Je ne sais pas trop si vous allez pouvoir m'aider, commença Adam, prenant le siège en face de lui. Il se trouve que j'ai hérité d'une icône et j'ignore s'il s'agit d'une pièce de valeur.

— Voilà qui est intéressant, dit Sedgwick, sortant une paire de lunettes de sa poche de poitrine.

— Rien n'est moins sûr, rétorqua Adam, car j'ignore tout de la peinture et je ne voudrais surtout pas vous faire perdre votre temps.

— Rassurez-vous, énonça Sedgwick, vous ne me ferez pas perdre mon temps. Nous vendons nombre d'objets qui n'atteignent même pas dix livres.

En apprenant ce détail susurré d'une voix douce, Adam se sentit un peu rasséréné.

— Dois-je comprendre que vous n'avez pas de photo de cette icône ? poursuivit Sedgwick.

— C'est exact, confirma Adam. Elle est à l'étranger, et, pour être franc, je ne l'ai jamais eue sous les yeux.

— Je vois, fit Sedgwick, repliant ses lunettes. Avez-vous une idée de sa provenance, alors ?

— Très vague. Elle est connue sous le nom d'icône du tsar, et représente saint Georges et le dragon.

— Comme c'est bizarre, remarqua Sedgwick. On est venu me poser des questions à ce sujet pas plus tard que la semaine dernière, une personne qui a refusé de me donner son nom, d'ailleurs.

— Quelqu'un d'autre s'intéresse à l'icône du tsar ? fit Adam.

— Oui, un gentleman russe, si je ne m'abuse, précisa Sedgwick en se tapotant le genou avec ses lunettes. Je me suis livré à des recherches approfondies, mais sans déterrer quoi que ce soit de bien nouveau. Cet homme voulait savoir si elle était passée entre nos mains ou si nous en avions entendu parler. Je lui ai expliqué que le chef-d'œuvre de Roublev était au palais d'Hiver, où tout le monde peut l'admirer. Pour être certain qu'il s'agit d'un original provenant du palais d'Hiver, il suffit de vérifier si la couronne d'argent du tsar est apposée au dos de la peinture. Depuis le XIVᵉ siècle, de nombreuses copies de ce chef-d'œuvre ont été exécutées avec plus ou moins de bonheur, et leur valeur est très variable ; celle à laquelle s'intéressait ce gentleman semblait avoir été réalisée pour le tsar Nicolas II par un peintre de la cour aux alentours de 1914. Impossible d'en retrouver la trace, et pourtant j'ai compulsé tous les ouvrages de référence sur le sujet. Vous avez de la documentation sur votre icône ? s'enquit Sedgwick.

— Fort peu, admit Adam. Tout ce que j'ai, c'est une copie du reçu qui était joint au testament, ajouta-t-il en le tendant à son vis-à-vis.

Mr. Sedgwick déplia de nouveau ses lunettes avant de se plonger dans l'examen du document.

— Excellent, tout à fait excellent, déclara-t-il finalement. Il semble pour peu que Roget et Cie consentent à vous la remettre, vous ayez hérité d'une copie de l'icône du tsar exécutée par le peintre officiel de l'époque. Mais il faudra que vous alliez en prendre livraison vous-même.

— A votre avis, cela vaut-il la peine que je me donne tout ce mal ? s'enquit Adam. Combien peut-elle valoir ?

— Ne l'ayant pas vue, il m'est difficile de vous fixer un chiffre précis, répondit Sedgwick en lui rendant le reçu.

— Dans le pire des cas, combien puis-je espérer en tirer ?

L'expert fronça les sourcils.

— Dix, énonça-t-il après mûre réflexion. Peut-être quinze, vingt au grand maximum.

— Vingt livres, murmura Adam, incapable de dissimuler sa déception. Je suis vraiment navré de vous avoir dérangé pour si peu, monsieur Sedgwick.

— Mais non, monsieur Scott, vous m'avez mal compris. Je voulais dire vingt mille livres.

CHAPITRE 8

— Encore un peu de caviar, camarade ? s'enquit Anna Petrova.

Romanov fronça les sourcils. Sa compagne avait eu un sourire entendu lorsqu'il avait prétendu détenir des « renseignements strictement confidentiels » qui ne devaient être communiqués qu'au plus haut niveau. Quant au rendez-vous urgent auquel son patron devait se rendre impérativement dans l'après-midi — rendez-vous au consulat dont il avait oublié de lui parler —, elle ne semblait pas y croire davantage. Anna lui mit sa cuiller pleine de caviar sous le nez, comme si elle avait affaire à un nourrisson récalcitrant.

— Non, merci, énonça Romanov d'un ton ferme.

— Comme tu voudras, dit la jeune femme, engloutissant le contenu de la cuiller.

Romanov demanda l'addition. Lorsqu'on la lui présenta, il ne put s'empêcher de songer que pour ce prix-là il aurait nourri une famille russe pendant un mois. Il paya sans faire de commentaire.

— Rendez-vous plus tard à l'hôtel, dit-il sèchement.

— Entendu, acquiesça la jeune femme, dégustant son café sans se presser. A quelle heure comptes-tu rentrer ?

Romanov eut un nouveau froncement de sourcils.

— Pas avant sept heures, répondit-il.

— Vous avez des projets pour moi cet après-midi, camarade major ?

— Aucun, tu as quartier libre, dit Romanov, se levant de table sans ajouter un mot.

Une fois dehors, il se mit en route et s'éloigna dans la direction opposée à la banque. Il y avait peu de chances qu'il ait réussi à tromper la jeune femme dont il sentait le regard soupçonneux braqué sur lui derrière la vitre du restaurant, pas plus qu'il n'avait trompé l'agent qui l'attendait patiemment depuis deux heures posté à l'autre bout de la rue.

A quinze heures, Romanov se retrouvait dans le cabinet feutré du cinquième étage, assis sous les photographies des trois hommes en gris, face à Herr Bischoff quatrième du nom, tandis que le fils de ce dernier était planté derrière lui.

— Nous sommes en possession..., attaqua Herr Bischoff du même ton solennel que celui qu'il avait adopté pour conduire les affaires de la matinée, de cinq coffres qui n'ont pas été ouverts depuis le dernier passage chez nous de votre père, lequel remonte à 1945. Au cas où vous désireriez en inspecter le contenu...

— Pourquoi croyez-vous que je sois là ? coupa Romanov, agacé par le ton urbain et le rituel soigneusement étudié.

— Évidemment, dit Herr Bischoff, sans paraître remarquer ce manque de courtoisie. Tout ce que nous vous demandons, c'est de nous signer une décharge afin qu'il n'y ait aucune ambiguïté sur le plan juridique. C'est la législation suisse qui l'exige. (Romanov eut l'air inquiet.) Il s'agit d'une simple formalité, rassurez-vous.

L'officier du K.G.B. ne soufflait toujours pas mot.

— Croyez bien, Excellence, que vous ne seriez ni le premier ni le seul citoyen soviétique à vous asseoir sur cette chaise.

Herr Bischoff fit glisser une feuille de papier sur la table. Il y avait plus de vingt clauses, écrites en allemand, et toutes en petits caractères. A l'aide du stylo en or qu'on lui tendait, Romanov apposa son paraphe à l'endroit indiqué, sans même chercher à savoir ce qu'il signait. S'ils n'avaient pas volé son grand-père, il n'y avait pas de raison qu'ils se mettent à le gruger, lui.

— Si vous voulez bien me suivre, reprit Herr Bischoff, passant le document à son fils qui le prit et sortit aussitôt.

Le banquier se leva et entraîna Romanov dans le couloir.

Cette fois, ils empruntèrent l'ascenseur de la direction pour se rendre dans les sous-sols.

Lorsque les portes s'ouvrirent, Romanov songea qu'ils auraient aussi bien pu se trouver dans une prison si les barreaux en acier n'avaient pas été aussi bien astiqués. Derrière les barreaux, un homme était assis à un petit bureau. Dès qu'il aperçut le directeur, il se leva d'un bond et ouvrit à l'aide d'une longue clé. Romanov franchit le seuil à la suite de Herr Bischoff et attendit qu'on les eût enfermés à l'intérieur. Le gardien les précéda le long d'un corridor truffé d'appareils permettant de mesurer la température et l'humidité de l'air, et qui n'était pas sans ressembler à celui d'une cave à vin. La lumière était tout juste assez forte pour leur permettre de voir où ils posaient le pied. A l'extrémité du passage, ils trouvèrent Herr Bischoff junior posté devant une immense porte circulaire en acier. Le vieil homme hocha la tête et son fils introduisit une clé dans une serrure. Le directeur fit un pas en avant et s'attaqua à une seconde serrure. Synchronisant leurs mouvements, le père et le fils poussèrent la porte de vingt-trois centimètres d'épaisseur, mais ni l'un ni l'autre ne firent mine de pénétrer dans la chambre forte.

— Vous avez cinq coffres : 1721, 1722, 1723, 1724...

— ... et 1725, je présume, coupa Romanov.

— C'est exact, confirma Herr Bischoff sans se formaliser en sortant un petit paquet de sa poche. La clé qui se trouve dans cette enveloppe vous permettra de les ouvrir tous. (Romanov prit l'enveloppe et se tourna vers la caverne béante.) Mais, auparavant, il nous faut ouvrir la serrure de la banque, expliqua Herr Bischoff. Si vous voulez bien me suivre.

Romanov opina et les Bischoff se glissèrent dans la chambre forte. Romanov baissa la tête et leur emboîta le pas. Bischoff junior ouvrit la serrure du haut de chacun des cinq coffres, trois petits au-dessus de deux grands, dessinant un cube parfait.

— Nous tirerons la porte sur nous en partant, Excellence, précisa le vieil homme. Quand vous voudrez qu'on vous ouvre, appuyez sur le bouton rouge. La chambre forte se verrouille automatiquement à 18 heures et il est impossible de la rouvrir avant le lendemain matin 9 heures. A toutes fins utiles, une sonnerie se déclenche à 17 h 45. Romanov jeta un coup d'œil à la pendule murale : 15 h 17. Il ne lui faudrait sûrement pas plus de deux heures pour faire l'inventaire des cinq coffres. Les deux Bischoff le saluèrent et tournèrent les talons.

Dévoré d'impatience, Romanov attendit que le lourd battant se fût refermé derrière eux. Une fois seul dans la caverne d'Ali Baba, il balaya les lieux d'un regard circulaire ; les coffres garnissaient entièrement les murs, il devait y en avoir deux ou trois mille, on se serait cru dans une bibliothèque où les coffres-forts auraient remplacé les livres. Cette chambre forte devait à elle seule contenir plus de richesses que n'en possédaient la plupart des pays de la terre. Il vérifia les numéros de ses coffres, avec une mine d'orphelin à qui on a promis une seconde part de gâteau.

Il décida de commencer par un des petits coffres. Il donna un tour de clé et la serrure s'ouvrit avec un cliquetis. Il sortit le tiroir de son logement et constata qu'il était plein de papiers. En les compulsant à la va-vite, il s'aperçut qu'il s'agissait de titres de propriété relatifs à de vastes étendues de terrain situées en Bohême et en Bulgarie qui, jadis, valaient des millions mais étaient aujourd'hui sous le contrôle de l'État socialiste. Tout en parcourant les documents, il ne put s'empêcher de pester intérieurement en se disant qu'ils ne valaient même pas le papier sur lequel ils avaient été rédigés.

Romanov passa au second coffre, qui renfermait des obligations de sociétés jadis gérées par Son Excellence le comte Nikolaï Alexandrovitch Romanov. La dernière fois qu'elles avaient déclaré un dividende, c'était en 1914. Avec un juron à l'adresse du système sous lequel il était né, Romanov s'attaqua au troisième coffre qui contenait en tout et pour tout le testament de son grand-père. Quelques secondes lui suffirent pour découvrir que ce dernier avait légué toute sa fortune à son père, et qu'il était donc le propriétaire légitime de tout — ou plutôt... de rien.

Consterné, Romanov s'agenouilla afin d'examiner les deux derniers coffres, dans lesquels un violoncelle eût tenu à l'aise. Il eut un instant d'hésitation avant d'introduire sa clé dans la serrure et de sortir le vaste tiroir.

Il le contempla le cœur battant.

Vide, il était vide. Et il devait l'être depuis plus de cinquante ans, sauf si son père en avait raflé le contenu, ce qui paraissait peu probable. Il ouvrit rapidement le dernier et, avec la frénésie du désespoir, en sortit le tiroir. Le coffre était divisé en douze compartiments égaux. A peine eut-il soulevé le couvercle du premier que ses yeux s'exorbitèrent. Devant lui reposaient des pierres précieuses dont la taille, la variété et la couleur auraient fait suffoquer n'importe quel béotien. Avec précaution il souleva le couvercle du deuxième compartiment et constata qu'il contenait des perles d'une qualité telle qu'un seul rang eût suffi à transformer une jeune souillon en une radieuse beauté de la haute société. A l'ouverture du troisième coffret, sa stupéfaction grandit encore ; il comprit alors pour la première fois de sa vie pourquoi son grand-père avait été considéré comme l'un des négociants les plus redoutables du siècle. Tout cela appartenait désormais à Alex Romanov, fonctionnaire sans le sou, qui se demandait déjà comment il allait pouvoir jouir de toutes ces richesses.

Il fallut une heure encore à Romanov pour inventorier le contenu des neuf coffrets restants. Parvenu au dernier — qui lui causa presque une déception car il ne contenait que des pièces d'or —, il eut l'impression d'être vidé de ses forces. Il jeta un coup d'œil à la pendule murale : 17 h 30. Il entreprit de remettre les couvercles sur chacun des compartiments. Au cours de cette chasse au trésor, il était tombé sur un objet d'une splendeur telle qu'il n'avait pu résister au désir de le prendre. Il s'interrompit dans sa tâche pour contempler la lourde chaîne en or au bout de laquelle pendait un médaillon lui aussi en or massif. Sur une face se trouvait gravé le portrait de son grand-père — le comte Nikolaï Alexandrovitch Romanov, altier et séduisant —, et sur l'autre un profil de sa grand-mère, si belle qu'elle aurait pu porter avec une distinction royale n'importe lequel des bijoux de ce trésor insensé. Romanov soupesa la chaîne quelques instants avant de la passer autour de son cou. Ayant jeté un dernier coup d'œil au médaillon, il le dissimula sous sa chemise. Le couvercle du dernier compartiment une fois remis en place, il glissa le coffre dans son logement et le ferma à clé.

Pour la seconde fois de la journée, Romanov pensa à son père et à la décision qu'il avait dû prendre lorsqu'il s'était trouvé en face de cette fortune. Il était rentré en Russie avec son secret. Avait-il conçu le projet d'arracher Alex à l'existence ingrate qui allait être la sienne ? Son père lui avait toujours affirmé qu'il avait un avenir plein de promesses mais qu'il y avait des secrets qu'il était trop jeune pour partager et lui, en retour, n'avait rien eu de plus pressé que de transmettre ce renseignement aux autorités, ce qui lui avait valu une place au Komsomol. Mais son père avait dû emporter son secret dans la tombe car, sans Poskonov, Alex n'aurait jamais appris l'existence de cette fortune.

Il se mit à songer au vieux banquier. Était-il au courant ou bien était-ce une coïncidence si Poskonov lui avait conseillé de commencer par cette banque ? Dans sa profession, on était fichu si on se mettait à croire aux coïncidences.

Qu'il s'avise seulement de faire une fausse manœuvre et l'État n'hésiterait pas à l'envoyer rejoindre son père et son grand-père dans la tombe. Il lui faudrait se montrer diablement habile la prochaine fois qu'il verrait le vieux banquier, sinon il risquait fort de ne pas avoir le temps de choisir entre le pouvoir dans son pays et l'opulence à l'Ouest.

— Je prendrai ma décision une fois que j'aurai retrouvé l'icône du tsar, énonça-t-il à haute et intelligible voix.

La sonnerie stridente du système d'alarme le fit pivoter brusquement. Sidéré, il consulta la pendule : il avait passé tout ce temps enfermé dans ce local... Il se dirigea vers la porte de la chambre forte et appuya sur le bouton rouge sans se retourner. La lourde porte s'ouvrit, révélant les visages inquiets des Bischoff. Le fils s'engouffra dans la chambre forte et s'approcha des cinq coffres qu'il verrouilla avec sa clé.

— Nous commencions à nous faire du mauvais sang, expliqua le vieil homme. J'espère que vous êtes satisfait.

— Tout à fait, dit Romanov. Mais à supposer que je sois assez longtemps sans pouvoir revenir...

— Aucune importance, répondit Herr Bischoff. Les coffres ne seront pas ouverts avant votre retour et, comme ils sont tous hermétiquement scellés, vos biens resteront en parfait état.

— A quelle température les coffres sont-ils maintenus ?

— 10 °C dit Herr Bischoff, quelque peu surpris par la question.

— Et ils sont étanches à l'air ?

— Absolument, assura le banquier. A l'air et à l'eau. Non que les sous-sols aient jamais été inondés, ajouta-t-il avec le plus grand sérieux.

— Leur contenu est donc à l'abri de toute investigation ?

— En cinquante ans, vous êtes la troisième personne à les avoir examinés, lui répondit-on fermement.

— Parfait, dit Romanov, l'œil braqué sur Herr Bischoff. Il n'est pas exclu que je revienne demain matin vous confier un paquet.

*
**

— Pouvez-vous me passer Mr. Pemberton, je vous prie ? dit Adam.

Il y eut une longue pause.

— Nous n'avons pas de Mr. Pemberton ici, monsieur.

— Je suis bien à la Barclays International, à la City, n'est-ce pas ?

— Oui, monsieur.

— Mr. Lawrence Pemberton. Je suis pourtant sûr de ne pas m'être trompé d'agence.

Nouveau silence, encore plus prolongé cette fois.

— Ah, oui, finit-on par lui répondre. Je vois dans quel service il travaille. Je vais voir s'il est là.

Adam entendit une sonnerie de téléphone à l'arrière-plan.

— Il semble qu'il ne soit pas dans son bureau pour l'instant, monsieur. Voulez-vous laisser un message ?

— Non, merci, dit Adam en raccrochant.

Plongé dans ses pensées, il resta assis dans le noir sans même songer à allumer. S'il voulait mettre son projet à exécution, il avait besoin d'un certain nombre de renseignements que Lawrence — en sa qualité de banquier — n'aurait aucun mal à lui fournir.

Une clé tourna dans la serrure et Adam regarda Lawrence entrer et donner de la lumière. Il eut l'air surpris en voyant Adam en face de lui.

— Comment s'y prend-on pour ouvrir un compte dans une banque suisse ? jeta Adam tout à trac.

— Quand on a en poche l'équivalent d'une semaine d'indemnités de chômage ? Ça ne doit pas être une mince affaire, dit Lawrence. Note bien que les clients anglais ont généralement des noms de code, ajouta-t-il en posant son *Evening News* sur la table. En ce qui te concerne, « fauché » me semble tout indiqué.

— Ça va peut-être te surprendre, mais ma question était tout ce qu'il y a de sérieux.

— Bien, dit Lawrence, adoptant un air de circonstance. N'importe qui peut ouvrir un compte dans une banque suisse à condition que la somme déposée sur ce compte soit substantielle. Et, par substantielle, j'entends 10 000 livres au minimum.

— Et cet argent, pour le retirer, comment fait-on ?

— On téléphone ou on se rend à la banque, de ce point de vue là les banques suisses fonctionnent comme n'importe quelle banque anglaise. Rares sont les clients cependant qui se risquent à téléphoner, à moins de résider dans un pays où il n'y a pas d'impôts. Auquel cas, pourquoi diable auraient-ils besoin de faire appel aux gnomes de Zurich ?

— Que se passe-t-il quand un client meurt et que la banque n'a pas été informée de l'identité du propriétaire légitime des biens ?

— Rien, mais le demandeur doit prouver qu'il est bien l'héritier légitime des fonds détenus par la banque. Il n'y a aucun problème si on est en possession des documents nécessaires, tels que testament et papiers d'identité. Des cas comme ça, nous en traitons tous les jours.

— Mais tu viens de me dire que c'est illégal !

— Pas pour ceux de nos clients qui résident à l'étranger ou quand il devient nécessaire d'équilibrer nos réserves d'or ou les comptes de la banque. Mais la Banque d'Angleterre surveille étroitement les moindres entrées et sorties de devises.

— Donc, en admettant que je sois en position d'hériter de l'équivalent d'un million de livres en or que m'aurait légué un oncle d'Argentine qui l'aurait déposé dans une banque suisse, et que je sois en possession des papiers prouvant que j'en suis le bénéficiaire, il me suffirait d'aller le réclamer ?

— Absolument, opina Lawrence. Encore que, aux termes actuels de la loi, il te faudrait ramener cet or ici, le vendre à la Banque d'Angleterre contre une somme déterminée par cette dernière, et payer ensuite des droits de succession sur cette somme. (Adam ne souffla mot.) Si tu as vraiment un oncle argentin qui t'a laissé tout cet or en Suisse, tu as tout intérêt à le laisser là où il est. Avec le gouvernement que nous avons, si tu respectais la loi à la lettre tu te retrouverais avec sept et demi pour cent de sa valeur véritable.

— Dommage que je n'aie pas d'oncle en Argentine.

— Il n'est pas nécessaire qu'il soit argentin, fit Lawrence, observant attentivement les réactions de son ami.

— Merci pour les renseignements, dit Adam, qui disparut en direction de sa chambre.

Les dernières pièces du puzzle commençaient à se mettre en place. Il possédait le reçu destiné à l'origine à son père. Tout ce qu'il lui fallait, maintenant, c'était une copie du testament, certifiant qu'il en avait hérité. Alors il pourrait prouver qu'il était le propriétaire d'une copie de l'icône du tsar, copie qui pouvait se révéler n'avoir aucune valeur ou une valeur inestimable au contraire — il l'ignorait encore. Les yeux grands ouverts, il passa la nuit à se remémorer la lettre de son père. « Si le contenu de cette enveloppe peut te permettre de gagner quoi que ce soit, je n'ai qu'une chose à te demander :

que ta mère soit la première à en bénéficier, mais sans jamais savoir d'où lui vient cette bonne fortune. »

⁎⁎

Lorsque Romanov regagna l'hôtel via le consulat russe, il trouva Anna Petrova dans sa chambre où, vêtue d'un jean et d'un chandail rose vif, elle lisait, assise en travers dans un fauteuil, les jambes par-dessus l'accoudoir.

— J'espère que tu as passé un bon après-midi, s'enquit-il poliment.

— Excellent, rétorqua Anna. Les galeries de Zurich valent le déplacement. Mais parle-moi plutôt du tien. A-t-il été fructueux ?

— Fructueux ? Plus que cela encore : ç'a été une véritable révélation, mon petit chat. Si nous soupions tranquillement dans ma chambre ? Je pourrai tout te raconter en détail pendant que nous fêterons dignement l'événement.

— Quelle merveilleuse idée ! s'exclama la jeune femme. Tu m'autorises à commander le dîner ?

— Bien sûr.

Anna laissa tomber son livre par terre et commença à étudier l'interminable menu qu'on avait déposé sur la table de nuit de Romanov. Elle passa un temps fou à sélectionner chacun des plats, et Romanov lui-même fut impressionné lorsqu'on leur apporta le festin.

Anna avait choisi en entrée du *gravad laks* [1] avec une sauce à l'aneth, accompagné d'une demi-bouteille de chablis 1958. Les yeux de la jeune femme allaient s'écarquillant tandis que Romanov, entre deux bouchées, lui décrivait les trésors qui composaient son héritage.

Le monologue de Romanov ne fut interrompu qu'une fois, par l'arrivée d'un garçon poussant une table roulante sur laquelle trônait un plateau d'argent. Le garçon souleva le plateau, révélant un carré d'agneau sur un lit de courgettes et

---

1. Saumon mariné. En danois dans le texte. *(N.d.T.)*

de petites pommes de terre nouvelles. Un gevrey-chambertin accompagnait ce plat.

Le dessert, un soufflé à la framboise aérien, ne pouvait selon la jeune femme se déguster qu'avec un château-d'yquem exceptionnel, aussi avait-elle opté pour un 1949. Le vin aidant, elle se mit à interpréter des chansons du folklore russe, ce que, compte tenu des circonstances, Romanov trouva déplacé.

Ayant vidé son verre jusqu'à la dernière goutte, Anna Petrova se leva et, chancelant légèrement, susurra : « A Alex, l'homme que j'aime. »

Romanov opina de la tête et suggéra qu'il était peut-être temps pour eux d'aller se coucher, Ils devaient prendre le premier avion pour Moscou le lendemain matin. Il poussa le chariot dans le couloir et accrocha la pancarte « Ne pas déranger » à la poignée de la porte.

— Voilà une soirée mémorable, sourit la jeune femme tout en se débarrassant de ses chaussures.

Romanov s'immobilisa pour l'admirer tandis qu'elle commençait à se déshabiller. Il déboutonnait sa chemise lorsque Anna s'interrompit soudain avec un hoquet de surprise.

— Quelle merveille, murmura-t-elle, saisie.

— C'est une modeste babiole, comparé aux trésors que j'ai laissés derrière moi, lui assura Romanov en tripotant le médaillon en or.

— Camarade amant, chuchota Anna d'une voix enfantine en l'entraînant vers le lit, tu sais que je t'adore, t'admire et te respecte, n'est-ce pas ?

— Mmmm, marmonna Romanov.

— Et tu sais aussi, poursuivit-elle, que je ne t'ai jamais demandé quoi que ce soit.

— J'ai dans l'idée que tu vas commencer, dit Romanov tandis qu'elle repoussait le drap.

— Si cette chaîne n'est qu'une simple babiole, tu me laisseras la porter de temps en temps ?

— De temps en temps ? fit Romanov, regardant Anna au fond des yeux. Pourquoi seulement de temps en temps ? Pourquoi pas tout le temps, ma chérie ?

Et, sans un mot, il retira la chaîne de son cou et la passa autour de celui de la jeune femme. Anna exhala un soupir en jouant avec les maillons de la chaîne que Romanov n'avait toujours pas lâchée.

— Tu me fais mal, Alex, dit-elle avec un petit rire.

Mais Romanov tira encore un peu plus fort sur la chaîne. Des larmes se mirent à rouler sur les joues de la jeune femme tandis que le métal commençait à mordre dans sa chair.

— Tu m'empêches de respirer, fit-elle en hoquetant. Je t'en prie, arrête de me taquiner.

Mais Romanov continua de serrer jusqu'à ce qu'Anna devînt toute rouge.

— Tu ne parleras à personne de ma bonne fortune, n'est-ce pas, mon petit chat ?

— Non, Alex, jamais. A personne. Fais-moi confiance, dit-elle d'un ton étouffé.

— Tu me le jures ? demanda-t-il, une ombre de menace dans la voix.

— Mais oui. Je t'en prie, cesse, pépia-t-elle, ses mains fines agrippant désespérément les cheveux blonds de son amant.

Romanov serrait toujours la lourde chaîne autour de son cou, de plus en plus fort. Indifférent aux doigts qui s'accrochaient frénétiquement à ses cheveux, Romanov tordit la chaîne une dernière fois.

— Je suis persuadé que tu me comprends : je dois être certain que tu ne confieras notre petit secret à personne, lui souffla-t-il.

Mais, les vertèbres cervicales brisées, Anna Petrova n'était plus en état d'entendre ses explications.

Tout en faisant son footing comme tous les matins le long de l'Embankment, Adam Scott passa en revue ce qu'il lui restait à faire.

En prenant le vol du matin à Heathrow mercredi, il pourrait être de retour à Londres le soir même, voire jeudi au plus tard. Mais il avait encore un certain nombre de démarches à accomplir avant de pouvoir partir pour Genève.

Il s'immobilisa sur le trottoir devant l'immeuble et vérifia son pouls avant de monter à pied jusqu'à l'appartement.

— Trois lettres pour toi, lui annonça Lawrence, et rien pour moi. Note bien que sur les trois il y en a deux qui sont dans des enveloppes chamois, ajouta-t-il tandis que son ami et colocataire le rejoignait dans la cuisine.

Adam attrapa son courrier qu'il posa sur son lit, et s'en fut prendre sa douche. Il réussit à rester cinq minutes sous l'eau glacée avant de se bouchonner avec sa serviette. Une fois habillé, il ouvrit les lettres. Il commença par celle qui était dans une enveloppe blanche. C'était un mot de remerciement de Heidi, qui espérait le revoir un de ces prochains jours. Il sourit et décacheta la première des deux enveloppes jaune clair : encore une missive du Foreign Office.

Le capitaine Scott — la formulation avait déjà une résonance incongrue — était prié de se rendre au 122 Harley Street à quinze heures le lundi suivant chez le Dr. John Vance pour y passer une visite médicale.

De la seconde enveloppe brune il extirpa une lettre en provenance de l'agence de Pall Mall de la Lloyds, Cox and King's l'informant qu'ils avaient reçu un chèque d'un montant de cinq cents livres de l'étude Holbrooke, Holbrooke & Gascoigne, et que son compte courant à la date de la veille se trouvait créditeur d'une somme de 272 livres 18 shillings et 4 pence. Lorsque Adam vérifia son relevé, il s'aperçut qu'à un certain moment il s'était, pour la première fois de sa vie, retrouvé avec un solde débiteur. Cette situation lui aurait valu la réprobation de tous s'il avait été à l'armée, car il y avait à peine vingt ans encore le fait d'avoir un découvert constituait dans certains régiments un délit passible de la cour martiale.

Comment réagiraient ses frères d'armes s'il leur apprenait qu'il s'apprêtait à retirer deux cents livres de son compte sans même savoir s'il avait une chance de rentrer dans ses fonds ?

Une fois qu'il eut fini de s'habiller, Adam rejoignit Lawrence dans la cuisine.

— Alors, ça s'est bien passé avec le shah ?

— Compte tenu des circonstances, dit Lawrence, tournant la page du *Daily Telegraph*, il a été très raisonnable, vraiment. Il a promis de faire tout son possible pour régler ses problèmes financiers actuels, mais il est un peu coincé tant que l'Occident ne l'autorise pas à augmenter le prix du pétrole.

— Où l'as-tu emmené déjeuner, finalement ? fit Adam, que ce petit jeu amusait.

— Je lui avais proposé de l'emmener manger un pâté en croûte au *Green Man*, mais ce prétentieux a refusé. L'impératrice et lui devaient soi-disant passer chez Harrods faire prendre leurs mesures pour se faire fabriquer un trône neuf. Je l'aurais bien accompagné, mais mon patron avait besoin de quelqu'un pour lui vider sa poubelle. Conclusion, j'ai raté la séance chez Harrods.

— Et aujourd'hui, qu'est-ce que tu fabriques ?

— Je ne devrais pas te le dire, fit Lawrence en jetant un coup d'œil à la photo de Tom Dexter, capitaine malheureux de l'équipe de cricket britannique, mais le gouverneur de la Banque d'Angleterre tient à me consulter pour savoir si nous devons dévaluer la livre de 6,5 %. Bon, ça n'est pas tout ça. En attendant, j'ai un bus à prendre, moi !

Adam rit en voyant son ami fermer son attaché-case avec un bruit sec et disparaître sans autre forme de procès.

Lawrence avait énormément changé depuis qu'il avait quitté Wellington. Il semblait terriblement sérieux à l'époque et promis à un destin hors du commun. Personne n'aurait cru possible qu'il pût finir dans la peau d'un analyste financier à la Barclays. A Oxford, ses pairs parlaient de lui comme d'un futur ministre. Peut-être exige-t-on trop des idoles qui n'ont que deux ans de plus que soi. A la sortie de l'école, leur amitié s'était resserrée. Et lorsque Adam avait été envoyé en Malaisie, Lawrence avait toujours refusé de croire les communiqués de l'armée donnant son ami disparu. Quand Adam lui avait annoncé qu'il quittait l'armée, Lawrence ne lui avait pas demandé d'explication et s'était montré très chic et très compréhensif. Adam espérait pouvoir lui revaloir ça un jour.

Adam se prépara un œuf au plat et mit à frire quelques

tranches de bacon. Il n'avait plus beaucoup de temps devant lui avant neuf heures trente, il trouva tout de même le moyen de griffonner un mot à sa sœur, accompagné d'un chèque de cinquante livres.

A 9 h 30, il décrocha le téléphone. Mr. Holbrooke — Adam se demanda s'il avait un prénom — ne put dissimuler son étonnement en recevant un coup de fil de Mr. Scott junior. Adam fut à deux doigts de dire au notaire que maintenant que son père était mort le « junior » ne s'imposait plus. Holbrooke parut encore plus surpris par sa requête.

— Ça a sûrement un rapport avec cette enveloppe, 'marmonna-t-il.

Mais il consentit néanmoins à lui envoyer par la poste une copie du testament.

Les autres démarches ne pouvaient s'effectuer par téléphone, aussi, après avoir fermé la porte de l'appartement à clé, Adam sauta-t-il dans un bus qui remontait King's Road. Il descendit à Hyde Park Corner, entra dans la Lloyds Bank de Pall Mall et alla faire la queue au guichet de change.

— Que puis-je faire pour vous ? s'enquit poliment la préposée lorsqu'arriva son tour.

— Je voudrais cinquante livres en francs suisses, cinquante en espèces et cent en chèques de voyage.

— Votre nom, je vous prie ?

— Adam Scott.

La jeune fille effectua une série de calculs sur une volumineuse machine et actionna la manivelle à plusieurs reprises. Elle regarda le résultat et s'absenta quelques instants avant de revenir, munie d'une copie du relevé qu'Adam avait reçu le matin même.

— Cela vous fera, frais compris, un total de 202 livres 1 shilling et 8 pence. Ce qui vous laissera un solde créditeur de 70 livres 16 shillings 4 pence.

— Parfait, dit Adam.

Il se garda d'ajouter que son solde se trouverait en fait ramené à 20 livres 16 shillings et 4 pence une fois que sa sœur aurait encaissé son chèque. Il fallait espérer que le Foreign Office payait ses gens à la semaine, sans quoi il allait encore devoir se serrer la ceinture au cours du mois à venir. A moins que, évidemment...

Adam signa les dix chèques de voyage sous l'œil attentif de la caissière, qui lui remit ensuite 594 francs suisses et 50 livres en espèces, la plus grosse somme qu'Adam eût jamais retirée d'un coup.

Il reprit le bus pour aller au terminal de la British Airways dans Cromwell Road où il demanda à l'employée un aller et retour pour Genève.

— Première ou économique ? s'enquit-elle.

— Économique, répondit Adam, amusé à l'idée que quelqu'un pût s'imaginer qu'il était du genre à voyager en première.

— Trente et une livres, s'il vous plaît.

Adam paya en espèces, rangea le billet dans sa poche intérieure et repassa à l'appartement grignoter quelque chose pour le déjeuner. Dans l'après-midi, il appela Heidi qui accepta de dîner avec lui au *Chelsea Kitchen* à vingt heures. Il y avait encore une chose qu'Adam devait vérifier avant de la rejoindre.

*

Romanov fut réveillé par la sonnerie du téléphone.

— Oui ?

— Bonjour, camarade Romanov. Melinski à l'appareil, second secrétaire à l'ambassade.

— Bonjour camarade, en quoi puis-je vous être utile ?

— Je vous appelle au sujet de la camarade Petrova.

Romanov sourit en songeant à Anna allongée dans la baignoire.

— L'avez-vous revue depuis que vous nous avez signalé sa disparition ?

— Non, fit Romanov. Et elle n'a pas couché dans son lit la nuit dernière.

— Je vois, fit le second secrétaire. Autrement dit, vos soupçons quant à son éventuel passage à l'Ouest semblent se confirmer.

116

— J'en ai peur, dit Romanov, et il faudra que je fasse un rapport circonstancié à mes supérieurs dès mon retour à Moscou.

— Bien entendu, camarade major.

— Je ne manquerai pas de souligner que vous vous êtes dépensé sans compter pour m'aider.

— Merci, camarade major.

— Prévenez-moi dès que vous aurez un renseignement susceptible de nous mettre sur sa piste.

— Certainement, camarade major.

Romanov replaça le combiné sur son support et se dirigea vers la salle de bains de Petrova. Il fixa le corps tassé dans la baignoire. Anna avait les yeux exorbités, le faciès grimaçant et le teint déjà terreux. Après avoir jeté une serviette sur le visage de la jeune femme et fermé à clé la porte du cabinet de toilette, il entra dans sa propre salle de bains et prit une longue douche.

Ses ablutions terminées, une serviette nouée autour de la taille, il s'assit au bord du lit, décrocha le téléphone et appela le service d'étage afin de commander son petit déjeuner. Lorsqu'on le lui apporta un quart d'heure plus tard, il était habillé. Une fois qu'il eut fini son jus d'orange et mangé ses croissants, il se dirigea de nouveau vers le téléphone, s'efforçant de se souvenir du nom du directeur de l'hôtel. Cela lui revint juste au moment où la réceptionniste disait :

— *Guten morgen, mein Herr.*

— Jacques, je vous prie, se borna à dire Romanov.

— Bonjour, Herr Romanov, énonça le directeur au bout d'un instant.

— J'ai un problème délicat à résoudre et je me demandais si vous pourriez m'aider.

— Je peux toujours essayer.

— Je me trouve être en possession d'un objet de valeur que je souhaite déposer à ma banque, et je ne voudrais pas...

— Je comprends parfaitement, coupa Pontin. En quoi puis-je vous être utile ?

— Eh bien, il me faudrait quelque chose de suffisamment grand pour y mettre cet objet.

— Est-ce qu'un panier à linge vous conviendrait ?

— A merveille. Mais, dites-moi... le couvercle est solide ?

— Très, répondit Jacques. Il arrive que nous les jetions dans la cage de l'ascenseur.

— Parfait, dit Romanov.

— Je vous envoie un porteur avec la malle dans un instant, dit le directeur. Il voudrait peut-être mieux que vous preniez l'ascenseur de service, ainsi personne ne vous verra partir.

— Excellente idée, commenta Romanov.

— Vous avez une voiture qui vient vous chercher ?

— Non, dit Romanov, je...

— Dans ce cas je vais m'occuper de vous appeler un taxi. Dans combien de temps en aurez-vous besoin ?

— Dans une demi-heure tout au plus.

— Il sera garé devant l'entrée de service d'ici vingt minutes.

— Je vous remercie, dit Romanov, qui ajouta : le directeur de la banque d'État m'a dit le plus grand bien de vous, je vois qu'il n'exagérait pas.

— Vous êtes trop bon, Herr Romanov. Y a-t-il autre chose que je puisse faire pour vous ?

— Soyez assez aimable pour préparer ma note, cela m'évitera d'attendre.

— Certainement.

Romanov raccrocha, regrettant qu'un service de cette qualité ne puisse s'exporter à Moscou. Il attendit un instant avant de passer deux coups de fil à Zurich, coups de fil fructueux car dans un cas comme dans l'autre ses interlocuteurs accédèrent immédiatement à ses désirs. Comme il reposait le combiné pour la troisième fois, un coup discret fut frappé à la porte. Romanov se précipita pour aller ouvrir et aperçut un jeune chasseur qui, planté dans le couloir à côté d'un grand panier à linge, lui adressa un sourire poli. Romanov eut un bref hochement de la tête et traîna le panier dans la chambre.

— Revenez le prendre dès que le taxi sera là, dit Romanov.

Le jeune homme s'inclina légèrement sans un mot.

Dès qu'il eut tourné les talons, Romanov ferma la porte à

clé, mit la chaîne de sûreté et approcha le panier de son lit. Il défit les courroies de cuir et souleva le couvercle.

Après quoi il poussa la porte de la salle de bains et souleva le corps nu de Petrova dans ses bras avant d'essayer de le fourrer dans le panier. La rigidité cadavérique avait déjà commencé à faire son œuvre : impossible de replier les jambes de la jeune femme, pas moyen de la faire tenir à l'intérieur. Romanov allongea alors Petrova par terre. Du tranchant de la main, il frappa avec une violence inouïe la jambe droite, qui se cassa comme une branche morte. Puis, répétant l'opération, il s'attaqua à la jambe gauche. Inutile de s'y reprendre à deux fois, c'était aussi efficace que la guillotine. Il replia ensuite les jambes. L'homme du K.G.B. eut un sourire amusé en songeant que si les rôles avaient été inversés, Anna Petrova n'aurait jamais réussi à le faire entrer dans la panière. Romanov poussa ensuite le chariot dans la chambre de sa victime. Là, après avoir vidé tous les tiroirs, il en jeta le contenu — vêtements, linge propre, linge sale, chaussures, trousse de toilette, brosse à dents, vieille photo de lui qu'il s'étonna de trouver parmi ses effets personnels — dans la malle par-dessus le corps. Une fois qu'il eut récupéré son médaillon et se fut assuré qu'il ne restait rien qui appartînt à la jeune femme, il recouvrit le cadavre d'un drap de bain et l'aspergea copieusement de Chanel n° 5, cadeau de la maison.

Pour finir, il boucla les courroies et poussa le panier près de la porte.

Romanov se mit ensuite à faire sa valise. Il n'avait pas encore terminé qu'il entendit frapper.

— Un moment, ordonna-t-il.

— *Ja, mein Herr*, lui répondit une voix étouffée.

Quelques instants plus tard, Romanov alla ouvrir. Le chasseur entra, lui adressa un signe de tête et entreprit de remorquer le panier. Il fallut un bon coup de pied de Romanov pour le faire glisser. Le garçon suait sang et eau dans le couloir, flanqué de Romanov qui portait sa valise. Lorsqu'ils atteignirent l'aile arrière de l'hôtel, Romanov surveilla le chargement de la malle dans l'ascenseur, avant de monter lui aussi dans la cabine.

Lorsque les portes du rez-de-chaussée s'ouvrirent, quel ne fut pas son soulagement en voyant Jacques debout près d'une grosse Mercedes qui attendait, coffre grand ouvert. Le chauffeur et le chasseur soulevèrent le panier et le casèrent non sans mal dans la malle arrière. Comme il n'y avait plus de place pour le bagage de Romanov, on dut le déposer sur la banquette avant à côté du conducteur.

— Voulez-vous que nous vous fassions parvenir votre note au consulat, *mein Herr*? proposa Jacques.

— Cela m'arrangerait, en effet.

— J'espère que vous êtes satisfait de votre séjour, dit Pontin, tenant ouverte la portière de la Mercedes.

— Tout à fait.

— Votre jeune collègue vous rejoint, sans doute? questionna le directeur avec un regard vers l'hôtel.

— Non, fit Romanov. Elle est déjà partie pour l'aéroport.

— Oh, modula Jacques. Je suis navré de l'avoir manquée. Transmettez-lui mon bon souvenir.

— Je n'y manquerai pas. J'espère avoir le plaisir de revenir bientôt chez vous.

— Merci, monsieur, dit le directeur tandis que Romanov se glissait sur le siège arrière et laissait Jacques claquer la portière.

A l'agence de la Swissair, Romanov fit enregistrer sa valise et attendit quelques instants avant de se rendre à la banque. Accompagné d'un autre homme en gris, le fils de Herr Bischoff l'attendait dans le hall pour lui souhaiter la bienvenue.

— Quel plaisir de vous revoir si vite, risqua le jeune Herr Bischoff d'une voix grave qui surprit Romanov.

Le chauffeur attendit près du coffre ouvert que le compagnon de Herr Bischoff — gaillard d'un mètre quatre-vingts, bâti en force — en sorte la panière, ce qu'il fit comme s'il s'agissait d'un fétu de paille. Romanov régla la course et suivit Herr Bischoff, qui le conduisit vers l'ascenseur du fond.

— Tout est prêt, dit Herr Bischoff. Aussitôt après avoir reçu votre coup de téléphone, nous avons fait le nécessaire. Mon père est navré de ne pouvoir s'occuper de vous, mais il

120

avait un rendez-vous prévu de longue date, il espère que vous voudrez bien l'excuser.

Romanov eut un geste magnanime de la main.

L'ascenseur descendit directement au sous-sol où le gardien, à la vue du jeune Herr Bischoff, s'empressa de déverrouiller la grande cage d'acier. Romanov et le banquier enfilèrent le couloir sans se presser, tandis que le colosse suivait, portant le panier.

Les bras croisés, un autre associé — que Romanov se rappelait avoir aperçu la veille — était posté près de la porte de la chambre forte. Herr Bischoff hocha la tête et, sans un mot, l'associé introduisit sa clé dans la serrure du haut de la porte de la chambre forte. Herr Bischoff ouvrit la seconde serrure et ensemble ils poussèrent le lourd battant métallique. Herr Bischoff et son collaborateur précédèrent Romanov à l'intérieur et ouvrirent les serrures du haut de ses cinq coffres tandis que le porteur déposait la malle par terre à côté d'eux.

— Vous aurez besoin d'aide ? s'enquit le jeune banquier en remettant à son client une enveloppe cachetée à son nom.

— Non, merci, déclina Romanov, qui ne se détendit que lorsqu'il vit l'immense porte se fermer derrière lui, le dérobant ainsi à la vue de tous.

Une fois certain d'être seul, il examina celui des deux grands coffres qu'il savait être vide et le trouva plus petit que dans son souvenir. Des gouttes de sueur perlèrent à son front tandis qu'il l'ouvrait, le sortait de son logement et soulevait le couvercle étanche. La besogne s'annonçait rude. Romanov défit les sangles et, à l'exception du corps, retira tout ce qui se trouvait dans la malle. Il fixa le visage grimaçant : les marques profondes autour du cou avaient viré au violacé. Il se pencha, prit la jeune femme par la taille et la souleva. Comme la seule partie mobile était les jambes brisées, il dut laisser tomber le cadavre dans le coffre la tête la première, et déployer des efforts frénétiques pour que rien ne dépasse. Anna eût-elle mesuré deux centimètres de plus, ses efforts se fussent révélés vains. Il s'employa ensuite à fourrer dans le coffre de part et d'autre du corps les affaires de la fille, ne laissant dans le panier à linge que le drap de bain imprégné de parfum.

Romanov entreprit de replacer le couvercle sur le coffre étanche avant de remettre celui-ci dans son logement et de le fermer à clé. Il s'assura ensuite qu'il était impossible de l'ouvrir sans sa clé à lui : à son grand soulagement, il constata que c'était le cas. Le regard rivé sur l'autre grand coffre, il hésita un instant, mais le bon sens l'emporta : ce n'était pas le moment de se faire plaisir, on verrait plus tard. Après avoir vérifié que tout était en ordre, il baissa le couvercle, ajusta les sangles et poussa le panier jusqu'à l'entrée de la chambre forte. Il appuya sur le bouton rouge.

— J'espère qu'il n'y a pas eu de problème, dit le jeune Herr Bischoff une fois qu'il eut fermé les cinq coffres avec sa clé.

— Aucun, dit Romanov. Pourriez-vous faire rapporter le panier au *Saint-Gothard* ?

— Bien sûr, dit le banquier avec un signe de tête au colosse.

— Vous me certifiez que personne ne touchera aux coffres en mon absence ? s'enquit-il tandis qu'ils s'engageaient dans le couloir.

— Absolument, Excellence, dit Herr Bischoff, que pareille suggestion parut chagriner. A votre retour, tout sera exactement dans l'état où vous l'avez laissé.

« Exactement, songea Romanov, j'en doute. »

Au rez-de-chaussée, au sortir de l'ascenseur, Romanov aperçut le père de Herr Bischoff en compagnie d'un autre client.

Une Rolls-Royce précédée d'un motard emporta vivement le shah, auquel le directeur adressa un discret signe d'adieu.

Lorsqu'ils furent devant l'entrée, Herr Bischoff s'inclina.

— Nous espérons bien avoir l'honneur de vous revoir à votre prochain passage à Zurich, Excellence.

— Merci, dit Romanov qui serra la main du jeune banquier et sortit dans la rue où l'attendait la voiture noire anonyme qui devait l'emmener à l'aéroport.

Il poussa un juron : cette fois il avait repéré l'agent de la C.I.A. qu'il avait déjà vu à l'hôtel.

CHAPITRE 9

— Démolissez-le, murmura le caporal à l'oreille d'Adam.

— Ça m'étonnerait que j'y arrive, marmonna Adam, bondissant au milieu du ring.

Mince et musclé, le moniteur l'attendait de pied ferme.

— Faisons quelques rounds, histoire de voir comment vous vous défendez, mon capitaine.

Adam se mit à sautiller et tourner autour du moniteur d'éducation physique à la recherche d'une ouverture.

Il attaqua du gauche et, pour la peine, récolta un coup sur le nez.

— Relevez votre garde, fit le sergent-chef.

Adam repartit à l'assaut, toucha son adversaire en pleine poitrine, mais encaissa un sévère jab du gauche à la tempe. L'oreille lui tinta, il vacilla, mais réussit cette fois à ne pas baisser sa garde, ce qui lui permit de parer un enchaînement droite-gauche.

— Je vais vous dire ce qui ne va pas chez vous, mon capitaine, vous êtes mou. Vous n'arriveriez même pas à décapiter un œuf à la coque.

Adam feinta du droit et balança son gauche avec une telle violence que, touché en plein menton, le sergent-chef chancela et s'affala par terre.

Le caporal, qui était au bord du ring, grimaça un sourire en voyant que le moniteur restait un bon moment au tapis avant de réussir à se relever.

— Désolé, s'excusa Adam, prêt à reprendre le combat.

— Y a pas de quoi, espèce d'imbécile... euh..., mon

capitaine. Vous avez un sacré punch, vous m'avez mis K.O., y a pas d'autre mot. Il va falloir que j'attende un jour ou deux pour prendre ma revanche.

Adam poussa un soupir de soulagement et baissa sa garde.

— Mais n'allez pas vous imaginer que j'en ai fini avec vous, mon capitaine. On va passer aux haltères, aux exercices au sol et à la poutre, maintenant.

Une heure durant, le sous-officier ne cessa de houspiller et de harceler Adam qui, épuisé, finit par s'effondrer sur le sol, incapable de soulever ne fût-ce qu'une feuille de papier.

— Pas mal, mon capitaine. Le Foreign Office vous trouvera sûrement un petit boulot pépère. Notez bien que, comme la plupart de ces braves gens sont mous comme des chiffes, vous n'aurez pas de mal à les éclipser.

— Vous êtes trop bon, chef, dit Adam, étendu sur le dos.

— Debout, mon capitaine ! beugla le sous-officier.

Adam se releva, aussi vite que ses courbatures le lui permettaient.

— Inutile, fit Adam. Je connais la chanson.

— C'est à la faculté de récupération que se mesure la forme, pas à la vitesse, énoncèrent-ils d'une même voix.

— Dommage que vous ayez quitté l'armée, dit l'instructeur à Adam une fois qu'ils furent de retour dans les vestiaires du Queen's Club. Parce qu'il n'y a pas beaucoup d'officiers qui peuvent se vanter de m'avoir expédié au tapis. (Il se tâta précautionneusement le menton.) Ça m'apprendra à sous-estimer un homme qui a survécu à neuf mois de tambouille chinetoque. J'espère que le Foreign Office ne commettra pas la même erreur d'appréciation que moi.

Le sergent-chef se leva de son banc.

— A mercredi, même heure ?

— Impossible, mercredi, chef. Je ne sais pas si je serai rentré de Genève.

— On se pavane à travers l'Europe ?

— Je préférerais jeudi, si ça vous va, dit Adam, ignorant le sarcasme.

— Vous voyez le toubib lundi prochain pour votre visite médicale, si ma mémoire est bonne.

124

— C'est cela.

— Disons jeudi dix heures, alors. Ça vous laissera un peu plus de temps pour méditer sur mon crochet du droit.

⁂

Le chef du K.G.B. étudia le rapport posé devant lui : il y avait quelque chose qui ne collait pas. Il regarda Romanov.

— Vous vous êtes rendu chez Bischoff et Cie parce qu'ils affirmaient être en possession d'une icône du XVᵉ siècle susceptible de correspondre à la description de celle que nous cherchons, c'est bien cela ?

— En effet, camarade. Le président de la banque d'État vous confirmera d'ailleurs qu'il a personnellement pris rendez-vous pour moi chez eux.

— Mais ladite icône s'est révélée être celle de saint Pierre et non celle de saint Georges.

— Détail que la camarade Petrova a également confirmé dans son rapport.

— Ah, oui, la camarade Petrova, dit Zaborski, reportant les yeux sur la feuille de papier placée devant lui.

— Oui, camarade.

— Et la camarade Petrova, pour des raisons mystérieuses, ne s'est pas présentée au rendez-vous que vous lui aviez fixé ce soir-là ?

— Je ne m'explique toujours pas sa disparition, dit Romanov.

— Disparition que vous avez signalée au camarade Melinski à l'ambassade. (Zaborski marqua une pause.) C'est bien vous qui aviez choisi Petrova, n'est-ce pas ?

— C'est exact, camarade.

— Est-ce que cela ne révèle pas un certain manque de discernement de votre part ?

Romanov se garda de répondre.

Le chef du K.G.B. baissa de nouveau le nez sur le dossier.

— Lorsque vous vous êtes réveillé le lendemain matin, la fille n'avait toujours pas reparu ?

— Nous étions convenus de nous retrouver pour le petit

125

déjeuner et cette fois encore elle m'a posé un lapin, dit Romanov. J'ai fait un saut dans sa chambre : toutes ses affaires personnelles avaient disparu.

— Et vous en avez aussitôt conclu qu'elle était passée à l'Ouest ?

— Oui, dit Romanov.

— Pourtant la police suisse n'arrive pas à retrouver sa trace. Qu'est-ce qui a bien pu la pousser à passer à l'Ouest ? J'ai beau me poser la question, je ne vois pas. Son mari et sa famille proche habitent Moscou. Tous sont employés de l'État, et ce n'était pas son premier voyage en Occident.

Romanov garda le silence.

— Qui sait si Petrova n'était pas au courant d'une chose que vous ne vouliez pas que nous sachions... Peut-être est-ce pour cela qu'elle a disparu...

Romanov ne broncha toujours pas.

L'œil du chef du K.G.B. se braqua de nouveau sur ses papiers.

— Je me demande ce que la petite Petrova pouvait bien avoir à nous révéler. L'identité de la femme avec qui vous couchiez cette nuit-là, peut-être...

Romanov se sentit frissonner de peur : que savait donc Zaborski au juste ? Ce dernier marqua une pause et fit mine de compulser le rapport.

— A moins qu'elle n'ait été à même de nous dire pourquoi vous avez cru bon de repasser chez Bischoff et Cie ? (Zaborski s'interrompit de nouveau.) Je crois qu'il va me falloir ouvrir une enquête au sujet de la disparition d'Anna Petrova. Car voyez-vous, camarade Romanov, quans vous vous êtes présenté à la banque pour la troisième fois, le ban et l'arrière-ban de l'espionnage international ont compris qu'il y avait anguille sous roche et que nous étions en quête de quelque chose, dit Zaborski, haussant le ton à mesure qu'il parlait.

Romanov, aux abois, essayait de découvrir si Zaborski avait des preuves. Les deux hommes restèrent un moment sans souffler mot.

— Vous avez toujours fait cavalier seul, major Romanov,

et je reconnais que, compte tenu des résultats que vous avez obtenus, j'ai fermé les yeux sur vos méthodes. Mais je ne travaille pas en solo, moi, camarade. Je suis un fonctionnaire, et je dois rendre des comptes.

Il se mit à tripoter la réplique de Luna 9 qui lui servait de presse-papiers.

— Je suis un homme qui traite des dossiers, un gratte-papier. Je rédige des rapports en triple exemplaire, fournis des réponses en quadruple exemplaire et justifie mes décisions en quintuple exemplaire. Et maintenant il va falloir que j'explique les circonstances de l'étrange disparition de Petrova au Politburo en je ne sais combien d'exemplaires.

Romanov gardait le silence : des années au K.G.B. lui avaient appris à se taire. Il était de plus en plus persuadé que Zaborski se contentait de donner des coups de sonde. S'il avait soupçonné la vérité, l'interrogatoire se serait déroulé dans les sous-sols, et d'une façon nettement plus musclée.

— En U.R.S.S., poursuivit Zaborski en se levant de sa chaise, et quoi qu'en pense l'Occident, on enquête dans tous les cas de mort suspecte... ou de défection beaucoup plus minutieusement qu'en tout autre pays. Je crois, camarade Romanov, que l'exercice de votre profession vous aurait semblé beaucoup plus facile si vous étiez né en Afrique, en Amérique du Sud, voire même à Los Angeles.

Romanov se retint d'avancer une opinion.

— Lorsqu'il m'a appelé ce matin à une heure, le secrétaire général m'a dit ne pas avoir trouvé à son goût vos derniers résultats, surtout après l'excellent départ que vous aviez pris. Cependant, comme il ne songe qu'à retrouver l'icône du tsar, il a décidé qu'il n'y aurait pas d'enquête pour l'instant. Si toutefois vous deviez recommencer à jouer les irresponsables, sachez que ce ne sont pas des enquêteurs que vous trouveriez en face de vous mais un tribunal, et nous savons tous ce qui est arrivé au dernier Romanov qui s'est trouvé face à un tribunal.

Il referma le dossier.

— Contrairement à mon opinion et compte tenu du fait qu'il nous reste moins d'une semaine, le secrétaire général vous donne une seconde chance dans l'espoir que vous lui rapporterez l'icône. Est-ce clair, camarade ? aboya-t-il.

— Très clair, dit Romanov.

Et, tournant les talons, il s'empressa de vider les lieux.

Le chef du K.G.B. attendit que la porte se referme avant de fixer de nouveau le dossier. Il lui fallait absolument découvrir ce que Romanov mijotait, sa carrière était peut-être en jeu. Il appuya sur un bouton.

— Trouvez-moi le major Valchek, ordonna-t-il.

<center>****</center>**

— Je n'ai jamais pris de champagne avec du caviar, avoua Adam, l'œil rivé sur la ravissante jeune fille assise en face de lui.

Il adorait sa façon de se coiffer, de s'habiller, de rire, mais plus encore son sourire.

— Ne vous inquiétez pas, ça m'étonnerait qu'il y ait du caviar au menu, plaisanta Heidi. Mais bientôt peut-être lorsque vous serez l'heureux propriétaire de l'icône du tsar, enfin si M. Rosenbau...

Adam porta un doigt à ses lèvres.

— Personne n'est au courant, pas même Lawrence.

— Ça vaut peut-être mieux, chuchota Heidi. Il n'attendrait qu'une chose : que vous placiez dans sa banque tout l'argent que vous en retireriez.

— Qu'est-ce qui vous fait croire que je la vendrais ? s'enquit Adam, histoire de la sonder.

— Quelqu'un qui possède une Rolls-Royce et n'a pas de travail ne va pas s'amuser à engager un chauffeur.

— Je n'ai pas de Rolls, j'ai une moto.

— Eh bien, il faudra vous en défaire aussi si l'icône s'avère être sans valeur, dit-elle en riant.

— Vous prendrez du café ? s'enquit le garçon, qui débarrassait déjà leur table dans l'espoir de la voir occupée par deux nouveaux clients avant la fin de la soirée.

— Oui, dit Adam. Deux cappucinos. (Il reporta son attention sur Heidi.) C'est curieux, poursuivit-il tandis que le loufiat s'éloignait, la seule fois où j'ai appelé Lawrence à la banque, la standardiste a eu un mal fou à le dénicher.

— Qu'est-ce qu'il y a de drôle à ça ?

— A croire qu'on n'avait jamais entendu parler de lui là-bas, observa Adam, mais peut-être que je me fais des idées.

— Il doit y avoir plus de mille employés dans une banque de cette taille. On peut y passer des années sans pour autant connaître tous ses collègues.

— Vous avez raison, concéda Adam, comme on leur apportait leurs tasses.

— Quand comptez-vous partir pour Genève ? reprit Heidi après avoir bu une gorgée de café, qu'elle trouva trop chaud à son goût.

— Mercredi matin à la première heure. J'espère être de retour dans la soirée.

— Vous êtes décidément plein de tact.

— Comment cela ?

— C'est mon unique jour de congé et vous en profitez pour filer. Pas très romantique.

— Et si vous veniez avec moi ? fit-il en lui prenant la main.

— Ce serait déjà un peu plus exaltant que de partager des saucisses...

— J'espère bien et, de toute façon, vous pourriez m'être très utile.

— Vous avez une façon de tourner les choses...

— Ne faites pas semblant de ne pas comprendre, ce n'est pas ce que j'ai voulu dire. Simplement je ne parle ni allemand ni français, et je n'ai jamais été en Suisse que pour faire du ski avec l'école. Je n'arrêtais d'ailleurs pas de me casser la figure.

Heidi goûta de nouveau son café.

— Eh bien ? interrogea Adam, sans lui lâcher la main.

— Les Suisses parlent parfaitement l'anglais, dit-elle finalement. Et en cas de problème avec la banque, vous pouvez toujours faire appel à Lawrence.

— Nous ne resterions absents qu'une journée, insista Adam.

— Ce serait de l'argent perdu.

129

— Pas très romantique, commenta Adam.

— Touché.

— Réfléchissez, dit Adam. Une fois que j'aurai acheté votre billet d'avion il ne me restera que dix-neuf livres. Je ne sais pas comment je m'en sortirai...

— Vous pensez réellement ce que vous dites ? fit Heidi, soudain sérieuse. Les femmes ne sont pas des êtres impulsifs, vous savez.

— Demandez à Jochen de vous accompagner.

Heidi éclata de rire.

— Il est trop grand, jamais il ne tiendrait dans l'avion.

— Dites oui.

— A une condition, dit Heidi, pensive.

— Que nous voyagions séparément ? fit Adam avec un vaste sourire.

— Non. Que vous me laissiez vous rembourser au cas où l'icône serait sans valeur.

— J'accepte : elle ne peut pas valoir moins de trente et une livres, dit Adam. (Il se pencha et l'embrassa sur la bouche.) Et si je devais rester plus d'une journée, qu'est-ce que vous diriez ?

— J'exigerais que nous descendions dans des hôtels différents, rétorqua Heidi, si le franc suisse n'était pas si cher.

*
**

— Vous êtes toujours si digne de confiance, camarade Romanov. Et c'est la première des qualités que se doit de posséder un banquier s'il veut réussir.

Romanov scruta le visage du vieil homme, se demandant s'il savait exactement ce qu'il avait trouvé à la banque.

— Et vous toujours si efficace, camarade Poskonov, fit Romanov. Et l'efficacité, dans ma branche, c'est tout ce qui compte.

— Juste ciel ! On croirait entendre deux commissaires du peuple sur le retour devisant lors d'un congrès annuel. Eh bien, fit Poskonov en allumant une cigarette, et votre séjour à Zurich ?

— Ça aurait pu être pire, mais ça aurait pu être mieux.
— J'en déduis que vous avez fait chou blanc en ce qui concerne l'icône du tsar.
— Exact. Cela dit, Bischoff et Jacques ont été aux petits soins pour moi. Ils ne savaient que faire pour m'être agréables.
— Vraiment ?
— Oui, répondit Romanov.
— Bischoff est un type bien, dit le banquier. C'est pour cela que je vous ai envoyé chez lui en premier lieu.
Le vieil homme se laissa tomber sur sa chaise.
— Pour cela seulement ? Vous n'aviez pas une autre raison ? s'enquit Romanov
— Cinq autres raisons, précisa Poskonov, mais nous en reparlerons lorsque vous aurez trouvé votre icône.
— Qui vous dit que je ne préférerais pas en parler maintenant ? jeta Romanov d'un ton ferme.
— J'ai survécu à deux générations de Romanov, dit le vieil homme en levant les yeux au ciel. Je n'ai aucune envie d'en enterrer une troisième. Restons-en là pour l'instant, je suis persuadé que nous trouverons un terrain d'entente une fois que la lumière des projecteurs aura cessé d'être braquée sur vous.
Romanov opina.
— Vous serez heureux d'apprendre que je ne suis pas resté inactif en votre absence, poursuivit le banquier. Encore que les résultats que j'ai obtenus ne soient pas tous satisfaisants non plus.
Poskonov invita son interlocuteur à s'asseoir avant de rouvrir son dossier, qui s'était étoffé depuis la dernière fois qu'il l'avait consulté.
— La liste que vous m'avez soumise au départ comportait quatorze noms, commença le président de la Banque d'État ; or, sur ces quatorze établissements, onze m'ont certifié ne pas détenir l'icône du tsar.
— Justement, intervint Romanov. La question est de savoir si on doit les croire sur parole.
— Pas nécessairement, dit Poskonov. Mais en général les

Suisses préfèrent ne pas s'engager plutôt que de mentir délibérément. A terme, on finit toujours par découvrir le menteur et de mon cabinet de travail je contrôle toujours la circulation des capitaux dans huit nations. Je n'ai peut-être pas d'influence sur le plan financier, mais je peux malgré tout mettre des bâtons dans les roues du système monétaire capitaliste.

— Cela nous laisse donc trois banques, dit Romanov.

— Exact, camarade. La première est la Bischoff & Cie, dont vous revenez. Quant aux deux autres, elles nous ont refusé tout net leur concours.

— Comment se fait-il que vous n'ayez aucune influence sur elles ?

— C'est très simple, repartit Poskonov. D'autres intérêts entrent en ligne de compte au regard desquels mon influence ne pèse pas lourd. Si vous avez pour principaux clients les grandes familles juives ou les Américains, ce ne sont pas les pressions — quelles qu'elles soient — qui vous obligeront à traiter avec l'Union soviétique.

Romanov opina.

— Cela étant, poursuivit Poskonov, il y a encore une petite chance pour que l'une de ces deux banques soit en possession de l'icône du tsar. Mais comme elles se garderont bien d'en souffler mot à la Mère Russie, je ne sais trop quel parti vous conseiller de prendre.

Le banquier se carra dans son siège et attendit que Romanov ait assimilé les nouvelles.

— Je vous trouve bien silencieux, risqua Poskonov après avoir allumé une autre cigarette.

— Vous venez de me donner une idée, dit Romanov. Les Américains diraient que c'est un coup risqué. Mais si j'ai vu juste, ce sont les Russes qui vont l'emporter.

— Je n'ai jamais rien compris au base-ball, mais je suis ravi d'avoir pu vous être utile. Prenez ceci, toutefois, vous en aurez besoin.

Poskonov retira du dossier un morceau de papier et le tendit à Romanov. On pouvait y lire ces indications : Simon

& Cie, Zurich, refusent de coopérer, Roget et Cie, Genève, refusent de nous répondre.

— J'imagine que vous allez repartir très bientôt pour la Suisse ?

Romanov planta son regard dans celui du banquier.

— A votre place, Alex, j'éviterais de rendre visite aux Bischoff cette fois-ci. Vous aurez tout le temps d'y aller plus tard.

Le vieil homme soutint le regard du major sans broncher.

— Vous ne vous débarrasserez pas de moi aussi facilement que d'Anna Petrova, ajouta-t-il.

CHAPITRE 10

Le vieillard alla se mettre dans la queue à la station de taxis. A le voir si voûté et si frêle, on aurait eu bien du mal à dire combien il mesurait. Son immense pardessus, qui semblait avoir connu des jours meilleurs, traînait presque par terre ; ses doigts, qui dépassaient à peine des manches, étaient enfouis dans des mitaines de laine grise. La petite valise de cuir aux initiales noires « E.R. » qu'il tenait à la main était si râpée qu'elle devait lui venir de son grand-père.

Il aurait fallu se pencher ou être vraiment court sur pattes pour distinguer le visage du bonhomme, visage mangé par un nez que Cyrano de Bergerac n'eût pas désavoué. Il avança lentement en traînant les pieds jusqu'à ce que son tour fût venu de monter dans une voiture. L'opération ne se fit pas sans mal et le chauffeur pianotait impatiemment sur le volant lorsque son passager lui demanda d'une voix gutturale de le conduire à la banque Daumier et Cie. Le conducteur démarra sans réclamer la moindre indication. Les chauffeurs de taxi suisses connaissent le chemin de toutes les banques, de la même façon que leurs homologues londoniens connaissent celui des théâtres et ceux de New York celui des bars.

Arrivé à destination, le vieillard mit un certain temps à trouver les pièces adéquates pour régler la course. Il s'extirpa lentement de la voiture et, planté sur le trottoir, contempla le bâtiment de marbre dont la solidité parut le rassurer. Au moment où il allait pousser la porte, un homme vêtu d'un élégant uniforme bleu l'ouvrit.

— Je viens voir..., commença-t-il dans un allemand ampoulé.

Le portier se contenta de lui désigner du doigt la fille de la réception. Il se dirigea péniblement vers son bureau et annonça :

— Je viens voir Herr Daumier. Je suis Emmanuel Rosenbaum.

— Vous avez rendez-vous ?

— Hélas ! non.

— Herr Daumier est en conférence, dit la fille. Je vais voir si l'un de ses associés peut vous recevoir.

Elle décrocha son téléphone, eut une conversation en allemand et reprit :

— Si vous voulez bien prendre l'ascenseur, c'est au troisième.

L'air contrarié, M. Rosenbaum hocha la tête et obtempéra. A peine était-il sorti de l'appareil dont la porte ne s'était même pas encore refermée derrière lui qu'il aperçut une autre jeune femme qui était venue à sa rencontre. Après lui avoir demandé de bien vouloir patienter, elle s'éclipsa, le laissant dans une pièce étriquée aux allures de vestiaire où deux chaises se battaient en duel. Quand on daigna enfin s'occuper de lui, le vieil homme ne put cacher sa stupeur devant la jeunesse de son interlocuteur.

— Welfherd Praeger, dit la juvénile apparition. Je suis l'un des associés de la banque.

— Ne m'obligez pas à lever le nez comme ça, asseyez-vous, dit M. Rosenbaum.

Le jeune homme s'exécuta.

— Je m'appelle Emmanuel Rosenbaum. Je viens chercher un paquet que j'ai déposé chez vous en 1938.

— Mais certainement, dit le jeune associé, changeant de ton. Avez-vous une pièce d'identité ou un certificat de la banque ?

— Bien sûr, fit le vieil homme en lui tendant son passeport et un reçu qui était presque en lambeaux à force d'avoir été plié et replié.

Le jeune homme examina les deux documents avec le plus

grand soin. Il reconnut immédiatement le passeport israélien. Tout semblait être en ordre. Le reçu de la banque, émis l'année de sa naissance, semblait lui aussi parfaitement authentique.

— Si vous voulez bien m'excuser, monsieur, j'en ai pour un instant.

— Je vous en prie, dit le vieillard. J'ai attendu vingt-huit ans, je peux bien attendre quelques minutes de plus.

Peu après que le jeune banquier fut sorti, la femme revint et invita M. Rosenbaum à passer dans une autre pièce, plus vaste, et confortablement meublée celle-là. Quelques minutes plus tard, le jeune associé entra en compagnie d'un autre homme qui s'avéra être Herr Daumier.

— Je ne crois pas que nous ayons eu l'occasion de nous rencontrer, Herr Rosenbaum, attaqua le président d'un ton courtois. Je suppose que vous avez dû avoir affaire à mon père.

— Non, se récria M. Rosenbaum, à votre grand-père Helmut.

Une lueur de respect poignit dans les prunelles de Herr Daumier.

— C'est la seule fois où j'ai aperçu votre père, la nouvelle de sa mort prématurée m'a beaucoup peiné, ajouta Rosenbaum. C'était un homme plein de tact. Vous ne portez pas de rose à la boutonnière ? Il me semble pourtant qu'il en portait.

— Disons que c'est ma façon de me révolter.

Rosenbaum voulut rire mais ne réussit qu'à tousser.

— N'auriez-vous pas autre chose à me montrer que votre passeport pour établir la preuve de votre identité ? s'enquit poliment Herr Daumier.

Emmanuel Rosenbaum leva la tête vers le banquier et d'un air las lui présenta la face interne de son poignet où était tatoué le numéro 712910.

— Je vous prie de m'excuser, fit Daumier, visiblement gêné. Je vais chercher votre coffre, si vous voulez bien attendre, c'est l'affaire d'un instant.

M. Rosenbaum cligna faiblement des paupières, comme s'il était trop fatigué pour hocher la tête. Les deux banquiers sortirent. Ils revinrent quelques minutes plus tard avec une boîte plate et carrée de soixante centimètres de côté, qu'ils déposèrent sur la table au milieu de la pièce. Herr Daumier ouvrit la serrure du haut sous l'œil de son associé qui faisait office de témoin. Il tendit ensuite une clé à Rosenbaum.

— Nous allons vous laisser, maintenant. Il y a un bouton sous la table, appuyez dessus dès que vous aurez terminé.

— Merci, dit Rosenbaum, qui attendit que la porte se fût refermée derrière eux.

Il introduisit sa clé dans la serrure et souleva le couvercle. A l'intérieur du coffre se trouvait un paquet de 46 centimètres sur 30, enveloppé dans de la mousseline et soigneusement ficelé. Rosenbaum enfourna précautionneusement le paquet dans sa vieille valise et referma le coffre à clé. Puis il appuya sur le bouton, et Herr Daumier et son associé le rejoignirent.

— J'ose espérer que vous avez retrouvé votre bien tel que vous nous l'aviez confié, Herr Rosenbaum, dit le président. Depuis le temps...

— Oui, merci, coupa le vieil homme, s'arrachant un hochement de tête.

— Puis-je me permettre de vous faire part d'un petit problème ? fit Herr Daumier.

— Mais certainement, dit le vieux monsieur.

— Avez-vous l'intention de continuer à vous servir du coffre ? La somme que vous nous aviez laissée pour couvrir les frais est arrivée à épuisement.

— Non, je n'en ai plus besoin.

— Je vous dis cela parce qu'il se trouve que vous restez nous devoir un petit quelque chose. Toutefois, étant donné les circonstances, il va de soi que nous vous en tiendrons quitte.

— C'est très aimable à vous.

Herr Daumier s'inclina. Son jeune associé accompagna leur client jusqu'à la porte, l'aida à monter dans un taxi et demanda au chauffeur de conduire M. Rosenbaum à l'aéroport de Zurich.

A l'aéroport, le vieil homme mit un certain temps pour gagner le comptoir d'enregistrement ; il semblait terrifié par l'escalator et, comme sa valise était maintenant relativement lourde, il avait du mal à négocier les escaliers.

Arrivé devant le comptoir, il tendit son billet à la préposée qui le vérifia et fut heureux de constater que la salle d'attente était presque vide. Traînant les pieds, il se dirigea vers le fond et se laissa choir sur un canapé confortable. Il jeta un coup d'œil autour de lui pour s'assurer qu'il était à l'abri des regards des autres passagers. Il actionna les poussoirs de la valise râpée et les serrures s'ouvrirent en grinçant. Il souleva le couvercle, sortit le paquet et le serra contre sa poitrine. Il lui fallut se battre un certain temps avec les nœuds avant de parvenir à les défaire. Après quoi il ôta le linge et baissa les yeux pour contempler le chef-d'œuvre — *Les champs de blé* de Van Gogh — qui avait disparu du musée national de Vienne en 1938.

Emmanuel Rosenbaum poussa un juron retentissant, ce qui ne cadrait pas du tout avec son personnage. Après avoir soigneusement remballé le tableau, il l'enfouit dans sa mallette. A pas lents, il alla trouver la fille de la Swissair et lui demanda de lui réserver une place sur le premier avion en partance pour Genève. Avec un peu de chance, il arriverait chez Roget et Cie avant la fermeture.

Le Viscount de la British Airways atterrit à Genève à 11 h 25 heure locale ce matin-là, soit quelques minutes plus tard que prévu. L'hôtesse rappela aux passagers qu'ils devaient avancer leur montre d'une heure.

— Parfait, remarqua Adam. Nous aurons largement le temps de déjeuner et de passer à la banque avant de retourner à l'aéroport pour prendre le vol de 17 h 05.

— C'est un exercice militaire, dit Heidi en riant. Tout est planifié.

— Tout sauf la dernière partie du programme.

— La dernière partie ?

— Notre dîner de victoire.

— Au *Chelsea Kitchen*, je parie ?

— Erreur, corrigea Adam. J'ai retenu une table à vingt heures au *Coq d'Or*, à deux pas de Piccadilly.

— Pour célébrer la poule aux œufs d'or ?

— Amusant, dit Adam.

— Amusant ? Je ne comprends pas.

— Je vous expliquerai ce soir en dînant.

— Et moi qui espérais qu'on raterait l'avion, dit Heidi.

— Pourquoi ?

— L'idée de me retrouver assise derrière ma caisse à la Maison d'Allemagne n'a rien d'enthousiasmant.

— C'est mieux que la séance d'entraînement qui m'attend avec le sergent-chef à dix heures, gémit Adam. À 10 h 10 je serai allongé de tout mon long par terre regrettant d'avoir quitté Genève.

— Ça vous apprendra à le mettre K.O., rétorqua Heidi. Peut-être qu'on ferait mieux de ne pas bouger d'ici, finalement, ajouta-t-elle en le prenant par le bras.

Adam se pencha et l'embrassa doucement sur la joue tandis qu'ils attendaient sur la passerelle qu'on les laisse descendre. Une pluie fine cinglait les marches. Adam déboutonna son imperméable et s'efforça d'abriter Heidi dessous tandis qu'ils gagnaient en courant l'aéroport.

— Je me félicite d'avoir pensé à le prendre.

— Ce n'est pas un imperméable, commenta Heidi, c'est une vraie tente.

— C'est mon vieux trench-coat de l'armée, expliqua Adam, écartant les pans du vêtement. On peut y mettre des cartes, des compas et même un nécessaire pour la nuit.

— Voyons, Adam, nous allons juste faire un tour à Genève en plein été, pas nous perdre au cœur de la Forêt-Noire en plein hiver.

Il éclata de rire.

— Attendez qu'il tombe des cordes, on verra si vous êtes toujours aussi sarcastique.

Le bus qui faisait la navette entre l'aéroport et le centre ville mit à peine vingt minutes pour atteindre Genève. Après avoir traversé les faubourgs, ils atteignirent le lac

139

paisible et majestueux niché au creux des collines. Le bus longea le lac et s'arrêta devant la fontaine dont le jet puissant s'élançait à plus de cent vingt mètres de hauteur.

— Je me sens une âme de touriste, déclara Heidi, lorsqu'ils descendirent du bus, ravis de constater que le crachin avait cessé.

Ils furent immédiatement frappés par la propreté de la ville tandis qu'ils marchaient sur le trottoir immaculé qui courait le long du lac. De l'autre côté de la rue se succédaient selon une répartition harmonieuse hôtels, magasins et banques à l'allure impeccable.

— On commence par repérer notre banque et on déjeune à proximité avant d'aller cueillir le butin.

— Et comment un militaire s'y prend-il pour mener à bien une opération de cette envergure ? s'enquit Heidi.

— Rien de plus simple. Il suffit d'entrer dans la première banque venue et de demander où se trouve Roget et Cie.

— Vous avez dû en décrocher, des médailles, quand vous étiez scout.

— Je suis si mauvais que ça ? fit Adam, éclatant de rire.

— Pire, dit Heidi. Mais vous correspondez exactement à l'image que tout Allemand se fait du parfait gentleman anglais.

Adam se tourna vers elle, lui caressa les cheveux, et se pencha pour l'embrasser sur la bouche.

Heidi prit soudain conscience des regards désapprobateurs des passants.

— Je ne crois pas que les Suisses approuvent ce genre de comportement en public, dit-elle. Je me suis laissé dire que certains d'entre eux le désapprouvent aussi en privé.

— Veux-tu que j'aille embrasser la vieille chipie qui nous fixe avec des yeux ronds ? proposa Adam.

— Surtout pas ! Imagine qu'elle te transforme en crapaud... Mettons plutôt ton plan de bataille à exécution, fit-elle, le doigt pointé vers la Banque Populaire de l'autre côté de l'avenue.

Une fois qu'ils eurent traversé, Heidi demanda au portier où se trouvait la banque Roget et Cie. Ils suivirent ses indications, admirant au passage le gigantesque jet d'eau tout en s'enfonçant vers le centre de la ville.

L'établissement qu'ils cherchaient n'était pas si facile que cela à localiser, et ils passèrent devant à deux reprises avant que Heidi ne remarque le nom discrètement gravé dans la pierre à côté de la porte en verre et fer forgé.

— Impressionnant, commenta Adam.

— Tu ne t'attendais tout de même pas à trouver une minable agence de campagne ? C'est peut-être dur à avaler pour un Anglais, mais il n'empêche que c'est ici que bat le pouls de la haute finance internationale.

— Dépêchons-nous de trouver un restaurant, sinon l'entente cordiale va en prendre un coup, rétorqua Adam.

Rebroussant chemin, ils se dirigèrent de nouveau vers la fontaine. Le soleil s'efforçait de crever les nuages, aussi optèrent-ils pour la terrasse d'un café, qui surplombait le lac. Ils prirent tous deux une salade au fromage et partagèrent une demi-bouteille de vin blanc. Adam se sentait tellement en confiance en compagnie d'Heidi qu'il commença à lui raconter des souvenirs du temps où il était à l'armée. Elle dut l'interrompre pour lui faire remarquer qu'il était presque 14 heures. Sans enthousiasme particulier, il réclama l'addition.

— Le moment fatidique est arrivé, nous allons enfin savoir si l'icône du tsar existe, dit-il.

Une fois devant l'entrée de la banque, Adam poussa le lourd battant, franchit le seuil et contempla le hall obscur.

— Par là, dit Heidi, l'index pointé vers une dame assise à un bureau.

— Bonjour. Je suis Adam Scott. Je viens chercher un objet qu'on m'a légué par testament.

— Vous avez pris rendez-vous ? s'enquit la dame d'un air avenant, et pratiquement sans accent.

— Non, dit Adam. J'aurais dû ?

— Ne vous inquiétez pas, cela ne devrait pas poser de problème, dit la dame.

Elle décrocha son téléphone, composa un numéro à un chiffre et eut une brève conversation en français. En raccrochant, elle leur demanda de bien vouloir monter au quatrième.

Lorsque Adam sortit de la cabine, il fut assez surpris de se voir accueilli par quelqu'un de son âge.

— Bonjour, je suis Pierre Neffe, associé de la banque, annonça le jeune homme dans un anglais irréprochable.

— Je t'avais dit que tu n'aurais pas besoin de mes services, chuchota Heidi.

— Attends un peu, repartit Adam. Nous n'avons pas encore commencé à exposer le but de notre visite.

Le jeune banquier les fit entrer dans une petite pièce luxueusement meublée.

— Je m'installerais volontiers ici, remarqua Adam en enlevant son imperméable.

— Nous aimons que nos clients se sentent chez eux, fit M. Neffe d'un ton condescendant.

— On voit bien que vous n'êtes jamais venu chez moi, rétorqua Adam.

— En quoi puis-je vous être utile ? s'enquit le jeune associé, impassible.

— Mon père, commença Adam, est mort le mois dernier et m'a laissé dans son testament un reçu relatif à un objet qu'on vous a laissé en dépôt en 1938. Il s'agit d'un cadeau que lui avait fait un de vos clients. (Adam hésita.) Un certain M. Emmanuel Rosenbaum.

— Avez-vous des documents se rapportant à ce cadeau ? demanda M. Neffe.

— Oui, opina Adam, fouillant dans l'une des poches de son trench-coat.

Il tendit au jeune banquier le reçu établi par la maison Roget et Cie. M. Neffe l'examina et hocha la tête.

— Puis-je voir votre passeport, monsieur Scott ?

— Certainement, acquiesça Adam, plongeant la main dans son imperméable pour y pêcher le document, qu'il remit à son interlocuteur.

— Si vous voulez bien m'excuser un instant, dit M. Neffe qui se leva et sortit.

— Qu'est-ce qu'il est parti fabriquer ? s'inquiéta Heidi.

— Il faut qu'il vérifie primo si l'icône est toujours chez eux, et secundo si mon reçu est authentique. 1938, ça ne date pas d'hier.

Les minutes s'égrenant, la déception puis le découragement s'emparèrent d'Adam, qui finit par se dire que cette expédition allait se solder par un échec total et une perte de temps.

— Tu pourrais toujours décrocher un de ces tableaux et le cacher sous ta gabardine, ironisa Heidi. Je suis sûre qu'il se vendrait bien à Londres, peut-être mieux même que ta précieuse icône.

— Trop tard, murmura Adam tandis que M. Neffe faisait sa réapparition en compagnie d'un autre banquier, qui s'avéra être M. Roget.

— Bonjour, dit M. Roget. Je suis navré que mon père ne soit pas là pour vous recevoir, monsieur Scott, mais il est à Chicago, pour affaires. (Il échangea une poignée de main avec Adam puis avec Heidi.) Nous avons dans nos archives une lettre de M. Rosenbaum avec ses instructions. Des instructions précisant sans ambiguïté possible que le coffre ne doit être ouvert que par... (il consulta le papier dont il s'était muni) ... le colonel Gerald Scott, D.S.O., O.B.E., croix de guerre.

— C'est mon père, dit Adam. Comme je l'ai expliqué à M. Neffe, il est décédé le mois dernier et m'a fait don de ce cadeau dans son testament.

— Je ne demande qu'à vous croire, lui assura M. Roget. Si vous pouviez me montrer une copie du certificat de décès, et du testament...

Adam sourit de sa prévoyance et farfouilla de nouveau dans son trench-coat, d'où il finit par extraire une grande enveloppe brune à l'en-tête de « Holbrooke, Holbrooke & Gascoigne ». Il en sortit les copies demandées ainsi qu'une lettre d'accompagnement, et les tendit à M. Roget qui, après les avoir lues soigneusement, les passa à son associé, lequel se mit à chuchoter à l'oreille de son président une fois qu'il en eut pris connaissance.

— Voyez-vous un inconvénient à ce que nous téléphonions à Mr. Holbrooke en votre présence ? demanda M. Roget.

— Pas le moindre, dit Adam avec simplicité. Mais autant vous prévenir : ce monsieur est plutôt du genre bourru.

— Bourru ? reprit le banquier. Bien que connaissant pas le mot, il me semble en deviner la signification.

Il se tourna vers M. Neffe pour lui parler. Ce dernier quitta précipitamment la pièce pour revenir une minute après avec un exemplaire du Registre des notaires anglais de 1966.

Adam fut impressionné par le sérieux avec lequel M. Roget vérifia que le nom et l'adresse portés sur l'enveloppe correspondaient bien à ceux qui figuraient dans le registre.

— Inutile d'appeler Mr. Holbrooke, conclut M. Roget. Il nous reste toutefois un petit problème à régler, monsieur Scott.

— De quoi s'agit-il ? s'enquit Adam, non sans une certaine appréhension.

— M. Rosenbaum avait un léger découvert, or nous avons pour principe de ne procéder à l'ouverture d'un coffre que lorsque la situation est régularisée.

Adam sentit son pouls s'accélérer : sa première crainte fut de ne pas avoir assez d'argent pour faire face à cette éventualité.

— Le compte est débiteur de cent vingt francs, poursuivit M. Roget, cela correspond aux frais de garde du coffre ces deux dernières années qui n'étaient plus couvertes par la provision de M. Rosenbaum.

Adam poussa un soupir de soulagement. Sortant son portefeuille, il signa un chèque de voyage qu'il remit à son interlocuteur.

— Enfin, dit M. Roget, nous vous demanderons de nous signer une décharge.

Le banquier lui tendit un long formulaire comportant une ribambelle de clauses toutes rédigées en petits caractères et en français. Adam y jeta un vague coup d'œil et le passa à Heidi, qui se mit en devoir de décortiquer chaque paragraphe. Pendant ce temps, M. Roget expliqua à Adam qu'il s'agissait d'un document standard permettant à la banque de dégager sa responsabilité quant au contenu du coffre et à la légitimité des droits qu'avait Adam de le réclamer.

Sa lecture terminée, Heidi hocha la tête en signe d'approbation.

Adam signa à l'endroit indiqué.

— Parfait, déclara le banquier. Il ne nous reste plus maintenant qu'à aller chercher votre coffre.

— Il est peut-être vide, dit Adam demeuré seul avec Heidi.

— Pessimiste, va ! Si ça se trouve, il est plein à craquer de doublons.

Lorsque les deux hommes firent leur réapparition, M. Neffe portait une boîte plate en métal de trente centimètres sur vingt-trois, et d'environ huit centimères d'épaisseur.

Déçu par les dimensions modestes de l'objet, Adam dissimula néanmoins ses sentiments. M. Roget entreprit d'ouvrir la serrure du haut avec la clé de la banque et remit ensuite à Adam une petite enveloppe jaunie dont le rabat s'ornait d'un sceau de cire sur lequel était griffonnées des signatures.

— Le contenu de ce coffre vous appartient, monsieur Scott. Quand vous aurez fini, prévenez-nous : vous nous trouverez dans le couloir.

Les deux hommes sortirent.

— Au travail ! jeta Heidi. Je meurs d'impatience.

Adam décacheta l'enveloppe d'où s'échappa une clé. Il se bagarra avec la serrure qui s'ouvrit avec un déclic, et souleva le couvercle. A l'intérieur de la boîte se trouvait un paquet plat enveloppé dans de la mousseline et attaché avec de la ficelle. Les nœuds avaient l'air compliqués. Adam décida d'arracher la ficelle avant d'ôter délicatement le bout de tissu. Interloqués, ils contemplèrent le chef-d'œuvre en silence.

La beauté des ors, des rouges et des bleus leur coupa le souffle. Ni l'un ni l'autre ne s'étaient attendus à une telle splendeur. Dressé au-dessus du dragon, saint Georges brandissait une épée massive qu'il s'apprêtait à plonger dans le cœur du monstre. Les flammes qui jaillissaient de la mâchoire du dragon étaient d'un rouge profond et formaient un

contraste saisissant avec le manteau doré qui semblait enve-
lopper le saint.

— C'est magnifique, murmura Heidi, recouvrant l'usage de
la parole.

Adam tenait toujours le minuscule tableau entre ses mains.

— Eh bien, dis quelque chose, fit Heidi.

— Quel dommage que mon père n'ait pu la voir, sa vie en
aurait peut-être été changée.

— N'oublie pas qu'il voulait qu'elle te change la vie, à toi,
lui rappela Heidi.

Adam finit par retourner l'icône et découvrit au dos une
petite couronne en argent incrustée dans le bois. Il l'examina,
essayant de se souvenir de ce que l'expert de chez Sotheby's
lui avait dit à ce propos.

— Je regrette que mon père n'ait pas ouvert cette lettre, dit
Adam, retournant de nouveau l'icône pour admirer le triomphe de saint Georges. Elle lui revenait de droit.

Heidi s'assura qu'il n'y avait rien d'autre dans le coffre.
Elle rabattit le couvercle et Adam referma avec sa clé. Il
emmaillota le chef-d'œuvre dans le carré de mousseline, le
ficela, et enfouit le petit tableau dans l'une des poches de son
trench-coat, dont il tira la fermeture Éclair.

— Je savais bien que tu trouverais le moyen de me prouver
que tu ne pouvais pas te passer de ton imperméable, sourit
Heidi.

Adam se dirigea vers la porte et l'ouvrit. Les deux banquiers entrèrent aussitôt.

— J'espère que ce que vous avez trouvé correspond à ce
qu'on vous avait promis, dit M. Roget.

— Absolument, fit Adam. Je n'ai désormais plus besoin du
coffre, ajouta-t-il en lui rendant la clé.

— Comme vous voudrez, dit M. Roget, s'inclinant. Voici
votre monnaie, monsieur, fit-il en tendant à Adam une
poignée de billets de banque suisses. Si vous voulez bien
m'excuser, je vais devoir prendre congé. M. Neffe va vous
raccompagner.

Il serra la main d'Adam, gratifia Heidi d'une imperceptible
courbette et ajouta avec une ombre de sourire :

— J'ose espérer que vous ne nous avez pas trouvés trop...
bourrus.

Adam éclata de rire.

— J'espère, quant à moi, que votre séjour à Genève sera
agréable, énonça M. Neffe tandis que l'ascenseur les empor-
tait avec lenteur vers le rez-de-chaussée.

— En tout cas, il sera court, dit Adam. Nous devons être
à l'aéroport dans une heure.

L'appareil s'immobilisa et M. Neffe traversa le hall en
compagnie d'Adam et Heidi. Neffe leur ouvrit la porte, mais
ils s'effacèrent tous les trois d'un même mouvement pour
laisser passer un vieil homme qui arrivait en traînant les pieds.
La plupart des gens n'auraient eu d'yeux que pour son nez ;
Adam, lui, fut frappé par la vivacité de son regard.

Lorsque le vieillard atteignit enfin le bureau où trônait la
dame de la réception, ce fut pour annoncer :

— Je viens voir M. Roget.

— Je regrette, monsieur. M. Roget est à Chicago en ce
moment, mais je vais voir si son fils peut vous recevoir. Qui
dois-je annoncer ?

— Emmanuel Rosenbaum.

La dame décrocha son téléphone et tint une nouvelle
conversation en français.

— Si vous voulez bien monter au quatrième, monsieur
Rosenbaum, dit-elle en raccrochant.

Une fois de plus, il lui fallut emprunter l'ascenseur redou-
table dont il parvint à s'extraire juste avant que ses crocs ne
se referment sur lui. Une femme entre deux âges le conduisit
jusqu'à la salle d'attente. Il refusa poliment le café qu'elle lui
proposait, se tapotant le cœur de la main droite.

— M. Roget sera là dans un instant, lui affirma-t-elle d'un
ton rassurant.

Et de fait il n'attendit pas longtemps.

— Ravi de faire votre connaissance, monsieur Rosenbaum,
lança M. Roget, souriant de toutes ses dents. Vous venez juste
de rater Mr. Scott.

— Mr. Scott ? lâcha le vieillard sans dissimuler son étonnement.

— Oui. Il est parti il n'y a pas une minute, mais nous avons suivi scrupuleusement les instructions contenues dans votre lettre.

— Ma lettre ? s'étonna M. Rosenbaum.

— Oui, lui assura le banquier, ouvrant pour la seconde fois de la journée un dossier auquel nul n'avait touché depuis plus de vingt ans.

Il tendit une lettre au vieil homme. Emmanuel Rosenbaum prit ses lunettes dans sa poche, les déplia et se mit à lire. Il reconnut aussitôt l'écriture au tracé vigoureux.

Maison forestière Haarhot
Amsberg 14
Vosswinnel
Saxe
Allemagne
12 septembre 1945

Cher monsieur Roget,
J'ai laissé chez vous en lieu sûr dans le coffre 718 une petite icône représentant saint Georges et le dragon. J'ai décidé de faire cadeau de cette peinture à un officier de l'armée britannique, le colonel Gerald Scott, D.S.O., O.B.E, croix de guerre. Au cas où le colonel Scott se présenterait pour réclamer l'icône, faites en sorte qu'on lui remette ma clé sans délai.
Je suis navré de n'avoir pu faire votre connaissance et vous remercie de votre compréhension.

Sincèrement vôtre,
Emmanuel Rosenbaum

— Vous dites que le colonel Scott est passé prendre le contenu du coffre aujourd'hui ?

— Non, monsieur Rosenbaum. Le colonel est décédé il y a peu et a légué le contenu du coffre à son fils Adam. M. Neffe et moi-même avons vérifié tous les documents, y compris le certificat de décès et le testament, qui étaient parfaitement authentiques, tout était en ordre. Il avait également votre reçu. (Le jeune banquier parut hésiter.) J'espère que nous n'avons pas commis d'impair, monsieur Rosenbaum.

— Absolument pas, fit le vieillard. J'étais venu m'assurer que mes instructions avaient bien été exécutées.

M. Roget eut un sourire de soulagement.

— J'en profite pour vous signaler que vous aviez un léger découvert.

— Combien vous dois-je ? s'enquit le vieil homme en fouillant dans sa poche intérieure.

— Rien, dit M. Roget. Rien du tout. Mr. Scott s'en est occupé.

— Je suis donc son débiteur. A combien se montait mon découvert ?

— Cent vingt francs, fit M. Roget.

— Il faut que je le rembourse immédiatement. Vous n'auriez pas une adresse où je pourrais le joindre ?

— Non, désolé, je ne peux rien pour vous, dit M. Roget. J'ignore où il est descendu à Genève.

A cet instant précis, M. Neffe tira M. Roget par la manche, se pencha et lui glissa un mot dans le creux de l'oreille.

— Mr. Scott comptait regagner rapidement l'Angleterre, semble-t-il, il devait être à l'aéroport de Genève-Cointrin à dix-sept heures.

Le vieillard se mit péniblement debout.

— Je vous remercie de votre aide, messieurs. Je n'abuserai pas davantage de votre temps.

**

— Vous avez les places 14 A et 14 B sur le vol BA 171, leur dit l'homme au guichet. L'avion est à l'heure, vous devriez donc embarquer porte neuf dans vingt minutes environ.

— Merci, dit Adam.

— Vous avez des bagages à enregistrer ?

149

— Non. Nous n'avons passé qu'une journée à Genève.

— Alors, bon voyage, monsieur, dit le préposé en leur remettant leurs cartes d'embarquement.

Adam et Heidi se dirigèrent vers l'escalator pour gagner la salle de départ.

— Il me reste 770 francs, fit Adam en comptant ses billets. Je vais profiter de ce que nous sommes là pour acheter une boîte de chocolats à la liqueur dignes de ce nom pour ma mère. Quand j'étais gamin, je lui offrais un minuscule ballotin à Noël. Je m'étais juré que plus tard, si jamais j'allais en Suisse, je lui rapporterais la plus belle boîte qu'on puisse trouver.

Heidi pointa l'index vers un comptoir où s'alignaient en rangs serrés des coffrets décorés de motifs colorés. Adam s'approcha et choisit une grosse boîte de chocolats Lindt enveloppée dans du papier doré. La vendeuse lui fit un paquet cadeau et glissa la boîte dans un sac en plastique.

— Tu en fais une tête, dit Adam après avoir ramassé sa monnaie.

— C'est à cause de la vendeuse, expliqua Heidi. Quand je pense que je vais me retrouver derrière une caisse, moi aussi, demain matin...

— Pense plutôt à notre dîner au *Coq d'Or*, ça te mettra du baume au cœur, dit Adam, consultant sa montre. Il ne nous reste plus beaucoup de temps, on peut peut-être essayer d'acheter du vin à la boutique hors taxe.

— J'aimerais m'acheter le *Spiegel* avant de passer la douane.

— D'accord, dit Adam. Il y a un kiosque là-bas dans le coin.

— Mr. Adam Scott, clama soudain le haut-parleur. Mr. Adam Scott est prié de se présenter au guichet de la British Airways au rez-de-chaussée.

Adam et Heidi s'entre-regardèrent.

— Ils ont dû se tromper en nous donnant nos tickets, fit Adam avec un haussement d'épaules. Allons voir.

Ils redescendirent au rez-de-chaussée et allèrent trouver l'employé qui leur avait remis leurs cartes d'embarquement.

150

— Scott, dit Adam. Vous m'avez fait appeler, je crois.

— Ah, oui ! Nous avons un message urgent pour vous, dit l'employé en consultant son bloc. Il faudrait que vous téléphoniez à M. Roget de chez Roget et Cie, au 271279. (Il arracha le feuillet et le tendit à Adam.) Les téléphones sont dans le coin là-bas derrière le comptoir de la K.L.M., ça vous coûtera vingt centimes.

— Merci, dit Adam.

Il relut le message laconique, impossible de deviner ce que M. Roget lui voulait.

— Je me demande ce qu'il te veut, fit Heidi. C'est un peu tard pour nous demander de lui rendre l'icône.

— Il n'y a qu'une façon de le savoir, dit Adam en lui passant les chocolats. Tiens-moi ça, j'en ai pour une minute.

— Je vais en profiter pour acheter mon magazine, il doit bien y avoir un marchand de journaux à cet étage, dit Heidi, empoignant le sac bariolé.

— D'accord, fit Adam. Rendez-vous ici dans deux minutes.

✻
✻✻

— Roget et Cie. A votre service.

— M. Roget m'a demandé de le rappeler, dit Adam en anglais.

— Bien, monsieur. Vous êtes monsieur... ? s'enquit la standardiste, abandonnant aussitôt le français pour l'anglais.

— Adam Scott.

— Je vais voir s'il est libre.

Adam pivota pour voir si Heidi était au comptoir de la British Airways. Ne l'apercevant pas, il conclut qu'elle devait toujours être à la recherche de son journal. C'est alors qu'il remarqua un vieux bonhomme qui traversait le hall en traînant les pieds. Il aurait juré l'avoir déjà vu quelque part.

— Monsieur Scott ?

Adam se rencogna contre le mur de la cabine.

— Oui, monsieur Roget, vous m'avez appelé ?

— Moi, je vous ai appelé ? s'étonna le banquier. Je ne comprends pas.

151

— On m'a remis, au guichet de la British Airways, un message urgent me demandant de vous téléphoner.

— Il doit y avoir une erreur, je n'ai pas laissé de message. Mais puisque je vous ai au bout du fil, je suis sûr que cela vous intéressera d'apprendre que nous avons reçu la visite de M. Emmanuel Rosenbaum peu de temps après votre départ.

— Emmanuel Rosenbaum ? dit Adam. Mais je croyais qu'il était...

*

— Excusez-moi, mon petit, est-ce que vous pourriez m'aider ?

Heidi dévisagea le vieil homme qui lui avait adressé la parole en anglais mais avec un fort accent d'Europe centrale. Elle se demanda pourquoi il avait considéré comme allant de soi le fait qu'elle parle cette langue avant de conclure que ce devait être la seule langue dans laquelle il s'exprimait à peu près correctement.

— Je suis en retard et je cherche un taxi, mais ma vue n'est hélas plus ce qu'elle était.

Heidi remit l'exemplaire du *Spiegel* sur le rayonnage.

— La station est juste devant la porte, je vais vous montrer.

— C'est bien aimable à vous, dit le vieillard. J'espère que je ne vous dérange pas trop.

— Pas du tout, affirma Heidi, prenant le patriarche par le bras et le guidant vers la porte marquée « Taxis et autobus ».

*

— Vous êtes sûr qu'il s'agissait de Rosenbaum ? s'enquit Adam, très inquiet.

— Certain, répliqua le banquier.

— Et il a eu l'air content en apprenant que j'avais emporté l'icône ?

— Oh, oui. Son seul sujet de préoccupation était de vous rembourser vos 120 francs. Il est très possible qu'il essaie de vous contacter.

— Départ du vol BA 171 à destination de Londres Heathrow, porte numéro neuf, annonça le haut-parleur.

— Je dois vous laisser, dit Adam. Mon avion décolle dans quelques instants.

— Bon voyage, dit le banquier.

— Merci, monsieur Roget, fit Adam en reposant le combiné.

Se tournant vers le comptoir de la British Airways, il fut tout étonné de constater qu'Heidi n'était toujours pas de retour. Il balaya les lieux du regard à la recherche d'un kiosque à journaux, craignant qu'elle n'ait pas entendu l'annonce.

C'est alors qu'il l'aperçut, franchissant la porte à double battant en compagnie du vieil homme qu'il avait remarqué un peu plus tôt.

Adam l'appela et accéléra l'allure. Il y avait quelque chose qui ne collait pas. Arrivé à la hauteur de la porte automatique, il dut ralentir pour lui laisser le temps de s'ouvrir devant lui. Il distinguait maintenant Heidi debout sur le trottoir derrière la vitre, ouvrant au vieux monsieur la portière d'un taxi.

— Heidi ! cria-t-il.

Le vieillard pivota sur ses talons et pour la seconde fois Adam — il l'aurait juré — eut devant lui l'homme qu'il avait entrevu à la banque.

— Monsieur Rosenbaum ? lâcha-t-il.

D'un geste aussi vif que violent, qui prit Adam complètement au dépourvu, l'inconnu poussa Heidi dans la voiture, monta à son tour et, claquant la portière, beugla :

— Allez, vite !

L'espace d'un instant, Adam demeura comme paralysé. Puis il se rua vers le taxi, dont il parvint tout juste à effleurer la poignée au moment où celui-ci démarrait. Sous l'effet de l'accélération subite, Adam bascula et tomba à la renverse sur l'asphalte, mais non sans avoir aperçu au préalable le visage pétrifié d'Heidi. Il fixa le numéro minéralogique dont il ne parvint à déchiffrer que le début : B-7-1-2 ; quant à la voiture, c'était une Mercedes bleue. Il chercha désespérément des yeux un taxi ; le seul qui était en vue chargeait un client.

Une Volkswagen stoppa de l'autre côté du hall de l'aérogare. La femme qui la conduisait descendit et se dirigea vers l'avant pour ouvrir le coffre. Son passager la rejoignit et sortit une valise du coffre, qu'elle referma.

Profitant de ce qu'ils s'embrassaient au bord du trottoir, Adam traversa la route au galop et, ouvrant la porte côté passager, sauta à l'intérieur de la Volkswagen et se mit au volant. La clé de contact était encore là. Il la tourna, embraya, appuya à fond sur l'accélérateur et la voiture fit un bond en arrière. Le couple toujours enlacé le dévisagea d'un air de profonde stupeur. Adam empoigna le levier de vitesse et s'efforça de passer de marche arrière en première. La voiture accéléra mollement, mais suffisamment vite toutefois pour lui permettre d'échapper à l'homme qui s'était lancé à sa poursuite. Je dois être en troisième, se dit-il, et il rétrograda tout en prenant la direction du centre ville.

Parvenu au premier rond-point, il avait maîtrisé les vitesses, mais il lui fallait se concentrer pour tenir sa droite. « B712... B712. » Il ne cessait de se répéter les chiffres pour les graver dans sa mémoire. Il vérifiait la plaque de tous les taxis bleus qu'il dépassait, scrutant leurs occupants. Lorsqu'il en eut examiné une bonne douzaine, il commença à se demander si celui d'Heidi n'avait pas quitté l'autoroute et pris une route secondaire. Il appuya encore plus fort sur l'accélérateur, 90, 100, 110, 120 kilomètres à l'heure. Il doubla trois autres taxis bleus : toujours aucune trace de Heidi.

C'est alors qu'il distingua sur la voie de gauche assez loin devant lui et tous phares allumés une Mercedes qui semblait se soucier de la limitation de vitesse comme d'une guigne. Il se dit qu'il n'y avait pas de raison que la Volkswagen ne soit pas assez puissante pour rattraper la Mercedes, surtout si elle était équipée d'un moteur Diesel. Mètre après mètre, il entreprit de grignoter la distance qui le séparait du taxi bleu, s'efforçant de comprendre ce qui avait bien pu pousser le vieil homme à vouloir enlever Heidi. Était-il possible que ce fût Rosenbaum ? Mais il n'avait pas paru contrarié d'apprendre qu'Adam était parti avec l'icône, du moins était-ce ce que le banquier lui avait affirmé. Cette histoire n'avait décidément aucun sens. Il continua à rouler en se demandant s'il allait enfin se réveiller de ce cauchemar.

Lorsqu'ils atteignirent les faubourgs de la ville, Adam, qui ne s'était toujours pas réveillé, suivait toujours le taxi. Au carrefour suivant, ils n'étaient plus séparés que par trois voitures. « Un feu rouge, bon sang, il me faut un feu rouge », s'énerva Adam. Mais, comme par un fait exprès, les feux étaient tous obstinément verts. Lorsque enfin un feu passa au rouge, une camionnette s'arrêta soudain devant lui, creusant l'écart qui le séparait de la Mercedes. Avec un juron, Adam bondit hors de la voiture et se mit à courir vers le taxi, mais le feu repassa au vert juste avant qu'il ne l'atteigne et la Mercedes lui fila sous le nez. Adam piqua un sprint, sauta dans la Volkswagen et réussit tout juste à franchir le carrefour avant que le feu ne repasse au rouge. Sa manœuvre lui avait fait perdre de précieuses secondes et, lorsqu'il scruta la route, c'est tout juste s'il parvint à distinguer l'arrière du taxi.

Une fois dans l'avenue de France, parallèle à la rive ouest du lac, les deux véhicules se mirent à louvoyer au milieu de la circulation jusqu'au moment où, bifurquant brutalement sur la gauche, la Mercedes attaqua une côte. Adam braqua en catastrophe pour la suivre et sur plusieurs mètres roula du mauvais côté de la route, ratant de peu une fourgonnette de la poste qui arrivait en sens inverse. Il vit le taxi prendre de nouveau à gauche et, afin de garder le contact, il tourna lui aussi, frôlant le nez d'un bus qui dut freiner à mort. Arrachés à leurs sièges, plusieurs passagers brandirent le poing dans sa direction tandis que le chauffeur klaxonnait furieusement.

Le taxi n'était plus maintenant qu'à quelque deux cents mètres, et Adam recommençait à gagner du terrain, lorsque la Mercedes obliqua brutalement vers le trottoir et stoppa dans un hurlement de frein. Quelques secondes s'écoulèrent pendant lesquelles rien ne sembla se passer si ce n'est qu'Adam se dirigea en zigzaguant vers le véhicule à l'arrêt et s'arrêta en dérapant juste derrière. Il jaillit de la Coccinelle et courut vers le taxi. C'est alors que, sans que rien eût pu laisser prévoir son geste, le vieil homme bondit hors du taxi du côté opposé au trottoir et détala, enfilant une rue latérale

155

en pente et emportant dans sa fuite le sac en plastique d'Heidi et une petite valise.

Adam ouvrit la portière arrière et dévisagea la ravissante jeune fille qui était assise sans bouger sur la banquette.

— Tu n'es pas blessée ? Tu n'es pas blessée ? se mit-il à hurler, comprenant soudain à quel point il tenait à elle.

Heidi n'esquissa pas un geste, ne prononça pas un mot. Adam lui passa un bras autour des épaules et plongea son regard dans le sien, qui n'avait plus d'expression. Il commençait à lui caresser les cheveux quand il sentit brusquement sa tête choir mollement sur son épaule comme une poupée de chiffon et vit un filet de sang dégouliner au coin de sa bouche. Au bord de la nausée, glacé, Adam se mit à trembler de façon incoercible. Relevant le nez, il regarda le chauffeur qui, les bras ballants, était affalé sur son volant, inerte.

Ils étaient morts tous les deux, mais Adam refusait d'y croire.

Tout en tenant Heidi serrée contre lui, Adam scruta les environs : le vieillard avait atteint le sommet de la colline.

Pourquoi s'obstinait-il à le considérer comme un vieillard ? Loin d'être d'un âge canonique, il était bel et bien jeune et en super-forme qui plus est. La peur d'Adam se mua soudain en colère. Il avait une fraction de seconde pour prendre une décision. Lâchant Heidi, il bondit hors du taxi et s'élança à la poursuite du meurtrier. Deux ou trois curieux s'étaient déjà arrêtés au ras du trottoir et regardaient fixement Adam et les deux voitures. Il fallait absolument qu'il rattrape l'homme, qui courait toujours à toutes jambes. Lorsque Adam, gêné par son trench-coat, atteignit à son tour le sommet de la colline, le tueur avait cent bons mètres d'avance sur lui et progressait en zigzag le long de l'artère principale. Adam essaya d'allonger sa foulée quand il vit l'homme sauter dans un tramway en marche, mais il était trop loin derrière et ne put que regarder le tramway s'éloigner inexorablement dans le lointain.

Debout sur les marches du tram, l'homme fixa Adam et, d'un air de défi, tendit à bout de bras le sac en plastique. Il n'était plus ni frêle ni voûté et, même à cette distance, il était clair qu'il jubilait positivement. Planté au milieu de la chaussée, Adam resta plusieurs secondes immobile, impuissant, à regarder le tram disparaître.

Il s'efforça de rassembler ses esprits. Il avait peu de chances d'arriver à dénicher un taxi en pleine heure de pointe. Derrière lui, il entendit ululer des sirènes, celles des ambulances qui essayaient de se frayer un chemin jusqu'au lieu de l'accident sans doute. « Accident », marmonna Adam « Ils ne tarderont pas à s'apercevoir qu'il s'agit d'un meurtre. »

Repassant en esprit les événements qui venaient de se dérouler au cours de cette folle demi-heure, il essaya d'y voir clair. Tout cela n'avait aucun sens. Il ne pouvait s'agir que d'une erreur... Il effleura le paquet contenant l'icône du tsar. Le tueur ne s'était quand même pas donné tout ce mal pour vingt mille livres, allant jusqu'à assassiner deux personnes innocentes qui se trouvaient sur son chemin. Cette icône, qu'avait-elle donc de si important ? Que lui avait donc dit l'expert de chez Sotheby's ? « J'ai reçu la visite d'un gentleman russe qui s'intéressait à cette pièce. » Les pensées se mirent à tourbillonner dans le cerveau d'Adam. Si le tueur était Emmanuel Rosenbaum et qu'il avait tué pour s'approprier le tableau, tout ce qu'il avait récolté pour sa peine, c'était une grosse boîte de chocolats suisses à la liqueur.

Entendant un coup de sifflet derrière lui, Adam se sentit soulagé : on venait à son aide. Mais lorsqu'il se retourna, il aperçut deux policiers qui pointaient leur revolver sur lui. D'instinct, il abandonna le petit trot pour la course et, jetant un regard par-dessus son épaule, vit plusieurs agents se lancer à sa poursuite. Il allongea de nouveau l'allure et, en dépit de son encombrant trench-coat, se demanda s'il se trouvait un membre des forces de l'ordre suisses capable de soutenir un tel train sur plus de quatre cents mètres. Il enfila la première ruelle qu'il rencontra et fonça. La ruelle n'était qu'un étroit boyau où deux bicyclettes n'auraient pu passer de front. Arrivé au bout du boyau, il s'engagea dans une rue à sens unique. Elle était encombrée de voitures et il n'eut aucun mal à louvoyer au milieu de la circulation.

En quelques minutes, il avait semé ses poursuivants, mais

il n'en continua pas moins à courir, changeant continuellement de direction jusqu'à ce qu'il estimât avoir couvert quelque trois kilomètres. Finalement, il tourna dans une rue tranquille. Il l'avait à moitié descendue lorsqu'il aperçut une enseigne fluorescente : *Hôtel Monarche*. Cela tenait davantage de la pension de famille que de l'hôtel. Il s'arrêta dans l'ombre et attendit, inspirant bien à fond. Au bout de trois minutes, sa respiration avait retrouvé son rythme normal. Il s'engouffra dans l'établissement.

CHAPITRE 11

Nu comme un ver, il fixait le reflet d'Emmanuel Rosenbaum que lui renvoyait la glace de l'hôtel. Ce n'était pas un spectacle particulièrement plaisant. Il commença par le dentier, qu'il enleva, et se mit à faire claquer ses dents pour rétablir la circulation du sang : on l'avait prévenu, les gencives seraient douloureuses plusieurs jours durant. Puis, péniblement, il se débarrassa couche après couche du nez bulbeux, admirant au passage le métier et l'ingéniosité de ceux qui avaient créé cette horreur. Trop voyant, avait-il objecté. Justement, avaient rétorqué les experts, c'est la seule chose dont les gens se souviendront.

La dernière couche disparut, révélant le nez aristocratique qui semblait grotesque au milieu de ce visage. Il s'attaqua ensuite au front crevassé de rides ; comble de raffinement, le front bougeait quand il fronçait les sourcils. Les rides disparurent et avec elles les années. Il s'occupa ensuite des joues flasques et enfin du double menton. Les banquiers suisses auraient été sidérés de voir avec quelle facilité disparaissait le numéro indélébile tatoué sur la face interne du bras : il suffisait de frotter avec une pierre ponce et le tour était joué. Il s'examina de nouveau dans la glace. Pour les cheveux, gris et ras, il fallait laisser faire la nature et cela demanderait plus longtemps. Lorsqu'ils les lui avaient coupés, et lui avaient tartiné le cuir chevelu avec cette espèce d'emplâtre boueux, il avait compris ce qu'un tricheur de l'Ouest américain devait éprouver quand on l'enduisait de goudron et de plumes. Quelques instants plus tard, il était sous le jet chaud de la douche et se massait furieusement le crâne. De l'eau noire et gluante se mit à lui dégouliner sur le visage et le corps. Il lui fallut un demi-flacon de shampooing pour que sa chevelure retrouve sa couleur naturelle mais il faudrait certainement davantage de temps pour qu'il cesse de ressembler à un sergent des Marines américain.

Dans un coin de la chambre gisaient le long manteau râpé, le costume informe et luisant, la cravate noire, la chemise d'un blanc douteux, les mitaines de laine et le passeport israélien. Des heures de préparatifs réduits à néant en quelques minutes. Au lieu de les brûler comme il en mourait d'envie, il laissa les hardes en tas par terre. Il regagna sa chambre et s'étira sur le lit comme un chat. Il avait le dos douloureux à force d'être resté cassé en deux et de s'être contorsionné comme il l'avait fait. Il se leva, se baissa pour toucher ses orteils, puis leva les bras au-dessus de la tête. Il répéta l'exercice cinquante fois de suite. Puis il s'accorda une minute de répit et fit cinquante tractions.

Retournant dans la salle de bains, il prit une seconde douche, froide celle-là. Il avait l'impression de commencer à reprendre forme humaine. Il enfila une chemise de soie grège fraîchement repassée et un costume tout neuf.

Avant de donner un coup de fil à Londres et deux à Moscou, il se commanda à dîner dans sa chambre de façon à passer inaperçu : il n'avait aucune envie d'expliquer par quel mystère l'homme qui s'était inscrit à l'hôtel et celui qui mangeait seul dans sa chambre avaient trente ans de différence. Il se jeta sur le steak et le vin avec un appétit de carnassier.

Il jeta un coup d'œil au sac en plastique bariolé, sans éprouver pour autant l'envie de s'offrir un des chocolats à la liqueur de Scott pour terminer son repas. Une fois de plus, il se mit à bouillir de colère en songeant à l'Anglais qui l'avait possédé.

Ses yeux se posèrent ensuite sur la petite valise de cuir posée par terre à côté de son lit. Il l'ouvrit et en sortit la copie de l'icône que Zaborski lui avait ordonné d'avoir toujours sur lui de façon à pouvoir reconnaître l'original lorsqu'il tomberait dessus.

A onze heures passées, il alluma la télévision pour regarder le dernier bulletin d'informations. Ils n'avaient pas de photo du suspect, seulement une de ce crétin de chauffeur qui avait payé sa lenteur de sa vie, et une de la jolie Allemande qui avait essayé de résister. Tentative pathétique, il lui avait suffi d'un atemi bien appliqué pour lui briser les vertèbres cervicales. Selon le présentateur, la police était à la recherche d'un Anglais dont il ne précisa pas le nom. Romanov sourit à la pensée que la police était aux trousses de Scott pendant que lui savourait son steak dans un hôtel de luxe. La police suisse n'avait pas de photo du meurtrier mais Romanov, lui, n'en avait pas besoin : il n'était pas près d'oublier ce visage. De toute façon, son contact en Angleterre lui en avait déjà beaucoup plus appris au téléphone sur le capitaine Scott que les limiers helvétiques ne réussiraient à en découvrir en une semaine.

En apprenant les détails de la carrière militaire de Scott et particulièrement les décorations qu'il avait reçues, Romanov s'était réjoui à l'avance à la perspective de tuer un tel homme.

*
**

Allongé sans bouger sur un mauvais petit lit, Adam s'efforçait de relier les divers éléments de ce vaste puzzle. Si Goering avait légué l'icône à son père, sous le pseudonyme d'Emmanuel Rosenbaum, c'est qu'il n'existait pas d'Emmanuel Rosenbaum en chair et en os. Et pourtant il existait bel et bien : il avait même tué à deux reprises pour tenter de s'emparer de l'icône du tsar. Adam se pencha pour allumer la lampe de chevet et sortit le petit paquet de la poche de son trench-coat. Il le déballa avec soin et approcha le tableau de la lumière pour l'examiner. Adam trouva que saint Georges n'avait plus l'air superbe, mais accusateur. Il aurait remis l'icône à Rosenbaum sans hésiter si cela avait pu empêcher la mort de Heidi.

A minuit, Adam avait arrêté un plan d'action. Il attendit

toutefois sans bouger qu'il fût plus de trois heures pour le mettre à exécution. Se levant sans bruit, il ouvrit la porte, jeta un coup d'œil dans le couloir, referma à clé derrière lui et descendit l'escalier à pas feutrés. Debout sur la dernière marche, il se figea, l'oreille aux aguets. Le portier s'était endormi devant la télévision, d'où ne s'échappait qu'un bourdonnement sourd. Seul un point argenté brillait au centre de l'écran. Adam mit deux bonnes minutes pour atteindre la porte d'entrée, faisant craquer au passage une lame du parquet, bruit qu'étouffèrent les ronflements du portier. Une fois dehors, il balaya la rue du regard : pas un chat. Il n'avait pas l'intention de faire des kilomètres, aussi resta-t-il dans l'ombre, se déplaçant lentement. Arrivé au coin de la rue, il aperçut ce qu'il cherchait, à quelque cent mètres de là.

Il n'y avait toujours pas âme qui vive, aussi se dépêcha-t-il de rallier la cabine téléphonique. Il glissa une pièce de vingt centimes dans la fente et attendit.

— Je vous écoute, dit une voix.

Adam se contenta de demander l'inter. Un instant plus tard, une autre voix se fit entendre.

— Passez-moi Londres en P.C.V., fit Adam d'un ton sans réplique.

Il n'avait pas l'intention de répéter dix fois la même chose

— Votre nom ?

— George Cromer, répondit Adam.

— Votre numéro ?

— le 271982 à Genève.

La police devait écouter tous les appels à destination de l'Angleterre, aussi avait-il jugé plus prudent d'inverser les trois derniers chiffres. Il indiqua ensuite à l'opératrice le numéro de son correspondant à Londres.

— Pouvez-vous attendre un instant ?

— Oui, dit Adam, balayant de nouveau la rue du regard, à l'affût du moindre mouvement suspect.

Une voiture passa, à toute allure. Rencogné dans la cabine, il ne bougea pas d'un pouce.

Un déclic lui indiqua qu'il allait obtenir sa communication.

— Réveille-toi, bon sang ! marmonna-t-il.

La sonnerie s'arrêta enfin et il reconnut la voix familière.

— Qui est à l'appareil ? lâcha Lawrence, furieux mais de toute évidence parfaitement lucide.

— Est-ce que vous acceptez un appel en P.C.V. d'un certain Mr. George Cromer de Genève ?

— George Cromer, lord Cromer, le gouverneur de la banque d'Angl... ? Oui, bien sûr.

— Lawrence ? C'est moi, dit Adam.

— Dieu soit loué ! Où es-tu ?

— Toujours à Genève, et quelque chose me dit que tu ne vas pas me croire. Nous allions prendre l'avion quand un type a poussé Heidi dans un taxi, il l'a assassinée avant que j'aie pu les rattraper. Le problème, c'est que la police est persuadée que c'est moi le meurtrier.

— Ne t'inquiète pas. Je suis au courant. On en a parlé aux informations ce soir, et j'ai déjà reçu la visite de ces messieurs. Le frère de Heidi t'a identifié, à ce qu'ils m'ont dit.

— Comment ça, il m'a identifié ? Mais je ne l'ai pas tuée. C'est un nommé Rosenbaum qui a fait le coup, pas moi !

— Rosenbaum ? Qui est Rosenbaum, Adam ?

Adam s'efforça de parler calmement.

— Heidi et moi sommes venus à Genève récupérer dans une banque suisse un cadeau que Papa m'avait légué. Ce cadeau, c'était un tableau. On est retournés à l'aéroport, et là, Rosenbaum a embarqué Heidi pensant qu'elle avait le tableau, ce qui est ridicule parce que si cette fichue icône vaut vingt mille livres, c'est bien le bout du monde.

— Icône ? dit Lawrence.

— Oui, une icône qui représente saint Georges et le dragon, précisa Adam. Mais ce n'est pas ça l'important. L'important, c'est que...

— Écoute-moi, coupa Lawrence, et écoute-moi bien parce que je n'ai pas l'intention de répéter. Tu te planques jusqu'au matin et ensuite tu vas te rendre à notre consulat. Arrange-toi pour arriver entier, de mon côté je ferai en sorte que le consul t'attende. Ne te pointe surtout pas là-bas avant onze heures, tu sais qu'il y a une heure de décalage entre Londres et Genève et je n'aurai pas trop de toutes les minutes dont je pourrai disposer pour arranger les choses et mettre le personnel de l'ambassade sur le pied de guerre.

Pour la première fois en douze heures, Adam ébaucha un sourire.

— Le tueur a réussi à s'emparer de ton icône ? s'enquit Lawrence.

— Non, fit Adam. Mais il a filé avec les chocolats de ma mère.

— Tu m'en vois ravi. Débrouille-toi pour que ces messieurs de la police suisse ne te pincent pas : ils sont persuadés que c'est toi qui as assassiné Heidi.

— Mais..., commença Adam.

— Il n'y a pas de « mais ». Arrange-toi pour être au consulat à onze heures, un point c'est tout, et maintenant raccroche, dit Lawrence. Et surtout sois ponctuel.

— D'accord, répondit Adam, et...

Mais le téléphone n'émettait plus qu'une sorte de ronflement. Une chance qu'il ait réussi à joindre Lawrence, le Lawrence de jadis qui n'avait nul besoin de poser des questions puisqu'il connaissait déjà les réponses. Nom de dieu, dans quel guêpier était-il allé se fourrer ? Adam balaya la rue du regard pour la seconde fois : personne à l'horizon. Il se dépêcha de regagner l'hôtel. La porte d'entrée n'était toujours pas fermée à clé, le portier dormait, la télévision bourdonnait faiblement, le point argenté n'avait pas bougé. A quatre heures cinq, Adam était de nouveau allongé sur son lit, incapable de trouver le sommeil. Rosenbaum, Heidi, le chauffeur de taxi, le gentleman russe de chez Sotheby's. Autant de pièces du puzzle qui ne collaient pas.

Mais ce qui l'inquiétait le plus, c'était sa conversation avec Lawrence. Le Lawrence de jadis, vraiment ?

*⁎

Les deux policiers arrivèrent à l'*Hôtel Monarche* à sept heures ce jeudi matin. Ils étaient flapis, de mauvais poil, et avaient l'estomac dans les talons. Depuis minuit, ils écumaient les hôtels de la partie ouest de la ville. Ils en avaient visité quarante-trois en tout, et cela en pure perte. Ils avaient épluché plus d'un millier de fiches et tiré de leur lit sept Anglais innocents dont l'allure s'était trouvée ne correspondre en rien au signalement d'Adam Scott.

A huit heures, leur service terminé, ils pourraient enfin rentrer chez eux, retrouver leur épouse et prendre leur petit déjeuner, mais il leur restait encore trois hôtels à vérifier. Lorsque la patronne les vit s'engouffrer dans le hall, elle sortit de ses appartements. Elle haïssait la police au point de croire la première personne qui lui aurait affirmé que les flics suisses étaient pires que leurs homologues allemands. A deux reprises l'année passée, ils lui avaient collé une amende, et une fois même ils l'avaient menacée de l'envoyer au trou sous prétexte qu'elle n'avait pas fait remplir de fiche à certains de ses clients. S'ils la pinçaient de nouveau, ils lui feraient sauter sa licence, lui ôtant ainsi son gagne-pain. Le cerveau embrumé, elle s'efforçait péniblement de se rappeler combien de clients étaient descendus chez elle la veille au soir. Huit. Sur les huit, deux seulement avaient payé en arrivant : l'Anglais qui avait à peine desserré les dents et s'était inscrit sous le nom de Pemberton, et Maurice, qui se pointait toujours avec une fille différente chaque fois qu'il passait à Genève. Elle avait aussitôt détruit leurs fiches et empoché l'argent. Maurice et la petite étaient partis à sept heures et elle avait déjà remis leur chambre en ordre, mais l'Anglais était toujours dans la sienne.

— Nous devons vérifier les fiches que vous avez fait remplir hier soir, madame.

— Allez-y, répondit-elle avec un bon sourire en leur tendant les six fiches.

Deux Français, un Italien, deux Suisses de Zurich et un de Bâle.

— Vous n'avez pas eu d'Anglais hier soir ?

— Non, énonça la patronne d'un ton ferme. Il y a au moins un mois que je n'ai pas eu d'Anglais, ajouta-t-elle. Vous voulez consulter les fiches de la semaine dernière ?

— Ce ne sera pas nécessaire, déclina le policier. (La patronne eut un grognement de satisfaction.) Mais on va jeter un coup d'œil aux chambres non occupées. Vous avez douze chambres en tout, poursuivit le policier. Il y en a donc six de libres.

— Elles sont vides, dit la patronne. Je puis vous l'assurer.

— Il va quand même falloir qu'on vérifie, insista le second flic.

La patronne prit son passe et, de sa démarche de canard, se dirigea vers l'escalier, qu'elle se mit à gravir comme s'il s'agissait ni plus ni moins de tenter l'escalade de l'Everest. Elle ouvrit les chambres cinq, sept, neuf, dix, onze. La chambre de Maurice avait été refaite aussitôt après son départ. Mais la douze... La vieille dame savait qu'elle pouvait dire adieu à sa licence dès que les policiers en franchiraient le seuil. Elle eut toutes les peines du monde à ne pas frapper avant d'introduire la clé dans la serrure. Les deux hommes entrèrent tandis qu'elle restait dans le couloir pour le cas où il y aurait du grabuge, maudissant à part elle l'efficacité et le zèle de la police helvétique.

— Merci, madame, dit le premier flic en la rejoignant dans le couloir. Désolés de vous avoir dérangée, ajouta-t-il en rayant l'*Hôtel Monarche* de sa liste.

Tandis que les deux hommes descendaient, la patronne, sidérée, pénétra dans la chambre douze. Le couvre-lit n'avait pas un faux pli et la pièce ne portait aucune trace du passage de quiconque. Elle battit péniblement le rappel de ses souvenirs. Elle n'avait tout de même pas bu à ce point la veille. La preuve, se dit-elle en tripotant le billet de cinquante francs au fond de sa poche, comme pour mieux se convaincre. « Je me demande où il a bien pu passer », marmonna-t-elle.

Depuis une heure, Adam était accroupi derrière un vieux wagon dans un entrepôt de chemins de fer à moins de huit cents mètres de l'hôtel. Il avait une vue imprenable sur les environs dans un rayon de cent mètres. Il avait vu les banlieusards matinaux débarquer d'un peu partout. A huit heures vingt, estimant que la foule avait atteint son point de densité maximum, Adam se risqua hors de sa cachette pour se mêler au flot des travailleurs, non sans avoir vérifié que l'icône était toujours dans sa poche. Il fit halte devant un kiosque pour acheter un journal. Le seul quotidien en anglais en vente à cette heure était le *Herald Tribune*, qui arrivait de Paris par le train. Les journaux de Londres arrivaient, eux, par l'avion du matin. Avant de se fondre dans la foule bruissante, il acheta également un plan de Genève et une tablette de chocolat.

Il lui restait plus de deux heures à tuer avant de se présenter au consulat. Bien qu'il en fût encore assez loin, il réussit néanmoins à apercevoir le bâtiment dans lequel il avait décidé de se réfugier. Il adopta pour s'en approcher un itinéraire lui permettant de rester au milieu de la cohue. Arrivé sur la place, au lieu de prendre le chemin le plus court, il se glissa sous les stores des magasins, rasant les murs, évitant les espaces découverts. Le trajet lui prit un temps fou mais il avait parfaitement calculé son coup car, à l'instant où il atteignait l'entrée principale, des centaines de paroissiens sortaient après avoir assisté à l'office du matin.

Une fois à l'intérieur, il se sentit en sécurité. Saint-Pierre ressemblait à la plupart des grandes cathédrales du monde et Adam n'eut aucun mal à s'orienter. Il descendit lentement la nef latérale jusqu'à la chapelle de Notre-Dame, glissa des pièces dans un tronc, alluma un cierge qu'il piqua sous une statue de la Vierge. Après quoi, il s'agenouilla, se gardant bien de fermer les yeux. Élevé dans la religion catholique, il ne croyait plus en Dieu depuis longtemps — sauf en avion, quand il était malade, ou qu'il avait peur. Vingt minutes s'écoulèrent, au terme desquelles Adam constata à son grand dam qu'il n'y avait plus qu'une poignée de gens dans la cathédrale. Quelques vieilles dames vêtues de noir occupaient un banc au premier rang, récitant leur chapelet et psalmodiant *Ave Maria, gratia plena, Domine teum, Benedicta...* De rares touristes se démanchaient le cou afin d'admirer la poutre maîtresse de la toiture.

Adam se releva lentement, examinant les environs. Il se dirigea vers un confessionnal en partie dissimulé derrière un pilier. Un petit écriteau indiquait que les confessions n'avaient pas commencé. Adam se glissa à l'intérieur, s'assit et tira le rideau.

De la poche de son trench-coat, il commença par sortir le *Herald Tribune*, puis la tablette de chocolat. Il déchira le papier d'argent et mastiqua avec ardeur. Puis il se mit en quête de l'article. En première page, il n'y en avait que deux ou trois concernant les nouvelles anglaises, la plupart avaient trait à ce qui se passait en Amérique. *La livre à 2 dollars 80 : encore trop cher ?* suggérait un gros titre. Adam balaya du regard les petits caractères jusqu'au moment où il tomba sur le paragraphe qu'il cherchait, en bas à gauche : *Après le meurtre d'une jeune Allemande et d'un chauffeur de taxi suisse, on recherche un Anglais.* Adam lut l'article et ne se mit à trembler que lorsqu'il s'aperçut qu'ils connaissaient son nom.

« Le capitaine Adam Scott, qui a récemment démissionné du régiment du Royal Wessex, est recherché... (Suite en page quinze). » Adam se mit à tourner fébrilement les pages, ce qui relevait de l'exploit compte tenu de l'espace dont il disposait. *« ... aux fins d'interrogatoire par la police de Genève à propos de... »*

— Au nom du Père, du Fils et du Saint-Esprit.

Saisi, Adam leva le nez de son journal et envisagea un instant de filer. Mais, comme on ne se débarrasse pas aussi facilement que cela de son éducation religieuse, il se surprit à répondre machinalement :

— Bénissez-moi, mon père, parce que j'ai péché.

— Je vous écoute, mon fils, répondit le prêtre en anglais, quoique avec un fort accent.

Adam se mit à réfléchir à toute vitesse. Il ne fallait pas que l'autre pût soupçonner à qui il avait affaire. Jetant un coup d'œil au dehors à travers les rideaux, il sursauta en apercevant deux policiers qui questionnaient un autre prêtre à côté du portail ouest. Il ferma alors hermétiquement les rideaux et résolut d'adopter le seul accent qu'il imitait de façon convaincante.

— Je suis natif de Dublin, mon père. La nuit dernière, j'ai ramassé une fille dans un bar et je l'ai ramenée à mon hôtel.

— Je vois, mon fils.

— Bref, vous savez ce que c'est, une chose en entraîne une autre.

— Expliquez-vous, mon fils.

— Eh bien, je l'ai fait monter dans ma chambre.

— Oui, mon fils ?

— Là, elle a commencé à se déshabiller.

— Ensuite ?

— Elle s'est mise à m'enlever mes vêtements.

— Et vous avez essayé de résister, mon fils ?

— Oui, mon père, mais c'était de plus en plus dur.

— Vous avez fini par... consommer ? s'enquit le prêtre.

— Eh bien oui, mon père. Ç'a été plus fort que moi, c'était une drôle de belle fille, ajouta Adam.

— Vous avez l'intention de l'épouser, mon fils ?

— Certainement pas, mon père, vu que je suis déjà marié et que j'ai deux beaux enfants, Seamus et Maureen.

— C'est une nuit qu'il vous faudra oublier à jamais.

— J'aimerais bien, mon père.

— Ce genre d'aventure vous est déjà arrivé ?

— Non, mon père, c'est la première fois que je voyage seul à l'étranger. Je vous le jure.

— Que cela vous serve de leçon, mon fils, et puisse le Seigneur dans son infinie miséricorde vous pardonner cette faute abominable. Et maintenant, récitez votre acte de contrition.

Lorsque Adam eut terminé, le prêtre lui donna l'absolution et lui ordonna de réciter trois dizaines de chapelets pour pénitence.

— Encore une chose, mon fils.

— Oui ?

— Une fois de retour en Irlande, promettez-moi de tout raconter à votre femme. Ce n'est qu'à ce prix que votre péché vous sera remis.

— Dès que je verrai ma femme, je lui raconterai tout ce qui est arrivé hier soir, mon père, promit Adam.

Entrebâillant les rideaux, il jeta subrepticement un coup d'œil au-dehors : les policiers avaient disparu.

— Parfait. Continuez de prier la Sainte Vierge afin qu'elle vous aide à ne pas succomber à la tentation.

Adam plia son journal, le fourra dans son trench-coat, sortit précipitamment du confessionnal et s'assit au bout d'un banc. Tête baissée, il se mit à marmonner le Notre Père tout en dépliant le plan de Genève. Le temps d'arriver à « Délivrez-nous du mal », il avait repéré le consulat de Grande-Bretagne, situé de l'autre côté d'un grand square. D'après ses estimations, le consulat ne devait pas se trouver à plus d'un kilomètre et demi de la cathédrale, mais il lui faudrait traverser sept rues et un pont avant d'arriver à bon port. Il se dirigea de nouveau vers la chapelle de la Vierge et s'agenouilla, consultant sa montre. Il était trop tôt pour quitter Saint-Pierre, aussi demeura-t-il une bonne demi-heure encore la tête dans les mains à repasser en esprit l'itinéraire qu'il avait choisi. Un groupe visitait la cathédrale. Il ne quitta pas les touristes des yeux tandis qu'ils commençaient à se rapprocher de la grande porte de la nef ouest. Il fallait qu'il synchronise ses mouvements à la perfection.

Adam se leva d'un coup et descendit rapidement la nef latérale, atteignant le porche un mètre derrière les touristes. S'abritant derrière eux, il gagna le parvis. De là, il se glissa sous le store d'un magasin, fit pratiquement tout le tour de la place afin d'éviter l'unique policier de garde du côté nord. Profitant de ce que le feu était au rouge, il traversa la première avenue qui se présenta sur son chemin et s'engagea dans une rue à sens unique. Deux agents en uniforme débouchèrent d'une rue transversale et se dirigèrent droit vers lui. Il se précipita tête baissée dans la première boutique venue.

— Bonjour, monsieur, modula une voix harmonieuse. Vous désirez ?

Adam jeta un coup d'œil autour de lui et s'aperçut qu'il était entouré de mannequins élancés en slips et soutiens-gorge, porte-jarretelles et longs bas de nylon noirs.

— Je cherche un cadeau pour ma femme.

— Une combinaison, peut-être ? sourit la jeune vendeuse.

— Exactement, dit Adam, une combinaison. Bordeaux, vous avez ?

Se tournant à demi, il vit les deux policiers continuer leur chemin sans se presser.

— Je pense que oui, mais il faut que je vérifie.

Adam avait gagné l'angle de la rue d'après bien avant qu'elle ne revienne avec l'article demandé.

Il traversa les trois autres rues sans problème. Il ne lui restait plus que deux cents mètres à parcourir et son cœur battait déjà à tout rompre. Arrivé à la dernière intersection, il n'aperçut qu'un policier, qui était très occupé à régler la circulation. Adam lui tourna consciencieusement le dos. Il était juste devant le square, figuré sur le plan par une minuscule tache verte. A l'autre bout de la rue, il vit un drapeau britannique flottant au-dessus d'une porte bleue.

Il ne faut jamais faire les derniers mètres en courant, surtout si l'on est en terrain découvert, lui répétait le sergent quand ils patrouillaient dans la jungle malaise. Il traversa la rue et se retrouva au bord du square, à cinquante mètres du but. Un agent de police déambulait dans la rue, à cause des consulats nombreux dans le quartier sans doute, se dit Adam. Il examina attentivement le manège du policier. Ce dernier mit deux minutes pour arriver à la hauteur du consulat de France, fit demi-tour et poursuivit sa promenade. Adam se cacha derrière un arbre du square et en repéra un autre, de l'autre côté de la rue, à quelques mètres à peine de la porte du consulat, derrière lequel il pourrait s'abriter pour échapper aux regards du flic. Il estima qu'en marchant, à une allure normale il réussirait à couvrir les trente derniers mètres en moins de dix secondes. Il attendit que le policier eût atteint le point le plus éloigné de son parcours.

Il jeta un nouveau coup d'œil à la porte du consulat, soulagé de voir entrer une jeune fille et sortir un homme muni d'un attaché-case. Il ne semblait pas y avoir de gardien, car la porte restait entrouverte. Il leva les yeux vers la fenêtre du premier étage et aperçut deux hommes qui scrutaient le parc comme s'ils attendaient impatiemment l'arrivée de quelqu'un. Lawrence avait réussi. Dans quelques instants il serait en sécurité. Adam releva le col de son trench-coat et se mit en mouvement au moment même où l'horloge de la cathédrale sonnait onze heures. Le policier était presque arrivé au bout de son trajet, mais marchait toujours dans la direction opposée. Adam traversa d'un pas circonspect. Parvenu au milieu de la rue devant les rails de tramway, il dut faire brusquement halte pour laisser passer une voiture. Le policier allait faire demi-tour pour repartir dans l'autre sens.

Plusieurs secondes s'écoulèrent, pendant lesquelles Adam resta immobile entre les rails, l'œil braqué sur l'arbre derrière lequel il comptait s'abriter au cas où le policier effectuerait son demi-tour avant qu'il ait eu le temps d'atteindre la porte d'entrée. Il se dirigea vers le consulat britannique d'un air confiant. Un grand type athlétique aux cheveux blonds coupés ras sortit pour l'accueillir.

Ce n'est qu'à ses yeux qu'Adam le reconnut.

DEUXIÈME PARTIE

CHAPITRE 12

10 Downing Street
Londres sw1
17 juin 1966

Lorsque Sir Morris Youngfield prit congé du Premier ministre, il ne voyait toujours pas ce que la possession d'une icône pouvait avoir de si important. Laissant derrière lui le 10 Downing Street, Sir Morris pénétra d'un pas vif dans la cour du Foreign Office. Quelques instants plus tard, descendant de l'ascenseur, il se retrouvait au septième étage. Lorsqu'il entra dans son bureau, il y trouva sa secrétaire, Tessa, en train de déposer des papiers sur sa table de travail.

— Convoquez-moi immédiatement un D4, dit-il à celle qui depuis quatorze ans était sa fidèle collaboratrice. Et demandez au commandant Busch de se joindre à nous.

Tessa haussa les sourcils, mais Sir Morris ne tint aucun compte de ce commentaire muet : il savait que cette fois, il ne s'en sortirait pas sans l'aide des Américains. Sir Morris repassa dans son esprit les instructions du Premier ministre. Harold Wilson n'avait pas eu besoin de le souligner, ce n'était pas si souvent qu'il recevait des coups de téléphone de Lyndon Johnson sollicitant son concours.

Mais à quoi rimait cette histoire d'icône russe représentant un saint anglais ?

175

*
**

Tandis que Romanov s'avançait vers lui, Scott recula d'un pas devant le tramway qui arrivait. Le temps que le véhicule passe, Scott avait disparu. Romanov poussa un grognement — le truc était un peu gros, et digne d'un amateur —, et piqua un sprint pour rattraper le tramway qui était déjà à quelque vingt mètres de là. A la stupéfaction des passagers, il sauta dans le véhicule en marche et se mit à scruter méthodiquement les visages des voyageurs, rangée après rangée.

Adam attendit que le tram se soit éloigné d'une vingtaine de mètres encore avant d'émerger de derrière un arbre, de l'autre côté de la rue. Il se sentait capable d'atteindre la porte du consulat bien avant que le meurtrier d'Heidi ne revienne. Il jeta un coup d'œil vers l'autre extrémité de la rue et jura entre ses dents. Le policier qui effectuait sa ronde n'était plus maintenant qu'à quelques pas du consulat, vers lequel il se dirigeait inexorablement. Adam jeta un regard derrière lui : le tramway était en train d'en croiser un autre, venant dans sa direction. A sa grande horreur, il vit son adversaire bondir d'une plate-forme à l'autre avec l'agilité d'un gymnaste de cirque. L'officier de police n'étant plus qu'à quelques mètres de l'entrée du consulat, Adam n'avait d'autre solution que de battre en retraite et de gravir en courant la rue à sens unique par laquelle il était arrivé. Cinquante mètres plus loin, il jeta un regard par-dessus son épaule. L'homme qu'il connaissait sous le nom de Rosenbaum n'avait jamais si peu ressemblé à un frêle vieillard à en juger par la façon dont il se lançait à sa poursuite.

Adam zigzaguait entre les voitures et les bus, essayant d'éviter la foule des piétons, s'efforçant d'augmenter la distance qui le séparait de son poursuivant. Au premier croisement, il vit une dame grassouillette s'extirper d'une cabine téléphonique quelques mètres plus loin. Changeant brutalement de cap, il bondit et s'accroupit vivement dans la cabine vide, dont la porte se referma avec un chuintement étouffé. Rosenbaum déboucha au coin de la rue, et ce ne fut qu'à vingt mètres de la cabine qu'il comprit qu'Adam en était sorti à toute allure pour repartir dans l'autre sens. Scott savait qu'il ne disposait guère que de cinq secondes avant que Rosenbaum ne parvienne à déterminer la direction qu'il avait prise. Un, deux, trois, quatre, cinq, compta-t-il en courant toujours dans la rue. Il jeta un coup d'œil à droite, grimpa trois marches et poussa les portes battantes. Il se trouva devant une caisse où une jeune femme était assise, un carnet de billets à la main.

— Deux francs, monsieur, dit la fille.

Adam paya, enfila le long couloir ténébreux, et poussa une autre porte battante. Il resta un instant au fond de la salle, attendant que ses yeux s'habituent à l'obscurité. C'était la première séance et le cinéma était quasiment vide. Adam choisit un siège en bout de rangée, à égale distance des deux sorties.

Il fixa l'écran, soulagé que le film vienne juste de commencer, car il avait besoin de temps pour mettre un plan d'action au point. Chaque fois que la lumière le permettait, il étudiait le tracé de la petite route rouge sur la carte. Se servant de la phalange supérieure de son pouce comme unité de mesure, il parvint à calculer que le poste frontière le plus proche était celui de Ferney-Voltaire, à treize kilomètres. De là, il pourrait se rendre à Paris via Dijon puis arriver chez lui en moins de temps pratiquement qu'il ne lui en faudrait pour assister ici à une seconde projection d'*Exodus*. La question de l'itinéraire réglée, restait celle du mode de locomotion. Adam écarta toutes les formes de transport en commun et décida de louer une voiture. Il profita de l'entracte pour revérifier les trajets. Au moment où Paul Newman reparut sur l'écran, il plia sa carte et quitta le cinéma, empruntant la sortie qui avait été le moins utilisée au cours des quatre dernières heures.

*
**

Lorsque Sir Morris entra dans la salle où se tenait la réunion du « Département du Nord », il trouva les autres membres du D4 assis autour de la table et se familiarisant avec les dossiers qu'on leur avait remis à peine une heure plus tôt.

Il jeta un regard circulaire autour de lui. Ces hommes avaient beau avoir tous été triés sur le volet, il n'y en avait qu'un qu'il reconnaissait comme son égal. Et ce n'était certainement pas Alec Snell, vieux routier qui était au Foreign Office depuis une éternité (le plus ancien d'entre eux) et se tripotait la moustache d'un air gêné en attendant que Sir Morris s'asseye. A ses côtés se trouvait Brian Matthews, plus connu dans le département sous le nom de « vinaigre », tant il était agressif et aigri par les injustices dont il estimait avoir été victime. En face de lui était installé le commandant Ralph Busch, représentant de la C.I.A. et nature explosive, qui, après cinq ans passés à l'ambassade de Grosvenor Square, se considérait comme plus britannique que les Britanniques et singeait la mise des gens du Foreign Office pour le prouver. A l'autre bout de la table, le second de Sir Morris, que certains trouvaient un peu trop jeune, même si tous, Tessa exceptée, avaient oublié que Sir Morris n'était guère plus âgé que lui lorsqu'il avait exercé ces mêmes fonctions.

Les quatre membres du comité se turent lorsque Sir Morris se fut installé à la place d'honneur.

— Messieurs, commença-t-il, ignorant Tessa comme d'habitude, ce D4 se tient avec la bénédiction du Premier ministre auquel vous devrez faire parvenir des rapports détaillés toutes les douze heures, où qu'il se trouve — et à toute heure du jour ou de la nuit au cas où surviendraient des développements inattendus. C'est dire qu'il n'y a pas de temps à perdre. Ce D4 a coopté le commandant Ralph Busch, officier de liaison de la C.I.A. J'ai eu l'occasion de travailler avec le commandant Busch à plusieurs reprises au cours des cinq dernières années et je suis heureux que l'ambassade des États-Unis l'ait choisi comme représentant.

L'homme assis à la droite de Sir Morris eut une légère inclination du buste. Avec son mètre soixante-quinze, ses épaules carrées et sa barbe noire impeccablement taillée, il ressemblait comme deux gouttes d'eau au marin qui servait de logo aux cigarettes Player's. La comparaison n'était

178

d'ailleurs pas mauvaise, Busch ayant en effet été commandant d'une vedette lance-torpilles pendant la Seconde Guerre mondiale.

— D'après les derniers rapports qui me sont parvenus, enchaîna Sir Morris, ouvrant le dossier posé devant lui, il semble que Scott n'ait pas réussi à atteindre le consulat ce matin, bien que nous ayons demandé à la police de ne poster que des effectifs symboliques dans les parages.

» Aux maigres informations dont nous disposions hier, poursuivit le haut fonctionnaire en consultant un papier, est venue s'ajouter la confirmation par la British Airways que Scott avait reçu un coup de fil de la banque Roget & Cie pendant qu'il était à l'aéroport. Cédant aux pressions de notre ambassadeur et d'Interpol, M. Roget a consenti à nous révéler que Scott s'était présenté chez lui pour récupérer un legs que lui avait fait un certain Emmanuel Rosenbaum. D'autres vérifications nous ont permis d'établir qu'un M. Rosenbaum, arrivé à Zurich hier matin, s'est rendu de là à Genève l'après-midi même. Il a quitté son hôtel ce matin à la première heure et a disparu depuis de la surface du globe. Ce détail n'aurait strictement aucun intérêt si M. Rosenbaum n'avait pris à...

Sir Morris ne put résister au plaisir de marquer une pause.

— ... Moscou l'avion qui l'a emmené à Zurich. On peut donc raisonnablement supposer que ce M. Rosenbaum, si tel est bien son nom, travaille directement ou indirectement pour le K.G.B.

» Le K.G.B., nous sommes hélas bien placés pour le savoir, est massivement présent à Genève par l'intermédiaire de ressortissants de divers pays de l'Europe de l'Est censés travailler aux Nations unies pour l'O.I.T. et l'O.M.S., et qui jouissent tous d'un statut diplomatique leur garantissant une couverture à toute épreuve. Ce que j'ignore encore, et je terminerai d'ailleurs là-dessus, c'est la raison qui a poussé M. Rosenbaum à tuer deux innocentes victimes pour mettre la main sur une icône d'un intérêt tout relatif. Peut-être avez-vous du nouveau à ce sujet ? fit Sir Morris en se tournant vers son bras droit.

Lawrence Pemberton, qui était assis à l'autre bout de la table, releva la tête.

— Depuis notre entretien de ce matin, Sir Morris, commença-t-il, j'ai parlé à la sœur de Scott, à sa mère et au notaire qui, à Appleshaw, s'est occupé de la succession de son père. D'après les renseignements que j'ai obtenus, il semble que Scott n'ait pas hérité grand-chose, si ce n'est une enveloppe qui, au dire de sa mère, contenait une lettre du maréchal Hermann Goering.

Un bourdonnement confus s'éleva, que Sir Morris fit taire en tapotant de l'index sur la table.

— A-t-on une idée du contenu de cette lettre ? s'enquit-il.

— De la lettre dans son entier, non, monsieur. Mais un certain Nicholas Wainwright, qui se trouvait être candidat lui aussi au poste que nous cherchons à pourvoir, s'est vu demander par Scott la traduction de ce que nous pensons être un paragraphe de la missive en question car, lorsqu'il est passé devant le comité de sélection, Wainwright a voulu savoir si cet exercice faisait partie du test.

Lawrence sortit une feuille de papier du dossier posé devant lui et lut à haute voix le paragraphe en question :

« Vous avez sans doute remarqué que je recevais par l'intermédiaire d'un de mes gardiens une provision régulière de cigares de La Havane. C'est un des rares plaisirs que l'on m'ait permis en dépit de mon incarcération. Ces cigares n'étaient pas seulement destinés à être fumés, chacun d'eux renfermait une minuscule capsule contenant une dose infime de poison. De quoi me permettre, le moment venu, d'échapper au bourreau. »

— C'est tout ? fit Sir Morris.

— Hélas, oui, assura Lawrence. En tout cas, cela confirme la raison qu'avait Scott de vouloir se rendre à Genève. Le paquet qu'il est allé chercher contient l'icône de saint Georges et du dragon que Goering avait léguée à son père, pour moi cela ne fait pas de doute.

— Saint Georges et le dragon, intervint Matthews. Mais

c'est l'icône sur laquelle la moitié du K.G.B. cherche à mettre la main depuis maintenant deux semaines sans que mon Département sache encore pourquoi !

— Qu'avez-vous déniché jusque-là ? s'enquit Sir Morris.

— Peu de choses, reconnut Matthews. Mais nous en sommes à nous demander s'il ne s'agirait pas par hasard d'un leurre, car l'icône du tsar représentant saint Georges et le dragon est au palais d'Hiver depuis trois cents ans.

— Et quoi encore ? fit Sir Morris.

— L'homme qui dirige cette chasse à l'icône n'est autre qu'Alex Romanov, ajouta Matthews.

Snell siffla tout bas.

— Eh bien nous savons au moins que nous avons affaire au premier Directorat.

Il y eut un long silence avant que Sir Morris ne reprenne la parole.

— Une chose est claire : il faut que nous soyons les premiers à récupérer Scott et que nous considérions désormais que notre adversaire est Romanov. Où en sommes-nous pour l'instant ?

— Nous faisons le maximum, dit Lawrence. En comptant les Américains, nous avons dix-sept agents à Genève qui essaient de retrouver la trace de Scott.

— La police suisse a lancé un millier d'hommes à ses trousses. Comme toujours avec les Suisses, Dieu seul sait de quel côté ils sont, ajouta Snell.

— Il n'y a pas eu moyen de les convaincre que Scott n'était pour rien dans les deux meurtres, précisa Lawrence. En d'autres termes, il ne faudra pas compter sur leur concours quand il s'agira de le faire sortir de Suisse.

— Que se passerait-il, à votre avis, si Romanov ou ce Rosenbaum — qui doit également appartenir au K.G.B. — arrivaient à attraper Scott avant nous ? s'enquit Matthews.

— Un civil contre un des agents soviétiques les plus redoutables. On n'avait vraiment pas besoin de ça, remarqua le commandant Busch.

Lawrence tourna la tête vers l'Américain.

— Je connais Adam pour ainsi dire depuis toujours. Ce

qu'il y a d'ironique dans cette situation, c'est que c'est moi qui — sans qu'il s'en doute — ai suggéré qu'il passe une interview pour obtenir un poste au Département du Nord. Je voulais qu'il nous rejoigne aussitôt après son stage. Au cas où Romanov ou un de ses acolytes tomberaient nez à nez avec Scott, je leur conseille de se rappeler qu'il a gagné la Croix de guerre à l'issue de sa... rencontre avec un millier de Chinois.

— Mais s'il s'agissait bien de Romanov, intervint Snell, est-ce que Scott serait capable de le tuer ?

— Si Rosenbaum n'avait pas assassiné sa petite amie, je vous aurais dit non tout de suite, fit Lawrence.

— Même dans ces conditions, je doute qu'il ait beaucoup de chances, dit Busch.

— Moi aussi, renchérit Matthews.

— C'est parce que vous ne le connaissez pas, objecta Lawrence.

Désireux d'éviter d'entrer en conflit avec son patron, Matthews baissa les yeux. Son patron. Un garçon qui était de dix ans son cadet... Ils n'étaient que deux candidats en lice et ils avaient trouvé le moyen de choisir une fois encore un type d'Oxbridge[1]. Matthews savait pertinemment que, aux yeux des responsables du Foreign Office, l'école et l'université qu'il avait fréquentées n'étaient pas convenables. Il aurait dû suivre les conseils de son père et entrer dans la police, où les barrières sociales n'existaient pas, et aujourd'hui il serait probablement commissaire principal.

Sir Morris fit mine d'ignorer cette sortie, ces escarmouches étaient en effet monnaie courante depuis qu'il avait choisi Pemberton au détriment de son aîné.

— Peut-on savoir, interrompit Snell en fixant Busch, pourquoi une icône relativement peu connue revêt une importance aussi démesurée aux yeux de l'Union soviétique et des États-Unis ?

— Le mystère est aussi grand pour nous que pour vous, avoua l'Américain. Tout ce que je puis ajouter aux rensei-

1. Nom fabriqué à partir d'OXford et de CamBRIDGE. *(N.d.T.)*

gnements déjà en votre possession, c'est qu'il y a deux semaines les Soviétiques ont déposé à New York l'équivalent en or de sept cents millions de dollars sans un mot d'explication. Bien entendu, nous ignorons pour l'instant s'il y a un rapport.

— Sept cents millions de dollars ? s'exclama Sir Morris. On pourrait acheter la moitié des pays membres des Nations unies pour ce prix-là.

— Et toutes les icônes qui aient jamais été peintes, ajouta Matthews.

— Si nous nous en tenions aux faits, au lieu de jouer aux devinettes ? suggéra Sir Morris en se tournant vers son second. Où en sommes-nous à l'heure qu'il est ?

Lawrence ouvrit un dossier entouré d'une bande rouge qui portait inscrits en noir les mots « Mesures immédiates ». Bien que n'ayant nul besoin de le consulter, il y jetait cependant un coup d'œil de temps en temps afin de s'assurer qu'il n'oubliait rien.

— Comme je vous l'ai déjà dit, nous avons dix-sept agents sur le coup et les Américains vont nous en dépêcher douze autres par avion aujourd'hui. Étant donné que les Soviétiques et les Suisses ratissent systématiquement la ville tels les chevaliers de la Table ronde en quête du Saint-Graal, on peut raisonnablement conclure que quelqu'un ne va pas tarder à tomber sur Scott. Le problème, c'est que les Suisses refusent de coopérer. Pour eux, Scott n'est qu'un vulgaire criminel en cavale et ils ne nous ont pas caché que, s'ils le pinçaient avant nous, il n'était pas question qu'ils lui accordent l'immunité diplomatique.

— Tout comme la police suisse, et les Soviétiques sans aucun doute, poursuivit Lawrence, nous avons entrepris une fouille systématique de tous les endroits où il serait susceptible de s'être réfugié : hôtels, pensions de famille, restaurants, aéroports, sociétés de location de voitures, toilettes publiques, et nous sommes en contact permanent avec chacun de nos agents sur le terrain. Si Scott refaisait brutalement surface, nous devrions pouvoir voler à son secours presque immédiatement.

Lawrence releva la tête pour observer l'un des membres de l'équipe qui notait tout ce qu'il disait.

— Par ailleurs, les services du téléphone interceptent tous les appels en provenance de Genève destinés à la Barclays. Si Scott essaie de nouveau de me joindre, que ce soit à la banque ou chez moi, la communication sera automatiquement transférée ici.

— Est-ce qu'il sait que vous travaillez pour le Foreign Office ? s'enquit Snell en fourrageant dans sa crinière sombre.

— Non. Comme ma chère mère, il croit toujours que je travaille au département international de la Barclays. Mais il ne tardera pas à comprendre qu'il s'agit d'une couverture. Contrairement à ma mère, il ne prend pas tout ce que je lui dis pour argent comptant et notre conversation de la nuit dernière a dû lui mettre la puce à l'oreille.

— Disposons-nous d'autres éléments ? s'enquit Sir Morris en consultant Lawrence du regard.

— Pour l'instant non, monsieur. Nous faisons tout notre possible, compte tenu du fait que la partie se déroule en terrain étranger. Mais les grandes manœuvres devraient être terminées d'ici vingt-quatre heures d'une façon ou d'une autre. C'est pourquoi j'ai donné des ordres pour que les dispositions nécessaires soient prises pour le cas où vous estimeriez préférable que nous passions la nuit sur place. En rentrant de dîner, vous trouverez des lits dans vos bureaux respectifs.

— Pas question que quiconque dîne dehors ce soir, décréta Sir Morris.

*
**

La porte du cinéma donnait sur une rue animée et Adam se glissa au milieu du flot des banlieusards qui rentraient chez eux pour dîner. Tout en marchant, il s'efforçait de bouger la tête le moins possible, mais il ne cessait de balayer des yeux les alentours. Trois pâtés de maisons plus loin, il repéra une enseigne Avis rouge qui se balançait doucement sous l'effet de la brise de l'autre côté de la rue. Il examina les piétons qui traversaient et ne remarqua rien de suspect, mais à peine avait-il posé le pied sur le trottoir opposé qu'il se figea. Devant lui, au milieu de la foule pressée, se tenait un homme en imperméable qui ne cessait de jeter des coups d'œil autour de lui sans pour autant faire mine de bouger. Était-ce un des hommes de Rosenbaum, la police ou un compatriote ? Impossible de dire de quel côté il était. Adam ne le quitta pas des yeux et le vit sortir un talkie-walkie dans lequel il marmonna : « Rien à signaler. Aucune trace de notre homme, pas plus que des gens du K.G.B. »

Incapable d'entendre ce que disait l'homme à l'imperméable, Adam s'engagea dans une rue latérale et faillit renverser un petit vendeur de journaux. Le soldat anglais toujours à Genève, proclamait le gros titre. Il s'empressa de traverser une nouvelle fois la rue et fit halte derrière une statue de marbre qui occupait le centre d'un maigre carré de gazon. Il fixa le bâtiment en face de lui, conscient qu'il serait idiot d'essayer de se cacher à l'intérieur. Au moment où il allait se remettre en route, un immense car de tourisme vide s'arrêta et se gara devant l'immeuble. Les élégantes inscriptions bleues qui barraient le flanc du véhicule proclamaient qu'il appartenait au Royal Philharmonic Orchestra. Des musiciens sortirent par la grande porte et grimpèrent dans le car, portant leurs instruments dans des étuis de toutes les dimensions possibles. L'un d'entre eux trimbalait même des timbales, qu'il déposa dans le coffre à bagages. Tandis que les musiciens continuaient à sortir de l'hôtel, Adam se dit que c'était le moment ou jamais : il ne trouverait sans doute pas de meilleure occasion. Profitant de ce que le groupe suivant émergeait de l'hôtel, il s'avança et se fondit au milieu. Il poursuivit son chemin et franchit le seuil de l'établissement. La première chose qu'il aperçut dans le hall bondé fut une contrebasse appuyée contre un mur. Il déchiffra l'étiquette accrochée à l'encombrant instrument : « Robin Beresford. »

Adam se dirigea vers le comptoir de la réception et fit signe à l'employé.

— J'ai besoin de ma clé, vite. J'ai oublié mon archet là-haut et le car attend à cause de moi.

— Le numéro de votre chambre ?

— Il me semble que c'est le 312, dit Adam. Mais je n'en suis pas sûr.

— Votre nom ?

— Beresford. Robin Beresford.

L'employé lui tendit la 612.

— A trois étages près, c'était la bonne.

— Merci, dit Adam.

Avant de quitter le comptoir, il s'assura que le réceptionniste s'occupait déjà d'un autre client puis il mit crânement le cap sur l'ascenseur, qui vomissait un nouveau flot de musiciens. Adam attendit qu'ils soient descendus pour monter dans la cabine, et appuya alors sur le bouton du sixième. Il jubilait lorsque les portes se refermèrent et qu'il se retrouva enfin seul pour la première fois depuis plusieurs heures. Lorsque les portes se rouvrirent, il constata à son grand soulagement que le couloir était désert. Il se dépêcha de rallier la chambre 612.

Au moment où il ouvrait la porte, il lança d'un ton ferme et avec son plus bel accent français :

— Service d'étage !

N'obtenant pas de réponse, il entra et verrouilla derrière lui. Une valise fermée était restée posée dans un coin. Adam jeta un coup d'œil à l'étiquette. Manifestement, Mr. Beresford n'avait pas encore eu le temps de défaire ses bagages. Adam explora les lieux. Aucune trace de la présence de l'occupant de la chambre si ce n'est, sur la table de nuit, un morceau de papier avec un itinéraire.

« Tournée européenne : Genève, Francfort, Berlin, Amsterdam, Londres.

« Genève : car à 17 heures pour répétition à la salle de concert, concert à 19 h 30, rappels 22 heures.

« Programme : Concerto pour cor de Mozart, premier mouvement de la seconde symphonie de Brahms, *Symphonie inachevée* de Schubert. »

Adam consulta sa montre : lorsque Robin Beresford aurait

fini d'interpréter la *Symphonie inachevée*, il serait de l'autre côté de la frontière ; en attendant, il ne voyait pas ce qui l'empêchait de rester tranquillement dans la chambre 612 jusqu'à la tombée de la nuit.

Il décrocha le téléphone et appela le service d'étage. « Beresford, 612 », annonça-t-il en se commandant à dîner avant de passer dans la salle de bains. A côté du lavabo était posé un petit sac en plastique sur lequel on pouvait lire « Offert par la direction ». Adam y trouva du savon, une brosse à dents minuscule, du dentifrice et un rasoir jetable.

Il finissait de se raser lorsqu'on frappa.

— Service d'étage, lança une voix.

Adam s'empressa de se tartiner de nouveau le visage de savon et enfila un peignoir avant d'aller ouvrir. Le garçon mit le couvert sans même un regard pour Adam.

— L'addition, monsieur, fit-il, une fois son travail terminé, en tendant la note à Adam.

Adam signa « Robin Beresford » et ajouta quinze pour cent de pourboire.

— Merci, dit le serveur en s'en allant.

A peine la porte s'était-elle refermée derrière lui que les yeux d'Adam se posèrent sur le festin composé d'une soupe à l'oignon, d'une tranche de rumsteck accompagnée de haricots verts et de pommes de terre, et d'un sorbet à la framboise. La bouteille de vin avait été débouchée, il n'avait plus qu'à se servir lorsqu'il sentit subitement son appétit s'envoler.

Il n'arrivait toujours pas à accepter la réalité. Si seulement il n'avait pas poussé Heidi à l'accompagner au cours de ce voyage inutile. Il y avait une semaine encore, elle ne le connaissait même pas et voilà qu'aujourd'hui il était responsable de sa mort. Il allait devoir expliquer à ses parents ce qui était arrivé à leur fille. Mais avant de se présenter devant eux, il fallait qu'Adam parvienne à trouver une explication ou une autre à des événements qu'il ne comprenait toujours pas. Le rôle de l'icône sans valeur, notamment. Mais était-elle réellement sans valeur ?

Son repas à demi terminé, il poussa la table roulante dans

le couloir et plaça l'écriteau « Ne pas déranger » sur la porte. Cela fait, il alla se planter devant la fenêtre pour regarder le paysage. Le soleil semblait décidé à briller une heure encore sur Genève. Adam s'allongea sur le lit et se mit à réfléchir aux événements des dernières vingt-quatre heures.

*
**

— Antarctique est en possession d'une icône de saint Georges et du dragon. Or, d'après nos archives, ladite icône a été détruite lorsque l'avion transportant le grand-duc de Hesse s'est écrasé en Belgique en 1937.

— C'est peut-être ce qui est consigné dans vos archives, dit l'homme à l'autre bout du fil. Mais imaginez que les renseignements que vous avez à Langley soient faux et que Goering ait retrouvé l'icône et ne l'ait pas rendue au grand-duc ?

— Mais Staline a confirmé à Yalta que l'icône et son contenu avaient été détruits lors de la catastrophe aérienne ! Il a accepté de ne pas protester tant qu'il n'était pas en possession de l'œuvre originale. C'est d'ailleurs pour cela qu'à l'époque Staline a eu l'air de sortir gagnant des négociations tandis que Roosevelt semblait ne récolter que des miettes. Vous ne vous souvenez pas du foin qu'a fait Churchill ?

— Je ne suis pas près de l'oublier ! Il avait tout de suite vu que ce n'était pas à la Grande-Bretagne que cette décision allait profiter.

— Mais si maintenant les Russes ont découvert l'existence de l'icône authentique...

— ... ils risquent du même coup de mettre la main sur le document original, c'est cela ?

— Exactement. Il faut donc que vous rattrapiez Antarctique avant les Soviétiques ou le Foreign Office.

— Mais je fais déjà partie de l'équipe du Foreign Office.

— C'est précisément ce que nous voulons que le Foreign Office continue à croire.

— Qu'est-ce que vous faites dans mon lit ?

Adam s'éveilla en sursaut et vit, penchée au-dessus de lui, une fille tenant d'une main une contrebasse et de l'autre un archet. Elle faisait plus d'un mètre quatre-vingts et pesait sûrement beaucoup plus qu'Adam. Ses longs cheveux roux formaient un contraste saisissant avec le reste de sa personne, à croire que le Créateur avait perdu en cours de route tout intérêt pour sa création. Elle portait un chemisier blanc et une ample jupe noire qui frôlait le sol.

— Qui êtes-vous ? s'ébahit Adam.

— Certainement pas Boucles d'or, répondit l'inconnue. Vous ne croyez pas que ce serait plutôt à vous de me dire qui vous êtes, non ?

Adam hésita.

— Si je vous le dis, vous ne me croirez pas.

— Je ne vois pas pourquoi. Une chose est sûre, en tout cas, vous n'êtes ni le prince Charles ni Elvis Presley. Alors allez-y, je vous écoute.

— Je suis Adam Scott.

— Qu'est-ce que vous voulez que je fasse ? Que je me pâme et me jette dans vos bras, ou que je hurle et prenne mes jambes à mon cou ?

Adam se rendit soudain compte qu'il devait bien y avoir deux jours qu'elle n'avait regardé la télévision ni lu un journal. Il décida de changer de tactique.

— Je croyais que cette chambre était celle de mon ami Robin Beresford, dit-il d'un ton assuré.

— Moi aussi, figurez-vous, jusqu'au moment où je vous ai vu sur mon lit.

— Robin Beresford, c'est vous ?

— Vous êtes futé, pour quelqu'un qui vient juste de se réveiller.

— Pourquoi Robin ?

— Je n'y suis pour rien : mon père voulait un garçon. Vous ne m'avez toujours pas expliqué ce que vous fabriquez dans mon lit.

— Vous ne pourriez pas m'écouter cinq minutes ? fit Adam. Vous n'arrêtez pas de m'interrompre.

— D'accord, mais je vous préviens, inutile de me raconter des histoires, dit Robin. Mon père était un menteur-né et je n'avais pas douze ans que je voyais en lui comme dans un miroir.

— A votre place, je prendrais un siège, conseilla Adam. Ça risque d'être long.

— Si vous n'y voyez pas d'inconvénient, je préfère rester debout. Du moins jusqu'à ce que vous me serviez votre premier mensonge.

— Comme vous voudrez. Je commence par quoi ? Les bonnes nouvelles ou les mauvaises ?

— Les mauvaises.

— La police suisse veut m'arrêter et...

— Pour quel motif ? coupa Robin.

— Pour meurtre, dit Scott.

— Les bonnes, maintenant ?

— Je suis innocent.

*
**

Romanov, debout dans le bureau de l'ambassadeur, posa les mains sur la table.

— Je suis plus à blâmer que vous dans cette affaire, dit-il très bas, car j'ai sous-estimé l'Anglais : il est fort. Si l'un d'entre vous espère le descendre avant que je mette la main dessus, il faudra qu'il soit encore plus fort.

Aucun des participants à la réunion ce soir-là n'avait envie de contredire le camarade major. Romanov fit une pause pour examiner les hommes qu'on avait fait venir en catastrophe et par avion de divers pays satellites. Ils avaient tous de longs états de service. Le seul que Romanov connût personnellement était Valchek, mais il travaillait en trop étroite collaboration avec Zaborski pour qu'il pût lui faire confiance. Romanov était conscient qu'une poignée d'hommes seulement connaissaient Genève. Il espérait que les Britanniques et les Américains se heurteraient au même problème.

Il balaya la pièce des yeux. C'était la police suisse qui avait le plus de chances de retrouver Scott, mais elle ne semblait hélas pas décidée à lui prêter son concours. Romanov n'avait pas été mécontent d'apprendre par le chef de station du K.G.B. à Genève que les Suisses avaient également refusé de collaborer avec les Anglais et les Américains.

— Camarades, il est inutile de vous rappeler qu'on nous a confié une mission d'une importance capitale pour la mère patrie.

Il fit une pause pour examiner son auditoire : aucune trace de cynisme ne se lisait sur ces visages. Satisfait, il poursuivit :

— Nous allons exercer une surveillance étroite sur Genève pour le cas où Scott y serait toujours terré. D'après moi, et compte tenu du fait que nous avons affaire à un amateur, c'est le cas. Il est probable qu'il attend la nuit ou les premières lueurs de l'aube pour tenter de quitter la Suisse et passer en France, car pour moi il ne fait aucun doute que c'est là qu'il essaiera de se réfugier. Bien que s'étant colletés avec les Allemands à deux reprises au cours des cinquante dernières années, les Britanniques n'ont jamais cru devoir se donner la peine d'apprendre leur langue, alors qu'un certain nombre d'entre eux se débrouillent honorablement en français. Aussi y a-t-il de grandes chances pour qu'il s'y sente plus en sécurité. La France présente également pour notre homme un autre avantage : une fois là-bas, il n'est plus séparé de son pays que par une seule frontière.

» S'il est assez bête pour essayer de prendre un avion, il ne tardera pas à s'apercevoir que l'aéroport est surveillé ; même chose pour les gares s'il lui prenait fantaisie de tenter de fuir par le train. A mon avis, il essaiera de filer par la route.

» Je vais donc prendre cinq hommes avec moi et me rendre à la frontière française tandis que le major Valchek emmènera cinq hommes à Bâle pour couvrir le poste de douane allemand. Le reste d'entre vous demeurera ici pour surveiller la ville. Les nouveaux arrivants relèveront les agents déjà sur le terrain. Et n'allez pas vous imaginer que Scott ressemble à un touriste en vacances. Étudiez soigneusement sa photo et attendez-vous à ce qu'il essaie de mettre les voiles sous un déguisement ou sous un autre.

Romanov marqua une pause pour donner plus de poids à ses paroles.

— Celui qui me rapportera l'icône du tsar n'aura plus aucun souci à se faire pour son avenir : il sera largement récompensé à notre retour.

Les visages s'éclairèrent pour la première fois. Romanov sortit de la poche de son manteau la copie de l'icône et la brandit au-dessus de sa tête afin que tous puissent la voir.

— Une fois que vous aurez trouvé l'œuvre originale, votre mission sera accomplie. Examinez-la bien, camarades, aucun tirage sur papier n'en a été fait. Et n'oubliez pas, poursuivit Romanov, que ce qui vous permettra de reconnaître l'œuvre originale, c'est la petite croix en argent apposée au dos. Ce n'est qu'au vu de la croix que vous saurez si vous avez mis la main sur le chef-d'œuvre.

Romanov remit l'icône dans sa poche et fixa son auditoire silencieux.

— Scott est fort, mais il n'est pas si fort que ça, après tout.

CHAPITRE 13

— Pas mal, Scott, pas mal du tout, commenta Robin, qui était restée debout près de sa contrebasse tout le temps qu'avait duré le récit d'Adam. Ou vous êtes un fantastique menteur ou j'ai perdu la main.

Adam sourit. Entre les doigts de l'immense fille, l'archet ressemblait à un cure-dent.

— Puis-je voir l'objet ou suis-je censée vous croire sur parole ?

Adam sauta à bas du lit et retira de la poche de son trench-coat le paquet contenant l'icône du tsar. Robin appuya son instrument contre le mur, posa son archet contre l'instrument et s'installa sur l'unique chaise de la chambre.

Adam lui tendit l'icône. Elle s'absorba un bon bout de temps sans mot dire dans la contemplation du visage de saint Georges.

— C'est une merveille, déclara-t-elle enfin. Je comprends qu'on rêve de la posséder. Mais aucune œuvre si divine soit-elle ne saurait justifier la tragédie que vous venez de me raconter.

— Je suis d'accord avec vous, c'est incompréhensible, renchérit Adam. Pourtant Rosenbaum — si tel est son nom — n'a pas hésité à tuer à deux reprises pour se l'approprier et il a réussi à me convaincre que tant que je détiendrais le tableau, sa prochaine victime, ce serait moi.

La jeune femme continua à examiner les petites taches d'or, de rouge, de bleu et de jaune qui composaient saint Georges et le dragon.

— Vous n'avez pas d'autres indices ? s'enquit-elle en levant le nez.

— En dehors de la lettre que Goering a donnée à mon père, non.

Robin retourna l'icône.

— Qu'est-ce que c'est que ça ? fit-elle, désignant du doigt la minuscule couronne d'argent incrustée dans le bois.

— La preuve qu'elle a appartenu jadis à un tsar, d'après l'expert de chez Sotheby's. Ce qui, toujours d'après lui, en augmente considérablement la valeur.

— Pas au point qu'on aille jusqu'à tuer pour s'en emparer, tout de même, dit Robin en rendant le tableau à Adam. Quel secret ce saint Georges peut-il bien dissimuler ?

Adam, qui ne cessait de se poser la question depuis la mort de Heidi, eut un haussement d'épaules. Le sourcil froncé, il remit le saint peu loquace dans son imperméable.

— Qu'aviez-vous projeté de faire, à part retaper le lit, si vous ne vous étiez pas endormi ? s'enquit Robin.

Adam sourit.

— Rappeler Lawrence à une heure où je pouvais raisonnablement espérer le trouver chez lui, histoire de voir s'il n'avait pas du nouveau. Au cas où je n'aurais pas réussi à le joindre, ou qu'il ait été dans l'incapacité de m'aider, je comptais louer une voiture, passer en France, et de là en Angleterre, car Rosenbaum et ses hommes, tout comme les policiers suisses, doivent surveiller tous les aéroports et toutes les gares.

— Nul doute que Rosenbaum se sera tenu le même raisonnement s'il est aussi astucieux que vous le prétendez, remarqua Robin. Nous ferions mieux de contacter votre ami Lawrence, il aura peut-être une idée de génie.

Se décollant de sa chaise, elle se dirigea vers le téléphone.

— Je ne voudrais pas que vous vous trouviez mêlée à cette affaire, risqua Adam d'un ton hésitant.

— Mais j'y suis déjà mêlée, dit Robin. Et, croyez-moi, c'est autrement plus passionnant que la *Symphonie inachevée* de Schubert. Une fois que j'aurai votre ami en ligne, je vous le passerai, ainsi personne ne saura qui a appelé.

Adam lui donna le numéro de l'appartement et elle demanda à la standardiste de lui passer la communication. Scott jeta un coup d'œil à sa montre ; vingt-trois heures quarante. Lawrence devait être rentré, tout de même. Le téléphone n'avait pas sonné deux fois que Robin entendit une voix d'homme au bout du fil. Elle passa aussitôt le combiné à Adam.

— Allô ? Qui est à l'appareil ? demanda la voix.

Une fois de plus, Adam ne put s'empêcher de trouver bizarre le fait que Lawrence ne s'annonçât jamais.

— Lawrence, c'est moi.

— Où es-tu ?

— Toujours à Genève.

— Mes clients t'ont attendu ce matin à onze heures précises.

— Rosenbaum aussi.

— Rosenbaum ?

— Un grand blond d'un mètre quatre-vingts aux yeux bleus, qui a l'air bien décidé à me liquider.

Lawrence garda un instant le silence.

— Tu es toujours en possession de notre saint patron ?

— Oui, dit Adam. Mais peux-tu m'expliquer ce qu'il peut y avoir de si important dans...

— Raccroche et rappelle-moi dans trois minutes.

La communication fut coupée sans qu'Adam réussisse à comprendre ce brutal changement de ton. Il y avait sûrement des choses qui lui avaient échappé au cours des mois qu'il avait passés chez Lawrence, mais quoi ? Il se mit à battre le rappel de ses souvenirs, s'efforçant de se remémorer des détails qu'il avait jugés sans intérêt sur le moment et que Lawrence avait astucieusement camouflés.

— Vous êtes sûr que ça va ? s'enquit Robin, interrompant le cours de ses pensées.

— Oui, fit Adam, l'air ailleurs. Il veut que je le rappelle dans trois minutes. Je peux ?

— Ne vous gênez pas. Le déficit de la tournée s'élève déjà à huit mille livres, nous n'en sommes plus à une communication téléphonique près, d'autant que c'est le contribuable qui paie.

Trois minutes plus tard, Robin recomposait le numéro. Lawrence décrocha à la première sonnerie.

— Contente-toi de répondre à mes questions, ordonna-t-il.

— Pas avant que tu aies répondu aux miennes, se rebiffa Adam, que les manières de son ami commençaient à hérisser. Je me fais bien comprendre?

— Oui, opina Lawrence en changeant de ton.

— Qui est Rosenbaum?

Lawrence ne répondit pas tout de suite.

— Tant que tu ne m'auras pas dit la vérité, inutile d'espérer obtenir quoi que ce soit de moi, énonça Adam.

— D'après le signalement que tu m'as donné, j'ai tout lieu de croire que Rosenbaum est un agent soviétique qui s'appelle en réalité Alex Romanov.

— Un agent soviétique? Mais pourquoi un agent soviétique voudrait-il s'approprier mon icône?

— Je l'ignore, avoua Lawrence. Nous comptions sur toi pour nous le dire.

— Qui ça « nous »?

Nouveau silence prolongé.

— Qui ça « nous »? répéta Adam. Tu ne te figures quand même pas que je te crois encore employé par la Barclays.

— Je travaille au Foreign Office, dit Lawrence.

— En qualité de quoi?

— Je n'ai pas la permission de...

— Inutile de prendre ce ton pompeux, Lawrence. En qualité de quoi?

— Je suis le numéro deux d'un petit département qui s'occupe...

Lawrence marqua un temps.

— ... d'espionnage, compléta Adam. Je crois que c'est le terme utilisé par les profanes. Si mon icône t'intéresse à ce point, tu ferais mieux de me sortir de ce guêpier, et vite, car je te signale que Romanov est prêt à tuer pour s'en emparer, mais ça, tu le sais peut-être.

— Où es-tu?

— A l'hôtel *Richmond*.

— Dans une cabine téléphonique ? s'enquit Lawrence, incrédule.

— Non, dans une chambre.

— Tu ne t'es pas inscrit sous ton nom ?

— Non, sous celui d'une amie.

— Elle est près de toi en ce momment ?

— Oui, répondit Adam.

— Et merde, fit Lawrence. Bon. Ne bouge pas de la chambre avant sept heures du matin, il faut que j'aie le temps de me retourner et de prendre les mesures nécessaires. Passé sept heures, rappelle-moi à ce numéro.

— Ne me dis pas que c'est tout ce que tu peux faire pour moi, protesta Adam, en vain, car la communication avait déjà été coupée. On dirait que je suis condamné à passer la nuit en votre compagnie, dit-il à Robin en reposant le combiné.

— Dites plutôt que c'est moi qui suis condamnée à passer la nuit avec vous, rectifia la jeune femme, filant vers la salle de bains.

Adam effectua plusieurs fois le tour de la pièce avant de tester le canapé. Il n'y avait pas trente-six solutions : ou il se glissait sous la tête un coussin qu'il calait contre le frêle accoudoir de bois, ou il laissait pendre ses jambes à l'autre bout. Lorsque Robin reparut, vêtue d'un pyjama bleu layette, il avait décidé d'élire domicile par terre.

— Pas terrible, comme siège, n'est-ce pas ? ironisa la musicienne. Les services de renseignement britanniques auraient dû me prévenir, j'aurais retenu une chambre pour deux personnes.

Elle se mit au lit et éteignit.

— Très confortable, lâcha-t-elle avant de sombrer instantanément.

Adam s'allongea sur le plancher, avec le coussin pour oreiller, et le peignoir pour couverture. Il dormit par intermittence, se demandant ce que l'icône avait de si précieux, pourquoi Lawrence en savait si long, et surtout par quel miracle ils allaient réussir à le faire sortir vivant de l'hôtel.

Romanov attendit patiemment qu'on décroche.

— Oui, dit une voix qu'il reconnut aussitôt.

— Où est-il ? se borna-t-il à demander.

Il reçut de Mentor quatre mots pour toute réponse avant que la communication ne soit coupée.

⁂

Adam s'éveilla en sursaut à six heures, soit une heure avant de rappeler Lawrence. Pendant près de quarante minutes il resta allongé par terre, la respiration régulière de Robin lui rappelant seule qu'il y avait quelqu'un d'autre dans la pièce. Soudain il perçut un bruit bizarre en provenance du couloir : deux ou trois pas, une pause suivie d'un « fffit », deux ou trois pas, une pause suivie d'un autre « fffit ». Adam se leva précautionneusement et se glissa jusqu'à la porte. Le rythme de la respiration de Robin était toujours aussi régulier. Les chuintements se rapprochaient. Il s'empara d'un lourd porte-manteau de bois posé sur une table près de la porte. Le tenant fermement dans la main droite, il le brandit au-dessus de sa tête et attendit. « FFFIT » : un journal fut glissé sous la porte et les pas s'éloignèrent. Il n'eut pas à se baisser pour voir que sa photographie s'étalait à la une du *International Herald Tribune*.

Adam emporta le quotidien dans la salle de bains, ferma la porte en douceur, fit de la lumière et lut l'article le concernant. C'était en gros le même que la veille, ponctué de commentaires circonspects de son ancien chef de corps et du silence embarrassé de sa mère. Un profond sentiment d'impuissance l'envahit.

A pas de loup, il s'approcha du lit, espérant que Robin ne se réveillerait pas. Debout à côté d'elle, il la regarda, mais elle ne bougea pas. Sans faire de bruit, il prit alors le téléphone, et l'emporta dans le cabinet de toilette, dont il réussit tout juste à refermer la porte. Il appela l'opératrice et lui donna son numéro.

On décrocha presque aussitôt.

— C'est toi, Lawrence ? s'enquit-il.

— Oui.

— Ça ne s'arrange pas : je suis toujours planqué au *Richmond* mais j'ai ma photo en première page de tous les journaux.

— Je sais, dit Lawrence. Nous avons tout fait pour empêcher ça, mais les Suisses n'ont rien voulu savoir.

— Autant me rendre à eux tout de suite, alors ! gronda Adam. Je suis pourtant innocent, bon sang !

— Détrompe-toi, Adam. Dans ce pays, tant que la preuve de ton innocence n'a pas été faite, tu es coupable, et tu dois avoir compris maintenant que tu es impliqué dans quelque chose d'autrement sérieux qu'un double meurtre.

— Que peut-il y avoir de plus sérieux qu'un double meurtre quand le monde entier s'imagine que c'est toi le meurtrier ? explosa Adam.

— Je comprends ce que tu ressens, crois-moi, mais ta seule chance de t'en sortir maintenant est de suivre mes instructions à la lettre et de te méfier de tous ceux que tu pourras approcher.

— Je t'écoute, dit Adam.

— Ouvre bien tes oreilles, je ne répéterai pas deux fois. Le Royal Philharmonic Orchestra, qui est descendu dans le même hôtel que toi, part pour Francfort à dix heures ce matin. Sors de ta chambre à dix heures moins cinq, rejoins les musiciens dans le hall et dirige-toi vers la porte : leur car sera garé devant. Une Mercedes noire t'attendra de l'autre côté de la rue, et le chauffeur, qui sera vêtu de gris, te tiendra la portière arrière ouverte. Nous nous sommes arrangés pour qu'aucun autre véhicule ne puisse stationner de ce côté de la chaussée entre neuf heures trente et dix heures trente, ainsi pas de danger que tu te trompes. Monte à l'arrière et attends. Il y aura un deuxième homme derrière et on te conduira au consulat où tu seras en sûreté. Tu es sûr que tu as tout enregistré ?

— Oui, fit Adam, mais...

— Bonne chance, le coupa Lawrence en raccrochant.

A sept heures, il s'était douché et rasé. La jeune musicienne dormait toujours d'un profond sommeil. Adam ne put
s'empêcher de l'envier, lui que le craquement d'une brindille
suffisait à réveiller. C'était le résultat d'habitudes prises au
cours des deux années qu'il avait passées dans la jungle
malaise, où il fallait s'attendre à ce que les Chinois vous
tombent sur le poil à tout moment, et où il n'était pas
question de fermer les yeux plus de deux ou trois heures
d'affilée si on voulait avoir une chance de demeurer vivant.
Robin resta encore trente minutes sans bouger. Assis sur
le canapé, Adam en profita pour passer en revue le plan de
Lawrence. Lorsque la jeune femme se décida à entrouvrir un
œil, il était huit heures moins dix ; il lui fallut encore
plusieurs minutes pour émerger vraiment. Elle cligna des
paupières et adressa à Adam un sourire radieux.

— Vous n'avez pas profité de ce que je dormais pour me
trucider ?

— Vous ne vous en seriez même pas rendu compte,
rétorqua Adam.

— Quand on a pour père un ivrogne invétéré qui rentre à
n'importe quelle heure, on apprend à fermer l'œil en toute
circonstance, expliqua-t-elle en posant les pieds sur la moquette. Vous ne deviez pas téléphoner à Londres ?

— C'est fait.

— Alors, on peut savoir ce que vous avez décidé de faire ?
s'enquit-elle, se dirigeant vers la salle de bains tout en se
frottant les yeux.

— Je vais partir avec vous, dit Adam.

— Je ne suis pas habituée à ce que mes amants d'une nuit
s'incrustent comme ça, fit-elle en claquant la porte du cabinet
de toilette.

Il essaya de lire le journal pendant qu'elle se faisait couler
un bain.

— Vous voulez dire que nous allons partager une chambre
à Francfort aussi ? s'enquit-elle quelques minutes plus tard à
sa sortie de la salle de bains, reprenant la conversation
comme si de rien n'était.

— Non. Une fois sorti de l'hôtel, je vous abandonne pour

aller rejoindre la voiture qui m'attendra de l'autre côté de la rue.

— A la bonne heure, ça ressemble davantage à ce que me racontent les hommes de ma vie ! Enfin, nous avons au moins le temps de partager un petit déjeuner d'adieu, ajouta-t-elle en décrochant le téléphone. J'adore les harengs fumés, pas vous ?

Adam, qui consultait fébrilement sa montre, ne répondit pas. Le garçon monta le breakfast un quart d'heure plus tard et Adam attendit son départ caché dans la salle de bains. Voyant qu'il ne manifestait aucun intérêt particulier pour la nourriture, Robin engloutit les quatre kippers et la plupart des toasts. Neuf heures. Un garçon vint chercher la table roulante. Robin commençait à faire ses valises lorsque le téléphone sonna. Les nerfs à vif, Adam sursauta tandis que la jeune femme décrochait.

— Oui, Stephen, dit-elle. Les bagages ? Ce n'est pas la peine. Je me débrouillerai.

Elle reposa le combiné sur son support et ajouta à l'adresse d'Adam :

— Nous partons pour Francfort à dix heures.

— Je sais, dit Adam.

— On devrait confier à Lawrence le soin de s'occuper de l'orchestre. Les décisions n'ont même pas été prises qu'il est déjà au courant.

C'était exactement la réflexion qu'Adam était en train de se faire.

— Enfin, pour une fois, j'ai trouvé quelqu'un pour m'aider à porter mon barda, ajouta Robin. C'est toujours ça.

— Je peux me charger de votre contrebasse si vous voulez, proposa Adam.

— J'aimerais assez voir ça, gloussa la musicienne.

Adam se dirigea vers l'imposant instrument qui était appuyé contre le mur, dans son étui. Il eut beau s'y reprendre à plusieurs fois et sous tous les angles, c'est tout juste s'il parvint à décoller l'instrument du sol pendant quelques fractions de seconde. La jeune femme s'approcha alors et, d'un geste souple du poignet, cala le manche à son épaule et maintint l'instrument contre elle. Ainsi chargée, elle se mit à arpenter la pièce pour lui faire une démonstration de son adresse.

— Question de coup de main, mon frêle ami. Et dire que je vous ai cru hier soir quand vous m'avez raconté que vous aviez semé la moitié des forces de l'ordre de ce pays pour passer la nuit avec moi...

Adam fit un effort pour s'arracher un sourire. Il prit son trench-coat et vérifia que la poche où se trouvait l'icône était bien fermée. Il ne pouvait s'empêcher de trembler de peur et d'espoir.

— Ne vous en faites pas, le rassura gentiment Robin. Dans quelques minutes, ce sera fini.

Puis, voyant le journal par terre, elle déclara :

— A votre place, je leur ferais un procès.

— Pourquoi ? fit Adam.

— Vous êtes nettement mieux au naturel.

Le jeune homme sourit et, s'approchant d'elle, réussit — de justesse — à la serrer affectueusement contre sa poitrine.

— Merci pour tout, murmura-t-il. Il faut qu'on y aille maintenant.

— Plus ça va et plus vous me rappelez mes amants, constata tristement Robin.

Adam prit la valise de la musicienne qui, empoignant son encombrant instrument par le manche, le souleva et le cala contre son épaule. Elle ouvrit la porte et examina le couloir : deux de ses collègues étaient devant l'ascenseur, et à part eux il n'y avait personne en vue. Robin et Adam rejoignirent les deux musiciens et, après les échanges rituels de bonjours, tout le monde attendit l'appareil en silence. Lorsqu'ils furent dans la cabine et que les portes se furent refermées, les collègues de Robin ne purent résister au plaisir de regarder Adam de plus près. Le jeune homme commença par craindre qu'ils ne l'aient reconnu. Puis il se rendit compte que ce n'était pas Adam Scott qui les fascinait, mais l'homme avec qui Robin avait passé la nuit. La jeune femme le gratifia d'un clin d'œil lubrique, bien décidée à profiter au maximum de la situation. Adam de son côté se baissa derrière la contrebasse et resta tassé dans un coin tandis que l'ascenseur poursuivait lentement sa course vers le rez-de-chaussée. Lorsque les portes s'ouvrirent, et que ses collègues s'éloignèrent, Robin aida Adam à traverser le hall, lui faisant tant bien que mal un rempart de son corps. Adam avait les yeux rivés sur la porte. Le car dans lequel grimpaient déjà les musiciens occupait une bonne partie de son champ de vision. Encore une minute et il serait en sûreté. On chargeait les timbales dans le vaste coffre.

— Zut ! s'exclama Robin. J'allais oublier... Je suis censée mettre ça dans le coffre.

— Plus tard, dit sèchement Adam. Avancez et ne vous arrêtez qu'une fois arrivée devant la porte du car.

C'est alors qu'il vit la voiture de l'autre côté de la rue. De soulagement, la tête lui tourna presque. On lui tenait la portière ouverte. Un deuxième homme était assis à l'arrière comme Lawrence le lui avait dit. Dix heures sonnèrent. L'homme vêtu d'une livrée de chauffeur, la casquette rabattue sur les yeux, se tenait à côté de la portière ouverte. Il se tourna vers l'hôtel dans une attitude d'expectative. Adam fixa le chauffeur tandis que celui-ci scrutait l'entrée de l'hôtel et soudain il remarqua que son uniforme ne lui allait pas très bien.

— Grimpez, grinça Adam.

— Avec cet engin ? Mais ils vont me tuer, protesta Robin.

— Si vous ne montez pas, il me tuera.

Robin obtempéra. Un concert d'amabilités jaillit tandis qu'elle progressait le long du couloir central tout en s'efforçant de dissimuler Adam aux regards de ceux qui se trouvaient de l'autre côté de la rue.

Le cœur au bord des lèvres, Adam se laissa choir sur le siège voisin de celui de Robin, qui avait posé sa contrebasse entre eux deux.

— Lequel est-ce ? chuchota-t-elle.

— Celui qui est en uniforme de chauffeur.

La jeune femme jeta un coup d'œil par la vitre.

— C'est peut-être un salaud, mais en attendant il est beau gosse, remarqua-t-elle, espiègle.

Comme Adam la fixait, médusé, elle lui sourit d'un air d'excuse.

— Tout le monde est là, jeta un homme à l'avant du véhicule. J'ai eu beau compter et recompter, il semble que nous ayons un passager de trop.

Seigneur ! songea Adam, il va me flanquer dehors.

— C'est mon frère, cria Robin. Il ne fait qu'un petit bout de chemin avec nous.

— Dans ce cas, c'est parfait, dit le responsable. Allons-y, fit-il en se tournant vers le conducteur.

— Il regarde de ce côté, chuchota Robin. Mais je ne crois pas qu'il puisse vous voir. Ça y est, l'alerte est passée, vous pouvez souffler, le voilà qui surveille de nouveau l'entrée de l'hôtel.

— J'ignorais que vous aviez un frère, Robin, commenta le responsable qui s'était approché sans qu'ils s'en rendent compte.

Le car quitta lentement son emplacement.

— Je l'ignorais moi-même jusqu'à ce matin, marmonna la contrebassiste, l'œil toujours rivé sur la vitre.

Se détournant, elle fit face au directeur de la tournée.

— Oui, j'avais oublié de vous dire qu'il risquait de se trouver en Suisse en même temps que nous. J'espère que ça ne vous dérange pas.

— Pas du tout.

— Adam, je te présente Stephen Grieg, le responsable de la tournée, comme tu as déjà pu t'en rendre compte.

— Vous êtes musicien, vous aussi ? s'enquit Stephen Grieg en serrant la main d'Adam.

— Non, je n'ai jamais été fichu de jouer d'un instrument quelconque, avoua le jeune homme.

— Il n'a pas d'oreille, intervint Robin. Papa était comme ça. Il est dans les pneumatiques, poursuivit-elle, l'air de bien s'amuser.

— Vraiment ? Pour quelle société travaillez-vous ? s'enquit Stephen.

— Pirelli, dit Adam, citant le premier nom qui lui traversa l'esprit.

— La société qui fait ces superbes calendriers ?

— Qu'est-ce que vous leur trouvez de si extraordinaire, à ces calendriers ? fit Robin innocemment. Si vous en voulez un, demandez à Adam.

— Formidable ! s'exclama Stephen. Mais je ne voudrais surtout pas le déranger.

— Pas du tout, fit la contrebassiste, qui se pencha vers l'organisateur avec un air de conspirateur. Si ça peut vous mettre à votre aise je vais vous révéler un petit secret de famille : il se murmure au siège qu'Adam est sur le point d'entrer au conseil d'administration. Ce serait la première fois dans l'histoire de la compagnie que quelqu'un d'aussi jeune y siégerait.

— Très impressionnant, dit l'homme en examinant de plus près ce sujet d'élite.

— Où dois-je vous l'envoyer ? chevrota Adam.

— Au Royal Philharmonic Orchestra. Vous avez l'adresse, je suppose ?

— Dans une enveloppe de luxe, évidemment, gouailla Robin. Quant à l'année, aucune importance. Ce n'est pas pour les dates que Stephen se passionne.

— A quelle heure arrive-t-on à Francfort, Stephen ? cria une voix à l'avant du car.

— Il faut que je vous laisse, s'excusa le directeur. Merci pour le calendrier. Robin a raison : l'année n'a aucune espèce d'importance.

— Qui vous a appris à débiter des bobards comme ça ? s'enquit Adam dès qu'il fut suffisamment loin.

— Mon père, lui confia Robin. Vous auriez dû l'entendre quand il était en forme. C'était quelque chose. Le problème, c'est que ma mère n'a jamais cessé de couper dans ses boniments.

— Il aurait été fier de vous aujourd'hui.

— Maintenant que nous savons comment vous gagnez votre vie, enchaîna la jeune femme, pouvons-nous connaître votre programme ?

Adam sourit.

— J'ai essayé de me mettre dans la peau de Rosenbaum et

de raisonner comme lui. Je suis parvenu à la conclusion qu'il ne quittera pas Genève avant une heure ou deux au maximum. Avec un peu de chance, j'aurai quatre-vingts kilomètres d'avance sur lui.

Il déplia la carte entre les deux sièges.

Du doigt, il désigna la route que suivait le car.

— Ça veut dire que vous auriez toutes les chances d'atteindre l'aéroport de Zurich avant qu'il ne vous rattrape, fit Robin, le devançant.

— Peut-être, mais ce serait trop risqué. Qui que soit Rosenbaum, ajouta-t-il en se conformant à la consigne de prudence de Lawrence et en s'abstenant de mettre Robin dans la confidence, il est certain qu'il est appuyé par un réseau de professionnels. Il a dû s'empresser de faire surveiller tous les aéroports. Et puis n'oubliez pas que la police suisse est toujours à mes trousses.

— Dans ce cas pourquoi ne pas venir à Francfort avec nous ? proposa Robin. Je doute que Stephen y voie une objection.

— J'ai songé à cette solution, mais je l'ai écartée parce que trop dangereuse, elle aussi.

— Pourquoi ?

— C'est simple, quand Rosenbaum aura bien réfléchi à la question, dit Adam, il pensera automatiquement au car. Et une fois qu'il aura découvert notre destination, il n'aura rien de plus pressé que de se lancer à notre poursuite.

La jeune musicienne examina de nouveau la carte.

— Autrement dit, il va falloir que vous décidiez où et quand descendre du bus.

— Exactement, murmura Adam. Je peux me permettre de faire entre quatre-vingt-quinze et cent dix kilomètres, mais pas davantage.

Robin se mit à suivre du doigt la petite route.

— Vous pourriez vous arrêter ici, proposa-t-elle, le doigt pointé sur une ville nommée Soleure.

— En ce qui concerne la distance, ça a l'air de coller.

— Mais une fois descendu du car, comment vous déplacerez-vous ?

— Je n'ai guère le choix : je marcherai ou je ferai du stop,
à moins que je ne pique une autre voiture.

— Avec le pot que vous avez, c'est Rosenbaum qui s'arrê-
tera pour vous prendre.

— J'y ai pensé, reconnut Adam. Il faudrait que je trouve
un tronçon de route dégagé sur une centaine de mètres où je
puisse voir sans être vu, ce qui me permettrait de ne tenter
ma chance qu'avec des voitures anglaises ou des voitures
immatriculées en Grande-Bretagne.

— On vous en a appris des choses, à l'armée ! ironisa
Robin. Mais dites-moi, comment comptez-vous franchir la
frontière avec votre passeport ?

— C'est un problème que je n'ai pas encore réussi à
résoudre.

— Si vous restiez avec nous, il n'y aurait pas de problème.

— Comment cela ?

— Chaque fois que nous franchissons une frontière, les
douaniers se contentent de compter le nombre de passagers
se trouvant dans le car et le nombre de passeports. Tant que
les chiffres coïncident, ils s'en tiennent là. Pourquoi s'amuse-
raient-ils à nous chercher des poux dans la tête, d'ailleurs ?
Le Royal Philharmonic Orchestra n'est pas si inconnu que
vous le pensez... Il me suffirait d'ajouter votre passeport aux
nôtres et de prévenir Stephen.

— L'idée est astucieuse, mais je ne marche pas. Si Rosenbaum me rattrape pendant que je suis dans le car, impossible
de lui échapper, je suis coincé.

La jeune femme garda un instant le silence.

— Une fois seul dans la nature, vous allez recontacter
Lawrence ?

— Oui. Il faut absolument que je lui raconte ce qui s'est
passé ce matin. Il y a forcément au moins une personne dans
son entourage immédiat qui est de mèche avec Rosenbaum.

— Et si cette personne n'était autre que votre ami Lawrence ?

— Impossible, énonça Adam.

— Touchant, cette loyauté, commenta Robin en se tournant vers lui. Ce que vous voulez dire, en fait, c'est qu'au fond

de vous-mêmes vous vous refusez à croire que ça puisse être lui.

— Où voulez-vous en venir ?

— Ça me rappelle ma mère, qui refusait de croire que mon père était un menteur et un alcoolique, et préférait se boucher les yeux et les oreilles. Tout ce qu'elle a trouvé à dire lorsqu'il est mort d'une cirrhose du foie, ç'a été : « Comme c'est bizarre, un homme qui ne buvait jamais. »

Adam réfléchit à ses relations avec Lawrence, se demandant si on pouvait pratiquer quelqu'un pendant vingt ans et ne pas le connaître du tout.

— Soyez prudent, conseilla Robin. Ne lui en dites pas trop.

Il y eut un silence. Adam étudia sur la carte tous les itinéraires qu'il pourrait prendre une fois qu'il aurait quitté le car. Il décida de rallier l'Allemagne et de regagner l'Angleterre par le chemin le plus long en passant par Hambourg ou Bremerhaven, plutôt que de prendre le plus court via Calais ou Ostende.

— J'ai trouvé ! s'exclama soudain Robin.

— Trouvé quoi ? fit Adam, levant le nez de sa carte.

— La solution à votre problème de passeport, murmura-t-elle.

Son compagnon la regarda, plein d'espoir.

— Confiez-moi votre passeport, je le remplacerai par celui du musicien qui vous ressemble le plus. Personne ne s'apercevra de la substitution avant notre retour en Grande-Bretagne, dimanche soir.

— Ce n'est pas une mauvaise idée. Encore faut-il que vous dénichiez quelqu'un qui ait ne fût-ce qu'une vague ressemblance avec moi.

— Je vais étudier la question, assura Robin.

Assise bien droite sur son siège, elle se mit en devoir de passer en revue les voyageurs. Son examen terminé, elle arbora un petit sourire.

— Je vois deux candidats possibles. Le premier a cinq ans de plus que vous, et le second dix centimètres de moins.

Continuez à cogiter sur votre itinéraire, je vais poursuivre mes investigations. Donnez-moi votre passeport.

Adam s'exécuta et regarda la jeune femme se diriger vers l'avant du car et s'asseoir à côté de Stephen, qui bavardait avec le chauffeur pour savoir où il serait judicieux de faire halte pour déjeûner.

— J'ai besoin de mon passeport, il faut que je vérifie quelque chose, intervint Robin. Désolée de vous déranger.

— Mais vous ne me dérangez pas. Ils sont sous mon siège dans un sac en plastique, répondit Stephen Grieg, poursuivant sa conversation avec le conducteur.

La contrebassiste se pencha et se mit à farfouiller dans les passeports, comme si elle cherchait le sien. Elle prit les deux qu'elle convoitait et compara les photos. L'homme qui faisait dix centimètres de moins qu'Adam n'avait rien de commun avec lui. Le passeport du musicien qui était plus âgé était périmé depuis cinq ans mais pouvait passer pour celui d'Adam à la condition que les douaniers ne regardent pas la date de naissance de trop près. Elle glissa au milieu des autres le passeport d'Adam, remit le tout dans le sac en plastique qu'elle fourra sous le siège du responsable de la tournée et retourna s'asseoir.

— Tenez, regardez la tête que vous avez, dit-elle en glissant le document à Adam.

Celui-ci étudia la photo.

— La moustache mise à part, ce n'est pas mal. Compte tenu des circonstances, c'est certainement la meilleure solution. Mais que se passera-t-il lorsque, de retour à Londres, ils s'apercevront de la substitution ?

— Vous serez rentré en Angleterre bien avant nous, rétorqua Robin. Mettez ce passeport-ci sous enveloppe avec le calendrier et expédiez le tout au Royal Philarmonic Orchestra, Wigmore Street, Londres, W1. Je veillerai à ce qu'on vous renvoie le vôtre.

Adam se jura que si jamais il réussissait à regagner Londres il deviendrait membre bienfaiteur à vie de l'Association des Amis du Royal Philharmonic.

— Voilà un problème de réglé, on dirait.

— Pour l'instant du moins, fit Adam. Dommage que je ne puisse vous emmener avec moi.

Robin sourit.

— Francfort, Berlin, Amsterdam, au cas où vous vous ennuieriez. Çe ne me déplairait pas de me trouver face à face avec Rosenbaum.

— Il risquerait d'avoir affaire à forte partie.

— Puis-je jeter un dernier coup d'œil à l'icône ? demanda la musicienne, ignorant la remarque.

Adam se pencha pour attraper son trench-coat et glissa le tableau hors de sa poche, s'efforçant de le dissimuler à la vue des autres. Robin plongea un long moment son regard dans celui de saint Georges avant de prendre la parole.

— La nuit dernière, alors que j'étais dans mon lit à attendre que vous vous décidiez à attenter à ma vertu, je n'ai pas cessé de me demander quel secret l'icône pouvait bien renfermer.

— Et moi qui croyais que vous dormiez, fit Adam avec un sourire. Alors que chacun de notre côté nous étions préoccupés par la même chose. Eh bien, vos conclusions ?

— Je me suis dit que vous deviez avoir une préférence pour les contrebassistes du sexe masculin, sinon comment auriez-vous pu résister à mon charme ?

— Mais en ce qui concerne saint Georges et le dragon ? s'enquit Adam, avec un large sourire.

— J'ai commencé par me demander si cette mosaïque de couleurs ne constituait pas en fait un code. Mais le tableau est d'une facture tellement parfaite qu'il aurait fallu que le code soit mis au point après coup, ce qui m'a semblé assez peu plausible.

— Bien vu, Batman.

— Batman vous-même ! Ensuite, je me suis demandé s'il n'y avait pas un autre tableau peint sous celui-ci. Rembrandt et Constable étaient coutumiers du fait, soit parce qu'ils étaient mécontents de leur travail, soit — dans le cas de Rembrandt — parce qu'il n'avait pas de quoi s'acheter une nouvelle toile.

— Si telle était la clé du mystère, ce n'aurait pu être que l'œuvre d'un expert extraordinaire.

— Je suis d'accord avec vous, reconnut Robin. C'est pourquoi j'ai également rejeté cette explication. La troisième idée qui m'est venue à l'esprit...

Elle retourna l'icône.

— ... c'est que la couronne incrustée au dos indique — ainsi que l'expert de chez Sotheby's vous l'a suggéré — que vous êtes en possession de l'original exécuté par Roublev et non d'une copie comme on a voulu vous le faire croire.

— J'ai envisagé cette éventualité au cours de cette nuit d'insomnie, confia Adam. Mais bien que cela donne à cette œuvre une tout autre valeur, ça ne suffit pas à expliquer pourquoi Rosenbaum est prêt à tuer pour s'en emparer.

— Peut-être y a-t-il quelqu'un d'autre qui tient à tout prix à récupérer saint Georges, suggéra Robin.

— Mais qui et pourquoi ?

— Parce que ce n'est pas l'icône qui les intéresse, mais ce qu'elle cache.

— C'est la première chose que j'ai vérifiée, fit Adam, pas mécontent de lui. Et je vous certifie qu'elle n'est pas creuse, et que c'est du bon bois, bien massif.

— Je ne suis pas d'accord avec vous, rétorqua Robin, tapotant le panneau à la manière d'un médecin auscultant un malade. Je m'y connais, en instruments. Je les ai regardé fabriquer, j'en ai joué, j'ai même dormi avec, et je peux vous dire que cette icône n'est pas aussi compacte qu'il y paraît, encore que je sois incapable de le prouver. Si quelque chose y est caché, ce quelque chose n'était pas destiné à être découvert par des profanes de notre espèce.

— Vous en avez de l'imagination, commenta Adam.

— C'est de famille, dit-elle en lui rendant le tableau. Si jamais vous découvrez ce qui est à l'intérieur, faites-moi signe.

— Quand j'aurai une minute à moi, je pourrai' peut-être vérifier une ou deux théories, dit Adam en remettant l'icône dans son trench-coat.

— Encore deux kilomètres et on est à Soleure, annonça la musicienne, désignant un panneau du doigt.

Adam boutonna son imperméable.

— Je vous accompagne, dit Robin.

Et ils remontèrent sou les deux le couloir central. Arrivé à l'avant du car, Adam demanda au chauffeur s'il pouvait le déposer à l'entrée de la prochaine ville.

— Bien sûr, acquiesça le conducteur.

— Vous nous quittez déjà ? s'étonna Stephen.

— Hélas, oui, dit Adam. Merci pour la balade. Et comptez sur moi pour le calendrier.

Le chauffeur s'arrêta sur une aire de stationnement sur le côté de la route, et appuya sur le bouton commandant l'ouverture des portes.

— Au revoir, Robin, lança Adam, gratifiant la jeune femme d'un baiser fraternel sur la joue.

— Au revoir, petit frère, dit Robin. Embrasse maman pour moi si tu la vois avant moi.

Elle sourit et agita la main tandis que la porte se refermait et que le car, reprenant la route, poursuivait son voyage vers Francfort.

Adam était de nouveau seul.

CHAPITRE 14

Le professeur Brunweld se voyait rarement traité avec respect. Il avait fini par conclure que tel était le sort des universitaires. Quand ils avaient fait allusion au « Président », il s'était demandé s'il devait les croire. En tout cas ils l'avaient bel et bien tiré du lit au milieu de la nuit et escorté en silence jusqu'au Pentagone. Ils lui avaient affirmé avoir besoin de l'opinion d'un expert, lui, en l'occurrence. Était-ce possible ? Mais après Cuba et Dallas, il fallait s'attendre à tout.

D'après ce qu'il avait lu, le Pentagone comportait autant d'étages en surface qu'en sous-sol. Il était désormais en mesure de le confirmer.

Une fois qu'ils lui eurent remis le document, ils le laissèrent seul. Ils n'avaient besoin que d'une réponse. Le professeur se pencha sur les clauses, les étudia plus d'une heure durant avant de les rappeler. Il leur déclara qu'à son avis il s'agissait d'un document authentique et que si les Soviétiques étaient toujours en possession de leur exemplaire, signé lui aussi en 1867, alors son pays d'adoption se trouvait − quelle était l'expression, déjà ? − ah, oui, dans un sacré pétrin.

Il ne commença à comprendre la gravité de la situation que lorsqu'ils lui annoncèrent qu'il ne pourrait quitter le Pentagone avant le lundi suivant. Cela ne le surprit pas outre mesure une fois qu'il eut remarqué la date apposée au bas du traité. Il allait donc devoir passer trois jours seul, loin de ses étudiants et de leurs exigences, et de sa femme, véritable moulin à paroles. C'était l'occasion rêvée de s'attaquer aux œuvres complètes de Proust.

***

Romanov savait qu'il ne pouvait rester indéfiniment posté près de la voiture. Dans cette tenue — qui ne passait pas exactement inaperçue — il ne pouvait manquer d'attirer l'attention de tous ceux qui sortaient de l'hôtel. Au bout de trois minutes, il jeta sa casquette grise sur le siège arrière et donna l'ordre à Valchek de se débarrasser de la voiture et de retourner ensuite au consulat.

Valchek opina. Il avait déjà exécuté les ordres de Romanov et liquidé les deux agents britanniques avec autant d'émotion qu'il eût le cas échéant mis à réparer une canalisation défectueuse. La seule chose qui avait cloché, c'est que l'uniforme du chauffeur mort était trop petit pour Valchek, qui n'avait pas réussi à le boutonner. Romanov avait cru voir se dessiner un rictus amusé sur le visage de son collègue lorsqu'il avait compris qu'il lui faudrait endosser la livrée.

Romanov se coula dans l'ombre et patienta encore une demi-heure. Passé ce délai, il eut la certitude que c'était à Londres que le plan avait capoté. Il héla un taxi et demanda au conducteur de l'emmener au consulat soviétique sans paraître remarquer le regard sidéré que lui jeta le chauffeur en le voyant dans cet accoutrement.

Se pouvait-il qu'il ait perdu Scott deux fois ? L'avait-il sous-estimé à ce point ? Encore un échec et il lui faudrait fournir à Zaborski des explications qui auraient intérêt à être convaincantes.

Pendant le trajet, Romanov ne cessa d'être hanté par une image sans pouvoir s'en expliquer la signification. Il s'était passé quelque chose devant le *Richmond*, quelque chose qui ne collait pas. Si seulement il arrivait à réfléchir calmement, il trouverait à coup sûr la solution. Il se mit alors à repasser dans son esprit la demi-heure qui venait de s'écouler, comme s'il rembobinait la bobine d'un vieux film. Mais certains plans demeuraient flous.

A peine Romanov était-il arrivé au consulat que Valchek lui remit une grande enveloppe qui venait d'arriver de Moscou par la valise diplomatique.

214

Romanov relut le télex décodé, incapable d'en saisir la signification.

« Sommes en possession renseignements concernant feu le colonel Gerald Scott, D.S.O., O.B.E., Croix de guerre, qui risquent de vous être utiles lorsque vous entrerez en contact avec l'homme que vous poursuivez. Documentation complète vous parviendra demain matin au plus tard. Al. »

Romanov se demanda ce que le siège avait pu découvrir au sujet du père de Scott qui fût de nature à l'intéresser, lui. Il avait bien l'intention d'envoyer le fils rejoindre le père avant de recevoir un autre courrier de Moscou.

Romanov se mit à songer à son propre père, qui lui avait donné l'occasion de prendre la tangente en lui léguant sa fortune, et qu'il avait dénoncé et trahi pour avoir de l'avancement. Aujourd'hui, toujours pour des questions d'avancement, il lui fallait tuer Scott et rapporter l'icône. S'il échouait... Il chassa son père et Scott de son esprit.

— De deux choses l'une : ou il est supérieurement intelligent ou il a une veine de pendu, comme c'est souvent le cas chez les amateurs, dit Romanov en entrant dans le bureau exigu qu'on avait mis à sa disposition.

Valchek, qui était sur ses talons, s'abstint de tout commentaire et se contenta de lui demander ce qu'il devait faire.

— Dites-moi ce que vous avez vu quand nous étions devant l'hôtel.

— Comment cela ? s'étonna Valchek.

— Ne posez pas de questions, fit Romanov tout en se changeant. Contentez-vous de répondre. Racontez-moi tout ce que vous avez vu depuis le moment où nous nous sommes arrêtés devant l'hôtel.

— Nous sommes arrivés au *Richmond* un peu avant dix heures, commença Valchek. Nous avons garé la Mercedes le long du trottoir d'en face et attendu que Scott sorte. Nous avons fait le pied de grue jusqu'à dix heures passées et Scott ne s'est pas manifesté.

— Non, dit Romanov. Je ne veux pas de généralités mais

215

des détails précis. Est-ce que vous vous souvenez s'il s'est produit un événement bizarre pendant que nous attendions, par exemple ?

— Non, rien de spécial, répondit Valchek. J'ai vu des gens entrer et sortir de l'hôtel, mais pas Scott, j'en suis certain.

— Vous en êtes certain ? Vous avez de la chance. Et après ? s'enquit Romanov.

— Après ? Vous m'avez donné l'ordre de retourner au consulat et de vous y attendre.

— Quelle heure était-il ?

— Dix heures sept. Je m'en souviens parce que j'ai regardé ma montre quand le car est parti.

— Le car ? jeta Romanov.

— Oui, celui dans lequel on chargeait des instruments de musique. Il est parti vers...

— Les instruments, coupa Romanov. Ça me revient maintenant. Des violoncelles, des violons, et une contrebasse qu'on n'a pas mise dans le coffre à bagages.

L'air intrigué, Valchek ne souffla mot.

— Téléphonez à l'hôtel immédiatement et arrangez-vous pour savoir qui était à bord de ce car et la destination de ces gens.

Valchek sortit en trombe.

Romanov consulta sa montre : dix heures cinquante-cinq. Il allait falloir agir, et vite. Il appuya sur le bouton de l'interphone.

— J'ai besoin d'une voiture rapide et surtout d'un chauffeur qui soit un crack.

Valchek reparut au moment où Romanov raccrochait.

— Le car a été loué par le Royal Philharmonic Orchestra, qui effectue une tournée en Europe...

— Leur prochain arrêt ? coupa Romanov.

— Francfort.

*
**

Il s'éloigna de la petite ville sans se presser, après avoir examiné les environs d'un œil exercé. La grand-rue était quasiment déserte. Seul un petit garçon tapait sans se lasser dans un ballon de football en plastique, l'expédiant dans une anfractuosité qui lui tenait lieu de but. Le gamin pivota en apercevant Adam et lui envoya le ballon. Adam shoota dedans et le gamin le récupéra et le serra contre lui avec un sourire radieux. Son sourire s'effaça lorsqu'il vit Adam poursuivre son chemin et grimper le long de la colline. Une poignée de vieilles maisons bordaient la rue principale. D'un côté, il y avait un ravin et au loin des collines boisées, tandis que de l'autre s'étendaient des champs d'un vert éclatant où paissaient paisiblement des vaches au cou orné de cloches. Adam se sentit soudain une faim de loup.

Il continua à grimper jusqu'au moment où il atteignit un virage en épingle à cheveux. En se postant à l'entrée du tournant, il pouvait, sans être vu, voir la colline en contrebas sur quelque huit cents mètres. Il entreprit de tester son plan plusieurs minutes durant et réussit bientôt à repérer les voitures anglaises ou celles qui avaient des plaques britanniques à deux ou trois cents mètres de distance. Il ne lui fallut pas longtemps pour s'apercevoir que rares étaient les étrangers qui achetaient des véhicules anglais.

Au cours des vingt minutes qui suivirent, il tenta sa chance auprès de sept voitures immatriculées en Grande-Bretagne qui roulaient en direction de Lausanne, mais pas une ne s'arrêta. Lorsqu'il était en uniforme de cadet, faire du stop était autrement facile, presque tout le monde s'arrêtait à cette époque-là. Il regarda sa montre et s'accorda encore quelques minutes ; passé ce délai, cela deviendrait trop dangereux. Trois autres véhicules refusèrent de stopper. Un quatrième ralentit mais le conducteur accéléra lorsque Adam se mit à courir dans sa direction.

A onze heures vingt, Adam se dit qu'il courait trop de risques en restant sur la route. Il fixa le ravin, comprenant qu'il n'avait d'autre solution que de marcher. Avec un haussement d'épaules résigné, il se mit à descendre le long d'un sentier escarpé qui conduisait dans la vallée, espérant rejoindre l'autre route qui était clairement indiquée sur la carte.

217

Il poussa un juron en voyant le terrain découvert qu'il lui faudrait franchir avant de se retrouver en sécurité. Il aurait dû partir une heure plus tôt.

⁎

— Je crois qu'Antarctique est devenu sacrifiable.

— Pourquoi ?

— Parce que nous savons maintenant que son père a aidé Goering à échapper au bourreau.

— Je ne comprends pas.

— Ça ne m'étonne pas, encore que ce soit très simple. Votre Anglais — ce patriote qui donne l'impression d'avoir avalé un parapluie — est le fils du salopard qui a introduit subrepticement une capsule de cyanure dans la cellule de Goering à Nuremberg et qui, pour prix de ses services, a reçu l'icône du tsar en récompense.

— Mais tous les membres du D4 sont persuadés qu'il est notre seul espoir.

— Je me contrefiche de ce que pense votre D4. Si le père a épousé la cause des Allemands en temps de guerre, qu'est-ce qui empêche le fils d'épouser celle des Soviétiques en temps de paix ?

— Tel père, tel fils ?

— Exactement.

— Que suis-je censé faire ?

— Tenez-vous au courant de ce que le Foreign Office mijote. Nos agents en Suisse se chargeront du reste.

⁎

— Plus vite ! s'écria Romanov, conscient de demander l'impossible, car le chauffeur de l'ambassadeur était un conducteur hors pair.

Pas une seule fois Romanov n'avait eu l'impression qu'il avait laissé passer une occasion de doubler. Eussent-ils fait cinq kilomètres de plus à l'heure qu'il eussent dégringolé dans le précipice. Lorsqu'ils furent sur l'autoroute, tous phares allumés, la main du chauffeur posée en permanence sur le klaxon, ils roulèrent rarement à moins de cent trente à l'heure.

— Il faut qu'on atteigne la frontière avant eux, ne cessait de répéter Romanov, tapant du poing contre le cuir du tableau de bord.

Après avoir parcouru cent kilomètres en cinquante-cinq minutes, les trois hommes commencèrent à scruter la route devant eux dans l'espoir d'apercevoir le car, mais ce n'est que trente kilomètres plus tard que Valchek s'exclama :

— C'est sûrement eux, à un kilomètre devant.

— Obligez-le à quitter la chaussée, ordonna Romanov, l'œil rivé sur le car.

Le chauffeur de l'ambassade déboîta pour doubler et, une fois devant le gros véhicule, lui fit une queue de poisson, l'obligeant à freiner et à se rabattre sur le bas-côté. D'un geste impérieux, Valchek ordonna au chauffeur du car de ralentir et l'homme s'arrêta sur le terre-plein, au bord du ravin.

— Pas un mot, vous deux. Laissez-moi faire, dit Romanov. Restez près du chauffeur pour le cas où ça tournerait mal.

Romanov descendit d'un bond de la Mercedes et courut vers le car, guettant la première personne qui s'aviserait de s'enfuir. Il tambourina sur la carrosserie comme un furieux jusqu'à ce que le chauffeur appuie sur le bouton commandant l'ouverture des portes. Romanov sauta à l'intérieur, suivi de ses deux acolytes. Sortant son passeport de sa poche, il le brandit sous le nez du chauffeur terrorisé et beugla :

— Le responsable, où est le responsable ?

Stephen Grieg se leva.

— C'est moi, et je peux...

— Police suisse, fit Romanov.

Et sans laisser à Grieg le temps d'ouvrir de nouveau la bouche, il poursuivit :

— Lorsque vous avez quitté votre hôtel à Genève ce matin, vous avez pris des passagers supplémentaires ?

— Non, dit Grieg. (Romanov fronça les sourcils.) En dehors du frère de Robin Beresford, nous n'avons pris personne.

— Le frère de Robin Beresford ? s'enquit Romanov, le sourcil interrogateur.

— Oui, expliqua Grieg avec simplicité. Adam Beresford. Mais il est descendu à Soleure.

— Lequel d'entre vous est Robin ? jeta Romanov, examinant cette mer de visages masculins.

— C'est moi, lança une voix flûtée au fond du véhicule.

Romanov se dirigea vers l'arrière, et en voyant la contrebasse il comprit aussitôt. C'était bien ça qui le turlupinait. Pourquoi ne l'avait-elle pas déposée dans le coffre à bagages avec les autres instruments encombrants ? Il dévisagea la robuste jeune femme assise derrière le monstrueux instrument.

— Adam, c'est votre frère ?

— Oui, dit Robin.

— Quelle coïncidence !

— Je ne comprends pas, fit-elle, s'efforçant de prendre un ton naturel.

— L'homme que je recherche s'appelle Adam, lui aussi.

— C'est un prénom courant, commenta Robin. Mais peut-être n'avez-vous jamais lu la Bible ?

— Un mètre quatre-vingt-cinq, cheveux bruns, yeux bruns, mince et athlétique. On ne peut pas dire que vous lui ressembliez beaucoup, ajouta Romanov en examinant la jeune femme.

Robin repoussa ses cheveux roux en arrière mais ne bougea pas. Romanov sentit à en juger par les expressions gênées des passagers que c'était Scott qui avait voyagé avec eux.

— Où votre frère, fit-il en accentuant le mot à dessein, avait-il l'intention de se rendre une fois descendu du car ?

— Je n'en ai pas la moindre idée, dit Robin, d'un air d'indifférence polie.

— Je vais vous donner une seconde chance. Où allait votre frère ?

— Je vous répète que je n'en sais rien.

— Si vous refusez de répondre à mes questions, je me verrai dans l'obligation de vous arrêter.

— De quel droit ? fit Robin, impavide.

Romanov envisagea un instant de lui montrer son passeport mais comprit que cette fille était autrement plus fûtée que le chauffeur du car ou le directeur de la tournée.

— Au nom de la police suisse, répondit Romanov d'un ton ferme.

— Dans ce cas vous vous ferez un plaisir, je pense, de me fournir une preuve de votre identité.

— Ne soyez pas insolente, fit sèchement Romanov, la dominant de toute sa hauteur.

— C'est vous qui êtes insolent, répliqua Robin en se levant. Vous conduisez comme des dingues — c'est tout juste si vous ne nous avez pas envoyés rouler au fond du ravin —, et vous vous précipitez sur nous comme une bande de gangsters américains en prétendant appartenir aux forces de l'ordre. J'ignore qui vous êtes ou ce que vous êtes, mais je vais vous confier deux secrets. Si vous me touchez, les quarante hommes ici présents vous réduiront en bouillie, vos petits copains et vous. Et à supposer que vous réussissiez à sortir de ce car vivants, nous sommes membres du Royal Philharmonic Orchestra de Grande-Bretagne et à ce titre hôtes du gouvernement suisse. Dans quelques instants, lorsque nous franchirons la frontière, nous serons ceux du gouvernement d'Allemagne de l'Ouest, autrement dit vous êtes à deux doigts de vous retrouver en première page des journaux du monde entier. Grâce à vous, les mots « incident diplomatique » sont en passe de revêtir une signification toute nouvelle.

Robin se pencha et le doigt pointé vers Romanov conclut :

— Aussi je préfère vous le dire, qui que vous soyez, foutez le camp. Et je suis polie.

Romanov resta un instant à la dévisager et recula. La jeune femme ne le quittait pas des yeux. Parvenu à l'avant du car, il fit signe à Valchek et à son chauffeur de descendre. Ils lui obéirent de mauvais gré. Romanov avait à peine posé le pied par terre que le conducteur du car ferma la porte, passa en première et poursuivit sa route.

Les musiciens se retournèrent comme un seul homme et gratifièrent Robin d'une vibrante ovation, semblable à celle qui salue généralement l'arrivée du chef d'orchestre.

Mais l'héroïne n'était pas en état d'apprécier. Tremblant de tous ses membres, la contrebassiste s'était en effet effondrée sur son siège, consciente qu'aucun des quarante hommes n'aurait osé lever le petit doigt face à Rosenbaum.

⁂

Sir Morris Youngfield balaya la table du regard : tout le monde était à son poste, et pourtant le chef du D4 n'avait prévenu ses hommes qu'à la dernière minute.

— Nous vous écoutons, fit Sir Morris, se tournant vers son numéro deux, assis à l'autre bout de la table. Le dernier rapport.

— Pas très satisfaisant, j'en ai peur, commença Lawrence. Deux de nos meilleurs agents devaient prendre Scott au *Richmond* comme convenu pour l'emmener au consulat britannique.

— Et alors, que s'est-il passé ? s'enquit Sir Morris.

— Justement, personne à notre antenne de Genève ne le sait. Toujours est-il que nos hommes ne se sont pas présentés à l'hôtel et qu'on ne les a pas revus depuis.

— Et la police suisse, qu'est-ce qu'elle dit dans tout ça ? interrogea Busch.

— Ces messieurs ne sont pas très coopératifs, répondit Lawrence en se tournant vers Busch. Ils savent que nous ne sommes pas la seule puissance étrangère impliquée dans cette affaire et, selon leurs bonnes habitudes, ils n'ont pas la moindre intention de prendre parti pour l'un ou l'autre camp.

— Salopards de Suisses, lâcha Snell avec vigueur.

— A-t-on une idée de l'endroit où se trouve Scott actuellement ? demanda Matthews.

— Nous avons fait chou blanc, là aussi, assura Lawrence. Matthews sourit devant l'air embarrassé de Pemberton.

— Nous sommes à peu près sûrs qu'il est monté dans le car en compagnie d'une certaine...

Lawrence consulta le papier posé devant lui.

— ... Robin Beresford. Mais il n'y était plus quand ils ont passé la frontière où nous les attendions. L'orchestre doit arriver à Francfort dans une heure, nous serons à même d'en apprendre davantage à ce moment-là. La police allemande est beaucoup plus compréhensive, ajouta Lawrence.

— Et pendant ce temps, qu'est-ce que nous faisons ? s'enquit Sir Morris.

— Nous vérifions tous les endroits habituels et nous surveillons Romanov, lequel, par parenthèse, a refait surface près de la frontière française la nuit dernière. Un de nos collaborateurs l'a identifié formellement malgré sa nouvelle coiffure : il a les cheveux coupés ras, ce qui ne l'avantage guère, paraît-il.

— Autrement dit, il n'y a aucun moyen de savoir où se trouve Scott ? fit Matthews. Croyez-vous qu'il soit encore en Suisse, ou qu'il ait réussi à en sortir ?

Lawrence hésita.

— Aucune idée, dit-il, le visage dénué d'expression.

Sir Morris le fixa depuis l'autre extrémité de la table mais ne fit aucun commentaire.

— Pensez-vous qu'il vous recontactera ? demanda Snell.

— S'il est encore en vie, certainement.

— Si Romanov est encore à Genève, c'est que Scott est encore en vie, conclut Busch. Car à la minute où il aura l'icône, il filera vers l'Est.

— C'est aussi mon avis, renchérit Lawrence. Nous avons posté des hommes à l'aéroport, qui surveillent tous les vols à destination de l'Est. Je suggère donc que nous exploitions les moindres tuyaux et que nous nous réunissions demain matin à 7 heures, à moins que Scott ne me contacte avant.

Sir Morris opina du chef et se leva, imité par tous les membres de l'assistance.

— Merci, messieurs, dit-il, en se dirigeant vers le fond de la pièce.

En passant devant Lawrence, il murmura :

— Venez dans mon bureau quand vous aurez un moment.

***

Adam glissa, trébucha et dévala sur le dos les derniers

223

mètres qui le séparaient du fond du ravin, où il atterrit brutalement, les quatre fers en l'air. Ses mains, écorchées, saignaient en plusieurs endroits, son pantalon était déchiré, couvert de terre et d'argile. Il resta assis sans bouger deux bonnes minutes à essayer de reprendre son souffle, le regard levé vers la route. Il avait mis un peu moins d'une heure pour faire ce qu'une pierre aurait fait en trois secondes. Cela présentait tout de même un avantage : personne ne pouvait l'avoir vu de la route. Il contempla la vallée qui s'étendait devant lui. N'importe qui pourrait le repérer maintenant, mais il n'avait pas le choix.

Évaluer au jugé, et prendre la carte pour vérifier. Cette dernière ne lui fut pas d'un grand secours. Il estima toutefois que 3 kilomètres le séparaient de la chaîne de coteaux. Selon la carte, il y avait une route de l'autre côté de la crête, invisible de l'endroit où il se trouvait. Il étudia les lieux — des champs verdoyants à perte de vue sans haies derrière lesquelles s'abriter, et une rivière large mais peu profonde. Il calcula qu'il lui faudrait vingt minutes pour atteindre la route. Il vérifia que l'icône était toujours dans sa poche et se mit en marche.

⁂

Romanov avait à peine prononcé un mot depuis que ses deux hommes et lui avaient été chassés du car comme des malpropres, et Valchek et le chauffeur s'étaient bien gardés d'exprimer la moindre opinion. Romanov savait que la fille l'avait bel et bien mis au pied du mur, or il ne pouvait se permettre un nouvel incident diplomatique qui serait revenu aussitôt aux oreilles du chef du K.G.B. à Moscou. Quoi qu'il en soit, Romanov n'était pas près d'oublier la fille au prénom masculin.

Soleure ne se trouvait qu'à une quarantaine de kilomètres de l'endroit où ils avaient fait stopper le car. Le chauffeur aurait couvert le trajet en vingt minutes si Romanov n'avait pas insisté pour qu'il ralentisse chaque fois qu'ils croisaient un véhicule arrivant en sens inverse. Ils examinaient les occupants de chaque voiture pour le cas où Scott aurait réussi à se faire prendre en stop. Cette précaution nécessaire selon Romanov fit qu'il ne leur fallut pas moins de trente et une minutes pour retourner à Soleure. Mais Romanov était persuadé que Scott n'avait pas pris la direction de l'Allemagne — à moins qu'il ne se fût magistralement grimé et déguisé ou qu'il ait voyagé dans le coffre d'une voiture.

Dès qu'ils atteignirent la petite ville, Romanov ordonna au chauffeur de laisser la Mercedes dans le centre tandis que, chacun de leur côté, ils s'efforceraient de recueillir des indices leur permettant de découvrir l'itinéraire emprunté par Scott. Aucun des gens qu'ils interrogèrent n'avait vu qui que ce soit ressemblant à l'Anglais ce matin-là, et Romanov commençait à se demander de quel côté il était parti quand il vit le chauffeur qui jouait au ballon avec un petit garçon. Romanov descendit la colline en courant, prêt à lui sonner les cloches, lorsque le gamin se retourna et envoya le ballon dans sa direction. Romanov bloqua automatiquement le ballon, shoota dedans et l'expédia au fond des buts. Il se tourna ensuite vers le chauffeur, avec l'intention de lui passer un savon, lorsque le ballon lui revint dans les pieds. Il le ramassa avec colère et allait le lancer au gosse quand il remarqua son sourire ravi. Romanov brandit l'objet au-dessus de sa tête. Le gamin courut et sauta pour attraper la balle, sans succès.

— Tu as vu passer des étrangers ce matin? questionna Romanov.

— Oui, assura l'enfant. Mais il n'a pas marqué de but.

— Où est-il allé? s'enquit Romanov.

— Sur la colline.

Au grand désespoir du gamin, Romanov lâcha le ballon et se mit à courir, bientôt imité par Valchek et le chauffeur.

— Non, non, s'écria le gosse, qui les suivait.

Romanov tourna la tête. L'enfant se tenait à l'endroit précis où Adam avait essayé d'arrêter une voiture, et il désignait du doigt le ravin.

Romanov pivota vers le chauffeur.

— Allez chercher la voiture, j'ai besoin des jumelles et de la carte.

Le chauffeur repartit en courant, dévalant la colline, le gamin sur ses talons. Quelques minutes plus tard, la Mercedes s'immobilisait près de Romanov. Le conducteur bondit, tendit les jumelles à son patron, tandis que Valchek étalait la carte sur le capot de la voiture.

Avec ses jumelles, Romanov se mit à examiner les collines environnantes. Plusieurs minutes s'écoulèrent avant qu'il cessât son lent balayage et s'arrêtât sur une tache marron qui gravissait la colline la plus éloignée.

— Le fusil, dit sobrement Romanov.

Valchek se rua vers le coffre et en sortit un Dragunov équipé d'une lunette de visée. Il monta l'arme longue et mince, vérifia qu'elle était chargée puis la prit, la cala confortablement au creux de son épaule et balaya le paysage jusqu'à ce qu'il eût repéré Scott à son tour. Romanov suivait la progression d'Adam à la jumelle.

— Abattez-le, ordonna Romanov.

Valchek était satisfait : il n'y avait pas un souffle de vent et le ciel était parfaitement dégagé. Il visa l'Anglais à la hauteur des omoplates, lui laissa faire trois enjambées de plus et pressa lentement la détente. Adam avait presque atteint la crête lorsque la balle l'atteignit. Quoique superficiellement touché, il s'écroula sur le sol avec un bruit mat. Romanov sourit et abaissa ses jumelles.

Adam savait exactement ce qui lui avait déchiré l'épaule et d'où avait été tiré le coup de feu. D'instinct, il roula sur lui-même pour atteindre l'arbre le plus proche. C'est alors que la douleur commença à se faire sentir. Bien que la distance ait un peu atténué l'impact de la balle, il avait l'impression d'avoir été mordu par une vipère. Le sang qui coulait du muscle déchiré commençait à traverser son trench-coat. Il tourna la tête et jeta un coup d'œil derrière lui. Il ne voyait personne mais il savait que Romanov devait attendre quelque part, prêt à faire feu une seconde fois.

Se tournant péniblement, il dirigea ses regards vers le bord de la colline. Trente mètres seulement le séparaient de la crête où il serait en sûreté, mais il lui faudrait courir et rester à découvert plusieurs secondes pour atteindre son objectif.

Même s'il y parvenait, Romanov le rejoindrait en trente minutes avec la voiture.

Pourtant, c'était sa seule chance. Lentement, très lentement, il rampa, se traînant centimètre après centimètre, bien content de pouvoir s'abriter derrière l'arbre. Il progressait à la manière d'un crabe échoué sur le sable, avançant un bras puis une jambe, et ainsi de suite. Il se rendait bien compte que dix mètres plus loin, étant donné la configuration du terrain et le fait qu'il était plaqué au sol, il constituerait une cible idéale pour son adversaire. Il avança encore de quatre longueurs avant de s'arrêter.

On ne peut pas garder un fusil à l'épaule indéfiniment, songea Adam. Et il se mit à compter lentement jusqu'à deux cents.

— J'ai l'impression qu'il va se mettre à courir, dit Romanov à Valchek, ses jumelles braquées sur Adam, ce qui vous laissera environ trois secondes. Je vous préviendrai dès qu'il bougera.

Adam se releva soudain d'un bond et piqua un sprint, tel un coureur attaquant les vingt derniers mètres d'une finale olympique.

— A vous ! cria Romanov.

Valchek épaula, visa et pressa la détente au moment où Adam plongeait au-delà de la crête. Le second projectile lui passa en sifflant près de la tempe.

Les jumelles toujours braquées sur Adam, Romanov jura : Valchek avait raté sa cible. Il consulta la carte. Les autres le rejoignirent autour de la voiture tandis qu'il passait en revue les diverses possibilités qui s'offraient à lui.

— Il devrait atteindre cette route dans dix minutes, dit-il, le doigt sur une ligne rouge qui reliait Neuchâtel à la frontière française. A moins que la première balle ne l'ait touché, auquel cas il mettra un peu plus longtemps. Combien de temps vous faut-il pour atteindre la frontière ? demanda-t-il au chauffeur.

Celui-ci étudia la carte.

— Vingt-cinq à trente minutes, camarade major.

Romanov pivota et regarda les collines.

— Trente minutes, Scott, c'est tout ce qu'il te reste à vivre.

Lorsque la voiture démarra, le petit garçon courut chez lui à toutes jambes et s'empressa de raconter à sa mère ce dont il venait d'être le témoin. Elle eut un sourire indulgent. Il n'y avait que les enfants pour inventer des histoires pareilles.

⁂

Adam leva la tête et constata, à son grand soulagement, que la route n'était plus qu'à un kilomètre et demi. Il adopta un petit trot régulier, allure qui ne lui faisait pas précisément du bien. Il avait hâte de s'arrêter pour examiner sa blessure mais il attendit pour cela d'avoir atteint la route. La balle avait traversé la chair à la hauteur du muscle de l'épaule, lui causant une violente douleur. Un centimètre plus bas et il aurait été incapable de bouger. Dieu merci, le sang n'avait fait qu'une petite tache sur son imperméable. Il plia son mouchoir en quatre et le glissa entre sa chemise et la blessure. Il n'était pas question d'aller dans un hôpital. S'il réussissait à trouver une pharmacie avant la tombée de la nuit, il pourrait se soigner sans problème.

Adam étudia la carte. La frontière française ne se trouvait qu'à quelques kilomètres. Du fait de sa blessure, il décida de passer en France le plus vite possible au lieu de suivre sa première idée qui était de remonter jusqu'à Bâle et de là à Bremerhaven.

Désormais aux abois, il se mit à essayer d'arrêter toutes les voitures qui passaient, sans plus se soucier de leurs plaques. Il estima disposer de vingt minutes. Passé ce délai, il lui faudrait s'enfoncer de nouveau dans les collines. Malheureusement, les véhicules se dirigeant vers la frontière française étaient moins nombreux que ceux qui faisaient route vers Bâle, et pas un seul ne daigna s'arrêter. Il commençait à craindre de devoir se réfugier dans les collines quand une DS jaune citron s'immobilisa soudain sur le bas-côté, quelques mètres devant lui.

Lorsque Adam rejoignit la voiture, la femme assise sur le siège du passager avait déjà baissé sa glace.

— Où allez-vous ? s'enquit Adam en anglais en prenant soin d'articuler chaque mot.

Le conducteur se pencha, enveloppa Adam d'un regard scrutateur et répondit avec un épais accent du Yorkshire :

— Nous allons à Dijon. Ça vous va, mon garçon ?

— C'est parfait, acquiesça Adam, soulagé que son allure échevelée ne les ait pas effarouchés.

— Alors installez-vous à l'arrière, à côté de ma fille.

Adam obtempéra. La DS démarra. Il jeta un coup d'œil par la lunette arrière : la route était déserte.

— Jim Hardcastle, se présenta le conducteur, passant en troisième.

Le visage rubicond et poupin de Jim semblait être éclairé d'un sourire perpétuel. Ses cheveux d'un bel acajou profond étaient plaqués sur son crâne à grand renfort de brillantine. Il portait une veste de tweed et le col de sa chemise bâillait sur un triangle de poils roux. Il donnait l'impression d'avoir renoncé une fois pour toutes à surveiller sa ligne.

— Betty, la patronne, dit-il, désignant du coude la femme qui occupait le siège voisin du sien.

Mêmes joues rouges, même sourire radieux, Betty se tourna vers Adam. Elle avait les cheveux teints en blond, et les racines étaient d'un beau noir.

— Et près de vous, notre petite Linda, ajouta Jim comme après réflexion. Elle sort du lycée et elle va travailler au conseil régional, pas vrai, Linda ?

L'intéressée opina d'un air boudeur. Adam considéra l'adolescente qui semblait maîtriser encore assez mal l'art du maquillage. L'épaisse couche d'ombre à paupières foncée et le rouge à lèvres rose ne flattaient pas la jeune fille qui, par ailleurs, devait être plutôt jolie.

— Et vous, c'est comment votre nom ?

— Dudley Hume, dit Adam, se rappelant in extremis le nom qui figurait sur son passeport d'emprunt. Vous êtes en vacances ? s'enquit-il, s'efforçant de détourner ses pensées de son épaule, qui lui faisait un mal de chien.

— Pas vraiment. On s'arrange pour joindre l'utile à l'agréable, dit Jim. Mais cette partie du voyage est spéciale pour Betty et moi. On est allés en avion à Gênes samedi et on a loué la voiture pour faire le tour de l'Italie. On est passés par le Simplon. Ça vous coupe le souffle, surtout quand on vient de Hull.

Adam lui aurait volontiers demandé des précisions mais Jim n'était pas du genre à se laisser interrompre.

— Je suis dans la moutarde. Directeur du service exportation de chez Colman. Nous nous rendons au congrès annuel de la F.I.M. Vous avez sûrement entendu parler de nous. (Adam hocha la tête d'un air entendu.) Fédération Internationale de la Moutarde, ajouta Jim.

Le jeune homme faillit éclater de rire, mais sa douleur à l'épaule l'empêcha de pouffer.

— J'ai été élu président de la F.I.M. cette année. C'est le couronnement de ma carrière et, si je puis me permettre, un honneur pour la Colman, qui fabrique la meilleure moutarde du monde. A ce titre, je dois présider les réunions et le dîner annuel. Ce soir je vais prononcer un discours de bienvenue devant les congressistes venus de tous les points du globe.

— Passionnant, fit Adam avec une grimace car la voiture venait de passer sur un nid-de-poule.

— Et comment ! appuya Jim. Les gens ne se doutent pas du nombre de marques de moutarde qu'il peut y avoir. (Il s'interrompit une seconde.) Cent quarante-trois, enchaîna-t-il. Les Français en fabriquent une ou deux de potables, et les Boches ne se défendent pas mal, mais il n'y a pas mieux que la Colman. Y a pas à tortiller, dans ce domaine, nous les Britanniques, on est imbattables. A propos, vous êtes dans quelle branche, vous ?

— L'armée, dit Adam.

— Un soldat qui fait du stop à deux pas de la frontière suisse ? Ça, ça me dépasse.

— Puis-je vous confier un secret ? fit Adam.

— Allez-y, motus et bouche cousue, telle est ma devise ! s'exclama Jim. Chez les Hardcastle, on sait tenir sa langue.

En ce qui concernait la femme et la fille de Jim, Adam n'avait aucune raison d'en douter.

— Je suis capitaine, j'appartiens au régiment du Royal

Wessex et au moment où je vous parle nous sommes en pleines manœuvres de l'O.T.A.N., commença Adam. On m'a déposé à Brindisi en Italie dimanche dernier avec pour tout viatique un faux passeport et dix livres. Il faut que je sois de retour à la caserne à Aldershot d'ici samedi minuit.

Lorsqu'il vit l'air approbateur de Jim, Adam se dit que même Robin aurait été fière de lui. Mrs. Hardcastle se retourna pour l'examiner.

— J'ai compris que vous étiez officier dès que j'ai entendu le son de votre voix, assura Jim. J'ai été sergent dans le train au cours de la dernière guerre, alors vous pensez, on ne me la fait pas. Sergent, c'est peut-être pas très reluisant, n'empêoho que j'ai fait mon devoir, comme les autres. Vous avez connu la guerre vous aussi, Dudley ?

— En Malaisie, oui.

— Celle-là, je l'ai ratée. Une fois la grande terminée, je suis retourné dans la moutarde. Alors comme ça, vous devez regagner l'Angleterre. Mais où est le problème ?

— Nous sommes huit à essayer d'atteindre Aldershot, et il y a un millier d'Américains qui s'efforcent de nous en empêcher.

— Les Yankees, jeta Jim d'un ton dédaigneux. Ils ne se décident à faire la guerre que quand on est sur le point de la gagner. Les médailles, la gloire, c'est tout ce qui les intéresse. Je vous repose ma question : où est le problème ?

— Les douaniers ont été prévenus que huit officiers britanniques allaient tenter de s'introduire en France, or les Suisses mettent un point d'honneur à nous agrafer. L'année dernière, deux officiers sur douze seulement ont réussi à regagner la caserne, expliqua Adam, débitant ses mensonges avec de plus en plus d'aplomb. Ils ont tous deux reçu une promotion dans les semaines qui ont suivi.

— Les Suisses, siffla Jim. Ils sont pires que les Américains. Ils ne font pas la guerre du tout, ils se contentent de tondre les belligérants. Ils ne vous pinceront pas, mon garçon, comptez sur moi. J'y veillerai.

— Si vous réussissez à me faire franchir la frontière,

monsieur Hardcastle, je suis sûr de réussir à regagner Aldershot.

— C'est comme si c'était fait.

⁂

La jauge du carburant était dans le rouge.

— On a encore de quoi faire combien de kilomètres quand ça clignote comme ça ? s'enquit Romanov.

— Vingt environ, camarade major, dit le chauffeur.

— On devrait pouvoir atteindre la frontière française, alors ?

— Il vaudrait peut-être mieux s'arrêter pour faire le plein, suggéra le chauffeur. Ce serait plus prudent.

— Si vous croyez que c'est le moment d'être prudent, gronda Romanov. Accélérez.

— Oui, camarade major, dit le chauffeur.

Le moment était mal choisi pour expliquer au major qu'ils se trouveraient à court d'essence d'autant plus vite qu'il pousserait la voiture au maximum de ses possibilités.

— Pourquoi n'avez-vous pas fait le plein ce matin, bougre d'âne ? grinça Romanov.

— J'étais censé emmener le consul déjeuner à la mairie, et je comptais m'occuper de ça pendant mon heure de déjeuner.

— J'espère pour vous qu'on atteindra la frontière, proféra l'officier K.G.B. Allez, plus vite.

La Mercedes roulait maintenant à cent quarante à l'heure et Romanov ne se détendit qu'en apercevant le panneau « Rappel : Douane à dix kilomètres ». Quelques minutes plus tard, un sourire éclaira ses traits tandis qu'ils dépassaient un second panneau annonçant qu'ils ne se trouvaient plus qu'à cinq kilomètres de la frontière. C'est alors que le moteur se mit soudain à toussoter tandis qu'il s'efforçait de continuer à tourner à la vitesse exigée de lui. L'aiguille du compteur de vitesse commença à dégringoler tandis que le moteur continuait de cracher. Le chauffeur coupa le contact et se mit au point mort. La Mercedes continuant sur sa lancée parcourut encore un kilomètre avant de s'immobiliser définitivement.

Sans même un regard pour le chauffeur, Romanov bondit hors de la voiture et couvrit en courant les trois derniers kilomètres qui le séparaient de la frontière.

*
**

— J'ai une idée, s'exclama Jim, tandis qu'ils passaient devant un panneau prévenant les automobilistes que la frontière n'était plus qu'à trois kilomètres.

— Laquelle ? fit Adam.

Son épaule le lançait tellement qu'il avait l'impression qu'elle résonnait comme une peau de tambour sous les baguettes.

— Quand on nous demandera nos passeports, passez votre bras autour de Linda et faites-lui un petit câlin. Je me charge du reste.

Mrs. Hardcastle se retourna, examina Adam de plus près encore que précédemment, tandis que Linda devenait cramoisie. Adam jeta un coup d'œil à l'adolescente en minijupe, à la bouche peinte en rose, et se sentit gêné en pensant à la situation pour le moins délicate dans laquelle Jim avait mis sa fille.

— Et inutile de discuter, Dudley, poursuivit Jim avec une belle assurance. Ça va marcher, je vous le garantis.

Adam s'abstint de formuler le moindre commentaire, imité en cela par Linda. Lorsqu'ils atteignirent la frontière suisse quelques instants plus tard, Adam vit qu'il y avait deux postes de douane situés à cent mètres de distance l'un de l'autre. Les automobilistes évitaient une des files où se déroulait une discussion animée entre un douanier et un chauffeur de poids lourd ivre de rage. Jim se rangea juste derrière le Français qui gesticulait.

— Votre passeport, Dudley, dit-il à Adam.

Adam lui tendit le passeport du violoniste, se demandant pourquoi il avait choisi cette file.

— J'ai pris cette file, dit Jim, parce que quand ce sera à notre tour de montrer patte blanche, le douanier ne sera que trop content de nous laisser passer sans faire d'histoire.

Les autres automobilistes s'étaient sans doute tenu le même raisonnement, car une longue queue commença à se former derrière la DS, mais la discussion ne se calmait pas pour autant. Adam était sur le qui-vive, l'œil vissé sur la lunette arrière, attendant l'instant où Romanov surgirait. Lorsqu'il regarda de nouveau devant lui, il fut soulagé de constater qu'on ordonnait au camion de se ranger sur le côté et d'attendre.

Jim appuya sur l'accélérateur et stoppa devant le poste de douane.

— Allez-y, vous deux, ordonna-t-il. Embrassez-vous.

Ses mains étaient dans un tel état qu'Adam ne les avait toujours pas sorties de ses poches depuis qu'il était monté dans la Citroën. Obéissant aux instructions de Jim, il prit l'adolescente dans ses bras et la gratifia d'un baiser de commande, tout en surveillant du coin de l'œil l'arrivée éventuelle de Romanov. A sa grande surprise, elle entrouvrit les lèvres et lui fourra une langue frétillante dans la bouche. Adam songea bien à protester mais comprit qu'il ne pouvait le faire sans passer pour un grossier personnage.

— Ma femme, ma fille et mon futur gendre, dit Jim en tendant les quatre passeports.

Le fonctionnaire les prit pour les examiner.

— Qu'est-ce qui se passe, monsieur le douanier ?

— Rien, rien, grommela le fonctionnaire, tournant rapidement les pages. J'espère que nous ne vous avons pas trop fait attendre.

— Pensez-vous ! se récria Jim. Comme s'ils pouvaient s'apercevoir de quoi que ce soit, fit-il en désignant du doigt ses passagers sur le siège arrière et éclatant de rire.

Le douanier haussa les épaules et lui rendit les documents.

— Vous pouvez y aller, fit-il en leur faisant signe d'avancer.

— Jimmy le Dégourdi, c'est comme ça qu'on m'appelle à Hull, dit Hardcastle.

Il jeta un coup d'œil par-dessus son épaule.

— Ça ira comme ça, Dudley, merci.

Adam sentit que Linda le lâchait à regret.

Elle lui coula un regard timide puis se tourna vers son père.

— On a encore la frontière française à passer, hein p'pa?

***

— L'alerte a été donnée, nous faisons le nécessaire, et je puis vous certifier qu'il n'a pas passé la frontière ici, dit le douanier. Sinon, mes hommes l'auraient repéré. Mais si vous voulez vous en assurer par vous-même, ne vous gênez pas.

Romanov alla trouver les fonctionnaires les uns après les autres, leur montrant un agrandissement de la photo d'Adam. Mais aucun d'entre eux ne se rappelait avoir vu quelqu'un qui lui ressemblât de près ou de loin. Valchek le rejoignit quelques minutes plus tard et lui confirma que Scott ne se trouvait dans aucune des voitures qui attendaient de passer la douane et qu'on poussait la Mercedes dans un garage de l'autre côté de la frontière.

— On retourne dans les collines, camarade major? s'enquit Valchek.

— Pas encore. Je veux être absolument sûr qu'il n'a pas réussi à franchir la frontière.

Le chef du poste de douane émergea de la guérite au milieu de la route.

— Alors, vous avez été plus heureux que nous?

— Non, dit Romanov, maussade. Vous aviez raison.

— C'est bien ce que je pensais. Si l'un de mes gars avait laissé filer l'Anglais, il serait en train de se chercher un autre boulot à l'heure qu'il est.

Romanov opina de la tête.

— J'ai vu tous vos gens, je pense?

— Oui, à moins qu'il n'y en ait un ou deux qui fassent une pause. Dans ce cas, vous les trouverez au café cent mètres plus haut, juste avant la frontière française.

Il n'y avait dans l'établissement que quatre douaniers et une serveuse française. Deux d'entre eux jouaient au billard, tandis que les deux autres, assis à une table d'angle, buvaient un express. Romanov sortit la photo de sa poche et la montra aux joueurs de billard, qui secouèrent négativement la tête d'un air indifférent et continuèrent à blouser les billes multicolores.

Les deux Soviétiques se dirigèrent vers le bar. Valchek passa une tasse de café et un sandwich à Romanov qui s'en empara et se dirigea vers la table occupée par les gabelous. L'un d'entre eux faisait part à son collègue de ses démêlés avec un conducteur de camion français qui essayait de passer en fraude des montres suisses. Romanov posa la photo de Scott sur la table et la fit glisser vers eux.

— Avez-vous vu cet homme aujourd'hui ?

Ni l'un ni l'autre ne parurent le reconnaître et le plus jeune reprit son histoire. Romanov sirota son café, se demandant s'il devait se précipiter à Bâle ou réclamer des renforts pour faire une battue dans les collines. C'est alors qu'il remarqua que le jeune fonctionnaire coulait des regards obliques vers le cliché. Il lui demanda de nouveau s'il n'avait pas vu Scott.

— Non, non, se récria le jeune homme, un peu précipitamment.

A Moscou, quelques minutes auraient suffi à Romanov pour obtenir de lui un « oui » bien net, mais il n'était pas à Moscou, aussi n'était-il pas question d'employer la manière forte.

— Il y a combien de temps ? s'enquit Romanov avec douceur.

— Comment cela ? fit le fonctionnaire.

— Il y a combien de temps ? répéta Romanov, plus fermement.

— Ce n'était pas lui, dit le douanier, le front maintenant luisant de sueur.

— Même si ce n'était pas lui, il y a combien de temps que vous l'avez vu ?

— Vingt, trente minutes peut-être.

— La marque de la voiture.

Le jeune douanier hésita.

— Une Citroën, je crois.

— De quelle couleur ?

— Jaune.

— Il y avait d'autres passagers ?

— Trois. On aurait dit une famille : la mère, le père et la fille. Il était derrière avec la fille. Le père a dit qu'ils étaient fiancés.

Romanov ne poussa pas plus loin l'interrogatoire.

⁂

Jim Hardcastle réussit à alimenter la conversation à lui tout seul pendant plus d'une heure.

— Bien entendu, le congrès de la F.I.M. se tient chaque année dans une ville différente. L'an dernier à Denver, dans le Colorado, et l'an prochain à Perth en Australie, inutile de dire que je vois du pays. Mais les voyages, c'est le lot de ceux qui travaillent au service exportation.

— Sûrement, acquiesça Adam, s'efforçant de se concentrer sur les propos de son bienfaiteur pour oublier son épaule, qui le lançait de plus belle.

— Le président est nommé pour un an seulement, poursuivit Jim. Mais je suis bien décidé à faire en sorte que mes collègues n'oublient pas de sitôt le congrès de 1966.

— Je n'en doute pas, dit Adam.

— Je compte bien leur rappeler que 1966 a été une année record pour Colman en ce qui concerne les exportations.

— Très impressionnant.

— Oui, surtout quand on pense que cinquante pour cent de nos bénéfices restent en général sur le rebord des assiettes...

Adam rit, conscient que Mrs. Hardcastle et Linda n'entendaient pas cette fine réplique pour la première fois.

— Dites donc, Dudley — et je suis sûr que la patronne sera de mon avis —, je me disais que ce serait sympa si vous pouviez dîner avec nous à la table d'honneur ce soir. Vous serez mon invité, bien entendu.

Mrs. Hardcastle opina, et Linda aussi, avec un enthousiasme manifeste.

— Rien ne saurait me faire plus plaisir, fit Adam. Mais je crains que mon chef de corps ne soit pas particulièrement ravi d'apprendre que je me suis arrêté en cours de route pour participer à des mondanités. J'ose espérer que vous comprendrez.

— S'il ressemble un tant soit peu à mon ex-commandant, je comprends, affirma Jim. Toutefois, si jamais vous passez par Hull, venez nous voir.

Il sortit une carte de sa poche et la tendit à Adam par-dessus son épaule.

— Où voulez-vous que je vous dépose à Dijon ? s'enquit Jim tandis qu'il traversait les faubourgs de la ville.

— Dans le centre, là où ça vous dérange le moins, répondit Adam.

— N'hésitez pas à crier quand vous voudrez que je m'arrête. Je prétends qu'un repas sans moutarde...

— Vous pouvez me déposer au prochain carrefour ? fit soudain Adam.

— Oh, souffla Jim, tout triste de perdre un auditeur aussi attentif.

Et il s'arrêta à regret le long du trottoir.

Adam embrassa l'adolescente sur la joue, sortit de la voiture et serra la main de Mr. et Mrs. Hardcastle.

— Ravi d'avoir fait votre connaissance, déclara le président du syndicat des moutardiers. Si vous changez d'avis, nous sommes à l'hôtel... C'est du sang que vous avez sur l'épaule, mon garçon ?

— Je me suis écorché en tombant, ce n'est rien. Je n'allais pas laisser les Américains s'imaginer qu'ils m'avaient eu.

— Bien sûr que non, approuva Jim. Bon, alors bonne chance.

La DS démarra et, planté sur le trottoir, Adam regarda s'éloigner ses compatriotes. Il sourit, essaya d'agiter la main et, tournant les talons, il enfila une petite rue et se mit en quête du centre. Il ne lui fallut pas longtemps pour l'atteindre. A son grand soulagement il vit que les magasins étaient encore ouverts. Il balaya la rue du regard à la recherche d'une croix verte. Cinquante mètres plus loin, il en repéra une, entra d'un air hésitant dans l'officine et examina les étagères.

Un homme de grande taille aux cheveux blonds, vêtu d'un long manteau de cuir, se tenait dans un coin, le dos tourné à la porte. Adam se figea. L'homme pivota. Le sourcil froncé, il considérait d'un air pensif les comprimés qu'il souhaitait acheter tout en titillant son épaisse moustache à la gauloise. Adam se dirigea vers le comptoir.

— Est-ce que vous parleriez anglais, par hasard? demanda-t-il au pharmacien, en s'efforçant de prendre un ton assuré.

— Je me débrouille.

— Il me faudrait de la teinture d'iode, du coton, un pansement et de l'Albuplast. Je me suis esquinté l'épaule en tombant sur un rocher, expliqua Adam.

Sans paraître autrement intéressé, le potard lui tendit son paquet.

— Vingt-trois francs.

— Je peux payer en argent suisse?

— Bien sûr.

— Est-ce qu'il y a un hôtel près d'ici? s'enquit Adam.

— Au coin de la rue, pas celle-ci, mais l'autre, de l'autre côté de la place.

Adam le remercia, régla et sortit. L'hôtel *Frantel* était effectivement tout près de la pharmacie. Il traversa la place, grimpa les marches du perron, entra dans l'établissement où plusieurs personnes attendaient à côté de la réception qu'on les inscrive. Son trench-coat sur l'épaule, Adam dépassa le petit groupe, examinant les panneaux apposés sur le mur. Il traversa ensuite le hall d'un pas martial avec l'assurance d'un client résidant depuis plusieurs jours dans l'établissement. Il suivit le panonceau, descendit un étage et se trouva devant trois panneaux différents. Le premier représentait une sil-houette masculine, le deuxième une silhouette féminine, et le troisième un fauteuil roulant.

A tout hasard, Adam poussa la troisième porte, qui s'ouvrit le plus prosaïquement du monde sur une pièce assez vaste et carrée, dont le mur du fond était occupé par des toilettes au siège haut perché. Adam entra, ferma à clé et laissa tomber son imperméable par terre.

Après s'être reposé quelques minutes, il se mit torse nu, puis il remplit le lavabo d'eau chaude.

C'était le moment ou jamais de mettre à profit les interminables cours de secourisme que tout officier se doit de suivre. Vingt minutes plus tard, la douleur s'était atténuée et il se sentait même presque bien. Il ramassa sa gabardine de la main droite et essaya de la jeter sur son épaule. Dans le mouvement qu'il fit, l'icône glissa de sa poche et chut sur le carrelage avec un bruit tel qu'Adam craignit de l'avoir cassée. Très inquiet, il y jeta un coup d'œil et tomba à genoux.

L'icône s'était ouverte comme un livre.

CHAPITRE 15

Lorsque Adam regagna l'hôtel *Frantel* une heure plus tard, peu de clients auraient reconnu l'homme qui s'y était glissé en catimini en début d'après-midi.

Chemise, pantalon, cravate, veste, il était vêtu de neuf des pieds à la tête. Il s'était même débarrassé de son imperméable, l'icône tenant sans problème dans la poche de sa veste — un blazer croisé qui ne serait pas à la mode en Angleterre avant un an. Il y avait de grandes chances pour que le magasin lui ait pris ses chèques de voyage à un taux ridiculement bas mais ce n'était pas là l'essentiel de ses préoccupations.

Il demanda une chambre pour une personne, s'inscrivit sous le nom de Dudley Hume et, quelques minutes plus tard, prit l'ascenseur jusqu'au troisième.

Lawrence décrocha avant la deuxième sonnerie.

— C'est moi, dit Adam.

— Où es-tu ? s'empressa de demander Lawrence.

— Les questions, c'est moi qui les pose.

— J'imagine ce que tu ressens, mais...

— Il n'y a pas de mais. Tu dois bien te douter à l'heure qu'il est que l'un des membres de ta fine équipe a une ligne directe avec le K.G.B., parce que c'est Romanov et ses acolytes qui m'attendaient devant l'hôtel à Genève, et non tes hommes.

— Nous le savons maintenant.

— « Nous » ? reprit Adam. Qui ça « nous » ? J'ai du mal à comprendre qui est de mon côté, figure-toi.

— Tu ne crois tout de même pas que...

241

— Quand on assassine ton amie, que tu es traqué à travers toute l'Europe par des tueurs professionnels, qu'on te tire dessus et...

— On t'a tiré dessus ?

— Oui, ton ami Romanov m'a tiré dessus aujourd'hui, il m'a touché à l'épaule. La prochaine fois, c'est moi qui le toucherai et, fais-moi confiance, pas à l'épaule.

— Il n'y aura pas de prochaine fois, assura Lawrence, nous allons te sortir de là sain et sauf, si tu consens à me dire où tu es.

« Soyez prudent, n'en dites pas trop », l'avertissement de Robin tinta aux oreilles d'Adam, qui se garda bien de révéler à Lawrence ses coordonnées exactes.

— Pour l'amour de Dieu, Adam, tu es seul lâché dans la nature ; si tu ne me fais pas confiance à moi, à qui d'autre vas-tu te fier ? Je reconnais que tu as des raisons de croire qu'on t'a laissé tomber. Mais cela ne se reproduira plus.

Il y eut un long silence.

— Je suis à Dijon, avoua finalement Adam.

— Pourquoi Dijon ?

— Parce que le seul type qui a accepté de me prendre en stop se rendait à un congrès de moutardiers à Dijon.

Lawrence ne put s'empêcher de sourire.

— Donne-moi ton numéro et je te rappelle d'ici une heure.

— Non, dit Adam. C'est moi qui te rappellerai dans une heure.

— Adam, il faut que tu me fasses confiance.

— Maintenant que je sais ce après quoi vous cavalez tous, je ne peux plus me permettre de faire confiance à qui que ce soit.

Adam raccrocha et contempla l'icône ouverte sur le lit. Ce n'était pas la signature de Stoeckle ni celle de Seward qui le tracassait, mais la date — 20 juin 1966 — qui ressemblait à un arrêt de mort.

⁂

— Bonsoir, monsieur, dit le portier au haut fonctionnaire

qui quittait Century House. Vous sortez bien tard encore une fois.

L'homme souleva son parapluie de quelques centimètres pour rendre son salut au portier. La journée avait été rude et longue en effet, mais au moins ils avaient retrouvé la trace de Scott. Il commençait à éprouver du respect pour ce garçon et se demandait comment il avait bien pu réussir à s'en sortir à Genève, car les explications fournies au D4 cet après-midi par Lawrence Pemberton étaient loin d'être convaincantes.

Il s'éloigna d'un pas vif en direction de Old Kent Road, plutôt voyant dans son pardessus noir et son pantalon à fines rayures, martelant l'asphalte de son parapluie avec agacement avant de héler un taxi.

— Librairie Dillon, Malet Street, dit-il au chauffeur avant de monter.

Dix-neuf heures trente déjà, il ne serait pas trop en retard malgré tout, et puis ce n'étaient pas quelques minutes de plus ou de moins qui changeraient grand-chose. Pemberton avait accepté de rester à son bureau jusqu'à ce que tout soit au point et il était sûr que cette fois rien ne clocherait. Il grimaça un sourire en pensant qu'ils avaient tous accepté son plan. Plan qui présentait le double avantage de leur laisser le temps de mettre leurs meilleurs hommes en place tout en s'assurant que Scott restait à couvert dans un endroit perdu. Il espéra que c'était la dernière fois qu'on ferait appel à lui pour formuler une proposition originale.

— Huit shillings, m'sieur, annonça le chauffeur en stoppant devant chez Dillon.

Il paya et ajouta six pence de pourboire. Debout devant la vitrine de la librairie universitaire, il regarda dans la glace le reflet du taxi qui démarrait. A peine la voiture avait-elle tourné le coin et bifurqué dans Gower Street qu'il se mit en marche. Peu après, il arriva à hauteur d'une rue latérale, dans laquelle il s'engagea. Ridgmount Gardens faisait partie de ces rues que même les chauffeurs de taxi londoniens expérimentés ont du mal à trouver. Il avait parcouru quelques mètres lorsqu'il descendit l'escalier de pierre menant à un appartement en sous-sol. Il introduisit une clé Yale dans la serrure de la porte d'entrée, la tourna vivement, entra et referma derrière lui.

Pendant les vingt minutes qui suivirent, il passa deux coups de téléphone, un à l'étranger et un en Angleterre, puis il prit un bain. Il ressortit moins d'une heure plus tard vêtu d'un costume sport brun, d'une chemise à fleurs et de chaussures fauves à bout rond. Il avait changé sa raie de côté. Il retourna chez Dillon à pied et héla un autre taxi.

— Au British Museum, ordonna-t-il au conducteur, en s'engouffrant dans la voiture.

Il consulta sa montre : presque vingt heures dix ; ses partenaires devaient déjà être en route pour Dijon...

Le taxi stoppa devant le musée. Il régla la course et gravit les douze marches du perron, admirant au passage l'architecture byzantine comme il ne manquait pas de le faire chaque semaine, avant de redescendre et de faire signe à un autre taxi.

— Middlesex Hospital, je vous prie.

Le taxi fit demi-tour et fila vers l'ouest.

Pauvre type. Si Scott n'avait pas ouvert cette enveloppe, l'icône serait revenue à son propriétaire légitime.

— Je vous dépose devant l'entrée ?

— Oui.

Quelques instants plus tard, il entra dans l'hôpital sans se presser, consulta le panneau mural comme s'il cherchait un service particulier puis ressortit. Du Middlesex Hospital il ne lui fallait jamais plus de trois minutes pour atteindre Charlotte Street. Il s'arrêta devant une maison, appuya sur le bouton de l'interphone.

— Vous êtes membre du club ? s'enquit une voix lourde de soupçons.

— Oui.

***

A l'heure dite, Adam téléphona et écouta attentivement ce que Lawrence avait à lui dire.

— Je vais prendre un dernier risque, décida Adam, mais si

Romanov se pointe cette fois, je lui remets l'icône et par la même occasion une parcelle de terrain d'une valeur telle que jamais les Américains ne pourront la racheter, quelle que soit la somme qu'ils proposent.

Lorsque le fugitif raccrocha, Lawrence et Sir Morris passèrent et repassèrent la bande magnétique sur laquelle la conversation avait été enregistrée.

— Le mot clé, c'est terrain, remarqua Sir Morris.

— Entièrement d'accord, renchérit Lawrence. Mais quelle parcelle de terrain pourrait avoir une valeur pareille pour les Soviétiques et les Américains ?

Sir Morris se mit à faire tourner le globe posé près de son bureau.

*
**

— Qu'est-ce que c'est que ce bourdonnement ? s'enquit Romanov. J'espère que nous n'allons pas retomber en panne d'essence.

— Non, camarade major, dit le chauffeur. C'est le nouveau signal installé sur toutes les voitures de l'ambassade, m'indiquant que je dois les contacter.

— Faites demi-tour et retournez à la station-service que nous avons dépassée il y a trois kilomètres, ordonna tranquillement Romanov.

L'officier du K.G.B. se mit à tapoter sur le tableau de bord en attendant que le garage reparaisse dans son champ de vision. Le soleil se couchait et il avait peur qu'il fît noir avant une heure. Ils avaient dépassé Dijon de quatre-vingt-dix kilomètres, et ni lui ni Valchek n'avaient aperçu la moindre Citroën jaune dans un sens ou dans l'autre.

— Refaites le plein pendant que je contacte Genève, fit Romanov dès qu'il aperçut la station-service.

Il se rua vers la cabine tandis que Valchek continuait d'examiner les voitures qui passaient.

— Je viens de recevoir votre signal et je vous rappelle, déclara Romanov dès qu'on lui eut passé celui qui, par un plaisant euphémisme, portait le titre de second secrétaire.

— Nous avons reçu un nouveau coup de fil de Mentor, dit le second secrétaire. A quelle distance êtes-vous de Dijon ?

Le membre du club avança en trébuchant dans la pièce parcimonieusement éclairée et finit par dénicher une table d'angle libre coincée contre un pilier. Il prit place sur un petit tabouret de cuir. Il se tortilla nerveusement sur son siège, comme il le faisait toujours quand il attendait qu'on lui apporte son whisky pur malt on the rocks. Quand la boisson eut été déposée devant lui, il en but une gorgée, tout en essayant de voir s'il y avait des visages inconnus dans la pénombre environnante. Pas facile, d'autant qu'il se refusait à mettre ses lunettes. Ses yeux finirent par s'habituer à la lumière sourde que dispensait la lampe rouge fluorescente fixée au-dessus du bar. Il ne distingua que les physionomies habituelles qui n'attendaient qu'un signe de lui, l'œil humide d'espoir ; il avait envie de nouveauté.

Remarquant qu'il était seul dans son coin, le propriétaire de l'établissement s'approcha et prit place en face de lui sur l'autre petit tabouret. Le client n'avait jamais réussi à le regarder en face.

— Je connais quelqu'un qui serait ravi de faire votre connaissance, chuchota le propriétaire.

— Lequel est-ce ? fit le nouveau venu avec un coup d'œil en direction du bar.

— Celui qui est appuyé contre le juke-box, dans le coin. Le grand mince. Et en plus, il est jeune.

L'homme tourna ses regards vers l'appareil, d'où s'échappait un vacarme assourdissant. Un visage inconnu, agréable, lui sourit. Il lui rendit son sourire avec gêne.

— Alors, fit le tenancier, qu'est-ce que vous en dites ?

— Il est discret ?

— Absolument. C'est un garçon d'excellente famille qui sort d'une des écoles les plus huppées du pays. Il fait ça pour gagner un peu d'argent de poche.

— Parfait, approuva l'habitué en avalant une nouvelle gorgée de whisky.

Le propriétaire de l'établissement se dirigea alors vers le juke-box et se mit à parler au jeune homme. L'adolescent vida son verre, hésita une fraction de seconde et traversa lentement la piste de danse bondée pour aller prendre place sur le tabouret vide.

— Je m'appelle Piers, annonça-t-il.

— Et moi Jeremy, dit son vis-à-vis.

— J'ai toujours aimé ce prénom.

— Vous buvez quelque chose ?

— Un Martini dry, s'il vous plaît.

L'habitué commanda un Martini dry et un second whisky. Le serveur s'éloigna aussitôt.

— Je ne vous ai jamais vu ici.

— C'est la seconde fois que je viens, répondit Piers. Je travaillais à Soho mais le quartier est tellement mal fréquenté maintenant qu'on ne sait jamais sur qui on va tomber.

Les boissons arrivèrent et le membre du club s'empressa de boire une nouvelle rasade de whisky.

— Vous dansez ? demanda Piers.

**

— C'est une urgence, dit la voix. Le magnéto est branché ?

— J'écoute.

— Antarctique est à Dijon et il a découvert ce qu'il y a dans l'icône.

— Il leur a donné une idée de ce que c'était ?

— Non. Tout ce qu'il a dit à Pemberton, c'est qu'il était en possession d'une parcelle de terrain d'une valeur telle que nous ne pourrions la racheter, quelle que soit la somme que nous en offririons.

— Vraiment !

— Les Britanniques pensent que le mot clé est terrain.

— Erreur, dit la voix à l'autre bout de la ligne, c'est achat.

— Qu'est-ce qui vous permet d'être aussi affirmatif ?

— L'ambassadeur d'U.R.S.S. à Washington a demandé à

247

être reçu par le secrétaire d'État le 20 juin. Il apportera avec lui un ordre de paiement de 712 millions de dollars-or.

— Alors que fait-on ?

— On va à Dijon, il faut absolument qu'on récupère cette icône avant les Britanniques ou les Soviétiques. De toute évidence, les Russkoffs s'imaginent qu'ils vont bientôt mettre la main dessus. J'en conclus qu'ils sont déjà en route.

— Mais j'ai accepté de me conformer au plan d'action des Britanniques !

— Tâchez de ne pas oublier de quel côté vous êtes, commandant.

— Bien, monsieur. Mais qu'allons-nous faire d'Antarctique si nous raflons l'icône ?

— La seule chose qui nous intéresse, c'est le tableau. Une fois qu'il sera en notre possession, vous pourrez éliminer Antarctique.

*
**

Adam consulta sa montre : il était un peu plus de dix-neuf heures.

Le moment était venu pour lui de vider les lieux. Il avait décidé en effet de ne pas suivre les instructions de Lawrence à la lettre. Il avait l'intention de les attendre, mais pas de la façon prévue par son ami. Il ferma la porte de la chambre à clé, gagna la réception où il régla sa chambre et les communications téléphoniques qu'il avait passées.

— Merci, dit-il au réceptionniste, en faisant demi-tour et s'apprêtant à partir.

— Dudley !

Adam se figea.

— Dudley, reprit la voix tonitruante, pour un peu je ne vous reconnaissais pas. Vous avez changé d'avis ?

Une main s'abattit sur son épaule — pas la gauche, heureusement — tandis qu'il se retrouvait nez à nez avec Jim Hardcastle.

— Non, dit Adam, regrettant de ne pas posséder les talents de bonimenteur du père de Robin. Je crois que j'ai été repéré en ville, il a fallu que je me change et que je me planque pendant quelques heures.

— Pourquoi ne pas assister à notre dîner ? suggéra le moutardier. Qui aurait l'idée de venir vous chercher parmi nous ?

— J'aimerais bien, lui assura Adam, mais je ne peux pas me permettre de perdre davantage de temps.

— Y a-t-il quoi que ce soit que je puisse faire pour vous ? s'enquit Jim d'un air de conspirateur.

— Non, il faut que je me rende à... J'ai un rendez-vous à la sortie de la ville dans moins d'une heure.

— Je regrette de ne pouvoir vous emmener. Vous savez que je ferais n'importe quoi pour un vieux de la vieille, malheureusement ce soir, ça tombe mal.

— Ne vous tracassez pas, Jim. Je me débrouillerai.

— Et si je l'emmenais, moi, papa ? susurra Linda, qui s'était glissée à côté de son père et écoutait de toutes ses oreilles.

Les deux hommes se tournèrent vers l'adolescente d'un même mouvement. Ses formes étaient moulées dans un fourreau de crêpe noir outrageusement décolleté et ultra-court, et ses cheveux, qu'elle venait de laver, retombaient souplement sur ses épaules. Elle jeta aux deux hommes un regard brillant.

— Ne dis pas de bêtises, mon petit chou. Tu viens juste de décrocher ton permis !

— Tu me traites toujours comme un bébé, protesta-t-elle. Hardcastle hésita.

— Votre rendez-vous, c'est loin d'ici ?

— Huit, dix kilomètres, dit Adam, mais ne vous en faites pas. Je trouvera un taxi.

— La petite a raison, déclara Jim. (Sortant ses clés de voiture de sa poche, il se tourna vers elle.) Mais si jamais tu en parles à ta mère, je te tords le cou.

Le vendeur de moutarde prit la main d'Adam et la secoua virilement.

— Je vous assure que je peux me dépatouiller...

— Inutile, mon garçon, c'est décidé. Nous sommes dans le même camp, ne l'oubliez pas, et bonne chance.

— Merci, monsieur, dit Adam à contrecœur.

Le visage de Jim s'épanouit.

— Tu ferais mieux d'y aller, mon petit, avant que ta mère rapplique.

L'air ravi, Linda attrapa Adam par le bras et l'entraîna vers le parking.

— Quelle direction dois-je prendre ? s'enquit l'adolescente une fois qu'ils furent installés dans la voiture.

— Celle de la route d'Auxerre, dit Adam, consultant le papier sur lequel il avait noté les indications que Lawrence lui avait communiquées.

Linda commença par conduire assez lentement, comme si elle manquait de confiance en soi et en son véhicule ; une fois qu'ils eurent atteint les faubourgs, Adam lui suggéra d'accélérer un peu l'allure.

— J'ai les nerfs en pelote, avoua-t-elle, posant sa main sur le genou d'Adam.

— C'est ce que je vois, rétorqua-t-il, s'empressant de croiser les jambes. Ne ratez pas le virage, ajouta-t-il en apercevant le panneau indiquant un tournant dangereux à gauche.

Linda quitta la nationale et s'engagea sur une route de campagne tandis qu'Adam scrutait les environs, à la recherche du bâtiment que Lawrence lui avait décrit. Il l'aperçut trois kilomètres plus loin.

— Garez-vous sur le bas-côté, ordonna-t-il, et éteignez vos phares.

— C'est pas trop tôt, lança Linda d'un ton plein d'espoir, tout en obtempérant.

— Merci infiniment, fit Adam, la main sur la poignée de la portière.

— C'est toute ma récompense pour avoir risqué ma vie pour vous ?

— Je ne veux pas que vous arriviez en retard au dîner.

— Ça risque d'être aussi rigolo qu'un bal au club des jeunes Conservateurs de Barnsley.

— Votre mère va s'inquiéter.

— Ne soyez pas crispé comme ça, Dudley. Détendez-vous..

— En temps normal, je ne le serais pas, mais si vous vous attardez, vous risquez de le payer de votre vie.

Linda devint blanche comme de la craie.

— Vous plaisantez ?

— Malheureusement pas, dit Adam. Dès que je serai descendu de voiture, faites demi-tour, retournez à l'hôtel et ne soufflez mot à personne de cette petite conversation, et surtout pas à votre mère.

— Je vous le promets, dit l'adolescente, d'une voix mal assurée.

— Vous êtes une fille formidable.

La prenant dans ses bras, il la gratifia d'un long baiser passionné. Après quoi, il s'extirpa de la DS et la regarda effectuer péniblement sa manœuvre et repartir en direction de Dijon.

Il consulta sa montre : ils n'arriveraient pas avant une heure et demie ; d'ici là il ferait nuit noire. A petites foulées, il courut vers le terrain d'aviation et examina les bâtiments calcinés qui bordaient la route : ils correspondaient exactement à la description que Lawrence lui en avait faite. Ils évoquaient une ville fantôme et Adam était persuadé qu'il n'y avait personne d'autre que lui, car le plan de Lawrence ne pouvait encore avoir été mis à exécution.

Il jeta un coup d'œil de l'autre côté de la piste et repéra la cachette idéale. Il allait attendre la suite des opérations pour décider lequel des deux plans d'action qu'il avait échafaudés il conviendrait d'appliquer.

**
*

Le capitaine Alan Banks était ravi que la lune brille si intensément cette nuit-là. Il avait posé le petit Beaver dans des conditions autrement mauvaises et avec une cargaison de soldats armés jusqu'aux dents, qui plus est.

Le pilote survola le terrain d'aviation, étudiant soigneuse-

251

ment les deux pistes. Il y avait si longtemps que l'aérodrome n'avait pas été utilisé qu'aucun des manuels n'en comportait de plan détaillé.

Le capitaine était en train d'enfreindre toutes les règles de la navigation aérienne ; il pilotait un appareil sans identification et avait raconté aux Français qu'il se poserait à Paris ; pas facile d'expliquer comme il avait fait son compte pour dépasser un aéroport de plus de cent soixante kilomètres.

— C'est sur la piste nord-sud que je peux le plus facilement atterrir, conclut Banks, se tournant vers le capitaine du commando, accroupi à l'arrière avec ses cinq hommes. A quelle distance du hangar voulez-vous que je me tienne ?

— Deux cents mètres. Ne vous approchez pas trop. On ne sait pas ce qui nous attend.

Le nez contre la vitre, les six hommes du S.A.S.[1] scrutaient les environs. On leur avait demandé de récupérer un Anglais nommé Scott, et de filer. Mission simple en apparence, mais qui ne devait pas l'être tant que ça ; dans le cas contraire, on n'aurait pas fait appel à eux...

Le pilote vira vers le sud en amorçant la descente. Il sourit en apercevant le Spitfire calciné abandonné en bordure de la piste. Exactement le même que ceux que son père pilotait pendant la Deuxième Guerre mondiale. Mais celui-ci n'avait de toute évidence pas réussi à regagner sa base. Le Beaver rebondit plusieurs fois en touchant le sol, non à cause du manque d'expérience du pilote mais parce que le revêtement était truffé de nids-de-poule.

Banks arrêta l'appareil à deux cents mètres du hangar et lui fit décrire un tour complet de façon à pouvoir décoller le plus vite possible en cas de pépin. Il coupa les moteurs et éteignit les feux de navigation. Le bourdonnement se transforma en un chuintement à peine audible. Ils avaient quarante-trois minutes d'avance.

Adam surveillait les nouveaux arrivants d'un air soupçonneux depuis le cockpit du Spitfire, à quelque quatre cents mètres de là. Pas question de traverser en courant cet espace

---

1. Special Air Service. *(N.d.T.)*

nu pour rejoindre le Beaver tant que la lune brillerait ainsi. Il avait les yeux braqués sur le petit avion anonyme, à l'affût d'un indice quelconque lui permettant d'en identifier les occupants. Il estima qu'il lui faudrait attendre encore un quart d'heure avant que les nuages ne cachent la lune. Quelques minutes s'écoulèrent encore avant qu'Adam ne vît six hommes sauter à bas de l'avion et se mettre à plat ventre sur la piste. Ils étaient en tenue de combat réglementaire mais Adam, qui se rappelait la livrée de chauffeur de Romanov, restait méfiant. Les six soldats demeuraient parfaitement immobiles. Adam ne bougea pas, lui non plus, ne sachant toujours pas à qui il avait affaire.

Les six hommes plaqués au sol craignaient manifestement la lune et plus encore les espaces dégagés. Le capitaine consulta sa montre : encore trente-six minutes. Il leva la main et les membres du commando commencèrent à ramper vers le hangar où Pemberton leur avait dit que Scott se trouverait. Le trajet leur prit près de vingt minutes. Plus ils progressaient et plus ils étaient persuadés que Pemberton s'était trompé en les mettant en garde à propos d'une éventuelle présence ennemie.

Une masse nuageuse voila enfin la lune et le terrain d'aviation fut plongé dans l'obscurité. Le capitaine regarda sa montre : plus que cinq minutes avant l'heure prévue pour le rendez-vous. Il atteignit le premier la porte du hangar, qu'il poussa. Il se faufilait à l'intérieur lorsque la balle le toucha en plein front : il n'avait même pas eu le temps de lever son arme.

— Magnez-vous, les gars, rugit l'homme qui commandait en second.

Les quatre soldats se relevèrent d'un bond et, tirant des rafales devant eux, se ruèrent vers le bâtiment pour se mettre à couvert.

Entendant le lourd accent écossais, Adam descendit d'un bond du cockpit et courut à toute vitesse vers le petit avion dont les hélices commençaient déjà à tourner. Il sauta sur l'aile du Beaver et, de là, se glissa dans la cabine, aux côtés du pilote sidéré.

— Je suis Adam Scott, brailla-t-il, l'homme que vous avez mission de ramener.

— Capitaine Alan Banks, se présenta le pilote en lui tendant la main.

Il n'y avait que des officiers anglais pour songer à distribuer des poignées de main en pareilles circonstances, songea Adam soulagé, bien qu'encore sous le choc.

Les deux hommes se tournèrent d'un même mouvement pour suivre l'affrontement qui se poursuivait à l'extérieur.

— Il faut qu'on y aille, lança le pilote. J'ai ordre de vous rapatrier en Angleterre en un seul morceau.

— Pas avant de nous être assurés qu'aucun de vos hommes ne peut rejoindre l'avion.

— Désolé, mon vieux. Les instructions sont formelles : je suis ici pour vous récupérer. Quant à eux, ils doivent se débrouiller tout seuls.

— Accordons-leur encore cinq minutes.

Ils attendirent jusqu'à ce que les hélices tournent à plein régime. Soudain les coups de feu cessèrent. Adam sentit son cœur battre à grands coups dans sa poitrine.

— Il faut y aller, insista le pilote.

— Je sais, fit Adam, mais ouvrez l'œil et le bon. Il me reste une dernière chose à vérifier, il faut absolument que j'en aie le cœur net.

Des années de marches nocturnes lui avaient donné une vue perçante, aussi fut-il le premier à l'apercevoir.

— Décollez.

— Quoi ?

— Décollez, répéta Adam.

Le pilote poussa sur le manche à balai et l'avion se mit à rouler lentement sur la piste cahoteuse.

Soudain une silhouette sombre courut vers eux, arrosant l'appareil de longues rafales. L'aviateur tourna la tête et distingua un homme de grande taille dont les cheveux blonds luisaient sous la lune.

— Plus vite, mon vieux, ordonna Adam. Plus vite.

— J'ai mis pleins gaz, lui assura Banks tandis que la

fusillade reprenait de plus belle et que les balles s'enfonçaient dans le fuselage.

Une troisième rafale crépita, mais l'avion avait pris de la vitesse. Adam ne put s'empêcher de pousser un cri de joie lorsque l'appareil décolla.

Jetant un coup d'œil par-dessus son épaule, il vit que Romanov avait fait demi-tour et tirait maintenant sur un homme en civil.

— Ils n'ont aucune chance de nous toucher désormais, à moins d'avoir un bazooka, remarqua Banks.

— Bien joué, fit Adam.

— Quand je pense que ma femme voulait que je l'emmène au cinéma ce soir, dit le capitaine en riant.

— Voir quoi ?

— My Fair Lady.

⁂

— Et si on rentrait ? proposa Piers en retirant sa main, qu'il avait posée sur la jambe de son compagnon.

— Bonne idée, dit l'habitué. Le temps de régler, et on y va.

— Je prends mon manteau et mon écharpe, et on se retrouve en haut, fit Piers.

— Parfait.

L'homme d'âge mûr réussit à attirer l'attention du propriétaire du club et fit une signature dans l'air. L'addition — bout de papier sur lequel figurait un simple chiffre — était exorbitante, comme d'habitude. Et comme d'habitude, il paya sans faire de commentaire. Il remercia le tenancier en partant, gravit les marches poussiéreuses et grinçantes et rejoignit le jeune homme, qui l'attendait sur le trottoir. Il héla un taxi et, tandis que l'éphèbe s'y engouffrait, ordonna au chauffeur de le déposer devant chez Dillon.

— Pas dans la voiture, dit-il en sentant la main de son nouvel ami remonter le long de sa jambe.

— Je n'en peux plus, dit Piers. Normalement, à cette heure-là, je suis couché depuis longtemps.

— Moi aussi, je suis couché depuis longtemps, reprit

machinalement son compagnon en jetant un coup d'œil à sa montre.

Le sort devait en être jeté. Le piège avait dû se refermer maintenant. Nul doute qu'ils aient attrapé Scott cette fois et, chose plus importante encore, l'...

— Quatre shillings, annonça le chauffeur, en faisant coulisser la glace.

Il lui tendit cinq shillings et sortit sans attendre sa monnaie.

— C'est juste au coin, dit-il, dépassant la librairie et entraînant son jeune compagnon dans la petite rue latérale.

Ils descendirent les marches de pierre sur la pointe des pieds et Piers attendit qu'il ouvre la porte, allume et le fasse entrer.

— C'est gentil chez vous, commenta le jeune homme. Gentil comme tout.

⁎⁎

Le capitaine Alan Banks scruta le ciel à travers le minuscule pare-brise tandis que l'avion prenait régulièrement de l'altitude.

— Et maintenant? s'enquit Adam, envahi par un soulagement bien compréhensible. Où va-t-on?

— Le plus loin possible, car pour l'Angleterre, c'est râpé.

— Comment cela?

— Regardez la jauge, expliqua Alan Banks, l'index sur l'aiguille, qui était à mi-chemin entre « zéro » et « 1/4 ». Si les balles n'avaient pas crevé le réservoir, on aurait eu assez de carburant pour regagner Northolt dans le Middlesex.

La petite aiguille blanche ne cessait de dégringoler vers le rouge, et quelques instants plus tard les hélices de gauche s'arrêtèrent.

— Il va falloir que j'essaie de me poser dans un champ. Je ne peux pas prendre le risque de continuer, il n'y a pas d'aéroport dans le secteur. Encore heureux qu'il y ait de la lune.

L'avion se mit soudain à perdre brutalement de l'altitude.

— Je vais essayer d'atteindre ce champ, annonça le pilote sans s'émouvoir.

Et de désigner du doigt une vaste parcelle de terrain située à l'ouest de l'appareil.

— Accrochez-vous, dit-il lorsque l'avion amorça une inévitable descente en spirale vers le terrain, qui semblait rétrécir à vue d'œil à mesure qu'ils s'en approchaient.

D'instinct, Adam se cramponna au montant de son siège et serra les dents.

— Détendez-vous, fit Banks. Les Beaver se sont déjà posés en des endroits bien pires que celui-ci, poursuivit-il alors que les roues touchaient le sol. Saleté de boue, si je m'attendais à ça ! jura-t-il tandis que les roues patinaient sur la terre molle et que l'appareil piquait du nez.

Il fallut quelques secondes à Adam pour comprendre qu'il était bien vivant, mais la tête en bas et les pieds en l'air, accroché à son siège par sa ceinture.

— Et maintenant, qu'est-ce que je fais ? demanda-t-il au pilote, qui ne lui répondit pas.

Adam s'efforça de se repérer et commença à se balancer d'arrière en avant jusqu'à ce qu'il parvienne à toucher la paroi de la cabine d'une main tout en s'agrippant avec les pieds au manche à balai. Une fois qu'il eut réussi à s'accrocher au flanc du fuselage, il déboucla sa ceinture et se mit debout.

Après avoir constaté avec un soulagement certain qu'il n'avait rien de cassé, il jeta un rapide coup d'œil autour de lui : aucune trace du pilote. Adam sortit non sans mal de la carlingue retournée, heureux de se retrouver sur la terre ferme. Il mit un bon bout de temps avant de dénicher Alan Banks, qui gisait allongé sur le dos à quelque trente mètres en avant de l'avion.

— Ça va ? fit le pilote, devançant la question d'Adam.

— Oui. Et vous ?

— Au poil. J'ai été proprement éjecté de l'appareil. Désolé pour l'atterrissage, mon vieux, ce n'était pas tout à fait au point. Il faudra qu'on remette ça un de ces jours.

Adam éclata de rire tandis que le pilote se mettait prudemment sur son séant.

— Et maintenant, quel est le programme ? s'enquit Banks.

— Vous pouvez marcher ?

— Je crois que oui, dit Alan, se relevant avec précaution. Ah, la barbe ! Je vais pouvoir marcher mais pas question de courir avec cette cheville. Vous feriez mieux de filer. Nous avons à tout casser une demi-heure d'avance sur nos poursuivants.

— Mais qu'allez-vous faire ?

— Mon père a atterri dans une de ces saloperies de champ pendant la Deuxième Guerre mondiale et il est parvenu à regagner l'Angleterre sans se faire pincer par les Allemands. Vous venez de me rendre un fier service, Adam, car si je réussis à en faire autant, il n'aura plus qu'à fermer son clapet une bonne fois pour toutes. A propos, qui est à nos trousses ?

— Les Russes, dit Adam, se demandant à part lui s'il n'y avait pas un second ennemi dans le coup.

— Les Russes, ça ne pouvait pas mieux tomber. Il fallait au moins ça pour que mon cher père accepte d'homologuer ma performance.

Adam sourit en pensant à son propre père, qui n'aurait pas manqué d'apprécier Alan Banks. D'instinct, il porta la main à sa poche : l'icône n'avait pas bougé. Il était plus déterminé que jamais à retourner en Angleterre.

— Je vais de quel côté ? demanda Adam.

Le pilote leva le nez vers la Grande Ourse.

— Je vais mettre le cap à l'est : étant donné les circonstances, ça me paraît tout indiqué. Piquez vers l'ouest, mon vieux. Ravi d'avoir fait votre connaissance.

Et sur ces mots, il s'éloigna en boitant.

*
**

— Je ne sais pas si je vais pouvoir tenir encore longtemps, camarade major.

— Essayez, Valchek, dit Romanov sans lâcher le volant. Il le faut absolument. Nous ne pouvons pas nous permettre de faire halte maintenant. L'avion n'est pas loin. J'en suis sûr : je l'ai vu tomber.

— Je n'en doute pas, camarade, mais laissez-moi au moins mourir en paix au bord de la route. Dans cette voiture je souffre le martyre.

Romanov coula un regard vers son collègue, qui avait été touché à l'abdomen. Les mains de Valchek étaient couvertes de sang, sa chemise et son pantalon aussi. Il se tenait l'estomac comme un enfant sur le point de vomir. Le chauffeur avait été blessé, lui aussi, mais dans le dos alors qu'il tentait de s'enfuir. S'il n'était pas mort sur le coup, Romanov se serait fait un plaisir de l'achever, le lâche. Mais Valchek, c'était une autre histoire. Personne n'aurait pu mettre le courage de Valchek en doute. Il avait commencé par engager le combat contre les Britanniques qui étaient couchés à plat ventre avant de s'occuper des Américains, qui avaient chargé comme un régiment de cavalerie. Heureusement que, grâce à Mentor, ils étaient arrivés sur les lieux les premiers, se dit Romanov. Mais il allait devoir se dépêcher de le prévenir que quelqu'un d'autre renseignait aussi les Yankees. Romanov n'était pas mécontent d'avoir réussi à tromper les Américains qui s'étaient mis à canarder les Britanniques, tandis que Valchek et lui attendaient tranquillement la fin des hostilités, prêts à exterminer les survivants. Le dernier d'entre eux était un Américain qui n'avait cessé de faire feu sur Valchek tandis qu'ils prenaient la fuite.

Romanov calcula qu'il avait une bonne heure devant lui avant que Français, Britanniques et Américains parviennent à expliquer la présence de plusieurs corps sans vie sur l'aéroport désaffecté. Ses pensées revinrent à Valchek lorsqu'il entendit gémir ce dernier.

— Enfonçons-nous dans cette forêt. Je n'en ai plus pour longtemps maintenant.

— Accrochez-vous, camarade, serrez les dents, répéta Romanov. Nous ne devons plus être très loin de Scott. Pensez à la mère patrie.

— Au diable la mère patrie, grogna Valchek. Laissez-moi mourir en paix.

Romanov lui jeta un regard de biais et comprit qu'il n'allait pas tarder à se retrouver avec un cadavre sur les bras. Malgré les efforts de Valchek pour comprimer sa blessure, le sang coulait comme d'un robinet qui fuit.

Apercevant une trouée dans les arbres devant lui, Romanov mit pleins phares et, quittant la route, s'engagea sur un chemin de terre, qu'il suivit jusqu'à ce que la végétation, trop dense, l'empêchât d'avancer. Il éteignit les phares et fit en courant le tour de la voiture pour ouvrir la portière. Valchek réussit tout juste à faire deux ou trois pas, et s'écroula sur le sol, les mains crispées sur le ventre. Romanov se baissa et l'aida à s'asseoir comme un tronc.

— Laissez-moi crever, camarade major. Inutile de perdre votre temps à cause de moi.

Romanov fronça les sourcils.

— Comment voulez-vous mourir, camarade ? Lentement et dans d'atroces souffrances, ou bien vite et sans douleur ?

— Lentement, camarade. Laissez-moi mourir lentement. Mais partez tant qu'il vous reste une chance de rattraper Scott.

— Supposez que les Américains vous découvrent, qu'ils vous forcent à parler...

— Voyons, camarade, vous plaisantez !

Romanov encaissa la réplique sans broncher. Puis il se releva et, après un instant de réflexion, se précipita vers la voiture.

Valchek se prit à espérer qu'une fois que ce salopard aurait tourné le dos on le découvrirait, en effet. S'il n'avait tenu qu'à lui, jamais il n'aurait accepté cette mission pour commencer, mais Zaborski avait insisté pour qu'il tienne Romanov à l'œil, et Zaborski n'était pas un homme que l'on pouvait impunément contrarier. Valchek ne parlerait pas, mais il voulait vivre.

Le projectile tiré par le Makarov 9 mm l'atteignit au-dessus de l'oreille, lui emportant la moitié de la tête. Il s'affala sur le sol et, pendant plusieurs secondes, son corps fut secoué de spasmes qui se muèrent en mouvements convulsifs lorsque ses intestins et sa vessie se vidèrent sur la terre grasse.

Romanov resta à côté de lui jusqu'à ce qu'il fût certain qu'il était mort. Valchek n'aurait probablement pas mangé le morceau, mais ce n'était pas le moment de prendre des risques inutiles.

∗∗∗

Le lendemain matin, au réveil, il éprouva le même sentiment de culpabilité. Cette fois encore, il jura qu'on ne l'y reprendrait plus. Ce n'était jamais aussi agréable qu'il l'espérait, et après coup, les regrets le taraudaient plusieurs heures durant. Entre ce que lui coûtaient l'entretien d'un second appartement, les courses en taxi et le club, cela finissait par devenir prohibitif. Pourtant il y revenait toujours, comme un saumon retourne à la rivière de ses amours. « Je fais un drôle de numéro », énonça-t-il à mi-voix.

Piers ouvrit les yeux et, pendant les vingt minutes qui suivirent, s'employa à dissiper les remords de son compagnon. Après être resté allongé un moment, épuisé et silencieux, l'aîné des deux hommes se glissa hors du lit, prit dix livres dans son portefeuille et les déposa sur la commode. Puis il alla se faire couler un bain, certain que, lorsqu'il émergerait, l'éphèbe et l'argent auraient disparu.

Tout en se prélassant dans la baignoire, il songea à Scott. Sa mort aurait dû faire naître en lui un sentiment de culpabilité. Comme bien d'autres avant elle, cette mort découlait de sa brève rencontre avec un jeune Polonais qu'il avait dragué et avait cru discret. Il y avait si longtemps de cela qu'il ne se rappelait même plus son nom.

Mais s'il y avait un nom que Mentor n'avait pas oublié, en revanche — et pour cause —, c'était celui du jeune officier du K.G.B. à l'allure aristocratique qu'il avait découvert assis au pied de leur lit lorsqu'il s'était réveillé le lendemain matin, pas plus qu'il n'avait oublié le regard de dégoût qu'il leur avait jeté à tous deux.

CHAPITRE 16

Couché à plat ventre au fond de la péniche vide, la tête tournée vers le côté, Adam guettait le mondre bruit incongru.

A la barre, le marinier s'employait à recompter les trois cents francs suisses : il ne gagnait jamais autant d'argent en un mois. Dressée sur la pointe des pieds, une femme contemplait les billets par-dessus son épaule d'un air réjoui. La péniche progressait majestueusement le long du canal et Adam ne distinguait plus la silhouette de l'avion. Soudain, au loin, il entendit distinctement ce qui ressemblait fort à une détonation. La femme fit demi-tour, se précipita et disparut par l'écoutille comme une souris affolée. La péniche avançait lentement dans la nuit tandis qu'Adam tendait l'oreille, à l'affût d'autres bruits suspects, mais tout ce qu'il percevait c'était le clapotement de l'eau contre la coque de l'embarcation. Les nuages s'étaient retirés et la lune nappait de lumière les rives du fleuve. En regardant le chemin de halage, Adam se rendit compte qu'ils n'avançaient pas très vite. A la course, il n'aurait eu aucun mal à semer le bateau. Bien qu'ayant dépensé jusqu'à son dernier sou, il était soulagé de pouvoir prendre la fuite. Se rallongeant, il se recroquevilla à l'avant du bateau et tâta l'icône au fond de sa poche. Depuis qu'il en avait percé le secret, il la tripotait à tout bout de champ. Il demeura immobile une demi-heure encore, bien qu'il fût à peu près certain que la péniche n'avait pas couvert plus de huit kilomètres.

Tout semblait calme, pourtant Adam n'en restait pas

moins sur le qui-vive. Le fleuve était beaucoup plus large maintenant qu'au moment où il avait sauté à bord.

Debout à la barre, le marinier ne le quittait pour ainsi dire pas des yeux. Son visage couvert d'huile n'était guère plus propre que sa salopette, dont on pouvait se demander s'il l'ôtait jamais. Il lui arrivait de lâcher la barre d'une main pour retirer sa pipe éteinte de sa bouche, tousser et cracher, et se la remettre au bec.

L'homme sourit, lâcha la barre et, ses mains plaquées contre sa joue, fit signe à Adam de dormir. Mais ce dernier hocha la tête en signe de dénégation. Il jeta un coup d'œil à sa montre : minuit passé. Il n'avait qu'un désir : mettre pied à terre après avoir parcouru le plus de chemin possible avant l'aube.

Il se leva, s'étira, titubant quelque peu. Son épaule, qui allait mieux, lui faisait cependant toujours mal. Se dirigeant vers le centre du bateau, il vint se placer à côté de la barre.

— La Seine ? s'enquit-il, le doigt pointé sur le fleuve.

Le marinier lui fit signe que non.

— Canal de Bourgogne, grommela-t-il.

Adam tendit alors le doigt vers l'avant.

— Et cette ville, c'est quoi ?

Le patron de la péniche retira sa bouffarde de sa bouche.

— Ce n'est pas une ville, c'est Sombernon, dit-il, se fourrant de nouveau le tuyau entre les dents.

Adam regagna sa place à la proue. Il s'efforça de trouver une position plus confortable pour pouvoir se détendre et, se roulant en boule contre la paroi, il posa la tête contre un rouleau de cordage et ferma les yeux.

*
**

— De nous tous, c'est vous qui connaissez le mieux Scott, dit Sir Morris, et malgré cela vous n'avez toujours pas la moindre idée de l'endroit où il peut se trouver en ce moment, ni de ce qu'il compte faire, c'est ça ?

— C'est ça, convint Lawrence. La seule chose dont nous soyons certains, c'est qu'il a un rendez-vous lundi après-midi pour passer une visite médicale, mais j'ai l'impression qu'il va le rater.

Sir Morris ne releva pas.

— En tout cas quelqu'un a bel et bien réussi à arriver jusqu'à Scott, alors que nous n'avions pas convoqué de réunion de D4, poursuivit-il. L'icône doit renfermer un secret dont l'importance nous a échappé jusqu'à présent.

— Et si Scott est toujours en vie, ajouta Lawrence, il ne voudra jamais croire que nous n'y sommes pour rien.

— Mais si ce n'est pas nous, qui est-ce ? fit Sir Morris. Il y a bien quelqu'un qui est prêt à n'importe quoi pour nous devancer, et qui a pris des risques considérables pendant les dernières vingt-quatre heures. A moins, bien sûr, que ce soit vous.

Le secrétaire permanent se leva et se dirigea vers la fenêtre qui donnait sur l'esplanade des Horse Guards.

— A supposer que ce soit moi, fit Lawrence, les yeux rivés sur un portrait de la reine qui était posé sur la table de travail de son patron, cela n'explique pas la présence des Américains sur les lieux.

— Oh, quant à cela, c'est très simple, expliqua Sir Morris. Busch les tient au courant depuis le début. Je savais qu'il en serait ainsi à la minute où il s'est joint à nous. Ce que j'ignorais, en revanche, c'est jusqu'à quel stade les Américains seraient capables d'aller sans nous prévenir.

— Alors c'est vous qui avez mis Busch au courant, dit Lawrence.

— Non, fit Sir Morris. On ne se retrouve pas assis à ce bureau pour risquer bêtement sa peau à ces petits jeux. Celui que j'ai mis au courant, c'est le Premier ministre. On peut faire confiance aux hommes politiques quand il s'agit de faire circuler des informations, surtout s'ils considèrent qu'elles sont de nature à leur faire marquer des points. Pour être honnête, je savais que le Premier ministre raconterait tout au président américain. Sinon, je ne lui aurais rien dit. Mais pour en revenir à des choses plus importantes, vous croyez que Scott est encore en vie ?

— Oui, affirma Lawrence. J'ai toutes les raisons de croire

que l'homme qui a traversé la piste en courant pour tenter de monter dans le Beaver n'était autre que Scott. La police française, qui, par parenthèse, se montre autrement coopérative que la police suisse, nous a fait savoir que notre appareil s'était écrasé dans un champ à vingt kilomètres au nord de Dijon, mais que ni le pilote ni Scott n'avaient été retrouvés sur les lieux de l'accident.

— Si les rapports des Français sur ce qui s'est passé à l'aéroport sont exacts, enchaîna Sir Morris, Romanov a réussi à jouer la fille de l'air et les Soviétiques ont dû avoir deux heures d'avance sur nous.

— C'est possible, convint Lawrence.

— Serait-il également possible qu'ils aient rattrapé Scott et soient maintenant en possession de l'icône ? questionna Sir Morris.

— Tout à fait possible, j'en ai peur, répondit Lawrence. Mais de là à en être sûr, c'est autre chose. Les services de la B.B.C. à Caversham Park ont enregistré un accroissement du nombre des communications avec toutes les ambassades soviétiques la nuit dernière.

— Cela peut signifier n'importe quoi, remarqua le haut fonctionnaire en ôtant ses lunettes.

— Je suis d'accord avec vous, monsieur. Mais d'après les rapports de l'O.T.A.N., les forces stratégiques russes ont été mises en état d'alerte et plusieurs ambassadeurs soviétiques en poste dans différents pays d'Europe ont demandé à être reçus officiellement par les ministres des Affaires étrangères desdits pays, y compris le nôtre.

— Ça, c'est plus inquiétant, admit Sir Morris. Ils ne feraient pas cela s'ils ne comptaient pas sur notre soutien.

— En effet, monsieur, mais ce qui est plus révélateur, c'est que le service action du K.G.B., qui dépend du premier Directorat général, a loué des pages entières d'espace publicitaire dans tous les journaux et périodiques européens et même américains.

— Ne me dites pas qu'ils vont s'adresser à Publicis pour la rédaction de leurs placards de publicité, gronda Sir Morris.

— Ce sera tout à fait inutile, dit Lawrence. Il s'agit d'une histoire qui fera la une de tous les quotidiens.

⁂

Sans cette douleur lancinante à l'épaule, Adam ne se serait peut-être pas réveillé si tôt. La péniche avait soudain effectué un virage à 90° et pris la direction de l'est lorsque Adam s'éveilla en sursaut. Il jeta un regard au marinier, et lui demanda si, du fait que le fleuve était plus large maintenant, il ne pouvait pas se rapprocher de la rive pour qu'il puisse sauter. Le bonhomme haussa les épaules en faisant mine de ne pas comprendre tandis que l'embarcation poursuivait sa route.

Adam risqua un œil par-dessus le plat-bord et, malgré l'heure tardive, distingua le lit du fleuve avec la plus grande netteté. Il jeta une pierre dans l'eau et la regarda toucher le fond. Il avait l'impression de pouvoir l'atteindre sans problème. Il jeta un regard de détresse au batelier, qui continuait de fixer l'horizon par-dessus la tête de son passager.

— J'y vais ! dit Adam.

Sortant l'icône de la poche de son blazer, il la brandit au-dessus de sa tête. Debout au bord de la péniche, il avait tout de l'entraîneur d'une équipe de football demandant à l'arbitre la permission de remplacer un joueur. La permission lui ayant été accordée, Adam sauta. Lorsque ses pieds entrèrent en contact avec le fond du canal, le choc fut si violent qu'il en eut le souffle coupé bien que l'eau ne lui arrivât qu'à la taille.

Brandissant toujours l'icône, Adam attendit que la péniche le dépasse. Pataugeant dans la vase, il se dirigea non sans peine vers la rive la plus proche et se hissa jusqu'au chemin de halage, se tournant lentement pour essayer de s'orienter. Il parvint bientôt à distinguer la Charrue et à relever une route vers l'ouest. Après une heure de petit trot dans la boue, il aperçut une lumière à un peu plus d'un kilomètre de là. Les jambes glacées et ruisselantes d'eau, il piqua résolument à

266

travers champ en direction des premiers rayons du soleil matinal.

Chaque fois qu'il rencontrait une haie ou une barrière, il s'arrangeait pour l'enjamber ou se glisser dessous à la manière d'un centurion romain qui ne connaît que la ligne droite pour arriver à destination. Il pouvait maintenant distinguer les contours d'une maison qui, vue de plus près, se révéla ressembler davantage à une ferme. L'expression « fermier paysan » apprise à l'école en cours de géographie s'imposa à lui. Un étroit chemin pavé conduisait à une porte en bois entrebâillée qui semblait ne pas avoir besoin de serrure. Adam actionna doucement le heurtoir et se plaça juste devant le battant sous la lumière de façon que celui ou celle qui ouvrirait pût le voir immédiatement.

Ce fut une femme d'une trentaine d'années portant une stricte robe noire et un tablier blanc immaculé qui vint lui ouvrir. A ses joues roses et à sa taille rebondie, il n'était pas difficile de deviner le métier qu'exerçait son mari.

Lorsqu'elle vit Adam planté sous la lampe, la jeune femme ne put dissimuler sa surprise car c'était le postier qu'elle attendait, et celui-ci s'était rarement présenté devant elle en blazer bleu marine et pantalon gris gorgé d'eau.

Adam lui adressa un sourire.

— Anglais, expliqua-t-il. Je suis tombé dans le canal.

La femme pouffa, invitant Adam à entrer dans la cuisine. Il y trouva un homme qui, à en juger par sa tenue, s'apprêtait à aller traire ses vaches. Le fermier leva la tête et éclata de rire, lui aussi, lorsqu'il vit Adam, mais d'un rire amical et chaleureux plutôt que moqueur. Constatant que l'inconnu, trempé comme une soupe, salissait son plancher impeccable, la jeune femme prit une serviette suspendue sur le séchoir à linge au-dessus du feu et dit, en désignant le pantalon d'Adam :

— Enlevez-moi ça.

Adam se tourna vers le fermier pour lui demander confirmation. Celui-ci hocha la tête en signe d'assentiment tout en faisant le simulacre d'ôter son propre pantalon.

— Enlevez-le, enlevez-le, insista la femme en lui tendant la serviette.

Adam retira ses chaussures et ses chaussettes, mais la fermière désignait toujours du doigt son pantalon, qu'il finit par ôter ; elle ne bougea pas d'un pouce avant qu'il ne se soit débarrassé de sa chemise et de ses sous-vêtements et ait noué la serviette autour de sa taille. L'œil rond, elle fixa son pansement à l'épaule puis, s'empressant de ramasser ses affaires — à l'exception de son blazer —, elle les posa sur l'évier tandis qu'il se séchait, debout près du feu.

Adam arrima la serviette autour de sa taille et rejoignit le fermier qui, après lui avoir fait signe de s'asseoir à ses côtés, lui versa un grand verre de lait après s'être lui-même servi. Adam prit place près de son hôte, et suspendit son blazer neuf au dos d'une chaise. Des effluves appétissants s'échappaient de la poêle où la fermière faisait frire une épaisse tranche qu'elle avait taillée dans un jambon suspendu dans l'âtre.

Le fermier leva haut son verre pour porter un toast.

— A la santé de Winston Churchill !

Adam but une longue gorgée de lait et, d'un air pénétré, lança :

— A la santé de Charles de Gaulle !

Puis il finit le lait tiède avec autant d'entrain qu'il en aurait mis à descendre une pinte de bière au pub du coin.

Le fermier attrapa la cruche et remplit de nouveau leurs verres.

— Merci, dit Adam à la femme de son hôte qui plaçait devant lui une énorme assiette d'œufs au jambon.

— Mangez, dit-elle en lui tendant un couteau et une fourchette.

— Merci, répéta Adam tandis qu'elle coupait une tranche de pain dans la grosse miche ovale posée devant lui.

Le fugitif s'attaqua avec entrain à la nourriture : c'était le premier repas qu'il prenait depuis le dîner qu'il avait commandé dans la chambre de Robin, à Genève.

Tout d'un coup, sans prévenir, le fermier se leva et lui tendit la main. Adam se mit debout lui aussi pour serrer avec effusion la main de son hôte, ce qui réveilla sur-le-champ sa douleur à l'épaule.

— Il faut que j'aille traire, expliqua le fermier.

Adam hocha la tête et, toujours debout, regarda l'homme quitter la pièce. Ce dernier lui fit signe de se rasseoir.

— Mangez.

Quand Adam eut liquidé son assiette — c'est tout juste s'il ne la lécha pas — il l'apporta à la femme du fermier qui retirait une cafetière de la cuisinière. Elle lui remplit une tasse et il se rassit pour siroter le breuvage brûlant.

D'un geste devenu machinal, Adam tapota la poche de sa veste pour s'assurer que l'icône était toujours à sa place. Il la prit et étudia saint Georges et le dragon. Il la retourna, hésita et appuya sur la couronne d'argent. L'icône s'ouvrit en deux comme un livre, révélant deux charnières minuscules à l'intérieur.

Il jeta un coup d'œil à la fermière, qui essorait ses chaussettes. Adam vit que son caleçon avait déjà rejoint son pantalon sur le séchoir au-dessus du feu. La jeune femme prit une planche à repasser rangée dans une niche à côté de la cuisinière et commença à l'installer sans prêter attention à la découverte d'Adam.

Ce dernier reporta alors ses regards sur l'intérieur de l'icône, qu'il avait posée bien à plat sur la table devant lui. La situation ne manquait pas de piquant : la femme qui était en train de donner un coup de fer à son pantalon connaissait sûrement le sens de chacun des mots tracés sur le parchemin mais de là à lui expliquer de quoi il retournait, c'était une autre histoire. L'intérieur de l'icône était entièrement recouvert par un parchemin qui avait été fixé au bois par de la colle et s'arrêtait à un centimètre du bord. Adam se baissa afin de pouvoir mieux l'étudier. Les signatures griffonnées à l'encre noire et les sceaux donnaient au parchemin l'allure d'un document juridique. A chaque nouvelle lecture, il découvrait quelque chose de nouveau. Dans un premier temps, Adam avait été surpris de constater qu'il était rédigé en français. Ce n'est qu'en lisant la date — 20 juin 1867 — qu'il s'était rappelé avoir appris à Sandhurst que, longtemps après l'époque napoléonienne, la plupart des négociations internationales étaient menées en français. Adam se mit à relire lentement le texte manuscrit.

Il n'était pas suffisamment fort en français pour pouvoir traduire autre chose que des mots isolés. Sous « États-Unis », s'étalait le paraphe hardi de William Seward barrant un écusson représentant un aigle à deux têtes. A côté, se trouvait la signature d'Edward de Stoeckle sous une couronne qui était l'exacte réplique de l'ornement d'argent incrusté au dos de l'icône. Adam vérifia à nouveau. Il devait s'agir d'un quelconque traité entre les Russes et les Américains conclu en 1867.

Il se mit alors à chercher d'autres termes susceptibles d'expliquer la signification du document. Sur une ligne, il lut : Sept millions deux cent mille dollars-or. Et sur une autre : Sept cent dix-huit millions huit cent mille dollars-or le 20 juin 1966.

Ses yeux se posèrent sur le calendrier accroché au mur par un clou : on était le vendredi 17 juin 1966. Or, s'il fallait en croire la date mentionnée dans le traité, dans trois jours le document n'aurait plus aucune valeur légale. Pas étonnant que les deux supergrands cherchent par tous les moyens à mettre la main dessus, songea Adam.

Il parcourut le document ligne par ligne, cherchant d'autres indices, examinant lentement chacun des termes.

Son œil s'arrêta alors sur le seul mot qui fût commun aux deux langues.

Le mot qu'il s'était bien gardé de révéler à Lawrence.

Adam se demanda par quel hasard Goering était entré en possession de l'icône. Il avait dû la léguer à son père sans savoir ce qu'elle contenait. Car s'il avait connu la valeur du document qu'elle recélait, il n'aurait pas manqué de s'en servir pour monnayer sa liberté auprès de l'un ou l'autre camp.

— Voilà, dit la fermière en déposant devant Adam ses chaussettes, son caleçon et son pantalon secs.

Combien de temps sa funeste découverte l'avait-elle absorbé ? La jeune femme coula un regard vers le parchemin et sourit. Adam s'empressa de refermer l'icône et étudia soigneusement le chef-d'œuvre. Le bois avait été entaillé avec tant d'habileté qu'on ne voyait plus le raccord. Il songea alors à la lettre que son père lui avait laissée : « Mais si, ayant ouvert l'enveloppe, tu t'aperçois que son contenu risque de t'entraîner dans une entreprise douteuse, n'hésite pas à t'en débarrasser. » Inutile de réfléchir pendant cent sept ans pour savoir comment son père aurait agi en pareille circonstance. Les poings sur les hanches, la fermière le fixait d'un air intrigué. Adam s'empressa de remettre l'icône dans la poche de sa veste et enfila son pantalon.

Ne sachant comment remercier son hôtesse de son hospitalité et de sa discrétion, il s'approcha d'elle, la prit doucement par les épaules et l'embrassa sur la joue. Elle rougit et lui tendit un petit sac en plastique. Il l'entrouvrit et vit qu'il contenait trois pommes, du pain et un gros morceau de fromage. Du coin de son tablier, elle chassa une miette qui était restée collée au coin de la lèvre d'Adam et l'accompagna jusqu'à la porte.

Adam lui dit à nouveau merci et la quitta pour se replonger dans un monde dont elle ignorait tout.

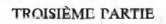

TROISIÈME PARTIE

CHAPITRE 17

La Maison-Blanche
Washington DC
17 juin 1966

— Si vous croyez que j'ai envie d'être le premier président de l'histoire des États-Unis à restituer un État américain au lieu d'en fonder un !

— Je comprends parfaitement, monsieur le Président, dit le secrétaire d'État. Mais...

— Comment les choses se présentent-elles sur le plan juridique, Dean ?

— Mal, monsieur le Président. Abraham Brunweld, expert incontesté en la matière, est formel : les termes du bail de quatre-vingt-dix-neuf ans lient les deux parties de façon irrévocable. Le bail a été signé pour la Russie par Edward de Stoeckle, et pour les États-Unis par William Seward, alors secrétaire d'État.

— Ce traité est-il encore valable aujourd'hui ? questionna le président en se tournant vers Nicholas Katzenbach, ministre de la Justice.

— Certainement, monsieur le Président, lui assura Katzenbach. Mais seulement si les Russes sont en possession de leur original. Dans ce cas, les Nations unies et le tribunal international de La Haye n'auraient d'autre solution que d'appuyer la demande des Soviétiques. Faute de quoi, les traités déjà

275

signés par nous ou ceux que nous serions amenés à signer ultérieurement perdraient toute crédibilité.

— En d'autres termes, vous me demandez de me coucher et d'agiter la queue comme un caniche primé pendant que les Russes nous tondront la laine sur le dos, résuma sobrement le président.

— Croyez que je comprends ce que vous ressentez, monsieur le Président, dit Katzenbach, mais il est de mon devoir de vous faire toucher du doigt la gravité de la situation sur le plan juridique.

— Bon dieu de bon dieu ! Est-ce qu'il existe des précédents ? Des chefs d'État qui aient commis la même bourde ?

— Les Britanniques, glissa Dean Rusk, vont avoir un problème similaire avec les Chinois en 1999 à propos des « nouveaux territoires » de Hong-Kong. Ils ont déjà analysé la situation et ont fait très clairement comprendre au gouvernement chinois qu'ils étaient prêts à négocier.

— Vous n'avez pas d'autre exemple à me proposer ? bougonna le président. Nous connaissons tous les Britanniques et leur fair-play en matière de diplomatie.

— En 1898, poursuivit Rusk, les Russes ont obtenu un bail de quatre-vingt-dix-neuf ans concernant Port-Arthur, en Chine du Nord. Ce port était d'une importance capitale pour eux car, contrairement à Vladivostok, il n'est jamais bloqué par les glaces.

— Les Russes ont un port en Chine ? Première nouvelle !

— Ils ne l'ont plus, monsieur le Président. Ils l'ont rendu à Mao en 1955 comme gage de bonne volonté entre frères communistes.

— S'il y a une chose dont vous pouvez être sûr, c'est que les Russkoffs ne vont pas s'amuser à faire preuve de bonne volonté à notre égard, souligna le président. Y a-t-il une solution de rechange ?

— A part une intervention militaire pour empêcher les Soviétiques de réclamer ce qu'ils considèrent à juste titre comme leur propriété, non, répondit le secrétaire d'État.

— Autrement dit, un Johnson achète des terres aux Russes en 1867 et c'est un autre Johnson qui les leur revend en

1966. Comment se fait-il que Seward et le président aient accouché d'une idée aussi abracadabrante ?

— A l'époque, expliqua le ministre de la Justice en enlevant ses lunettes, le prix d'achat des terres en question se montait à 7,2 millions de dollars-or, et l'inflation était chose pratiquement inconnue. Jamais Andrew Johnson n'aurait pu imaginer que les Russes voudraient les racheter quatre-vingt-dix-neuf fois leur valeur initiale, c'est-à-dire 712,8 millions de dollars-or. En fait, avec l'inflation, le prix qu'on demande pour ces terres est dérisoire. La preuve : les Soviétiques ont déjà déposé la totalité de la somme dans une banque new-yorkaise.

— On ne peut donc même pas espérer qu'ils ne paieront pas à temps, marmonna Lyndon Johnson.

— Il semble bien que non, monsieur le Président.

— Mais au départ, pourquoi le tsar Alexandre a-t-il voulu louer ces saloperies de terres ? Ça me dépasse.

— Il avait des difficultés avec certains de ses ministres au sujet de la vente de terres situées en Extrême-Orient et appartenant à la Russie. Le tsar s'est dit que la pilule passerait plus facilement s'il présentait la transaction comme un bail emphytéotique avec une clause de rachat et non comme une vente pure et simple.

— Et le Congrès n'a pas protesté ?

— Une fois le traité principal ratifié par le Congrès, l'amendement n'avait pas à proprement parler à être soumis à l'approbation de la Chambre, du fait qu'il n'impliquait pas de dépenses supplémentaires pour le gouvernement des États-Unis, expliqua Rusk. Le comique de la chose, c'est que Seward bombait le torse à l'idée d'avoir exigé une somme pareille dans la clause de rachat. Il avait toutes les raisons de penser à l'époque qu'elle serait impossible à rembourser.

— Aujourd'hui, c'est ce que rapportent en un an les seuls gisements pétrolifères, dit le président américain, en fixant sans le voir le monument de Washington par la fenêtre du Bureau ovale. Sans parler du chaos que cela risque d'engendrer sur le plan militaire dans ce pays s'ils sont en possession de leur exemplaire du traité. N'oubliez pas que c'est moi qui ai obtenu du Congrès des milliards de dollars pour faire mettre en place le système d'alarme stratégique à cet endroit précis afin que les Américains puissent dormir sur leurs deux oreilles.

Aucun des deux conseillers ne se sentait en mesure de contredire leur président.

— Alors, que font les Britanniques ?

— Ils jouent serré, comme d'habitude, monsieur le Président. Il paraît que c'est un Anglais qui détient le traité pour l'instant, et comme ils semblent certains d'arriver à mettre la main sur lui et sur l'icône avant les Soviétiques, il se peut qu'ils nous sauvent la mise.

— Les British volant à notre secours, ce serait du jamais vu, commenta aigrement Lyndon Johnson. J'espère que nous ne sommes pas restés le cul sur notre chaise à attendre qu'ils nous sortent du pétrin ?

— Non, monsieur le Président. La C.I.A. est sur le coup depuis plus d'un mois.

— Et les Soviétiques n'ont pas encore récupéré l'icône ? Voilà qui est surprenant.

Personne ne rit.

— Que suis-je censé faire ? Me croiser les bras en attendant que les Popoffs transfèrent 712 millions de dollars-or de leur banque de New York au Trésor américain avant lundi minuit ?

— Ils doivent également me remettre leur exemplaire original du traité par la même occasion, intervint Rusk. Et il ne leur reste que soixante heures pour le faire.

— Et où se trouve notre exemplaire à nous en ce moment précis ? s'enquit le Président.

— Bien à l'abri dans les chambres fortes du Pentagone. Deux personnes seulement en connaissent l'emplacement exact. Depuis la conférence de Yalta, ce document n'a jamais vu la lumière du jour.

— Comment se fait-il qu'on ne m'ait jamais parlé de ça avant aujourd'hui ? J'aurais pu mettre un terme à toutes ces dépenses, au moins.

— Pendant plus de cinquante ans, nous avons cru que

l'exemplaire russe avait été détruit lors de la Révolution. Nous avons fini par penser que les Soviétiques avaient fait une croix dessus, ce que Staline avait confirmé à Yalta. Brejnev a dû dénicher au cours du dernier mois quelque chose qui l'a convaincu que le document avait été non pas détruit, mais égaré.

— Nom de Dieu, à un mois près, c'était dans la poche.

— C'est exact, monsieur le Président, soupira le secrétaire d'État.

— Je ne sais pas si vous vous rendez compte, Dean. Si les Russes se pointent dans votre bureau lundi avant minuit avec leur papier, même si je déclenche une guerre mondiale, on sera bel et bien marrons...

CHAPITRE 18

Tout ce qu'Adam parvint à distinguer au sortir de la ferme, ce furent les premières maisons d'une petite agglomération. Profitant de l'heure matinale, il se dirigea au petit trot vers le centre ville ; il ne ralentit l'allure que lorsqu'il aperçut les premiers travailleurs dans les rues. Au lieu de piquer droit sur le centre, il se mit en quête d'un endroit où il pourrait se cacher le temps de réfléchir à la conduite à tenir. Arrivé devant un parking en sous-sol, il s'arrêta en se disant qu'il trouverait difficilement meilleure cachette pour échafauder un plan d'action.

Adam emprunta la porte du rez-de-chaussée pour pénétrer dans le bâtiment et, grâce à l'ascenseur, apprit que le parking comprenait quatre niveaux. Il dévala l'escalier quatre à quatre jusqu'en bas et poussa la porte du sous-sol, qui était mal éclairé et quasiment vide. Il avait opté pour cet étage, supposant qu'il serait le plus long à se remplir. Il en fit le tour afin d'examiner la topographie des lieux. Il n'y avait que deux voitures garées au fond, et l'épaisse couche de poussière qui les recouvrait donnait à penser qu'elles devaient moisir là depuis un moment. Il s'accroupit derrière l'une d'elles, se mettant ainsi à l'abri des regards indiscrets.

Se pouvait-il que quelqu'un vienne se garer au dernier sous-sol et laisse sa clé sur le contact en partant ? Il essaya bien d'ouvrir les portières des deux voitures déjà en stationnement, mais elles étaient soigneusement fermées. Il décida de mettre au point un plan qui lui permettrait d'atteindre la côte avant la nuit.

Il était plongé dans ses pensées lorsqu'il entendit une sorte de raclement qui le fit sursauter. Balayant du regard le sous-sol obscur, il vit émerger de l'ombre un homme qui traînait une poubelle en plastique à moitié pleine de détritus. Adam parvint à peine à le distinguer. Il était vêtu d'une veste marron d'une propreté plus que douteuse dans laquelle il flottait littéralement, ce qui permettait de se faire une idée assez exacte de la taille de son propriétaire précédent. Il se demanda ce qu'il ferait si l'homme continuait à avancer dans sa direction. Mais lorsqu'il fut plus près, Adam vit que c'était un vieux bonhomme voûté qui avait un mégot au bec. L'employé s'immobilisa à sa hauteur pour ramasser un paquet de cigarettes qu'il avait repéré. S'étant assuré qu'il était vide, il le jeta dans la poubelle, où ne tardèrent pas à le rejoindre un papier de bonbon, une bouteille de Pepsi-Cola et un vieux numéro du *Figaro*. Il examina lentement les lieux à la recherche d'autres détritus, tellement absorbé par son travail qu'il ne remarqua pas Adam dissimulé derrière la voiture du fond. Estimant sa tâche terminée, il traîna ensuite la poubelle sur le ciment, poussa une porte et disparut avec son fardeau.

Adam commençait à respirer quand, deux minutes plus tard, le vieil homme reparut, se dirigea vers une autre porte dont Adam n'avait pas remarqué la présence, et l'ouvrit. Il enleva son informe veste marron, qu'il troqua contre une grise qui n'avait pas meilleure allure mais lui allait tout de même un peu mieux, et il sortit. Quelques instants plus tard, Adam entendit claquer une porte.

L'employé avait fini sa journée.

Le fugitif patienta quelque temps avant de se relever et de s'étirer. Rasant le mur, il se dirigea vers la petite porte. Il l'ouvrit sans bruit et décrocha de son clou la longue veste marron avant de réintégrer sa cachette. Il s'accroupit vivement en entendant arriver la première voiture de la matinée. Le conducteur se gara dans le fond avec une telle dextérité qu'Adam en conclut qu'il devait faire ça tous les jours. Court sur pattes, tiré à quatre épingles, la moustache filiforme, vêtu d'un élégant costume à fines rayures, l'automobiliste bondit hors de son véhicule, un porte-documents à la main. Après avoir verrouillé sa portière, il se dirigea vers la sortie d'une démarche compassée. Adam attendit que la porte se soit refermée pour se lever et essayer de passer la veste du vieux par-dessus son blazer. Elle le serrait aux épaules et était trop courte de manches, mais au moins elle lui donnait l'aspect de quelqu'un qui travaillait dans les sous-sols.

Pendant l'heure qui suivit, il regarda arriver les voitures qui se succédaient à intervalles irréguliers. Avec constance, les propriétaires verrouillaient tous soigneusement leurs portières avant de sortir, leurs clés à la main.

Lorsqu'il entendit sonner dix heures dans le lointain, Adam décida qu'il était inutile de s'attarder davantage. Il émergeait de derrière la voiture qui lui servait de paravent et amorçait un repli vers la sortie quand une Rover immatriculée en Angleterre déboucha de la rampe, l'aveuglant presque. Il fit un bond de côté pour laisser passer le véhicule, qui freina et s'arrêta à sa hauteur dans un crissement de pneus. Le conducteur baissa sa vitre.

— O.K. parquer ici ? s'enquit-il avec un accent anglais à couper au couteau.

— Oui, monsieur, lui assura Adam.

— Autres étages marqués réservés, poursuivit le Britannique comme s'il avait affaire au dernier des imbéciles. N'importe où ici ? fit-il avec un moulinet du bras.

— Oui, répéta Adam. Mais c'est moi qui dois garer votre véhicule, ajouta-t-il en imitant Peter Sellers.

Adam s'attendait à ce que l'autre l'envoie sur les roses, mais l'automobiliste se contenta de le remercier et sortit de sa voiture en tendant ses clés et un billet de dix francs à Adam.

— Merci, fit ce dernier, qui porta la main à son front en empochant le billet. Vous en avez pour longtemps ?

— Une heure maximum, dit l'homme en s'éloignant.

Adam resta planté quelques minutes près du véhicule. Voyant que l'inconnu était bel et bien parti, il ouvrit la portière côté passager et déposa ses provisions sur le siège avant. Puis, contournant la Rover, il s'installa au volant, mit le contact et vérifia la jauge d'essence : le réservoir était plus qu'à moitié plein. Il fit ronfler le moteur et s'élança le long de la rampe jusqu'au dernier étage. Là, il fut bien obligé de s'arrêter : la barrière automatique était baissée et il lui fallait mettre une pièce de un franc pour qu'elle se relève. La dame qui était derrière lui accepta en bougonnant de lui faire la monnaie de dix francs quand elle comprit qu'elle n'avait pas le choix et que c'était la seule façon de sortir du parking. Adam fonça, cherchant des yeux un panneau « Toutes directions ». L'ayant trouvé, il mit quelques minutes à peine à traverser la ville et prit la N. 6, direction Paris.

Dans le meilleur des cas, il disposait de deux heures, le temps que le vol de la voiture soit signalé à la police. Il était sûr d'avoir assez d'essence pour atteindre Paris, mais de là à gagner Calais, c'était exclu.

Il resta sur la file du milieu, prenant bien soin de respecter les limitations de vitesse. Au bout d'une heure, il avait parcouru près de quatre-vingt-dix kilomètres. Il ouvrit le sac que la fermière lui avait donné et en sortit une pomme et un morceau de fromage. Il se mit à penser à Heidi. Il n'avait pas cessé de penser à elle au cours des deux derniers jours. Si seulement il n'avait pas ouvert cette lettre...

⁂

Une heure s'écoula encore avant qu'il ne l'aperçoive, escaladant en boitant une colline distante de quelques centaines de mètres de la nationale. Un sourire cruel étira les traits de Romanov lorsqu'il comprit qu'il avait largement le temps de rattraper Scott avant que celui-ci atteigne la route. Quand Romanov ne fut plus qu'à quelques mètres de lui, le capitaine se retourna et sourit à l'étranger.

Lorsque Romanov, trente minutes plus tard, laissa Banks dissimulé derrière un arbre, les cervicales brisées, il dut admettre à contrecœur que le jeune officier s'était montré aussi brave que Valchek. Mais il n'était pas question de perdre davantage de temps à essayer de savoir dans quelle direction Scott était parti.

Romanov mit le cap vers l'ouest.

La sirène tira Adam de sa rêverie. Il jeta un coup d'œil à la petite horloge du tableau de bord. Il n'y avait qu'une heure et demie qu'il s'était mis en route. La police française était-elle à ce point efficace ? La voiture se rapprochait de lui à toute allure mais Adam, le cœur battant à tout rompre, continua de rouler à la même vitesse, jusqu'à ce que le véhicule de police le dépasse en trombe. Sans se rabattre brutalement devant lui. Ouf...

Les kilomètres défilant, Adam commença à se demander s'il ne serait pas plus astucieux de bifurquer et de prendre une route moins fréquentée mais, tout bien réfléchi, il décida de continuer sur Paris par le chemin le plus rapide.

Tout en surveillant les panneaux, il guettait d'éventuels hululements de sirènes. Une fois à l'entrée de la capitale, il se dirigea vers le boulevard de l'Hôpital. Détendu, il attaqua une autre pomme. En temps ordinaire, il se serait extasié sur la beauté des monuments bordant la Seine, mais aujourd'hui il avait l'œil braqué sur son rétroviseur.

Il décida que le mieux était encore d'abandonner la Rover dans un grand parking public : avec un peu de chance, on ne retrouverait pas trace du véhicule avant plusieurs jours.

Il s'engagea dans la rue de Rivoli où flottaient des banderoles multicolores. Il n'aurait pas pu mieux choisir, l'endroit devait être plein de voitures d'étrangers.

Adam se gara dans une rue transversale et, après avoir englouti son dernier morceau de fromage, verrouilla la Rover. Il s'apprêtait à se diriger vers la place de la Concorde lorsqu'il surprit les regards amusés des touristes fixés sur la veste marron étriquée qu'il avait complètement oubliée. Il décida alors de rebrousser chemin et d'aller la déposer dans le coffre, s'empressant de l'ôter et de la plier soigneusement.

Il ne se trouvait qu'à quelques mètres de la voiture lorsqu'il vit le jeune agent de police. Après avoir vérifié le numéro d'immatriculation de la Rover, le policier se mit à parler dans son talkie-walkie. Adam recula lentement, sans le quitter de l'œil. Encore six ou sept pas et il se perdrait dans la foule compacte de la rue de Rivoli.

Cinq, quatre, trois, deux... L'homme marmonnait toujours dans son appareil. Plus qu'un pas...

— Non mais dites donc ! brailla la dame dont Adam venait d'écraser le pied.

— Excusez-moi, lâcha-t-il par réflexe dans sa langue maternelle.

L'agent de police leva aussitôt la tête, dévisagea Adam, hurla quelque chose dans son talkie-walkie et se mit à courir dans sa direction.

Abandonnant la veste, le fugitif tourna alors brutalement les talons, renversant presque la dame aux orteils meurtris avant d'essayer de piquer un sprint vers la rue de Rivoli. Le quartier était plein de touristes venus visiter le Louvre et au milieu de cette cohue il était difficile d'avancer vite. Lorsque Adam atteignit enfin la rue de Rivoli, il entendit le coup de sifflet du policier à quelques pas derrière lui. Il traversa la rue au galop, passa sous une arche et déboucha enfin sur une vaste place.

Constatant qu'un autre policier arrivait sur sa droite et qu'il n'avait pas le choix, il grimpa quatre à quatre les marches menant à l'entrée du musée. Arrivé au sommet de l'escalier, il se retourna, pour s'apercevoir qu'il avait au moins trois flics aux trousses, qui le talonnaient de près. Franchissant en trombe la porte battante, il dépassa un groupe de touristes agglutinés dans le hall puis, fonçant sous le nez du gardien sidéré, il se rua dans le grand escalier de marbre.

— Monsieur, votre billet ! cria le préposé dans son dos.

Arrivé en haut de l'escalier, il prit à droite, traversa en courant une salle où se tenait une exposition de peintres flamands, s'engouffra dans la salle réservée au XIXe siècle, cherchant désespérément une sortie. Poursuivant sa course, il déboucha en plein XVIIIe — Fragonard, Watteau. Toujours pas de sortie en vue. Après avoir franchi une grande arche, il atterrit parmi les maîtres du XVIIe siècle au milieu de Murillo, Van Dyck et Poussin, sous les regards ébahis des visiteurs qui, abandonnant la contemplation des toiles, se retournèrent pour voir quelle était la cause de tout ce remuage-ménage. Toujours galopant, Adam pénétra dans la salle du XVIᵉ siècle où trônaient Raphaël, le Caravage et Michel-Ange, se rendant subitement compte qu'il ne pourrait pas indéfiniment remonter dans le temps et qu'il ne lui restait plus que deux siècles de peinture devant lui.

Quelle direction prendre ? La droite, la gauche ? Il opta pour la droite et pénétra dans une vaste pièce carrée qui comportait trois sorties. Il ralentit, se demandant laquelle choisir, et s'aperçut qu'il était entouré d'icônes russes. Il s'immobilisa devant une vitrine vide. Une pancarte annonçait : « Tableau en cours de restauration ».

Le premier agent de police était apparu à son tour dans la grande salle et ne se trouvait plus qu'à quelques pas de lui lorsque Adam se rua vers la sortie la plus éloignée. Il ne lui restait plus désormais que deux possibilités. Il bifurqua vers la droite, pour s'apercevoir qu'un autre policier lui fonçait dessus. A gauche, il y en avait deux autres, et devant lui encore un.

Adam s'immobilisa au milieu des icônes, les mains au-dessus de la tête, entouré de tous côtés par des agents revolver au poing.

CHAPITRE 19

Sir Morris décrocha le téléphone posé sur son bureau.
— Un appel urgent de Paris, monsieur, lui annonça sa secrétaire.
— Merci, Tessa.
Il écouta attentivement, traduisant fébrilement au fur et à mesure.
— Merci, dit Sir Morris à son homologue français du ministère des Affaires étrangères. Nous vous recontacterons dès que nous aurons pris les mesures nécessaires pour le récupérer. Mais pour l'instant, ne le perdez surtout pas de vue.
Le haut fonctionnaire écouta encore un moment et ajouta :
— Si vous trouvez quoi que ce soit sur lui, mettez-le en lieu sûr. Merci encore.
Sa secrétaire avait pris en sténo la totalité de la conversation, comme elle le faisait depuis dix-sept ans.

Une fois que les policiers lui eurent passé les menottes et l'eurent conduit vers une voiture qui attendait, Adam fut surpris de les voir se détendre et devenir presque amicaux. L'agent auquel il était enchaîné le fit monter à l'arrière de la voiture, qui était précédée et suivie d'un car de police. Deux motards ouvraient le cortège. Adam avait davantage l'impression d'être un membre de la famille royale en visite officielle en France qu'un criminel recherché pour un double meurtre, deux vols de voiture et usage de faux papiers. Avait-on enfin compris qu'il était innocent ?

A son arrivée à la Préfecture, dans l'île de la Cité, Adam fut immédiatement sommé de vider ses poches. Une montre, une pomme, cent livres en chèques de voyage, huit francs français, et un passeport britannique établi au nom de Dudley Hulme. L'inspecteur de service lui demanda ensuite fort poliment de se déshabiller. C'était la deuxième fois de la journée. Quand Adam se fut exécuté, le policier examina avec minutie toutes les poches de son blazer, et en palpa la doublure. En voyant sa mine s'allonger, Adam comprit qu'il n'avait pas trouvé ce qu'il cherchait.

— C'est tout ce que vous avez sur vous ? demanda le policier, dans un anglais laborieux.

Quelle question stupide, songea Adam. Il a des yeux, il n'a qu'à s'en servir.

— Oui, se borna-t-il à répondre.

L'inspecteur fouilla de nouveau le blazer, toujours sans résultat.

— Rhabillez-vous, ordonna-t-il d'un ton rude.

Adam remit chemise, veste et pantalon. Le policier lui confisqua alors sa cravate et ses lacets.

— Vos affaires vous seront rendues quand vous sortirez, expliqua l'inspecteur.

Adam hocha la tête en remettant ses chaussures. On le conduisit dans une cellule située au même étage que le bureau de l'inspecteur et, après l'y avoir enfermé, on le laissa seul. Il examina la pièce succinctement meublée au centre de laquelle se trouvait une petite table en bois flanquée de deux chaises. Ses yeux se posèrent sur le lit étroit muni d'un antique matelas de crin qui occupait le coin. « Cellule », le mot convenait mal à ce réduit dépourvu de tout barreau. Adam enleva sa veste, la posa sur le dos d'une chaise et s'étendit sur la couche exiguë qui lui sembla plus confortable que tout ce sur quoi il avait dormi au cours des dernières quarante-huit heures. Dire qu'il s'était écoulé deux nuits seulement depuis qu'il avait couché par terre dans la chambre de Robin à Genève...

Les minutes s'égrenant, il prit une décision : dès que quelqu'un arriverait, il exigerait un avocat.

— Comment dit-on avocat en français, bon sang ? fit-il tout haut.

Une demi-heure plus tard environ, un agent fit son apparition, portant sur un plateau de la soupe, du pain, un steak et un gobelet en plastique rempli de vin à ras bord. Avaient-ils enfin constaté qu'ils s'étaient trompés de client ? Ou bien était-ce l'ultime repas du condamné qu'on va guillotiner ? Il suivit le policier jusqu'à la porte.

— Je veux voir un avocat, dit-il avec emphase.

L'agent haussa les épaules.

— Je ne comprends pas l'anglais, fit-il en claquant la porte derrière lui.

En désespoir de cause, Adam s'attaqua au repas qu'on venait de lui apporter, bénissant les Français et leur culte de la bonne chère.

**
* *

Sir Morris leur apprit la nouvelle une heure plus tard, scrutant les visages levés vers lui. Jamais il n'aurait pris le risque de convoquer le D4 s'il n'avait eu la certitude qu'Adam se trouvait enfin en sécurité. Matthews était impassible comme à son habitude, Busch étrangement silencieux. Snell semblait presque détendu pour une fois. Lawrence était le seul à avoir l'air sincèrement ravi.

— Scott est bouclé dans les locaux du ministère de l'Intérieur, place Beauvau, poursuivit Sir Morris. Et j'ai déjà contacté notre attaché militaire à l'ambassade...

— ... le colonel Pollard, coupa Lawrence.

— Le colonel Pollard, enchaîna le haut fonctionnaire, qui est parti dans la voiture de l'ambassadeur chercher Scott pour le ramener à notre ambassade, rue du Faubourg-Saint-Honoré, où l'on procédera à son *debriefing*. On a téléphoné il y a un instant pour confirmer l'arrivée du colonel Pollard.

Sir Morris se tourna vers son numéro deux.

— Vous allez prendre l'avion pour Paris ce soir. C'est vous qui conduirez le *debriefing*.

— Bien, monsieur, fit Lawrence en gratifiant son patron d'un sourire.

Sir Morris hocha la tête. « Quel sang-froid ! » se dit-il en examinant ses collaborateurs l'un après l'autre. Mais la demi-heure qui suivrait allait permettre de démasquer celui d'entre eux qui servait deux maîtres.

— Parfait. Je ne pense pas avoir encore besoin de vous aujourd'hui, dit Sir Morris en se levant de sa chaise.

Mentor sourit tandis que le responsable du D4 quittait la pièce : son travail était terminé. Simple comme bonjour, quand on est capable de lire la sténo à l'envers.

*
* *

La Jaguar noire munie de plaques diplomatiques était arrivée au quartier général de la police avec quelques minutes d'avance. La circulation avait été moins dense que le colonel ne l'avait prévu. Planté en haut des marches, l'inspecteur regarda Pollard jaillir de la voiture. En voyant le drapeau britannique qui flottait sur le capot, il ne put s'empêcher de trouver que toute cette histoire avait des relents de mélo.

Petit, trapu, vêtu d'un costume foncé que seule égayait la cravate de son régiment, son parapluie à la main, Pollard ressemblait à ces Anglais — nombreux au demeurant — qui refusent d'admettre qu'ils puissent se trouver à l'étranger.

L'inspecteur conduisit immédiatement Pollard jusqu'à la petite pièce où Adam avait été incarcéré.

— Colonel Pollard, se présenta-t-il. Attaché militaire auprès de l'ambassade britannique à Paris. Désolé de vous avoir fait attendre, mon vieux, mais il a fallu noircir un tas de formulaires pour vous tirer de là. Saloperie de paperasserie.

— Je sais ce que c'est, dit Adam qui, sautant à bas de son lit, serra la main du colonel. J'ai été dans l'armée moi aussi.

— Royal Wessex, je crois.

Adam opina, se sentant un peu plus en confiance.

— Tout est réglé, poursuivit le colonel. La police française s'est montrée très coopérative et a accepté de me laisser vous conduire à notre ambassade.

Adam examina la cravate de l'officier.

— Duke of York ?

— Hein ? Certainement pas ! se récria Pollard, en tripotant machinalement sa chemise. Green Jackets.

— Mais oui, bien sûr, renchérit Adam, secrètement ravi que l'autre ait relevé l'erreur.

— Et maintenant, mon vieux, je crois qu'on ferait bien de mettre les voiles. Aucune charge n'a été retenue contre vous, à ce qu'on m'a dit. Vous devez être soulagé.

Soulagé... Le colonel ne pouvait savoir à quel point Adam l'était.

L'inspecteur les précéda jusqu'au greffe où on demanda à Adam de signer un formulaire pour récupérer ses effets personnels. Il les fourra dans sa poche, à l'exception de sa montre, qu'il glissa à son poignet, et de ses lacets, qu'il entreprit de passer dans leurs œillets avant de les nouer. On ne lui rendit pas le passeport de Dudley Hulme, mais il n'en fut que médiocrement surpris.

— Allons, dépêchons, mon vieux, jeta le colonel d'un ton où perçait une pointe d'inquiétude.

— J'en ai pour un instant, dit Adam. Je suis aussi pressé que vous de me tirer d'ici.

Après avoir vérifié que les nœuds de ses lacets tenaient, il suivit Pollard et l'inspecteur jusqu'à la Jaguar. C'est alors qu'il remarqua que le colonel boitait légèrement. Un chauffeur tenait la portière arrière ouverte : Adam éclata de rire.

— J'aimerais comprendre, fit le colonel.

— Le dernier chauffeur auquel j'ai eu affaire avait l'air nettement moins amical.

Adam grimpa à l'arrière et le colonel s'installa près de lui.

— Direction l'ambassade, ordonna Pollard tandis que la Jaguar démarrait dans un crissement de pneus.

L'œil soudain écarquillé d'horreur, Adam fixa le drapeau britannique.

CHAPITRE 20

Lorsque Adam se réveilla, il était nu.

Il balaya du regard la pièce austère, mais, contrairement à ce qui s'était passé lorsqu'il était en prison, il ne put voir ce qu'il y avait derrière lui ; les bras, les jambes et le corps fermement attachés par une corde de nylon à une chaise qu'on avait placée au milieu du local, il ne pouvait pas bouger le petit doigt.

Quand il leva les yeux, ce fut pour voir le colonel Pollard au-dessus de lui. Dès que l'officier se fut assuré qu'Adam avait repris connaissance, il quitta précipitamment les lieux. Tournant la tête, Adam aperçut ses vêtements soigneusement alignés sur un lit à l'autre bout de la cellule. Il essaya de déplacer la chaise, mais ne réussit qu'à la faire osciller légèrement de droite et de gauche. Au bout de plusieurs minutes, il ne s'était rapproché de la porte que de quelques centimètres. Devant l'inutilité de ses contorsions, il abandonna et décida de consacrer toute son énergie à essayer de détendre les liens qui lui enserraient les poignets en les frottant de bas en haut contre le bois du dossier. Mais ses bras étaient ligotés trop serré pour que ses mouvements de friction soient d'une quelconque efficacité.

Après plusieurs minutes d'efforts infructueux, il fut interrompu par le bruit de la porte qui s'ouvrait. Adam leva les yeux dans le même temps que Romanov pénétrait dans la cellule. Le voir de près ne lui enlevait rien de son aspect terrifiant. Il était suivi d'un homme qu'Adam n'avait jamais rencontré. Ce dernier, qui tenait à la main une espèce de boîte à cigares, se posta derrière Adam. Pollard le suivit, portant un grand drap en plastique.

Romanov contempla la nudité d'Adam et sourit ; ravi de le voir ainsi humilié, il vint se planter devant sa chaise.

— Je suis Alexandre Petrovitch Romanov, annonça-t-il avec un léger accent.

— Ou Emmanuel Rosenbaum, dit Adam, fixant son adversaire sans ciller.

— Désolé de ne pouvoir vous serrer la main, ajouta Romanov en se mettant à tourner autour de la chaise. Mais, vu les circonstances, il m'a semblé préférable de prendre certaines précautions. Je vous félicite d'avoir réussi à m'échapper pendant si longtemps, mais comme vous pouvez vous en rendre compte, mon correspondant à Londres est au moins aussi rapide que le vôtre.

— Votre correspondant ? s'étonna Adam.

— Ne jouez pas les naïfs, capitaine. Vous avez sûrement compris que vous n'étiez pas là pour poser les questions, mais pour y répondre.

Adam s'appliqua à fixer une des briques du mur devant lui, renonçant à suivre les allées et venues de Romanov.

— Pollard, lança Romanov d'un ton sec. Remettez le capitaine Scott au milieu de la pièce. Il semble avoir réussi à parcourir au moins trente centimètres dans sa tentative d'évasion.

Le colonel obtempéra. Après avoir étalé le drap de plastique sur le sol, il plaça Adam, toujours ficelé sur sa chaise, au centre dudit drap.

— Merci, fit Romanov. Je crois que vous connaissez le colonel Pollard, poursuivit-il. Bien entendu, ce n'est pas son vrai nom, et il n'est pas non plus colonel, mais comme il a rêvé de ce grade toute sa vie, nous nous sommes fait un plaisir d'arranger ça.

» Ce brave colonel a bien servi dans l'armée britannique, mais en qualité de simple soldat, ce qu'il était encore dix-huit ans plus tard lorsqu'il l'a quittée. Et malgré une blessure à la jambe — blessure qui ne lui avait malheureusement pas été infligée par un ennemi de la Couronne —, il n'a pu réclamer une pension d'invalidité. Ce qui fait qu'il s'est soudain retrouvé dans une situation financière plus que précaire. Et toujours tenaillé par l'envie d'être colonel. A propos, félicitations pour votre question piège, mon cher Scott. Hélas ! vous avez joué de malchance car le « colonel », qui a réellement servi dans les Green Jackets, n'a pas voulu se risquer à porter une autre cravate que celle de son régiment.

Les yeux d'Adam étaient toujours braqués sur le mur.

— Je reconnais que nous avons commis une erreur grossière avec le drapeau britannique, cela s'explique peut-être par le fait qu'il est impossible de mettre le drapeau soviétique à l'envers sans que tout le monde s'en aperçoive. Encore que ce détail aurait dû sauter aux yeux de Pollard. Il est heureux que vous ne l'avez remarqué qu'une fois les portières soigneusement verrouillées.

Romanov mit fin à ses déambulations et fixa le corps nu d'Adam.

— Je crois que le moment est venu de vous présenter le Dr Stavinsky, qui brûle de faire votre connaissance. Il faut dire qu'il n'a pas eu beaucoup de travail ces temps-ci, et il a un peu peur de se rouiller.

Romanov fit un pas en arrière pour permettre à Stavinsky de se planter devant Adam, sa boîte toujours calée sous le bras. Adam fixa le petit homme, qui semblait le jauger. Stavinsky ne devait guère faire plus d'un mètre cinquante. Il portait une chemise grise à col ouvert et un costume gris tout froissé qui lui donnait l'air d'un obscur clerc de notaire. Sa barbe d'un jour suggérait clairement qu'il ne s'attendait pas à ce qu'on fasse appel à ses services aujourd'hui. Un sourire étira soudain ses lèvres minces.

— Je suis ravi de faire votre connaissance, capitaine Scott, commença Stavinsky. Bien que vous soyez un hôte inattendu de l'ambassade, vous n'en êtes pas moins le bienvenu. Il ne tient qu'à vous que nos relations soient le plus brèves possible : fournissez-moi le renseignement dont j'ai besoin et nous briserons là. (Il poussa un petit soupir.) Tout ce que je vous demande, c'est de me dire où se trouve l'icône du tsar. (Il marqua une pause.) Malheureusement, j'ai le sentiment que ça ne va pas se passer comme ça. Est-ce que je me trompe ?

Adam ne répondit pas.

— Cela ne me surprend d'ailleurs pas. J'ai déjà averti le camarade Romanov, après qu'il m'eut fait de vous une description des plus élogieuses, qu'une simple série de questions et de réponses ne suffirait pas. Toutefois, il me faut suivre la procédure en vigueur dans ce genre de circonstance. Vous ne tarderez pas à constater que les Soviétiques, tout comme les Britanniques, sont très à cheval sur le règlement. Peut-être vous êtes-vous demandé, ajouta Stavinsky, pourquoi un homme qui ne fume pas se promène avec une boîte de cigares en provenance de Cuba ?

Stavinsky attendit une réponse d'Adam, qui ne vint pas.

— Ah... On refuse de faire la conversation ? J'en conclus que vous vous êtes déjà trouvé dans ce genre de situation. Très bien, je vais donc continuer à soliloquer pour l'instant. Quand j'étais à l'université de Moscou, j'étais étudiant en chimie, et je me suis spécialisé dans un domaine bien précis.

Adam ne manifesta pas le moindre intérêt : il s'efforçait de ne pas penser aux jours terribles qu'il avait passés entre les mains des Chinois.

— Peu d'Occidentaux savent que c'est nous qui avons créé, dans les facultés, un département d'interrogation scientifique dirigé par un professeur titulaire, lequel dirige une équipe de chercheurs. D'après ce que l'on m'a dit, il n'existe pas encore de département de ce type à Oxford ou à Cambridge. Mais sans doute est-ce parce que l'Ouest continue à nourrir des idées grotesques et dépassées sur la valeur de la vie et les droits de l'homme. Comme vous vous en doutez, rares étaient les membres de l'université qui connaissaient l'existence de ce département, et plus rares encore ceux qui étaient autorisés à en suivre les cours — qui ne figuraient nulle part au programme. En tant qu'ancien membre du premier Directorat, il était logique que je m'initie à l'art de la torture. Je suis un homme simple, poursuivit Stavinsky, et je n'avais jusque-là manifesté que peu de goût pour la recherche, mais une fois que j'ai découvert « la boîte à cigares », je suis devenu du jour au lendemain un élève passionné et attentif. Je n'avais qu'une hâte : passer de la théorie à la pratique.

Il marqua une pause pour voir quel effet son discours produisait sur Scott et, déçu, constata que celui-ci le fixait toujours d'un air lointain.

— La torture, reprit Stavinsky, est un art ancien et honorable que les Chinois pratiquent depuis quelque trois mille ans, comme vous le savez certainement, capitaine Scott. Dans ce domaine, les Britanniques eux-mêmes ont fait de notables progrès depuis le chevalet, qui, vous en conviendrez avec moi, est plutôt encombrant. C'est en pensant à cet aspect de la question que le professeur Metz, qui fut mon maître à Moscou, mit au point un appareil de petit format, d'une simplicité enfantine et dont même un homme d'intelligence moyenne peut maîtriser le maniement en quelques leçons.

Bien que tenaillé par le besoin de savoir ce que contenait la boîte, Adam réussit à rester impassible.

— Il en est de la torture comme de l'amour, capitaine Scott : tout est dans les préliminaires. Vous me suivez, j'espère ?

Adam s'efforça de demeurer calme et détendu.

— Vous ne répondez toujours pas ? Qu'importe, capitaine, je ne suis pas pressé. D'autant que, dans votre cas, l'opération risque de durer plus longtemps que d'habitude, ce qui, je ne vous le cache pas, n'est pas pour me déplaire. Nous ne sommes pas encore en possession de l'icône du tsar, c'est un fait, mais du moins ai-je entre les mains la seule personne qui sache où elle se trouve.

Adam ne fit aucun commentaire.

— Je vais donc vous poser la question avant d'ouvrir la boîte : où se trouve l'icône du tsar ?

Adam cracha à la figure de Stavinsky.

— Votre conduite est déplorable, et de plus, stupide. D'ici peu, vous vous jetterez sur la moindre goutte d'eau que nous voudrons bien vous donner. Mais, bien sûr, vous ne pouviez pas savoir.

Stavinsky déposa la boîte sur le sol et l'ouvrit lentement.

— Primo, fit-il en adoptant le ton d'un prestidigitateur

officiant devant un parterre d'enfants, voici une batterie de six volts au nickel-cadmium, fabriquée par EverReady.

Il marqua une pause.

— EverReady, « Toujours prêt », ça ne manque pas de piquant, non ? Secundo, poursuivit-il en plongeant de nouveau la main dans la boîte, un petit générateur d'impulsions.

Il déposa la boîte métallique rectangulaire à côté de la batterie.

— Tertio, deux longueurs de fil à l'extrémité desquelles sont fixées des électrodes. Quatrièmement, deux seringues, cinquièmement un tube de colle au collodion et enfin un flacon, dont je vous parlerai plus tard. Lorsque je dis « enfin » c'est inexact, car la boîte contient encore deux autres accessoires dont je pense ne pas avoir à me servir, sauf s'il se révélait nécessaire de passer au stade deux, voire au stade trois de notre petite expérience.

Stavinsky aligna soigneusement son matériel aux pieds d'Adam.

— Ça n'a pas l'air de grand-chose comme ça, reprit le petit homme terne. Mais en faisant travailler votre imagination, vous devriez avoir une petite idée de ce qu'on peut en faire. Bien. Et maintenant, pour permettre au camarade Romanov et au colonel ici présents de savourer pleinement le spectacle que je vais leur offrir, il va falloir que je vous donne quelques détails concernant le système nerveux. J'espère que vous me suivez attentivement, capitaine Scott, car faute d'un minimum de connaissances techniques, la victime est incapable d'apprécier la beauté de la chose.

Adam était fort contrarié que Stavinsky parlât si bien l'anglais. Il revoyait encore les Chinois lui racontant ce qu'ils allaient lui faire subir dans une langue à laquelle il n'entendait goutte. Il avait ainsi pu plus facilement laisser vagabonder son esprit même si, au bout du compte, il s'était retrouvé enfermé dans un frigo pendant quatre heures.

— Passons maintenant à l'aspect pratique, poursuivit le petit homme en gris. En envoyant une brève impulsion électrique à l'extrémité du synapse, on peut transmettre un message électrique d'une intensité non négligeable à des milliers d'autres nerfs en une fraction de seconde. Ceci cause au sujet une sensation fort désagréable, qui n'est pas sans ressembler à celle qu'on peut éprouver, chez soi, quand on touche par mégarde un fil nu et qu'on n'a pas coupé le courant : ce qu'on appelle vulgairement un choc électrique. Ce n'est pas mortel, mais c'est très déplaisant. A Moscou, nous appelons ça le stade un. Il est inutile que vous en fassiez l'expérience si vous êtes prêt à me dire où se trouve l'icône du tsar.

Adam ne broncha pas.

— Je vois que vous n'avez pas assimilé mon petit topo. Il va donc falloir passer de la théorie à la pratique.

Adam commença de se réciter les titres des trente-sept pièces de Shakespeare. Son vieux professeur d'anglais aurait été content de savoir qu'après se les être entendu rabâcher pendant des années, Adam était capable de se les remémorer à volonté.

Henri VI première partie, Henri VI deuxième partie, Henri VI troisième partie, Richard II...

Stavinsky prit le tube, dévissa le bouchon et étala de la colle en deux endroits sur la poitrine d'Adam.

... La comédie des méprises, Titus Andronicus, La mégère apprivoisée...

Le Soviétique fixa les électrodes à la colle, prit les fils et les fixa à la batterie de six volts, elle-même reliée au petit générateur d'impulsions.

... Les deux gentilhommes de Vérone, Peines d'amour perdues, Roméo et Juliette...

Sans prévenir, Stavinsky appuya deux bonnes secondes sur la poignée du générateur, envoyant ainsi dans le corps d'Adam une décharge de deux cents volts. Celui-ci hurla de douleur tandis que le courant le traversait. Mais la sensation ne dura qu'un instant.

— N'hésitez surtout pas à nous faire savoir ce que vous ressentez. La pièce est insonorisée, vous pouvez vous exprimer à loisir, vous ne dérangerez personne.

Ignorant la remarque, Adam se cramponna des deux mains au rebord de la chaise et continua de marmonner.

... Richard III, Le songe d'une nuit d'été, Le roi Jean...
Stavinsky appuya de nouveau sur le plongeur pendant deux secondes. Cette fois la douleur fut instantanée. Dès qu'elle eut cessé, Adam éprouva une violente envie de vomir mais il réussit à ne pas perdre connaissance.

Stavinsky laissa passer quelques minutes avant de formuler un commentaire.

— Impressionnant. Nous allons pouvoir passer au stade deux. A moins, bien entendu, que vous ne répondiez à ma question. Alors, où se trouve l'icône du tsar ?

Adam avait la bouche tellement sèche qu'il était incapable de parler, et encore moins de cracher.

— Je vous avais pourtant prévenu, capitaine Scott.

Stavinsky se tourna vers la porte.

— Allez chercher un peu d'eau pour le capitaine, colonel.

... Le marchand de Venise, Henri IV première partie, Henri IV deuxième partie...

Pollard revint en coup de vent et fourra le goulot d'une bouteille dans la bouche d'Adam. Ce dernier en engloutit la moitié avant qu'on ne la lui retire.

— Mieux vaut y aller doucement. Vous risquez d'en avoir encore besoin. Sauf si vous me dites où se trouve l'icône, évidemment.

Adam cracha en direction de son adversaire.

Stavinsky bondit et le gifla à toute volée du revers de la main. La tête d'Adam retomba sur sa poitrine.

— Il va falloir passer au stade deux, vous ne me laissez pas le choix, commenta Stavinsky.

Il loucha vers Romanov, qui opina. Les lèvres minces du « chimiste » s'étirèrent en un hideux sourire.

— Vous vous demandez sans doute quel genre de souffrances je peux bien encore vous infliger avec une malheureuse batterie de six volts ; comme vous avez sûrement, dans maints films policiers américains, vu électrocuter des condamnés sur la chaise électrique, vous savez qu'il faut un générateur autrement puissant pour tuer un homme. Mais primo, je n'ai pas l'intention de vous tuer. Et secundo, les cours que j'ai eu l'honneur de suivre à la faculté ne s'arrêtaient pas au stade un.

Le professeur Metz, qui en avait rapidement constaté l'insuffisance, passa sa vie à chercher une solution au problème. Lorsqu'il l'eut trouvée, l'académie des Sciences la baptisa solution « M », en son honneur, bien sûr. En injectant « M » dans le système nerveux, les messages parviennent à l'ensemble des nerfs avec une efficacité accrue, ce qui fait que la douleur se multiplie sans pour autant être fatale.

» Il suffit de multiplier quelques milliampères par un facteur approprié pour obtenir des effets nettement plus intéressants. Je vous repose donc la question : où est l'icône du tsar ?

... *Beaucoup de bruit pour rien, Henri V, Jules César...*

— Vous êtes décidé à me laisser poursuivre, si je comprends bien, dit Stavinsky.

Saisissant une seringue, il en enfonça la longue aiguille dans un flacon avant de retirer le piston jusqu'à ce que le cylindre soit à moitié plein. Le petit homme tint l'aiguille en l'air, appuya sur le poussoir et fit jaillir un petit jet semblable à une fontaine minuscule. Puis il alla se placer derrière Adam.

— Je vais vous faire une ponction lombaire. Ne bougez surtout pas, sinon vous risqueriez de rester paralysé des cervicales jusqu'aux orteils pour le restant de vos jours. Bien que je ne sois pas honnête de nature, je vous conseille néanmoins de me faire confiance. Cette injection ne vous tuera pas, je vous le certifie. Votre mort serait contraire à nos intérêts, vous le savez.

Adam demeura parfaitement immobile tandis que la seringue s'enfonçait dans son dos.

Comme il vous...

Une douleur atroce le parcourut tout entier et soudain, heureusement pour lui, il ne sentit plus rien.

Lorsqu'il reprit connaissance, il aurait été incapable de dire combien de temps il était resté évanoui. Lentement, il réussit à accommoder, et distingua son bourreau qui tournait dans la pièce comme un fauve en cage. Voyant qu'Adam avait ouvert les yeux, l'homme au visage sali de barbe cessa ses allées et venues, sourit, s'approcha de la chaise et passa le doigt sur le morceau d'Albuplast qui recouvrait la blessure d'Adam. Bien qu'il n'ait pas appuyé, Adam eut l'impression qu'on lui enfonçait un fer rougi dans l'épaule.

— Chose promise, chose due, fit Stavinsky. Je vais vous faire découvrir des sensations beaucoup plus fortes. Mais d'abord il faut que j'enlève ce pansement.

Il marqua une pause tandis qu'Adam pinçait les lèvres. Puis, d'un geste brusque, il arracha l'Albuplast. Adam poussa un hurlement : c'était comme si la balle était entrée dans sa chair pour la seconde fois. Romanov s'approcha, se pencha et examina la plaie.

— Mon collègue ne vous a pas complètement raté, ça me rassure. Vous imaginez un peu ce que ça va donner quand M. Stavinsky va rebrancher les fils et jouer avec son petit générateur ?

— ... La nuit des rois, Hamlet, Les joyeuses commères de Windsor..., dit Adam à haute et intelligible voix.

— Je constate que vous ne voulez pas laisser travailler votre imagination, commenta Romanov, allant se poster derrière lui.

Stavinsky vérifia que les fils étaient bien fixés à la colle étalée sur le torse d'Adam et revint vers le générateur.

— Dans trois secondes j'appuie sur la poignée. Vous savez comment m'en empêcher.

— ... Troïlus et Cressida, Tout est bien qui finit bien...

La poignée s'abaissa et les volts se ruèrent dans toutes les terminaisons nerveuses de son corps. Adam poussa un tel cri que si la pièce n'avait pas été insonorisée on l'aurait entendu à deux kilomètres à la ronde. Lorsque l'effet premier se fut dissipé, il se mit à trembler et vomir de façon incoercible. Stavinsky et Pollard se précipitèrent et s'empressèrent de détacher ses liens. Vomissant toujours, Adam tomba à quatre pattes par terre.

— Pas question qu'on vous laisse étouffer, expliqua Stavinsky. Nous avons perdu un ou deux patients comme ça au début, alors maintenant nous prenons nos précautions.

Dès que les nausées eurent cessé, Stavinsky remit Adam sur la chaise et Pollard le ligota de nouveau.

— Où est l'icône du tsar ? brailla le petit homme.

— ... *Mesure pour mesure, Othello, Le roi Lear...,* énonça
Adam d'une voix chevrotante.

Pollard prit une autre bouteille d'eau et la fourra entre les
lèvres d'Adam. Le jeune homme avala goulûment de grandes
gorgées sans parvenir à se désaltérer. Romanov fit un pas en
avant et Stavinsky reprit sa place près du générateur.

— Vous êtes un type courageux, Scott, dit Romanov. Vous
l'avez amplement prouvé. Mais c'est de la folie. Dites-moi où
est l'icône et je renvoie Stavinsky et donne l'ordre au colonel
de vous abandonner sur les marches de l'ambassade britannique.

— ... *Macbeth, Antoine et Cléopâtre...*

Avec un profond soupir, Romanov hocha la tête. Stavinsky
appuya de nouveau sur la poignée. En voyant la réaction du
jeune Anglais, le colonel lui-même devint blême. Adam émit
un hurlement qui dépassait en intensité les précédents, ses
muscles se tétanisèrent tandis que l'électricité se ruait dans les
millions de terminaisons nerveuses de son corps. Quand on
l'eut détaché, Adam se retrouva à quatre pattes par terre.
Était-il possible qu'il lui restât encore quelque chose à restituer ? Dès qu'il releva la tête, on le rassit brutalement sur la
chaise, à laquelle on le ficela. Stavinsky le contempla passi-
vement.

— Vraiment très impressionnant, capitaine. Je crois que
vous êtes mûr pour le stade trois.

**

A son arrivée à Orly ce soir-là, Lawrence se faisait une joie
de dîner avec son vieil ami chez l'ambassadeur. Le colonel
Pollard l'attendait à la sortie.

— Comment va-t-il ? s'enquit aussitôt Lawrence.

— J'allais justement vous poser la question, dit Pollard en
prenant le bagage du nouvel arrivant.

Lawrence s'arrêta net et fixa le grand type maigre qui
portait l'uniforme des Royal Dragoon Guards.

— Que voulez-vous dire ? s'étonna-t-il.

— Rien de plus que ce que je viens de dire, rétorqua

302

Pollard. J'ai suivi vos instructions à la lettre et suis allé chercher Scott dans l'île de la Cité. Mais quand je suis arrivé, on m'a annoncé qu'il avait été emmené vingt minutes plus tôt par un homme qui s'était fait passer pour moi. Nous vous avons appelé immédiatement à votre bureau, mais comme vous étiez déjà parti, l'ambassadeur m'a demandé de foncer à Orly pendant qu'il téléphonait à Sir Morris.

Lawrence tituba et faillit tomber. Le colonel se précipita. Il ne comprit pas ce que le jeune homme voulait dire quand il murmura :

— Il va croire que c'est moi, à tous les coups.

🔆

Lorsque Adam revint à lui, il était seul avec Romanov.

— Il arrive parfois, dit le Soviétique faisant comme si Adam ne s'était pas trouvé mal, qu'un homme soit trop fier pour flancher devant son tortionnaire, ou devant un de ses compatriotes, surtout si celui-ci est un traître. C'est pour cette raison que j'ai demandé à Stavinsky et au colonel d'aller faire un petit tour dehors. Je n'ai aucune envie de voir Stavinsky poursuivre ses expériences mais je ne peux l'empêcher de continuer que si vous me dites où vous avez mis l'icône.

— Pourquoi vous le dirais-je ? se rebiffa Adam. Elle est à moi.

— Justement, non, capitaine Scott. Le tableau que vous avez récupéré à Genève est l'original exécuté par Roublev — œuvre d'une valeur inestimable qui appartient à l'Union des Républiques socialistes soviétiques. Si cette icône devait figurer dans une vente aux enchères, nous nous empresserions de demander que nous soit restitué ce trésor national, volé à coup sûr par le vendeur.

— Mais comment...

— C'est vous, coupa Romanov, qui êtes maintenant en possession de l'original, que le tsar avait confié au grand-duc de Hesse, et pendant cinquante ans l'Union soviétique n'en a eu que la copie.

Les yeux d'Adam se dilatèrent de stupeur tandis que

Romanov retirait de la poche intérieure de son pardessus une icône représentant saint Georges et le dragon. Romanov marqua une pause, et la retourna : il eut un sourire de satisfaction en voyant la réaction d'Adam lorsque ce dernier constata l'absence de la couronne.

— On me l'a prêtée, poursuivit Romanov. Dites-moi où est l'original : je vous rends la liberté et vous donne la copie en échange. Personne n'en saura rien et vous en tirerez un joli paquet.

— Belle affaire, ricana Adam.

Les yeux de Romanov s'étrécirent de façon inquiétante.

— Vous vous rendez compte, je pense, que vous détenez un tableau sans prix appartenant à l'Union soviétique. En refusant de nous le restituer, vous risquez d'attirer de gros ennuis à votre pays, sans compter que vous vous retrouverez en prison. Dites-moi où est l'icône et je vous laisse partir.

Adam ne daigna même pas faire non de la tête.

— Le moment est donc venu de vous communiquer un renseignement qui risque de vous intéresser davantage.

Romanov sortit une feuille de papier d'une enveloppe qu'il avait prise dans sa poche intérieure. Adam le regardait d'un air intrigué, se demandant de quoi il pouvait bien s'agir. L'homme du K.G.B. déplia la feuille et la brandit, de façon que l'Anglais ne puisse en voir que le verso.

— Sur cette feuille figure le texte de la sentence prononcée à Moscou en 1949 par le juge I.T. Nikitchenko, une sentence de mort concernant un certain major Vladimir Kosky, officier russe commandant la garde soviétique la nuit où mourut le maréchal Hermann Goering.

Il retourna le papier afin qu'Adam puisse voir le recto.

— Le major Kosky a été reconnu coupable de collaboration avec l'ennemi et de corruption. Il a été prouvé que c'est lui qui avait fait parvenir le cyanure au maréchal la nuit de sa mort.

Les yeux d'Adam s'agrandirent.

— Je vois que j'ai touché la corde sensible. Cette fois, je crois que vous allez vous décider à me dire où se trouve l'icône, car si je me souviens bien il y a une expression en anglais qui dit « échange n'est pas vol », c'est bien cela ? Je vous propose d'échanger votre icône contre la mienne, plus le document juridique qui réhabilitera votre père.

Adam ferma les yeux, se rendant soudain compte que Romanov ignorait ce que contenait l'icône. Incapable de dissimuler sa colère, le Russe se dirigea vers la porte et l'ouvrit sans douceur.

— A vous de jouer, lança-t-il.

Le Dr Stavinsky refit son apparition et, le sourire aux lèvres, poursuivit sa conférence comme s'il n'avait jamais été interrompu.

— Le stade deux ne donna jamais vraiment satisfaction au professeur Metz car le temps de récupération, même chez les sujets qui, comme vous, étaient dotés d'un courage et d'une forme physique exceptionnels, l'obligeait à faire des pauses de plusieurs heures, voire de plusieurs jours. Aussi, au cours de ses dernières années à l'université, il consacra son temps à trouver un moyen d'accélérer le processus. Comme tous les génies, il aboutit à une solution d'une simplicité étourdissante, passant par la mise au point d'une formule chimique qui, injectée dans le système nerveux, provoque une récupération immédiate, en fait un analgésique à effet rapide. Il lui fallut douze années de recherches et plusieurs décès avant de découvrir la formule adéquate.

Retirant de la boîte à cigares un autre flacon, Stavinsky plongea l'aiguille d'une seconde seringue dans la capsule qui fermait la fiole.

— Une fois injecté dans votre corps, reprit le petit homme en brandissant triomphalement le minuscule flacon, ce produit vous permettra de récupérer si vite que vous vous demanderez si même vous avez souffert. Metz aurait dû recevoir le prix Nobel pour cette découverte géniale, mais nous avons estimé que ce genre d'invention n'était pas de nature à être divulgué dans le monde scientifique. Grâce à lui, je peux vous faire revivre la petite expérience que vous venez de traverser encore et encore sans que jamais vous mouriez pour autant. Je peux actionner ce générateur toutes les trente minutes pendant une semaine si tel est votre bon plaisir,

305

poursuivit le tortionnaire, fixant le visage crayeux et effaré d'Adam, souillé de vomissure.

— Ou alors je peux arrêter immédiatement après vous avoir administré un antidote dès que vous m'aurez dit où se trouve l'icône du tsar.

Stavinsky se plaça devant Adam et remplit à demi la seringue. Le jeune Anglais était transi de froid. Pourtant, sous l'effet de la torture, il transpirait abondamment.

— Ne bougez pas, capitaine Scott, je n'ai aucune envie de faire de vous un invalide.

Adam sentit l'aiguille s'enfoncer et quelques instants plus tard le liquide pénétrer dans sa veine.

Il fut sidéré par la vitesse avec laquelle il récupéra. Au bout de quelques minutes, il n'était plus ni nauséeux ni désorienté. Les sensations qu'il éprouvait dans les bras et les jambes étaient redevenues normales tandis que s'intensifiait le désir de ne plus jamais connaître le stade deux.

— Le professeur Metz était un génie, je suis sûr que vous en conviendrez avec moi, fit Stavinsky. S'il était encore de ce monde, je ne doute pas qu'il vous aurait consacré un article.

Le petit homme recommença à passer de la colle sur la poitrine de sa victime. Après s'être assuré qu'il en avait assez mis, il y fixa les électrodes.

— Coriolan, Timon d'Athènes, Périclès...

Stavinsky appuya de la paume sur la poignée et Adam appela la mort. Il poussa un cri déchirant tandis que son corps était secoué de spasmes. Quelques secondes plus tard, glacé jusqu'à la moelle des os et tremblant de tous ses membres, il se mit à vomir.

Son tortionnaire se précipita pour le détacher. Adam s'écroula par terre et rendit ce qu'il avait encore dans l'estomac. Lorsque Pollard vit qu'il ne pouvait plus que cracher, il le remit sur la chaise.

— Vous comprenez bien qu'il n'est pas question de vous laisser passer l'arme à gauche, capitaine. Alors, où est l'icône ? beugla Stavinsky.

« Au Louvre », voulut crier Adam, mais il avait la bouche comme du papier de verre et c'est tout juste s'il parvint à chuchoter. Stavinsky se mit en devoir de remplir la seconde seringue et fit une nouvelle piqûre à Adam, qui récupéra en un rien de temps.

— Dans dix secondes, on recommence, annonça le Russe. Neuf, huit, sept...

— ... *Cymbeline*...

— ... six, cinq, quatre...

— ... *Un conte d'hiver*...

— ... trois, deux, un.

— ... *La tempête*... Ahhhh, hurla Adam, qui s'évanouit aussitôt.

Lorsqu'il refit surface, le colonel l'aspergeait d'eau froide. Il se remit à vomir. Une fois qu'il l'eut ficelé de nouveau sur sa chaise, Stavinsky lui planta la seringue dans la veine une fois encore et Adam se dit qu'il n'arriverait pas à récupérer, que c'était impossible. Cette fois il allait mourir, c'était inévitable, il le souhaitait, d'ailleurs. Il sentit l'aiguille s'enfoncer dans sa chair.

Romanov fit un pas en avant et, l'œil rivé sur l'Anglais, déclara :

— Le Dr Stavinsky et moi n'avons pas volé notre dîner. Nous avons bien pensé à vous inviter, mais, dans l'état où est votre estomac, nous avons renoncé. Lorsque nous nous serons restaurés, le Dr Stavinsky reprendra ce petit entretien, et ce, jusqu'à ce que vous me disiez où vous avez caché l'icône.

Romanov et Stavinsky se dirigeaient vers la porte lorsque le colonel Pollard revint. L'homme du K.G.B. et le « colonel » échangèrent quelques phrases, qu'Adam ne réussit pas à comprendre. Puis Romanov quitta la pièce, refermant doucement la porte derrière lui.

Le faux officier s'approcha d'Adam et lui passa la bouteille d'eau. Le jeune Anglais but à longs traits, stupéfait de la rapidité avec laquelle il récupérait. Pourtant, malgré ce surprenant retour à la normale, il ne pouvait s'empêcher de se dire qu'il ne survivrait pas à une autre séance.

— Je crois que je vais vomir encore, dit-il, penchant soudain la tête en avant.

Pollard s'empressa de défaire ses liens et regarda son compatriote tomber à quatre pattes par terre. Il cracha un peu de salive et reprit son souffle avant que le colonel l'aide à se rasseoir. En se redressant, Adam agrippa fermement les pieds de la chaise et, bandant ses muscles, brandit la chaise au-dessus de sa tête avant de l'abattre de toutes ses forces sur le crâne du « colonel », auquel sa manœuvre avait échappé. Pollard s'écroula inconscient sur le sol devant Adam et ne l'entendit pas murmurer :

— *Henri VIII* et *Les deux nobles cousins* [1]. Celle-ci, je parie que vous ne la connaissez pas, colonel. Notez bien que vous n'êtes pas le seul, car il n'est pas certain qu'elle ait été écrite par Shakespeare.

Le jeune Anglais demeura agenouillé au-dessus du corps de l'officier, se demandant quelle initiative prendre. Le fait que la pièce fût insonorisée jouait maintenant en sa faveur. Il laissa s'écouler encore quelques secondes, essayant d'évaluer ses forces. Ramassant la bouteille d'eau, il la vida jusqu'à la dernière goutte puis il traversa la pièce en rampant jusqu'au lit et mit son caleçon, ses chaussettes, sa chemise — maintenant d'un blanc douteux — et son pantalon. Au moment de passer son blazer, il s'aperçut que la doublure avait été arrachée et pendait en lambeaux. Se ravisant, il revint tant bien que mal vers le « colonel », lui retira sa veste de tweed et l'enfila. Elle était un peu trop large aux épaules et pas assez longue.

Jubilant presque, il se dirigea alors vers la porte. Il tourna la poignée et tira. La porte s'ouvrit d'un centimètre — rien —, puis de deux — toujours rien. Il jeta un œil par l'entrebâillement mais ne put distinguer qu'un couloir sombre. Lorsqu'il ouvrit la porte en grand, les gonds grincèrent, produisant un bruit qui évoquait le crissement des pneus d'une voiture de course. Après s'être assuré que ces grincements n'avaient ameuté personne, il se risqua dans le couloir.

Le dos collé au mur, il examina l'étroit boyau sans fenêtre, laissant ses yeux s'habituer à l'obscurité. Il réussit à distinguer

---

1. Pièce généralement attribuée à Fletcher. *(N.d.T.)*

une lumière derrière la vitre en verre dépoli d'une porte située à l'autre bout du corridor et se dirigea à pas prudents dans cette direction.

Il continua d'avancer lentement, à l'aveuglette, jusqu'à ce qu'il distinguât un rai de lumière venant de sous une autre porte située sur sa droite à dix mètres de celle qu'il voulait atteindre. Il progressa précautionneusement. Il ne se trouvait plus qu'à un pas de la première porte lorsque celle-ci s'ouvrit brutalement sous la poussée d'un homme de petite taille vêtu d'une tunique blanche et d'un vaste tablier de cuisine. Adam se plaqua contre la paroi tandis que le cuistot sortait de sa poche un paquet de cigarettes et une boîte d'allumettes, et s'éloignait dans la direction opposée. Arrivé devant la porte en verre dépoli, le petit homme l'ouvrit et sortit. Derrière le carreau, Adam le vit craquer une allumette, allumer sa cigarette et en tirer une bouffée avec un soupir de bien-être.

Adam se glissa alors devant ce qui devait être une cuisine et poursuivit son chemin vers la porte vitrée. Il tourna lentement la poignée, attendant que la silhouette bouge. Cette porte était, elle aussi, munie de gonds qu'on n'avait pas dû graisser depuis des mois. Le fumeur se retourna, le sourire aux lèvres, dans le même temps qu'Adam lui expédiait un gauche au creux de l'estomac. Le gâte-sauce se plia en deux et Adam lui envoya son poing droit à la pointe du menton. Le cuisinier s'affala sur le sol, au grand soulagement d'Adam.

Il traîna le corps inerte sur le gazon, l'abandonna derrière un buisson et resta à genoux, le temps de s'orienter. Il distinguait un haut mur en face de lui et une cour gravillonnée. Le mur éclairé par la lune projetait une ombre longue sur les cailloux. Adam évalua à vingt mètres environ la distance qui le séparait du mur de clôture. Rassemblant toutes ses forces, il courut jusqu'au mur et se plaqua contre les pierres comme un lézard, demeurant immobile dans l'ombre. Puis, lentement, silencieusement, il suivit le mur, mètre par mètre, jusqu'à ce qu'il atteignît le devant du bâtiment, qui ne pouvait être que l'ambassade d'U.R.S.S. Devant l'entrée principale, les grandes grilles peintes en vert étaient ouvertes, et des limousines passaient régulièrement. Adam jeta un regard vers la porte d'entrée et vit sur le perron un homme massif en smoking, à la poitrine bardée de médailles, serrant la main de ses hôtes qui prenaient congé. L'ambassadeur, sans doute. Un ou deux invités s'en allaient à pied. Deux gendarmes armés se tenaient au garde-à-vous près de la grille et saluaient chaque fois que passait une voiture ou une personnalité. Adam attendit qu'une grosse Mercedes arborant le drapeau de l'Allemagne de l'Ouest ralentisse pour franchir la grille. S'abritant derrière le véhicule, il s'avança vers le milieu de l'allée puis, suivant de près la voiture, il passa entre les gardes et sortit.

— Bonsoir, leur lança-t-il tandis que la Mercedes avançait. Il n'était plus qu'à un mètre de la rue. « Marche, se dit-il. Surtout ne cours pas. Marche jusqu'à ce que tu sois sorti de leur champ de vision. » Les deux gardes le saluèrent avec déférence. « Ne te retourne pas. » Il entendit ronfler le moteur d'une voiture, derrière lui, mais regarda fixement droit devant.

✲
✲✲

— Tu cherches une fille ? répéta une voix dans l'ombre d'un porche.

Adam avait atterri dans une rue à sens unique mal éclairée qu'arpentaient des hommes sans âge. Il leur jeta un regard soupçonneux tout en poursuivant son chemin dans l'obscurité.

— Quoi... ? dit Adam dans sa langue maternelle.

— T'es anglais, hein ? Tu cherches une fille ? reprit la voix avec un accent résolument français.

— Vous parlez anglais ? s'étonna le jeune homme, incapable de distinguer son interlocutrice.

— Dans mon métier, les langues, c'est utile.

— Combien pour la nuit ? fit Adam, s'efforçant de rassembler ses esprits.

— Deux cents francs.

Le jeune Anglais, qui n'avait pas un sou en poche, espérait qu'elle l'emmènerait dans un endroit où il serait en sécurité.

— Deux cents, ça va.

— Alors, d'accord, fit la fille, émergeant enfin de l'ombre.

Adam n'en revint pas : elle était tout à fait séduisante...

— Prends mon bras. Si jamais on croise un flic, dis que je suis ta femme.

Adam avança en trébuchant.

— Toi, tu as trop picolé, mon grand. Appuie-toi sur moi, là.

— Je n'ai pas bu, je suis crevé, c'est tout, fit-il en s'efforçant de la suivre.

— Tu reviens d'une soirée à l'ambassade, c'est ça ?

Adam fut sidéré.

— Fais pas cette tête-là, mon chou. La plupart do mes clients réguliers travaillent dans les ambassades. Ils ne peuvent pas se permettre des aventures, tu comprends ?

— Bien sûr, dit le jeune homme.

— J'habite juste au coin.

Adam était certain de pouvoir y arriver mais il prit néanmoins une profonde inspiration lorsqu'ils s'arrêtèrent devant l'immeuble.

— J'habite au dernier étage, chéri. Il y a une vue formidable mais pas d'ascenseur.

Son étrange client ne dit rien mais s'appuya contre le mur, la respiration sifflante.

— Pour être fatigué, tu es fatigué.

Au deuxième, il fallut presque qu'elle le hisse.

— Tu vas pas être bon à grand-chose ce soir, commentat-elle en ouvrant la porte et en donnant de la lumière. Mais ça te regarde, c'est toi qui paies.

Elle entra, allumant au fur et à mesure.

Adam se dirigea en titubant vers l'unique fauteuil et s'y laissa choir. La fille avait disparu et il dut faire un effort surhumain pour ne pas s'endormir avant son retour.

Comme elle se tenait debout dans l'encadrement de la porte avec la lumière derrière elle, Adam put enfin la voir correctement. Blonde, les cheveux courts et bouclés, elle était vêtue d'un chemisier rouge et d'une jupe noire collante qui lui arrivait au genou. Une large ceinture de plastique blanc

311

mettait en valeur sa taille fine. Elle portait des bas résille noirs et, en temps normal, ses jambes ne l'auraient pas laissé indifférent.

Elle s'approcha d'Adam en ondulant légèrement des hanches et s'agenouilla devant lui. Ses yeux étaient d'un vert intense.

— Tu me donnes mes deux cents francs ? fit-elle tranquillement, la main sur la cuisse d'Adam.

— Je n'ai pas d'argent, déclara le jeune homme avec simplicité.

— Quoi ?

Glissant la main dans la poche intérieure de sa veste, elle en sortit un portefeuille.

— Et ça, alors, qu'est-ce que c'est ? dit-elle en tendant l'épais portefeuille à Adam.

Celui-ci l'ouvrit : il était bourré de billets de banque tant français qu'anglais, ce qui prouvait que le colonel devait être payé en liquide.

Il tira d'une liasse deux billets de cent francs, qu'il lui donna sans rechigner.

— Voilà qui est mieux, approuva-t-elle, disparaissant dans la pièce contiguë.

Adam en profita pour examiner le contenu du portefeuille et y trouva un permis de conduire, deux cartes de crédit au nom d'Albert Tomkins, sans doute le vrai nom du « colonel ». Il jeta ensuite un coup d'œil autour de lui : un lit à deux places coincé contre le mur du fond occupait presque toute la pièce. Outre le fauteuil sur lequel il était assis, le mobilier se composait d'une coiffeuse et d'un petit tabouret muni d'un coussin de velours rouge. Un tapis bleu maculé de taches couvrait la quasi-totalité du plancher.

A sa gauche se trouvait une petite cheminée avec des bûches soigneusement empilées dans un coin. Adam mourait de sommeil et il n'avait qu'une envie : dormir. Toutefois, rassemblant ses dernières forces, il se mit debout, se dirigea d'un pas chancelant vers la cheminée et cacha le portefeuille derrière les bûches. Titubant d'épuisement, il regagna ensuite le fauteuil et s'y laissa tomber au moment où la porte se rouvrait.

Accotée au chambranle, la fille était enveloppée dans un déshabillé rose et aérien qui, au moindre mouvement, dévoilait ses charmes. Traversant la pièce à pas lents, elle s'agenouilla de nouveau à côté de son client.

— Qu'est-ce que tu aimes, chéri ? Classique ou fantaisie ?

— J'ai besoin de me reposer, dit Adam.

— Pour deux cents francs, tu aurais pu te payer n'importe quelle chambre d'hôtel, fit-elle, incrédule.

— Je veux seulement me reposer quelques instants, lui assura-t-il.

— Ah, les Anglais...

Et elle commença à essayer d'extraire Adam du fauteuil pour l'aider à gagner le lit. Il trébucha et s'écroula sur le matelas, ratant de peu le parquet. Elle le déshabilla avec une dextérité d'infirmière diplômée et, lui soulevant les jambes, les allongea sur le lit. Adam ne protestait ni ne faisait aucun effort pour lui faciliter la tâche. Elle eut un moment d'hésitation en voyant sa blessure à l'épaule, se demandant comment il avait pu se faire une entaille pareille. Elle le fit rouler vers le mur et ouvrit le lit. Puis, changeant de côté, elle le fit rouler de nouveau, le poussa et rabattit sur lui le drap et la couverture.

— Tu es sûr que tu ne veux pas que je m'occupe gentiment de toi ?

Adam dormait déjà.

CHAPITRE 21

Lorsqu'il se réveilla enfin, le soleil brillait déjà derrière la petite fenêtre de la chambre. Il cligna des paupières devant le décor qui l'entourait, s'efforçant de se souvenir de ce qui s'était passé la veille. Lorsque tout lui revint, une violente nausée le saisit. Il réussit à s'asseoir au bord du lit mais, au moment de se mettre debout, il sentit que la tête lui tournait. Pris d'une faiblesse, il retomba sur le lit. Au moins, il avait réussi à leur fausser compagnie. Il balaya la pièce du regard : aucune trace de la fille. Puis il se rappela le portefeuille.

Il se redressa, rassemblant ses forces avant de se lever et de tenter de marcher. Il n'était pas très solide sur ses jambes mais s'en sortait quand même mieux qu'il ne s'y était attendu. C'est la faculté de récupération qui compte, pas la vitesse, songea-t-il avec une ironie amère. Une fois devant la cheminée, il se mit à genoux et fouilla parmi les bûches : le portefeuille du colonel avait disparu. Tant bien que mal, il alla chercher la veste restée sur le dossier du fauteuil. Il explora la poche intérieure où il trouva un stylo, un peigne édenté, un passeport, divers papiers, mais pas de portefeuille, donc plus d'argent et plus de permis de conduire. Il fouilla ensuite les autres poches, qui contenaient en tout et pour tout un trousseau de clés, un canif, et de la petite monnaie anglaise et française. Jurant comme un charretier, il s'effondra sur le parquet. Il resta assis par terre quelque temps et ne bougea qu'en entendant tourner la clé dans la serrure.

La porte d'entrée de l'appartement s'ouvrit et la fille entra d'un pas alerte, un panier à provision au bras. Elle était vêtue d'une coquette jupe à fleurs et d'un chemisier blanc, tenue qui eût parfaitement convenu à une dame se rendant à la messe dominicale. Le panier était rempli à ras bord de victuailles diverses.

— Tu es réveillé, chéri ? Tu prends ton petit déjeuner avec moi ?

Adam eut l'air passablement décontenancé.

Elle lui rendit son regard.

— Qu'est-ce que tu crois ? Il faut bien que je mange, moi aussi. C'est même parfois le seul repas que j'arrive à prendre de la journée.

— Où est mon portefeuille ? interrogea Adam d'un ton glacial.

— Là, dit-elle, l'index pointé vers la table.

Le jeune Anglais jeta un coup d'œil autour de lui et comprit qu'elle l'avait posé le plus en évidence possible.

— Tu n'avais pas besoin de le planquer, lui dit-elle d'un ton de reproche. Ce n'est pas parce que je suis une putain que tu dois me prendre pour une voleuse.

Et sur ces mots, elle s'engouffra dans la cuisine, dont elle laissa la porte ouverte.

Adam se sentit devenir tout petit et ridicule.

— Café et croissants, ça te va ?

— Impeccable, approuva Adam.

Et dans la foulée, il ajouta :

— Je suis désolé. Je me suis conduit comme un imbécile.

— Laisse tomber, c'est pas grave.

— Je ne sais même pas comment tu t'appelles.

— Mon nom de guerre, c'est Brigitte. Mais comme tu n'as pas cru bon de faire appel à mes services, pas plus hier soir que ce matin, tu peux m'appeler par mon vrai nom : Jeanne.

— Je peux prendre un bain, Jeanne ?

— La porte du fond, mais ne t'éternise pas, sinon les croissants seront froids.

Adam se dirigea vers la salle de bains, où Jeanne avait disposé tout ce dont un homme pouvait avoir besoin : rasoir, crème à raser, savon, gant de toilette, serviettes propres et... préservatifs.

Après s'être baigné et rasé — plaisir qu'Adam avait presque oublié —, il eut l'impression d'être pratiquement redevenu lui-même, bien qu'encore un peu faible. Il se noua une serviette rose autour de la taille avant de rejoindre Jeanne dans la cuisine. La table était mise et elle était en train de retirer un croissant tout chaud du four.

— Beau torse, dit-elle en l'examinant d'un œil de connaisseur. Mes clients sont généralement moins bien bâtis.

Elle déposa une assiette devant lui.

— Tu n'es pas mal fichue, toi non plus, remarqua son compagnon avec un large sourire, en s'asseyant en face d'elle.

— Ah, quand même... Tu as remarqué. Je commençais à me poser des questions à ton sujet.

Adam étala une épaisse couche de confiture sur son petit pain et plusieurs secondes s'écoulèrent avant qu'il reprît la parole.

— Depuis quand ne t'es-tu rien mis sous la dent ? s'enquit la jeune femme en voyant son « client » terminer son assiette.

— Depuis hier midi. Mais j'ai tout restitué entre-temps.

— Tu as été malade ? Tu ne devrais pas boire comme ça.

— Dis-moi, Jeanne, fit-il en levant les yeux vers elle. Tu travailles aujourd'hui ?

Elle consulta sa montre.

— J'ai un client, un habitué, cet après-midi à deux heures et il faut que je sois en piste à cinq heures. Alors si tu as envie de batifoler, c'est ce matin ou jamais, dit-elle, pratique.

— Mais non, ce n'est pas ce que je voulais dire, corrigea Adam.

— Tu vas finir par me donner des complexes. Ne me dis pas que tu es pédé.

— Non, fit le jeune homme, éclatant de rire. Mais je suis prêt à recourir à tes services moyennant deux autres billets de cent francs.

— C'est légal, au moins ?

— Absolument.

— Alors, ça change tout. Combien de temps auras-tu besoin de moi ?

— Une heure, deux tout au plus.

— C'est mieux payé que mon boulot habituel. Qu'est-ce que je suis censée faire ?

— Je veux que pendant une heure tous les hommes que tu croiseras ne pensent qu'à s'envoyer en l'air avec toi. Mais pas question de leur accorder tes faveurs : tu les envoies tous sur les roses.

***

— Scott vient de me contacter, annonça Lawrence au D4.

— Que vous a-t-il dit ? s'enquit Sir Morris, impatient.

— Qu'il recommençait à zéro. Tout simplement.

— Qu'est-ce que ça signifie ? fit Snell.

— Qu'il retourne à Genève, répondit Lawrence.

— Pourquoi Genève ? s'étonna Matthews.

— Je ne sais pas, concéda Lawrence. Il a seulement dit que cela avait un rapport avec la jeune Allemande ou avec la banque, mais je n'ai pas très bien compris.

Un silence plana sur l'assemblée.

— Vous avez réussi à localiser l'appel ? demanda Busch.

— Seulement la région, avoua Lawrence. Il téléphonait de Neuchâtel, près de la frontière suisse.

— Parfait. On va pouvoir reprendre l'enquête, dit Sir Morris. Avez-vous prévenu Interpol ?

— Oui, monsieur, ainsi que les polices allemande, française et suisse, ajouta Lawrence.

Ce qui était le seul fait exact dans le tissu de mensonges qu'il venait de débiter.

***

Jeanne mit quarante minutes pour se préparer, et Adam émit un long sifflement en constatant le résultat.

— Je pourrais filer avec la caisse que personne ne ferait attention à moi, commenta-t-il.

— C'est bien ce que tu voulais, n'est-ce pas ? sourit Jeanne.

— Tu es sûre que tu sais ce que tu as à faire ?

— Sûre et certaine. (La jeune femme s'examina une nou-

317

velle fois dans la glace.) On a déjà répété au moins quatre fois.

— Parfait, trancha Adam. Tu m'as l'air prête à affronter l'ennemi. Allons-y pour ce qu'en termes militaires on appelle un premier contact.

Jeanne sortit d'un tiroir de la cuisine un sac en plastique portant la griffe de la maison Céline et le tendit à Adam qui le plia en quatre et le fourra dans sa poche de veste. Elle ferma la porte de l'appartement derrière eux et ils descendirent l'escalier.

Après qu'ils eurent quitté l'immeuble, Adam héla un taxi et Jeanne annonça au chauffeur : « Jardin des Tuileries. » Une fois qu'ils furent arrivés à destination, Adam régla la course et rejoignit Jeanne sur le trottoir.

— Bonne chance, lui dit-il en la laissant prendre vingt mètres d'avance sur lui.

Bien qu'encore un peu vaseux, il réussit néanmoins à la suivre. Le soleil lui tapait sur la nuque tandis qu'il la regardait marcher au milieu des massifs de fleurs. Sa jupe de cuir rose et son pull blanc moulant ne passaient pas inaperçus, et la quasi-totalité des hommes qu'elle croisait se retournaient sur son passage. Certains allaient même jusqu'à s'arrêter, la dévorant des yeux jusqu'à ce qu'elle eût disparu.

Les commentaires — qu'Adam ne pouvait entendre mais qu'il lui avait demandé d'ignorer — allaient du « Je donnerais cher pour... » à l'expéditif « putain ». Jeanne, qui avait un rôle à jouer et deux cents francs à gagner, n'avait pas trop de mal à faire la sourde oreille.

Parvenue à l'extrémité du jardin, elle poursuivit son chemin sans se retourner : quoi qu'il arrive, elle ne devait pas se retourner, Adam avait été formel sur ce point. Il était toujours à vingt mètres derrière elle lorsqu'elle atteignit le quai des Tuileries. Elle attendit pour traverser que le feu passe au vert, et resta au milieu de la foule.

Au bout du quai, elle obliqua sur la droite et aperçut le Louvre juste devant elle. Gênée, elle n'avait pas osé lui avouer qu'elle n'y avait jamais mis les pieds.

La jeune femme grimpa l'escalier menant à l'entrée.

Lorsqu'elle atteignit les portes battantes, Adam posait le pied sur la première marche. Elle poursuivit sa route, gravit l'escalier de marbre, toujours discrètement suivie par Adam. Arrivée en haut de l'escalier, elle passa devant la *Victoire de Samothrace* et elle s'engouffra dans la première des grandes salles bondées où elle se mit à compter tout bas, notant à mesure qu'elle avançait qu'il y avait au moins un gardien par salle, posté le plus souvent devant l'une des sorties. Un groupe d'écoliers étaient en arrêt devant *La Cène* de Tiepolo. Ignorant le chef-d'œuvre, Jeanne poursuivit son chemin. Après avoir dépassé six gardiens, elle arriva dans la salle qu'Adam lui avait décrite en détail. Là, elle se dirigea résolument vers le centre de la pièce, où elle s'immobilisa quelques instants. Certains des visiteurs commencèrent à loucher de son côté. Satisfaite de l'effet qu'elle produisait, elle se précipita vers le gardien, qui se mit à rectifier son uniforme en lui adressant un large sourire.

— La peinture du XVIe siècle, s'il vous plaît, demanda-t-elle d'un ton innocent.

Le gardien se retourna pour lui désigner la salle du doigt. A sa grande stupeur, la jeune femme le gifla alors en pleine figure et se mit à hurler :

— Non mais dites donc ! Espèce de dégoûtant ! Pour qui me prenez-vous ?

Il n'y eut qu'une personne dans la salle des icônes qui ne s'arrêta pas pour profiter du spectacle.

— Je vais aller trouver la direction ! brailla Jeanne, se ruant vers la sortie principale.

Cette petite comédie n'avait pas duré plus de trente secondes. Bouche bée, le gardien la regarda s'éloigner, pétrifié.

Jeanne franchit trois siècles à la vitesse de l'éclair. Elle tourna à gauche dans la salle du XVIe siècle, puis encore à gauche pour rejoindre le long couloir. Quelques instants plus tard, elle opérait sa jonction avec Adam en haut de l'escalier de marbre menant à la sortie principale.

Tandis qu'ils descendaient les marches de concert, Adam lui tendit le sac Céline, lorsque deux gardiens, en bas des marches, leur firent signe de s'arrêter.

— On essaie de leur échapper ? chuchota-t-elle.

— Pas du tout, dit Adam d'un ton ferme. Surtout, pas un mot.

— Excusez-moi, madame, mais il faut que je fouille votre sac.

— Allez-y, dit Jeanne. Pour ce que vous y trouverez !

— C'est ça, fouillez son sac, dit Adam, se rapprochant de Jeanne avant qu'elle ait le temps d'ajouter quoi que ce soit. C'est une icône, une très jolie icône, même. Je l'ai achetée dans un magasin des Champs-Elysées pas plus tard que ce matin.

— Vous permettez, monsieur ? fit le gardien-chef d'un air soupçonneux.

— Je vous en prie, dit Adam.

Retirant l'icône du tsar du sac, il la tendit au préposé, qui semblait complètement dépassé par les événements. Deux autres de ses collègues se précipitèrent pour encadrer Adam.

Le gardien-chef demanda à Adam dans un anglais approximatif s'il voyait un inconvénient à ce que les experts du musée jettent un coup d'œil au tableau.

— J'en serai ravi, leur assura Adam. Deux avis valent mieux qu'un.

Le gardien-chef commençait à avoir l'air nettement moins sûr de lui

— Je dois vous demander de me suivre, fit-il sur un ton beaucoup moins hostile.

Il les fit entrer discrètement dans une salle un peu à l'écart et déposa l'icône au centre d'une table qui occupait le milieu de la pièce. Adam s'assit et Jeanne, ahurie, prit place à côté de lui.

— C'est l'affaire d'un instant, monsieur.

Le gardien-chef sortit précipitamment tandis que ses subordonnés montaient la garde devant la porte. Adam n'essaya même pas d'adresser la parole à sa compagne qui avait l'air de plus en plus inquiet. Il se contenta de lui glisser un petit sourire en coin.

Lorsque la porte se rouvrit enfin, un homme d'un certain âge aux allures d'universitaire entra, suivi du gardien-chef.

— Bonjour, monsieur, dit-il à Adam sans même un regard pour Jeanne. On m'a dit que vous étiez anglais.

Et sans transition, il s'empara de l'icône. Il l'examina avec soin avant de reprendre la parole. Adam eut un instant d'appréhension.

— Très intéressant... Oui, très intéressant, répéta-t-il. Fin XIXᵉ, 1870 ou 1880. Tout à fait passionnant. Bien entendu, il s'agit d'une copie, fit-il en rendant le tableau à Adam. Car l'original représentant saint Georges et le dragon se trouve au palais d'Hiver, à Leningrad, où j'ai eu la chance de l'admirer, ajouta-t-il, pas mécontent de lui.

— Pour l'avoir admirée, tu l'as admirée, marmonna Adam en remettant l'icône dans son sac en plastique.

Le vieux monsieur s'inclina en passant devant Jeanne, s'éloigna en traînant les pieds et lâcha à l'adresse d'Adam :

— C'est bizarre, mais il y a seulement quelques semaines, nous avons eu la visite d'une personne qui semblait s'intéresser beaucoup à ce tableau.

S'il y avait quelqu'un que cette nouvelle ne pouvait étonner, c'était bien le jeune Anglais.

— Je..., commença le gardien.

— Vous n'avez fait que votre devoir, coupa Adam. Il est bien naturel que vous preniez certaines précautions. Je ne puis que rendre hommage à votre efficacité.

Jeanne les regardait, bouche bée, se demandant à quoi tout cela rimait.

— Vous êtes trop aimable, monsieur, dit le gardien-chef, visiblement soulagé. J'espère avoir le plaisir de vous revoir, fit-il avec un sourire à Jeanne.

Rasséréné, le fonctionnaire les raccompagna jusqu'à l'entrée du musée et se mit au garde-à-vous lorsqu'ils franchirent la porte.

— Et maintenant, je peux savoir à quoi on joue ? s'enquit la jeune femme.

— Tu as été sublime, rétorqua Adam, ignorant la question.

— Je sais, je sais, bougonna Jeanne. Mais tu peux me dire pourquoi tu m'as obligée à faire tout ce cirque alors que le tableau est à toi ?

— Je l'avais laissé en garde chez eux pour la nuit, expliqua Adam. Et sans ton intervention, il m'aurait fallu infiniment plus de temps pour persuader ces messieurs qu'il m'appartenait bel et bien.

En voyant la tête de Jeanne, Adam se rendit compte qu'elle n'était pas plus avancée.

— C'est la première fois que je mettais les pieds au Louvre, avoua la jeune prostituée en passant son bras sous celui de son compagnon.

— Une fille comme toi, ça n'a pas de prix, sourit Adam.

— Alors là, tu te trompes, gouailla-t-elle en se tournant vers lui. Si je me souviens bien, on avait dit deux cents balles, non? Et je me fiche pas mal que cet argent soit à toi ou non.

— C'est exact, convint Adam, sortant du portefeuille du colonel deux billets de cent francs, auquel il en ajouta un troisième. Un petit supplément, tu l'as bien mérité.

Ravie, elle empocha le tout.

— Je crois que je vais m'accorder une soirée de liberté.

Adam la prit dans ses bras et l'embrassa sur les deux joues. Elle l'embrassa sur la bouche et sourit.

— La prochaine fois que tu es de passage à Paris, viens me dire un petit bonjour. Je te dois une partie gratuite.

⁂

— Comment pouvez-vous être aussi affirmatif?

— Parce que Antarctique en a dit beaucoup trop long à Pemberton.

— Que voulez-vous dire?

— D'après Pemberton — c'est vous qui me l'avez raconté —, il devait ne jamais rappeler si vous le laissiez tomber encore une fois. Or non seulement il rappelle mais il le submerge de détails. De quel côté a-t-il dit qu'il allait?

— Genève, vérifier je ne sais quoi au sujet de la jeune Allemande et de la banque.

— La fille est morte et la banque ferme le week-end. Il rentre en Angleterre, je vous en fiche mon billet.

— J'aimerais louer une voiture que je laisserais sur la côte, une fois arrivé à destination. Mais je n'ai pas encore décidé où je vais embarquer, expliqua-t-il à la fille assise derrière son comptoir.

— Très bien, monsieur, dit la jeune femme. Si vous voulez bien remplir le formulaire et me donner votre permis de conduire.

Adam plongea la main dans sa poche intérieure et en retira le permis du colonel. Il remplit les papiers avec application, recopiant la signature qui ornait la carte de membre du Playboy Club du soi-disant officier. Il paya en espèces dans l'espoir de gagner du temps.

L'employée prit les billets et les recompta soigneusement, puis compara la signature apposée au bas du formulaire avec celle qui figurait sur le permis. Heureusement, elle ne remarqua pas que les dates de naissance n'étaient pas identiques. Adam remit tous les papiers et le portefeuille d'Albert Tomkins dans la poche intérieure de sa veste, pendant que la jeune femme lui tournait le dos pour décrocher une clé de contact d'un tableau mural.

— C'est une DS rouge, garée au premier étage. Le numéro est gravé sur le porte-clés.

Adam la remercia et s'empressa de monter au premier, où il donna la clé à un employé, qui sortit la voiture de la place de parking où elle était garée.

Lorsque le type lui rendit la clé, Adam lui donna un billet de dix francs.

Dix francs : exactement ce que lui avait donné l'autre zèbre pour qu'il le prévienne dès qu'un Anglais correspondant au signalement d'Adam essaierait de louer une voiture. Qu'est-ce qu'il lui avait promis encore ? Ah, oui, cent francs s'il lui téléphonait dans les cinq minutes.

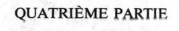

QUATRIÈME PARTIE

CHAPITRE 22

Le Kremlin, Moscou
19 juin 1966

Léonide Ilitch Brejnev entra dans la pièce en coup de vent, laissant à peine aux quatre autres membres du comité restreint du Conseil de défense le temps de se lever. Contrairement aux hommes politiques occidentaux, ils arboraient tous une mine rébarbative et résolue, qui ne différait en rien de celle qu'on leur voyait en public.

Le secrétaire général s'installa à la place d'honneur et, de la tête, fit signe à ses collègues de s'asseoir.

La dernière fois que le comité restreint du Conseil de défense avait été convoqué en toute hâte, ç'avait été à la demande de Khrouchtchev, désireux d'obtenir son soutien à l'occasion de l'affaire de Cuba. Brejnev n'oublierait jamais le moment où, perdant tout empire sur lui-même, son prédécesseur avait versé des larmes de rage parce qu'on l'avait mis en demeure de donner l'ordre aux bâtiments soviétiques de regagner leur port d'attache. Dès cet instant, Brejnev avait su qu'il succéderait à Khrouchtchev, qu'il deviendrait le leader du monde communiste, que ce n'était qu'une question de temps. Lui, aujourd'hui, n'avait pas l'intention de pleurer.

Il était flanqué à sa droite du maréchal Malinovski, ministre de la Défense, et à sa gauche d'Andrei Gromyko, inamovible ministre des Affaires étrangères. A côté de lui était assis le chef de l'état-major général, le maréchal Zakharov, et à la gauche de celui-ci, se trouvait Zaborski. Que ce dernier occupât une telle place prouvait assez à quel point Brejnev était mécontent du chef du K.G.B.

Levant le nez, il contempla l'énorme toile représentant Lénine passant en revue un défilé militaire sur la Place Rouge, tableau sur lequel personne, à l'exception des membres du Politburo, n'avait posé les yeux depuis qu'il avait disparu de la Galerie Tretiakov en 1950.

Si seulement Lénine s'était aperçu que l'icône était un faux... Pourtant, malgré la manie typiquement russe consistant à accuser les morts chaque fois que quelque chose ne tourne pas rond, Brejnev savait qu'il était impensable de s'en prendre à Vladimir Ilitch Lénine. Il lui faudrait donc trouver un autre bouc émissaire, bien vivant celui-là.

Son regard se posa sur Zaborski.

— Votre rapport, camarade.

L'intéressé se mit à tripoter nerveusement le dossier qui était devant lui, bien qu'il en connût le contenu quasiment par cœur.

— Le plan destiné à retrouver l'icône du tsar a été exécuté à la lettre, commença-t-il. Lorsque l'Anglais Adam Scott a été pris et questionné...

Personne ne broncha à l'énoncé de cet euphémisme.

— ... par le camarade Stavinsky dans les locaux de notre ambassade parisienne, il ne nous a pas fourni le moindre indice susceptible de nous mettre sur une piste. Il est bien vite devenu évident que cet homme était un agent de l'Ouest, et un professionnel. Au bout de trois heures, l'interrogatoire a été momentanément interrompu. C'est au cours de cette interruption que le prisonnier a réussi à s'évader.

— « A réussi ! » s'exclama Brejnev.

Zaborski, qui pendant des années s'était évertué à apprendre à ses subordonnés à se taire, garda le silence.

— Est-ce que vous vous rendez compte, poursuivit le secrétaire général, que nous tenions entre nos mains la possibilité de transformer la région où les Américains ont installé leur système d'alarme stratégique en une base pour nos missiles à courte portée ? En récupérant l'icône, nous obtenions du même coup la possibilité de positionner lesdits missiles le long d'une frontière située à moins de 1 800 kilomètres de Seattle, et de 2 000 kilomètres de Chicago ? Et nous aurions fait d'une pierre deux coups : car non seulement le système d'alarme des Américains perdait toute valeur mais en outre nous aurions grandement augmenté notre faculté de détecter tout missile ennemi alors qu'il serait encore à des milliers de kilomètres de notre frontière la plus proche. Le secrétaire général fit une pause pour laisser au chef du K.G.B. le temps de lui fournir des explications complémentaires mais Zaborski baissait obstinément le nez sur ses papiers. Lorsque Brejnev reprit la parole, ce fut presque en chuchotant.

— Et tout cela sans sacrifier une vie, une fusée, un char ou même une balle, parce que ces terres nous appartiennent de droit. Mais si nous ne parvenons pas à récupérer l'icône du tsar dans les trente-six heures à venir, nous pouvons dire adieu à cette opportunité. L'occasion qui nous était offerte d'effacer une étoile du drapeau américain sera perdue à jamais.

Le ministre des Affaires étrangères, Gromyko, attendit pour intervenir d'être certain que Brejnev avait fini.

— Puis-je savoir, camarade Zaborski, pourquoi le major Romanov a été autorisé à poursuivre cette mission après qu'il eut été soupçonné d'avoir assassiné... (Il consulta ses notes.) la camarade Petrova ?

— Parce que, lorsque ce fait fut porté à ma connaissance, répliqua Zaborski, se décidant enfin à relever la tête, il ne restait plus que sept jours avant la date limite, et qu'à mon avis personne n'aurait pu remplacer Romanov au pied levé.

Des coups timides furent frappés à la porte. L'étonnement se peignit aussitôt sur tous les visages. Le ministre de la Défense avait en effet donné l'ordre qu'on ne les dérangeât sous aucun prétexte.

— Entrez ! cria Brejnev.

La grande porte s'entrebâilla et un secrétaire se glissa dans la pièce, tenant d'une main tremblante un papier. Le ministre de la Défense lui fit signe d'avancer, Brejnev ne faisant pas mine de se retourner pour voir qui était l'intrus. Le secrétaire se dirigea vivement vers le petit groupe. A peine eut-il déposé le télex sur la table, qu'il fit demi-tour et sortit quasiment en courant.

Brejnev déplia lentement ses lunettes à monture d'écaille et s'empara du message. Après l'avoir lu, il contempla les visages curieux autour de lui.

— Il semble qu'un Anglais ait déposé une icône au Louvre et qu'il soit allé la reprendre ce matin.

Zaborski devint blanc comme un linge.

Les quatre ministres se mirent alors à parler tous en même temps et Brejnev leva la main pour leur imposer silence. Le brouhaha cessa immédiatement.

— J'ai l'intention de poursuivre l'opération commencée en partant de l'hypothèse que c'est nous qui mettrons les premiers la main sur l'Anglais.

Brejnev se tourna ensuite vers son ministre des Affaires étrangères.

— Alertez tous nos ambassadeurs en poste à l'Ouest, qu'ils se préparent à mettre le ministre des Affaires étrangères du pays où ils sont en fonction au courant de toutes les conséquences de l'exécution de l'amendement au traité. Puis ordonnez à Anatoly Dobrynine à Washington de demander à être reçu officiellement par le secrétaire d'État américain lundi après-midi. Dans le même temps, je veux qu'une réunion soit organisée entre notre ambassadeur aux Nations unies et U Thant.

Gromyko opina tandis que Brejnev se tournait vers le chef de l'état-major général.

— Veillez à ce que nos forces stratégiques soient partout en état d'alerte au moment précis où sera annoncée notre initiative diplomatique.

Malinovski sourit.

Le secrétaire général se tourna enfin vers le chef du K.G.B.

— Nous avons toujours des pages d'espace publicitaire louées dans tous les principaux journaux occidentaux ?

— Oui, camarade secrétaire général, répondit Zaborski.

Mais je ne suis pas certain qu'ils acceptent d'imprimer la déclaration que vous avez préparée.

— Eh bien payez-les d'avance, trancha Brejnev. Je doute qu'il y ait beaucoup de rédacteurs qui retirent une pleine page de publicité de leurs quotidiens alors qu'ils ont déjà l'argent en poche.

— Mais si nous n'arrivons pas à trouver l'icône..., commença le chef du K.G.B.

— Votre dernière tâche en tant que chef de la sécurité d'État consistera en ce cas à annuler ces annonces, conclut le secrétaire général du Parti communiste.

CHAPITRE 23

Adam baissa la vitre et un air chaud et estival s'engouffra dans la voiture. Au lieu d'emprunter la route de Calais, il avait décidé de prendre la N1 à destination de Boulogne. Il n'était pas exclu que Romanov ait posté des hommes dans chacun des ports de la Manche, mais Adam se demandait si Lawrence ou les Américains savaient qu'il avait réussi à s'échapper.

Une fois sorti de la capitale, il se faisait fort de maintenir une moyenne de soixante-dix kilomètres à l'heure pendant le reste du trajet. Mais il ne pouvait se douter qu'il rencontrerait une bonne centaine de coureurs cyclistes, vêtus de maillots à rayures bariolés. En les dépassant, Adam fut à même de vérifier qu'ils roulaient à plus de soixante à l'heure.

Pour avoir suivi les préparatifs de la Coupe du monde de football en Grande-Bretagne, il n'eut aucun mal à reconnaître au passage les couleurs de la France, de l'Allemagne, de l'Italie, et même celles du Portugal. Il klaxonna bruyamment en dépassant un groupe de quatre hommes qui n'étaient pas loin de la tête, vêtus de T-shirts rouge, blanc et bleu, roulant juste derrière la voiture de l'équipe britannique. Quelques instants plus tard, Adam avait doublé les hommes de tête et était repassé en quatrième.

Il alluma la radio et tripota les boutons un bon moment avant d'arriver à trouver la B.B.C. Plus détendu, il écouta les informations en anglais pour la première fois depuis des jours. En entendant les comptes rendus habituels portant sur les grèves interminables, l'inflation galopante, et les chances de la Grande-Bretagne de remporter le second match international de cricket qui devait se disputer au Lord's après un jour de repos, il eut presque l'impression d'être rentré chez lui ; c'est alors qu'il faillit quitter la route et percuter un arbre. Le journaliste venait d'annoncer d'un ton flegmatique qu'un jeune pilote de la R.A.F. avait été trouvé mort dans un champ non loin de la route reliant Auxerre à Dijon après que son avion se fut écrasé au sol dans des circonstances encore inexpliquées. On n'avait pas d'autres détails pour l'instant. Adam jura et flanqua un coup de poing sur le volant à la pensée que Romanov venait d'ajouter Alan Banks à la liste de ses victimes. Tapotant l'icône, il poussa un nouveau juron.

*
**

— Vous avez commis une imprudence folle en me contactant, jeune homme, dit le vieux banquier. On ne vous tient pas précisément pour un héros en Union soviétique par les temps qui courent.

— Écoutez-moi bien, vieille fripouille. Je me moque bien d'être un héros, car il y a de grandes chances pour que je ne remette jamais les pieds en U.R.S.S.

— Prenez garde. On ne quitte pas la mère Russie si facilement.

— Grâce à la prévoyance de mon grand-père, je n'ai pas de souci à me faire de ce côté-là, dit le correspondant du banquier en jouant avec le médaillon en or qu'il portait sous sa chemise. Je veux simplement savoir si je peux compter sur votre discrétion.

— Pourquoi me tairais-je ? s'enquit Poskonov.

— Parce que si je n'ai pas mis la main sur l'icône de saint Georges dans les vingt-quatre heures qui viennent, je vous rappellerai pour vous expliquer comment vous pourrez espérer ramasser une fortune sans commune mesure avec ce qu'auraient pu vous offrir vos employeurs.

Le banquier s'abstint du moindre commentaire.

Le secrétaire de l'ambassadeur fit irruption dans la pièce sans même avoir frappé.

— Je vous avais pourtant dit que je ne voulais pas être dérangé, brailla Romanov, la main plaquée sur le micro du téléphone.

— Nous avons retrouvé la piste de Scott.

Romanov raccrocha avec violence. A Moscou, le banquier rembobina la bande. Avec un fin sourire, Poskonov réécouta la conversation : Romanov ne lui avait pas laissé le choix. Il retint une place sur un vol à destination de Genève.

☆☆

— Robin ?

— Batman ! Où êtes-vous ?

— Je sors de Paris, je suis en route pour l'Angleterre. Vous suivez l'itinéraire que vous m'avez montré dans le bus ?

— Absolument. Pourquoi ? Vous mourez toujours d'envie de passer la nuit avec moi ?

— Absolument, fit Adam, l'imitant. Quand rentrez-vous ?

— Nous prenons le car-ferry à Dunkerque à six heures et demie ce soir. Vous serez des nôtres ?

— Non, dit Adam. Il faut que j'emprunte un autre trajet. Dites-moi, Robin, quand je serai à Londres, pourrez-vous m'héberger pour la nuit ?

— Je peux difficilement refuser une offre pareille.

Et de lui répéter son adresse pour être sûre qu'il avait le temps de noter.

— Quand comptez-vous arriver ?

— Ce soir, vers minuit.

— Vous prévenez toujours aussi longtemps à l'avance avant de débarquer chez vos amies ?

☆☆

Le jeune officier du K.G.B. qui se trouvait dans la cabine téléphonique voisine avait intercepté la quasi-totalité de la conversation. Un sourire illumina son visage lorsqu'il repensa aux paroles du major Romanov : « L'homme qui me rapportera l'icône du tsar n'aura aucun souci à se faire pour son avenir au sein du K.G.B. »

***

Adam sauta dans sa voiture et roula jusqu'à l'entrée de Beauvais, où il décida de s'arrêter chez un routier pour déjeuner sur le pouce.

S'il fallait en croire l'horaire qu'il avait pris chez Hertz, le ferry qu'il voulait attraper devait quitter Boulogne à 15 heures. Il était persuadé qu'il arriverait à le prendre, et peut-être même avec une heure d'avance.

Assis dans un petit renfoncement près de la vitre, il dégustait ce que les pubs anglais auraient appelé un en-cas paysan, déjeuner de pain, de beurre et de fromage arrosé de bière. A chaque bouchée qu'il avalait, il se disait que décidément les paysans français étaient beaucoup plus exigeants quant à la nourriture que leurs homologues britanniques.

Tout en attendant son café, il sortit les papiers d'Albert Tomkins de sa poche intérieure et se mit à les examiner avec soin. Il apprit avec intérêt que Tomkins avait fait valoir depuis quelques mois ses droits au chômage.

Par la fenêtre du bistrot, il regarda passer les coureurs cyclistes qui, les muscles noués par l'effort, pédalaient ferme pour rester dans le peloton de tête. Les voyant filer à toute allure à travers Beauvais, Adam s'amusa de ce qu'aucun d'eux ne songeât à respecter la limitation de vitesse. La vue des sportifs lui rappela qu'il devait passer sa visite médicale pour le Foreign Office le lendemain après-midi.

***

Romanov relut le message en clair. « Scott de retour à Genève pour vérifier détails concernant Allemande et banque. » Il leva les yeux vers l'officier du K.G.B. qui lui avait remis le billet.

— Mentor me croit-il naïf à ce point ? lança-t-il à son

collègue parisien. Nous savons déjà, grâce à notre agent à Amsterdam, que Scott fait route vers la côte française.

— Pourquoi Mentor chercherait-il à vous envoyer dans la direction opposée ?

— Parce que ce doit être lui qui renseigne les Américains, remarqua Romanov, glacial.

Il se tourna vers le colonel debout à ses côtés.

— Nous savons que ça ne peut pas être Dunkerque, alors, quelles sont les autres possibilités ?

— Cherbourg, Le Havre, Dieppe, Boulogne, Calais, répondit le colonel en consultant la carte étalée sur la table. Je parierais pour Calais.

— Malheureusement, contra Romanov, le capitaine Scott a l'esprit un peu plus tortueux que cela. Et comme il y a une autoroute directe pour Calais, il s'attendra sûrement à ce que nous la fassions étroitement surveiller. J'ai l'impression que notre ami va d'abord essayer d'embarquer à Boulogne ou à Dieppe.

Il consulta l'horaire que le second secrétaire lui avait procuré.

— Le premier bateau qu'il peut attraper quitte Boulogne pour Douvres à quinze heures ; le suivant, c'est celui qui relie Dieppe à Newhaven et il part deux heures plus tard.

Romanov vérifia également les horaires des bateaux au départ de Calais et Le Havre.

— Parfait. Celui de Calais est parti ce matin à midi, or, comme il a téléphoné à la fille après midi, il n'a pas pu le prendre. Celui du Havre ne part qu'à dix-neuf heures quinze ce soir, et je doute qu'il essaie de partir si tard. En admettant que nous arrivions avant lui sur la côte, colonel, je crois que nous tenons le capitaine Scott.

Après avoir quitté le relais routier, Adam ne mit que quelques minutes à rattraper les coureurs qui pédalaient en direction d'Abbeville. Ses pensées le ramenèrent à Romanov. Le jeune Anglais se disait que ses agents devaient sûrement surveiller aéroports, gares, autoroutes et ports, mais que le K.G.B. ne pouvait tout de même pas être partout à la fois.

Il prit la route de Boulogne à la sortie d'Abbeville mais il lui fallut rester au milieu de la chaussée pour éviter les coureurs. Il dut même freiner à mort quand un Italien et un Anglais se télescopèrent devant lui. Les deux hommes, qui roulaient tous les deux assez vite, furent projetés sans cérémonie sur l'asphalte et le Britannique resta immobile sur le bas-côté.

Adam avait mauvaise conscience de ne pas s'arrêter pour prêter secours à son compatriote mais il avait peur de rater son bateau. La camionnette technique britannique était un peu en avant de lui, il accéléra pour la rejoindre. Arrivé à sa hauteur, il fit signe au chauffeur de s'arrêter.

Surpris, l'homme obtempéra néanmoins et baissa sa vitre. Adam stoppa juste devant lui, bondit hors de la DS et courut vers le véhicule.

— Un de vos gars a eu un accident, à un kilomètre et demi derrière, fit-il, le doigt pointé vers Paris.

— Merci, mon vieux, dit le chauffeur qui fit demi-tour et repartit dans l'autre sens à fond de train.

Adam poursuivit à petite vitesse jusqu'à ce qu'il eût doublé tous les coureurs de tête. Après quoi, il appuya de nouveau sur l'accélérateur. Un panneau indiquait que Boulogne n'était plus qu'à trente-deux kilomètres : il attraperait le ferry de quinze heures sans problème. Il commença à penser à ce que serait son existence s'il réussissait à survivre jusqu'à lundi. Replongerait-il dans le train-train quotidien ? Jogging dans le parc, entretiens au Foreign Office, séances d'entraînement avec le sergent. Peut-être aurait-il droit à des félicitations pour le rôle qu'il avait joué dans l'affaire de l'icône et le fait qu'il l'ait remise en bonnes mains. Le problème, c'est qu'il ignorait encore pour l'instant à qui il convenait de la remettre.

Un hélicoptère aux allures de grosse grenouille verte passa au-dessus de lui ; un moyen idéal de rentrer en Angleterre, se dit Adam. Et d'arriver à temps à Harley Street pour passer sa visite médicale pour le Foreign Office.

Il regarda l'hélicoptère tourner et revenir vers lui. Il devait

337

y avoir un aéroport militaire dans les parages, encore qu'il eût du mal à le situer. Quelques instants plus tard, il entendit le bruit des pales tandis que l'appareil le survolait à une altitude nettement plus basse. Adam empoigna le volant, ses jointures blanchirent, et une idée folle lui traversa l'esprit. L'hélicoptère piqua de nouveau vers lui, fonçant cette fois droit sur sa voiture. Adam baissa sa vitre et scruta le ciel. Il aperçut trois silhouettes dans le cockpit et, de colère, flanqua un grand coup de poing sur le volant : ç'avait dû être un jeu d'enfant pour eux de retrouver la trace d'une voiture louée sous un nom qu'ils avaient immédiatement reconnu. Tandis que l'hélico bourdonnait au-dessus de sa tête, il imagina le rictus triomphant de Romanov.

Voyant un panneau devant lui, il quitta la nationale et bifurqua en direction d'un village nommé Fleureville. Il appuya à fond sur l'accélérateur, roulant à plus de cent quarante à l'heure ; la voiture cahotait sur les petites routes de campagne. L'hélicoptère l'imita, tourna à droite et le suivit avec une obstination canine.

Adam prit brutalement à gauche et évita de justesse la collision avec un tracteur qui sortait d'un champ fraîchement labouré. Il tourna de nouveau à droite et reprit la route de Boulogne, s'efforçant désespérément de prendre une décision quant à la suite des opérations. Chaque fois qu'il levait les yeux, il apercevait l'hélicoptère au-dessus de lui : il avait l'impression d'être une marionnette dont Romanov tirait à son gré les ficelles.

Un panneau annonçait un tunnel bas. Adam repoussa l'idée d'essayer de les faire s'écraser contre cet obstacle. Dans cette histoire, le novice, c'était lui, et pas ses poursuivants.

Quand il vit le tunnel, il estima au jugé qu'il devait faire soixante à soixante-dix mètres de long. Il était large, mais un bus à impériale n'aurait pu passer dessous.

L'espace d'un instant, Adam se sentit en sécurité. Sollicitant à fond les freins de la DS, il stoppa en dérapant à environ trente mètres de l'extrémité du tunnel. C'est tout juste si la carrosserie n'alla pas racler la paroi. Il alluma alors ses feux de position qui brillèrent dans l'obscurité et, plusieurs secondes durant, il surveilla les voitures qui ralentissaient avant de le dépasser.

Finalement, sautant de la voiture, il courut jusqu'à la sortie du boyau et se plaqua contre le mur. L'hélicoptère s'était éloigné quelque peu mais il faisait déjà demi-tour et fonçait droit sur le tunnel. Adam le regarda passer au-dessus de sa tête et, quelques instants plus tard, l'entendit revenir. Pendant qu'il attendait, deux auto-stoppeurs passèrent de l'autre côté en bavardant, ne se rendant absolument pas compte de la situation critique dans laquelle se trouvait Adam.

Jetant un coup d'œil désespéré aux deux jeunes gens, Adam lança :

— Vous espériez trouver un automobiliste compréhensif ?

— Oui, crièrent-ils à l'unisson.

Adam traversa la route en titubant.

— Ça ne va pas ? s'enquit un des jeunes gens.

Adam n'aurait su dire lequel des deux avait parlé car ses yeux ne s'étaient pas encore habitués à l'obscurité.

— Pas très fort, fit-il avec simplicité. J'ai un peu forcé sur la bouteille à midi et à cause de la course cycliste, les routes grouillent de flics. Si je continue à rouler dans cet état, je vais me faire ramasser, ça me pend au nez. L'un d'entre vous conduirait-il ?

— Je n'ai pas de permis international, dit le plus grand des deux, seulement mon permis canadien. De toute façon, nous allons à Paris, et vous dans la direction opposée.

— J'ai loué ma voiture chez Hertz, expliqua Adam. Je l'ai prise rue Saint-Ferdinand ce matin et il faut que je la leur rende avant sept heures ce soir. Dans l'état où je suis, je m'en sens incapable.

Les auto-stoppeurs lui jetèrent un regard inquiet.

— Je vous donne cent francs à chacun si vous ramenez ma voiture entière à Paris. Je ne peux pas me permettre de perdre mon permis, je suis représentant, fit Adam.

Ni l'un ni l'autre ne bronchèrent.

— Mes papiers sont en règle, je vous le garantis.

Adam les tendit au Canadien, qui traversa afin d'examiner

339

les papiers d'Albert Tomkins à la lueur des phares avant d'entamer un conciliabule avec son copain.

Pendant tout ce temps, le jeune Anglais entendait tournoyer les pales de l'hélicoptère au-dessus de l'entrée du tunnel.

— Nous n'avons pas besoin d'argent, finit par dire le Canadien. Par contre, il nous faut un mot de vous expliquant pourquoi vous nous avez chargés de ramener la voiture à Paris à votre place.

Adam sortit le stylo du colonel et, penché au-dessus du capot de la Citroën, griffonna quelques lignes au dos du document fourni par Hertz.

— Vous ne voulez pas rentrer à Paris avec nous ?

Adam hésita une fraction de seconde. Ils n'entendaient donc pas le vacarme dehors ?

— Non, il faut que j'aille à Boulogne.

— On peut vous emmener à Boulogne, et repartir ensuite pour Paris.

— C'est très aimable de votre part, mais non. Du moment que je suis sûr que la voiture sera ramenée chez Hertz le plus tôt possible, je me fais fort de me débrouiller par mes propres moyens.

Le grand Canadien haussa les épaules tandis que son camarade, ouvrant une portière, jetait leurs sacs à dos sur le siège arrière. Adam resta dans le tunnel pendant qu'ils faisaient démarrer le moteur. Les pales émettaient maintenant un ronronnement différent : sans doute l'appareil essayait-il de se poser dans un champ.

Allez-y, bon sang, filez, voulut-il crier tandis que la DS s'élançait vers Boulogne. Il les regarda faire cent mètres sur la route avant d'effectuer leur demi-tour devant une cour de ferme et de repartir vers le tunnel. Ils klaxonnèrent en le dépassant dans le noir, disparaissant vers Paris. De soulagement, Adam tomba à genoux. Au moment où il allait se relever et se mettre en route vers Boulogne, il aperçut deux silhouettes à l'autre bout du tunnel. Sur le fond de ciel bleu, il distingua deux hommes minces et de grande taille qui scrutaient l'intérieur du boyau. Adam se figea, priant pour qu'ils ne l'aient pas repéré.

Soudain, l'un d'entre eux commença à avancer dans sa direction, tandis que son compagnon demeurait immobile. Adam sut que cette fois il ne parviendrait pas à s'échapper. Il s'agenouilla, maudissant sa stupidité. Ils ne tarderaient pas à le voir, ce n'était plus qu'une question de secondes.

— Inutile de continuer à perdre du temps, Marvin, on sait que ce bon dieu d'Anglais a rebroussé chemin vers Paris.

— Je pensais que peut-être..., commença le dénommé Marvin avec un fort accent du sud des États-Unis.

— T'es pas là pour penser, te fatigue pas les méninges. Retournons à l'hélico avant qu'il nous file entre les doigts.

Arrivé à vingt mètres d'Adam, Marvin s'arrêta net, fit demi-tour et rebroussa chemin en courant.

Le jeune Anglais demeura comme pétrifié durant plusieurs minutes, trempé d'une sueur glacée : ce n'était pas Romanov qui lui donnait la chasse. Si l'un de ses deux poursuivants ne l'avait pas traité de « bon dieu d'Anglais », il se serait rendu avec joie. Il comprit soudain qu'il n'avait plus d'amis sur qui compter.

Adam attendit pour bouger que l'hélicoptère ait décollé. Jetant un coup d'œil à l'extérieur du tunnel, il vit l'appareil repartir en direction de Paris.

Il émergea de sa cachette à pas chancelants, une main en auvent au-dessus des yeux. La lumière était aveuglante après ce séjour dans l'obscurité. Et maintenant, que faire ? Il avait moins d'une heure pour attraper le bateau mais plus de moyen de locomotion. Il se demandait s'il devait essayer de faire du stop, partir à la recherche d'un arrêt de car ou s'éloigner le plus possible de la nationale. Il ne cessait de balayer le ciel du regard. Combien de temps mettraient-ils à atteindre la DS et à s'apercevoir qu'il n'était pas dedans ?

Les coureurs cyclistes commencèrent à le dépasser tandis qu'il trottait vers Boulogne. Il continua et trouva même assez de forces pour encourager les Britanniques qui le doublèrent. La camionnette technique de l'équipe anglaise n'était pas loin derrière, et Adam leva le pouce. A sa grande surprise, le véhicule stoppa à sa hauteur.

Le chauffeur s'empressa de baisser sa vitre.

— C'est pas vous qui m'avez arrêté à Abbeville ?

— En effet, c'est moi, convint Adam. Votre homme va mieux ?

— Non, il se repose derrière. Il a une sérieuse déchirure ligamentaire. Qu'est-il arrivé à votre voiture ?

— Elle m'a lâché il y a environ un kilomètre et demi, expliqua Adam avec un haussement d'épaules résigné.

— Pas de pot. Je peux vous déposer quelque part ? Nous nous arrêtons à Boulogne. Si ça peut vous dépanner, n'hésitez surtout pas.

— Merci, dit Adam avec un soulagement bien compréhensible.

Le chauffeur se pencha pour lui ouvrir la porte.

Avant de monter, Adam examina de nouveau les cieux. Aucune trace de l'hélicoptère, mais celui-ci ne tarderait pas à faire demi-tour. Ils auraient vit fait de piger.

— Je m'appelle Bob, annonça le conducteur en survêtement, en lui tendant la main, je suis directeur sportif de l'équipe de Grande-Bretagne.

— Moi, c'est Adam, dit le jeune homme en serrant énergiquement la main tendue.

— Où allez-vous ?

— A Boulogne. Avec un peu de chance, j'espère arriver à prendre le ferry de trois heures.

— On devrait y être à deux heures et demie, dit Bob. On n'a pas le choix : le départ de l'étape de l'après-midi est à trois heures.

— Votre poulain pourra prendre la route ? questionna Adam, désignant d'un geste explicite l'arrière de la voiture.

— Non, pour lui, la course est terminée, dit le directeur sportif. Il s'est déchiré un ligament et il lui faudra bien une quinzaine de jours pour récupérer. Il va falloir que je le laisse à Boulogne et que je fasse la dernière étape moi-même. Vous ne feriez pas de vélo, par hasard ?

— Non, dit Adam. Du jogging, oui, mais le vélo, j'ai arrêté depuis que ma sœur a bousillé le tricycle familial.

— On a encore une chance de remporter la médaille de bronze, remarqua Bob, tandis qu'ils redépassaient les coureurs britanniques.

Adam leur fit signe que tout allait bien et regarda par-dessus son épaule par la lunette arrière. Ils atteignaient les faubourgs de Boulogne et il n'apercevait toujours pas l'hélicoptère. Bob insista pour le déposer au port.

— Je vous souhaite de la décrocher, cette médaille de bronze, dit Adam, sautant à bas de la camionnette. Merci encore, et bonne chance pour la prochaine étape.

Il consulta sa montre : le bateau partait dans vingt minutes. Se demandant s'il n'était pas arrivé trop tôt, il se dirigea vers l'agence et fit la queue pour acheter son billet. Il ne cessait de jeter des coups d'œil autour de lui pour voir s'il était surveillé, mais personne ne semblait lui prêter attention. Une fois son billet en poche, il se dirigea vers le ferry. Il sifflotait *Yesterday* quand une tache noire apparut au loin. Impossible de se tromper, le bruit était suffisamment caractéristique.

Adam jeta un œil vers la passerelle qui conduisait au pont du ferry à quelques mètres de lui, puis vers la tache qui grossissait dans le ciel. Il regarda sa montre : le bateau partait dans douze minutes, ce qui laissait largement à ses poursuivants le temps d'atterrir et de monter à bord. S'il embarquait et que les Américains le suivaient, ils le dénicheraient à coup sûr. Mais s'ils montaient et que lui restait à terre, il pourrait peut-être atteindre Dieppe avant le prochain départ...

Adam rejoignit au petit trot la foule compacte qui attendait le départ de la prochaine étape de la course. L'hélicoptère tournoyait dans le ciel et commençait à descendre comme un faucon ayant repéré une souris.

— Alors, je croyais que vous deviez absolument le prendre, ce bateau ?

Adam pivota et se trouva nez à nez avec le directeur sportif de l'équipe britannique en tenue de cycliste.

— J'ai changé d'avis.

— Est-ce que ça vous ennuierait beaucoup de conduire la camionnette ? questionna Bob.

— Quelle est la prochaine étape ?

— Dunkerque, dit Bob.

Adam essaya de se souvenir de l'heure à laquelle partait le ferry de Robin.

— Le départ dans six minutes, aboya le haut-parleur.

— O.K., fit Adam.

— Parfait, dit le directeur sportif. Suivez-moi.

Le jeune homme courut à la suite de Bob qui se dépêchait de regagner la fourgonnette.

— Quatre minutes, nasilla le haut-parleur.

Bob ouvrit la portière et lui tendit les clés. Adam jeta un œil vers le bateau : les deux Américains émergeaient du bureau de vente des billets.

— Deux minutes.

Adam prit place au volant. Marvin et son collègue s'engageaient sur la passerelle.

— Une minute.

— Une fois à Dunkerque, laissez les clés au stand de l'équipe britannique. On vous retrouvera là-bas.

— Bonne chance, lança Adam.

— Merci, fit Bob, qui partit ventre à terre vers la ligne de départ où ses camarades l'attendaient en lui tenant son vélo.

— Trente secondes.

On relevait la passerelle lorsque le directeur de la course qui devait donner le signal du départ leva son pistolet.

La corne de brume du ferry fit entendre son mugissement rauque : les deux Américains entamaient leur traversée à destination de Douvres. Une fraction de seconde plus tard, le coup de pistolet partit tandis qu'Adam, passant en seconde, prenait la route de Dunkerque.

CHAPITRE 24

Assis dans un bistrot du port, Adam attendait l'arrivée du car. Il avait laissé la camionnette garée près du stand britannique et était maintenant prêt à embarquer, mais auparavant il voulait s'assurer que Robin prendrait bien ce bateau. Le car arriva avec quelque dix minutes d'avance et Adam se précipita pour accueillir la contrebassiste qui en descendait.

— Vous ne pouvez plus vous passer de moi, si je comprends bien, remarqua-t-elle.

Adam éclata de rire et la serra — enfin presque — contre lui.

— Heureux de vous voir.

— Et moi qui croyais que vous rejoigniez l'Angleterre par je ne sais quel moyen farfelu. Fusée, sous-marin de poche, que sais-je encore !

— Ce n'est pas l'envie qui m'en manquait, admit Adam. Seulement, au moment où j'allais grimper à bord de l'engin, je me suis aperçu que les Américains étaient au commandes.

— Les Américains ?

— Je vous expliquerai quand nous serons en mer.

Ni l'un ni l'autre ne remarquèrent le jeune agent qui filait Robin depuis Berlin. Enfermé dans une cabine téléphonique à l'autre bout du quai, il composa un numéro à l'étranger.

— Il y a une semaine, je n'aurais pas cru un mot de votre histoire, mais depuis deux faits troublants se sont produits.

— A savoir ?

— Un haut fonctionnaire du Foreign Office a renvoyé à Dudley Hulme son passeport à Amsterdam. A ce propos, il faut que je vous rende le vôtre.

Elle fourragea dans son sac et finit par en extraire le passeport bleu foncé.

— Et le deuxième ? s'enquit Adam, ravi de récupérer son bien.

— J'ai eu le douteux privilège de me trouver nez à nez avec le camarade Rosenbaum, et j'espère que cela ne se reproduira pas.

— En ce qui me concerne, je suis bien décidé à le rencontrer de nouveau.

— Pourquoi cela ? s'étonna Robin.

— Pour le tuer.

*
**

Romanov et Pollard arrivèrent à Douvres quelques minutes avant que le ferry n'accoste. Dévorés d'impatience, ils durent se résigner à patienter. Romanov s'était posté de façon à pouvoir voir le navire entrer dans le port à travers la fenêtre de la douane. Il avait déniché un poste d'observation idéal à côté d'une machine à café, d'où il pouvait — sans qu'on le voie — observer tous ceux qui entraient ou sortaient de la douane.

— Au cas où, pour changer, il s'amuserait à nous faire du cinéma en faisant un petit détour, dit Romanov, surveillez la sortie des véhicules et venez me prévenir si vous constatez quelque chose d'anormal.

Le « colonel » abandonna Romanov derrière sa machine à café et s'installa sur le quai d'où il pouvait voir les véhicules passer devant la douane, à quelque cinquante mètres de la sortie. Si Scott s'avisait de quitter le ferry au volant d'une voiture, Pollard aurait largement le temps de courir avertir Romanov avant que l'Anglais n'en ait fini avec les formalités et ait atteint la grille. De plus, c'était le seul endroit où Scott ne pouvait prendre le risque de se cacher dans le coffre d'une automobile. Les deux hommes attendirent.

*
**

Le capitaine brancha sa radio sur le canal 9 et articula avec soin :

— Ici le *Chantilly*, j'appelle l'officier de port de Douvres. Me recevez-vous ?

Il patienta un instant, puis appuya sur un bouton.

— Officier de port à *Chantilly*. Je vous reçois 5 sur 5. A vous.

— C'est le capitaine qui vous parle. Nous avons une urgence, un passager tombé d'un canot de sauvetage sur le pont, blessé aux bras et aux jambes.

Adam poussa une sorte de grognement tandis que le capitaine poursuivait.

— J'aurai besoin d'une ambulance qui attendra sur le quai pour l'emmener à l'hôpital le plus proche une fois que nous aurons mouillé à Douvres. A vous.

— Message reçu, bien compris, capitaine. Vous aurez votre ambulance. Terminé.

— Tout va bien se passer, murmura Robin d'une voix qu'Adam ne lui connaissait pas. Dès que nous serons arrivés, ils vous conduiront directement à l'hôpital.

— Il faut que je retourne sur la passerelle, annonça le capitaine d'un ton rogue. Je vais vous envoyer deux stewards avec un brancard pour votre frère.

— Merci, capitaine, fit Robin. Je ne sais pas ce que nous serions devenus sans vous.

— Je vous en prie, miss, laissons cela. C'est votre frère, dites-vous ?

— Oui, pourquoi ?

— Conseillez-lui de moins boire avant de monter à bord, à l'avenir, dans son intérêt.

— Je n'arrête pas d'essayer de le raisonner, soupira Robin, mais il n'y a rien à faire, il tient de papa pour ça.

Nouveau gémissement d'Adam.

— Mmmm, grommela le capitaine en examinant l'entaille qui zébrait l'épaule d'Adam. Espérons que ce ne sera pas trop grave. Bonne chance.

— Merci encore, capitaine, souffla Robin en le regardant fermer la porte de la cabine.

— Jusque-là, tout va bien, chuchota-t-elle. Pourvu que la seconde partie du plan marche aussi bien que la première. Je ne sais pas si je vous l'ai dit, mais vous avez une haleine épouvantable.

— Vous me forcez à me rincer la bouche au whisky pendant vingt minutes et à recracher le tout sur mes vêtements et vous vous étonnez que je sente mauvais ?

**

Adam fut allongé délicatement sur le brancard et transporté dehors par deux garçons de cabine. Se postant en haut de la passerelle, ces derniers le déposèrent avec douceur sur le pont tandis qu'un douanier et un agent du service de l'immigration accouraient. Robin leur tendit le passeport du blessé. Le fonctionnaire de l'immigration le feuilleta et se plongea dans l'examen de la photo.

— Ressemblant, non ? commenta Robin. Toutefois j'ai peur que sur son prochain passeport à la rubrique « signes particuliers » ils ne doivent ajouter ceci.

Et, d'un geste théâtral, elle souleva la couverture, révélant l'entaille sur l'épaule d'Adam. Celui-ci prit un air penaud qui convenait aux circonstances.

— A-t-il quelque chose à déclarer ? s'enquit le douanier.

Adam ne put s'empêcher de toucher subrepticement l'icône.

— Non, je lui ai interdit d'acheter de l'alcool à bord. Et je m'occuperai personnellement de ses affaires à la douane.

— Parfait, merci, miss. Qu'on l'emmène à l'hôpital, et vite, dit l'agent de l'immigration, se rendant soudain compte que les passagers formaient un attroupement et attendaient impatiemment de pouvoir mettre pied à terre.

Les deux stewards descendirent la passerelle avec Adam, qui adressa un vaillant signe de la main à Robin lorsqu'on le mit dans l'ambulance où se trouvait déjà un aide-infirmier.

**

Romanov la repéra au sortir de la douane.

— Me voilà fixé : je sais exactement comment le capitaine Scott va s'y prendre pour quitter le navire. Nous allons lui réserver une petite surprise et l'attendre. Allez louer une voiture, aboya-t-il en dévisageant Pollard. Nous partons pour Londres.

Sirène hurlante, tous feux allumés, l'ambulance franchit les grilles de la douane à toute vitesse. Pendant le trajet, l'aide-infirmier avait assisté avec un étonnement bien compréhensible au rétablissement spectaculaire de son patient. Au point qu'arrivé au Royal Victoria Hospital, il commençait à se dire que le capitaine s'était trompé du tout au tout quant à la gravité du cas.

Debout près de la sortie, Romanov sourit en voyant émerger des flancs du ferry le car transportant les musiciens, qui alla grossir les rangs des véhicules attendant de passer les formalités.

Balayant le véhicule du regard, l'homme du K.G.B. ne tarda pas à repérer Robin Beresford. Comme il l'avait prévu, la contrebasse était calée contre son siège, ce qui l'empêchait de voir la personne qui occupait le siège voisin.

— Vous ne me ferez pas le coup deux fois, mademoiselle, marmonna Romanov au moment où, cramoisi, le « colonel » le rejoignait.

— Eh bien, où est la voiture ? lança le Soviétique, l'œil toujours rivé sur l'autocar.

— Je l'ai louée, bredouilla le « colonel », mais ils ont besoin de votre permis international. J'avais complètement oublié que Scott avait le mien, ainsi que tous mes autres papiers.

— Ne bougez pas d'une semelle, et assurez-vous que notre ami n'essaie pas de descendre de ce car.

Romanov ne fit qu'un bond jusqu'au comptoir Avis. Pendant ce temps, à l'hôpital, allongé sur un chariot, Adam pénétrait dans une petite pièce pour y être examiné par l'interne de service.

Le jeune médecin se pencha plusieurs minutes durant sur

son patient. Jamais il n'avait vu une entaille pareille. Il l'examina attentivement avant de risquer un commentaire.

— Plutôt moche, votre blessure, fit-il en nettoyant la plaie. Vous pouvez bouger le bras normalement ?

Adam fit un grand moulinet.

— Au moins, vous n'avez rien de cassé, c'est déjà ça, remarqua le médecin en continuant de désinfecter la plaie. Je vais vous mettre de la teinture d'iode. Attention, ça va piquer.

Il nettoya les coudes d'Adam avant de poser du sparadrap dessus.

— Ça ne date pas d'hier, pas vrai ? fit-il avec un mouvement de menton en direction de l'épaule de son malade.

— Non, rétorqua laconiquement Adam.

— Je vais vous faire une piqûre antitétanique.

Le blessé changea de couleur.

— C'est fou le nombre d'adultes que la vue d'une aiguille suffit à rendre malades.

Adam gémit.

— Avouez que cela n'a pas été si terrible que ça, gouailla le médecin en lui bandant l'épaule. On vient vous chercher ?

— Oui, dit Adam. Ma femme m'attend.

— Parfait, vous pouvez filer. Mais consultez votre généraliste en arrivant chez vous.

⁎⁎

Assis au volant de la voiture de location, Romanov regarda l'autocar franchir la douane. Il démarra et prit à sa suite l'autoroute A2 en direction de Londres.

— On les intercepte en route ? s'enquit Pollard, mal à l'aise.

— Pas cette fois, dit l'homme du K.G.B. sans s'étendre davantage.

Il ne perdit pas le car de vue un instant de tout le trajet.

⁎⁎

A sortir de l'hôpital, Adam commença par s'assurer qu'il n'était pas filé. Il n'aperçut qu'un homme en duffle-coat bleu qui s'éloignait dans la direction opposée, et une infirmière qui le dépassa à toute allure, l'œil fixé sur sa montre. Rassuré, il prit un taxi, se fit conduire à la gare de Douvres et acheta un aller simple pour Londres.

— A quelle heure, le prochain train ?

— Il ne devrait pas tarder, dit l'employé en regardant la pendule. Le ferry a accosté il y a quarante minutes, mais pour décharger tous les passagers ça demande un peu de temps.

Adam se dirigea vers le quai, à l'affût de tout individu dont le comportement lui semblerait louche. Il ne remarqua pas l'homme brun en duffle-coat bleu qui, appuyé contre le kiosque à journaux, lisait consciencieusement l'*Evening Standard*.

Le jeune homme se mit à songer à Robin, qui regagnait bien tranquillement son domicile. Le train à destination de Londres entra alors en gare, plein à craquer de passagers qui descendaient du *Chantilly*. Jaillissant de l'ombre, Adam monta dans un compartiment bourré de blousons noirs rentrant manifestement d'une excursion au bord de la mer. Il était peu probable que quelqu'un d'autre eût l'idée saugrenue de s'installer là. Il prit la seule place disponible — une place de coin — et, le nez contre la vitre, s'assit au milieu du vacarme.

Lorsque le train s'arrêta à Canterbury, personne ne s'était risqué dans le compartiment, excepté le contrôleur, qui avait préféré fermer les yeux quand l'un des loubards lui avait présenté un ticket de quai en guise de billet. Adam se sentait étrangement en sécurité dans son coin, si bien que la vue d'un homme brun en duffle-coat bleu passant devant la porte et examinant attentivement l'intérieur du compartiment ne provoqua même pas un froncement de sourcils de sa part.

Adam fut arraché à ses pensées par une exclamation brutale d'un des membres de la petite bande, qui donnait l'impression d'en être le chef.

— Ça pue, dans ce compartiment, déclara-t-il en reniflant d'un air dégoûté.

— T'as raison, Terry, renchérit son copain qui, assis à côté d'Adam, se mit à renifler bruyamment lui aussi. Et j'ai l'impression que ça vient de par là.

Adam se tourna vers l'adolescent dont le blouson de cuir noir était truffé de petits clous brillants. Les mots « Heil Hitler » barraient le dos de sa veste. Il se leva et ouvrit la fenêtre.

— Peut-être qu'en faisant un peu de courant d'air... suggéra-t-il en se rasseyant.

Quelques secondes plus tard, les quatre voyous reniflaient à qui mieux mieux.

— Ça chlingue de plus en plus, conclut le chef, c'est dingue.

— Ce doit être moi, dit Adam.

Les reniflements cessèrent net et les jeunes gens, sidérés par le calme d'Adam, le fixèrent avec des yeux ronds.

— Je n'ai pas eu le temps de me doucher après mon cours de judo, ajouta le jeune homme avant qu'ils retrouvent l'usage de la parole.

— Vous êtes fort en judo ? s'enquit son voisin.

— Je me débrouille.

— Vous êtes quoi, comme ceinture ? jeta Terry d'un air belliqueux. Noire, pas vrai ? ajouta-t-il en ricanant.

— Il y a au moins huit ans que je ne suis plus ceinture noire, énonça Adam placidement, mais on m'a accordé mon deuxième dan récemment.

Une lueur d'appréhension apparut dans les prunelles de trois des membres du quatuor.

— Ça me botterait de faire du judo, déclara le chef. Faut longtemps pour arriver à toucher sa bille ?

— Cela fait douze ans que je m'entraîne à raison de trois heures par jour et je n'ai toujours pas atteint le niveau olympique, rétorqua Adam, voyant repasser devant le compartiment l'homme au duffle-coat marine qui, cette fois, le dévisagea carrément avant de s'éloigner.

— Ce qu'il faut avant tout, pour pratiquer ce sport, c'est des tripes, et ça, ça ne s'apprend pas. On en a ou on n'en a pas.

— J'en ai, assura Terry, l'air mauvais. J'ai peur de rien, ni de personne, ajouta-t-il crânement.

— Tant mieux, appuya Adam. Il se peut que vous ayez l'occasion de le prouver avant la fin du voyage.

— Comment ça ? jeta le jeune supporter d'Hitler. Vous cherchez la bagarre ou quoi ?

— Pas du tout. Il se trouve que je suis filé par une espèce de détective à la noix qui est bien décidé à me surprendre cette nuit dans les bras de la femme de son client.

Le quatuor fit silence et contempla Adam avec ce qui pouvait passer pour du respect.

— Et vous allez quand même coucher avec elle ? s'enquit le chef.

Adam opina gravement.

— Elle se défend bien au pieu, la nana ? fit Terry, lubrique.

— Pas mal, pas mal du tout, dit Adam.

— Montrez-le-nous, ce con, qu'on l'arrange, déclara le chef, le poing levé.

— Ne le massacrez pas, je n'en demande pas tant. Si vous pouviez seulement le retenir un peu quand je descendrai à Waterloo East, ça me laisserait le temps d'aller prévenir la dame.

— C'est comme si c'était fait, assura le chef de la bande. Votre ami le voyeur arrivera à Charing Cross ficelé comme un saucisson.

Les trois autres loubards hurlèrent de rire et Adam en déduisit qu'il n'avait fallu qu'une semaine à Romanov pour faire de lui un baratineur de la classe de feu le père de Robin.

— Le voilà ! souffla Adam tandis que l'homme au duffle-coat repassait pour la troisième fois.

Ils regardèrent tous dans le couloir mais ne purent voir que son dos.

— Le train arrive normalement à Waterloo East dans onze minutes, reprit Adam après un coup d'œil à sa montre. Voici comment nous allons procéder... si vous marchez toujours dans la combine, bien sûr.

Le quatuor se pencha vers lui, tendant avidement l'oreille.

Quelques minutes plus tard, le jeune homme se glissa hors

du compartiment en laissant la porte grande ouverte. Il s'éloigna dans la direction opposée à celle qu'avait prise l'homme en bleu la dernière fois qu'il l'avait aperçu. Arrivé au bout du wagon, Adam se retourna et vit que l'inconnu était sur ses talons. En passant devant le compartiment resté ouvert, l'homme sourit et agita la main pour attirer l'attention d'Adam. C'est alors que deux bras gainés de cuir noir jaillirent, ceinturant l'individu qui disparut à l'intérieur avec un cri étouffé. La porte fut refermée avec violence et les stores baissés.

Le train entra lentement en gare de Waterloo East.

*
**

Robin avait les nerfs à vif lorsque le car s'engagea dans Wigmore Street et s'arrêta devant le siègle du Royal Philharmonic Orchestra. Une Ford vert sapin les suivait depuis près de quarante-cinq kilomètres, et, lorsque la musicienne s'en était aperçue, elle n'avait pas osé bouger de son siège.

Tout en descendant du car avec sa contrebasse, elle jeta un coup d'œil derrière elle et vit que la Ford s'était immobilisée environ cinquante mètres plus loin et avait éteint ses phares. Planté sur le trottoir, Romanov avait l'air d'un fauve prêt à bondir. Un type que Robin n'avait jamais vu était au volant. Adam lui avait recommandé de ne pas traîner et de s'engouffrer en vitesse dans les locaux du Royal Philharmonic Orchestra. Malgré ses recommandations, elle ne put s'empêcher de regarder Romanov droit dans les yeux et de secouer la tête. Impassible, l'homme du K.G.B. continua de fixer l'horizon droit devant lui.

Lorsque le dernier musicien eut quitté l'autocar, Romanov et le soi-disant colonel entreprirent une fouille en règle du véhicule, puis du coffre, et ce malgré les protestations bruyantes du chauffeur. Postée derrière une fenêtre du premier étage, la contrebassiste, très inquiète, les vit sauter dans la Ford verte et démarrer. Elle suivit la voiture des yeux jusqu'à ce que les feux arrière aient disparu dans l'obscurité.

Le « colonel » quitta Wigmore Street pour prendre Baker Street et stoppa devant la station de métro du même nom. Romanov bondit, pénétra dans une cabine téléphonique et se mit à feuilleter l'annuaire. Il n'y figurait qu'une Robin Beresford et son adresse était bien celle que lui avait communiquée le jeune agent du K.G.B. Il composa le numéro. A la dixième sonnerie, il sourit en constatant que la musicienne vivait seule. Ce qui n'avait rien d'étonnant, d'ailleurs.

— Et maintenant, qu'est-ce qu'on fait ? s'enquit le « colonel » lorsque Romanov regagna la voiture.

— Argyle Crescent, NW3, ça vous dit quelque chose ?

— Ce doit être du côté de Hampstead, répondit le « colonel ». Mais je vais vérifier. Vous avez un plan de bataille ?

— Au lieu d'attendre que miss Beresford sorte, nous allons attendre qu'elle rentre, fit Romanov.

⁂

Robin s'éclipsa par la sortie de derrière quelque trente minutes plus tard. Après avoir tournicoté dans Portman Square, elle se dirigea le plus vite qu'elle put vers le croisement. Elle avait beau se répéter que Romanov n'allait pas revenir, cela ne l'empêchait pas de trembler pour autant. Elle se mit en quête d'un taxi et fut soulagée d'en voir un s'arrêter près d'elle presque immédiatement. Elle examina le chauffeur et le siège arrière, ainsi qu'Adam le lui avait conseillé, et monta.

⁂

Romanov arriva devant chez Robin quelques instants après que la musicienne eut hélé le taxi. La plaque indiquait que miss Beresford habitait au quatrième.

N'importe quel malfrat minable, qu'il soit originaire de Moscou ou d'ailleurs, serait venu à bout de la porte en deux temps trois mouvements, et Romanov l'ouvrit sans problème.

Le « colonel » le rejoignit et ils grimpèrent en silence l'escalier obscur menant au quatrième.

La serrure Yale ne résista pas plus longtemps que la porte. Une fois à l'intérieur, l'homme du K.G.B. s'empressa d'étudier la disposition des lieux et s'assura que l'appartement était vide.

Le « colonel », qui était resté debout, se tortillait.

— Asseyez-vous, colonel. Je ne pense pas que la dame nous fera attendre très longtemps.

L'homme éclata d'un rire gêné.

Le taxi s'arrêta devant la maison que lui indiquait Robin. La jeune femme descendit, gratifia le chauffeur d'un bon pourboire compte tenu de l'heure tardive, et poussa un soupir de soulagement. Il lui semblait qu'il y avait une éternité qu'elle n'avait pas mis les pieds chez elle. Tout ce qu'elle désirait, maintenant, c'était un bain chaud et une bonne nuit de sommeil.

***

Adam descendit du train à Waterloo East un peu après minuit, ravi de constater que le métro fonctionnait encore. Il s'était abstenu de pousser jusqu'à Charing Cross, ne sachant quel camp lui aurait dépêché un comité d'accueil. Il sortit de sa poche une carte d'abonnement et attendit sur le quai un certain temps avant que la rame n'arrive.

Plusieurs stations séparaient Waterloo de l'endroit où il se rendait, et même à cette heure indue les arrêts étaient interminables. Plusieurs fêtards montèrent à la station Embankment ; et à Leicester Square, il y en eut une nouvelle fournée, plus volumineuse encore. Adam avait l'impression que le métro n'en finissait pas de s'arrêter. Pourvu que Robin ait suivi scrupuleusement ses instructions ! Il jeta un coup d'œil autour de lui. Le wagon était plein de noctambules, d'ivrognes et de gens travaillant la nuit — serveurs de restaurant, infirmières —, il aperçut même une contractuelle. A minuit et quarante minutes, le métro s'arrêta enfin à sa station.

Le contrôleur réussit à lui fournir les indications nécessaires. Ce lui fut un soulagement d'arriver si vite à destination, car il n'y avait pas un chat dans les rues à cette heure et personne à qui demander éventuellement son chemin. Il se dirigea lentement vers le numéro 23, où aucune lumière ne brillait. Il poussa la grille, remonta l'allée, prit le trousseau dans sa poche et engagea la clé dans la serrure. Adam ouvrit la porte sans bruit et la referma de même.

*
**

Un peu avant minuit dix, le dernier train en provenance de Douvres s'immobilisa en gare de Charing Cross. N'apercevant aucune trace d'Adam, Lawrence ordonna à son chauffeur de le reconduire à Cheyne Walk. Il n'arrivait pas à comprendre pourquoi l'agent qu'il avait si soigneusement choisi ne lui avait pas fait son rapport. De retour chez lui, Lawrence introduisit la clé dans la serrure, espérant qu'Adam serait déjà là à l'attendre.

CHAPITRE 25

Il poussa la grille et remonta prudemment l'allée car il faisait noir comme dans un four. Arrivé à l'angle de la maison, il tâtonna à la recherche de la troisième dalle à gauche. Quand il eut trouvé la pierre sous laquelle il laissait d'ordinaire une clé de secours, il la souleva et se mit à farfouiller dans la terre. A son grand soulagement, la clé était à sa place. Comme un voleur, il l'engagea dans la serrure. Il se glissa dans l'entrée, referma, alluma et monta l'escalier. Une fois sur le palier, il éteignit la lumière du hall, tourna doucement la poignée de la porte de sa chambre et la poussa.

Au moment où il franchissait le seuil, un bras puissant lui enserra la gorge et il fut violemment jeté par terre. Il sentit un genou peser contre sa colonne vertébrale et on lui ramena brutalement le bras dans le dos en un demi-nelson. Allongé sur la moquette, face contre terre, il pouvait à peine bouger et tout juste respirer. Adam appuya sur l'interrupteur et contempla le « colonel ».

— Ne me tuez pas, capitaine Scott, ne me tuez pas, geignit ce dernier.

— Loin de moi cette idée, monsieur Tomkins, fit Adam, très calme. Si vous me disiez où se trouve votre honorable patron à cette heure ?

Sur ce, il enfonça son genou dans le dos du colonel et lui releva le bras quelques centimètres plus haut avant que le « colonel » ne se décide à lâcher d'un ton lamentable :

— Il est retourné à l'ambassade quand il a compris que la fille ne rentrait pas chez elle.

— Exactement comment je l'avais prévu, dit Adam sans lâcher pour autant le bras de Tomkins tandis qu'il lui décrivait en détail ce qu'il attendait de lui.

La stupeur se peignit sur le visage du soi-disant officier.

— Mais c'est impossible, il va forcément remar... Ahhhh.

Adam avait resserré sa prise sur le bras de sa victime.

— Vous pourriez vous acquitter de cette mission en moins de dix minutes, et sans qu'il se doute jamais de quoi que ce soit, fit Adam. Toutefois, il est bien normal que vous soyez récompensé pour votre peine.

— Merci, mon capitaine, énonça l'écœurant personnage.

— Si vous parvenez à me rapporter ce dont j'ai besoin et que vous exécutez mes instructions à la lettre, je vous donnerai en échange vos passeport, permis de conduire, papiers, portefeuille, ainsi que l'assurance écrite que vous ne serez pas poursuivi pour trahison. Mais si vous ne vous présentez pas demain matin à neuf heures et demie avec l'objet, tous ces documents atterriront dans la demi-heure qui suivra sur le bureau d'un certain Mr. Lawrence Pemberton du Foreign Office, avec un rapport rédigé par moi concernant les sources de revenus dont vous avez oublié de faire état dans votre déclaration d'impôts.

— Vous ne feriez pas ça, capitaine Scott ?

— Mais si, à dix heures pétantes.

— Vous avez songé à ce que je deviendrais si vous mettiez votre menace à exécution ? pleurnicha le faux colonel.

— En effet, et je suis arrivé à deux conclusions.

— Lesquelles, mon capitaine ?

— En l'état actuel des choses, poursuivit Adam, en lui tenant toujours fermement le bras, les espions récoltent de dix-huit à quarante-deux ans de prison. En vous conduisant bien, vous avez une chance de sortir de tôle avant la fin du siècle.

Tomkins eut l'air visiblement ébranlé.

— Et la deuxième ?

— Vous pourriez prévenir Romanov de ma visite nocturne et lui s'arrangerait pour que vous passiez le restant de vos jours dans une misérable datcha d'une banlieue particulièrement sinistre de Moscou. Car voyez-vous, mon bon Tomkins, vous n'êtes qu'un espion de trente-sixième zone. Des deux solutions, je me demande bien laquelle je choisirais si j'étais à votre place.

— Je vais m'arranger pour vous procurer l'objet, vous pouvez compter sur moi.

— J'espère bien, Tomkins. Car si vous mangiez le morceau et mettiez Romanov au courant de nos manigances, vous seriez arrêté dans la minute qui suivrait. Dans le meilleur des cas, vous pourriez essayer de prendre un vol de l'Aeroflot à destination de Moscou mais j'ai vérifié : il n'y en a pas avant le début de la soirée.

— Je vous apporterai l'objet à neuf heures trente pile, mon capitaine. Je vous le certifie. Mais pour l'amour de Dieu, ayez le vôtre, qu'on puisse procéder à l'échange.

— Ne vous tracassez pas ; j'aurai également vos papiers, Tomkins.

Adam souleva le « colonel » du sol et le poussa vers le palier. Il alluma et, poussant toujours l'espion minable devant lui, descendit dans le hall.

— Les clés.

— Mais vous les avez déjà, mon capitaine, protesta Tomkins.

— Les clés de la voiture, imbécile.

— Mais c'est une voiture de location.

— Ça tombe bien, dit Adam. Je la loue.

— Et comment je vais faire pour rentrer à temps à Londres, moi ? geignit Tomkins.

— Aucune idée, mais vous avez le reste de la nuit pour trouver une solution. Vous pourriez même rentrer à pied. Les clés, répéta Adam, remontant le bras du « colonel » jusqu'à l'omoplate.

— Dans ma poche, celle de gauche, glapit Tomkins, une octave plus haut.

Adam plongea la main dans la veste de l'homme et en retira le trousseau.

Il ouvrit la porte d'entrée, poussa Tomkins le long de l'allée et l'escorta jusqu'au trottoir.

— Traversez et allez vous mettre sur l'autre trottoir, ordonna Adam. Interdiction de bouger de là avant que j'aie
atteint le bout de la rue. C'est clair ?

— Limpide, mon capitaine.

— Parfait, dit Adam en le relâchant. Un dernier détail,
Tomkins. Au cas où vous songeriez à me doubler, j'ai déjà
demandé au Foreign Office de placer Romanov sous surveillance et de poster deux guetteurs supplémentaires près de
l'ambassade d'U.R.S.S. Ils sont chargés de signaler l'arrivée
ou le départ de toute personne suspecte avant neuf heures
demain matin, énonça Adam d'un ton qu'il espéra convaincant.

— Vous avez pensé à tout, hein ? fit le « colonel », vivante
image du découragement.

— Je crois que oui, convint Adam. J'ai même trouvé le
temps de m'occuper sérieusement de votre téléphone en vous
attendant.

Il poussa Tomkins de l'autre côté de la rue avant de
grimper dans la voiture de location, dont il baissa la vitre.

— Rendez-vous demain matin à neuf heures trente précises.

Et, sur ce, il passa en première.

Planté sur le trottoir, le « colonel » tremblait en se friction-
nant l'épaule droite, tandis qu'Adam filait jusqu'au bout de la
rue. Il n'avait toujours pas bougé lorsque le jeune homme
tourna à gauche et repartit vers le centre de Londres.

Pour la première fois depuis la mort de Heidi, Adam eut
l'impression que c'était lui qui était aux trousses de Romanov,
et non le contraire.

*
**

— Quel honneur pour notre modeste établissement, susurra Herr Bischoff, ravi de prendre le thé dans la salle du
conseil d'administration avec le plus important banquier de
l'Est.

— Je vous en prie, mon cher Bischoff, se récria Poskonov.
Après toutes ces années, tout l'honneur est pour moi. C'est

fort aimable à vous de vous être montré si compréhensif et d'avoir bien voulu ouvrir la banque un dimanche. Mais passons aux choses sérieuses. Avez-vous réussi à faire signer la décharge à Romanov ?

— Oui, fit Bischoff, sans ciller. Il a signé sans même lire les clauses standards, alors celles que vous nous aviez demandé d'ajouter...

— La totalité de son héritage revient donc bien à l'État soviétique ?

— C'est exact, monsieur Poskonov, et en contrepartie nous...

— ... vous serez nos représentants pour toutes les transactions que nous conclurons en Occident.

— Merci, exhala Herr Bischoff. Vous pouvez compter sur nous. Mais que se passera-t-il lorsque Romanov reviendra nous trouver et voudra savoir où son héritage est passé ? s'enquit-il avec une pointe d'inquiétude ?

— Il ne reviendra pas, affirma le banquier soviétique avec une tranquille assurance. Je vous en donne ma parole. Et maintenant, puis-je jeter un coup d'œil au contenu de ces coffres ?

— Bien sûr, opina Herr Bischoff. Si vous voulez bien vous donner la peine de me suivre.

Les deux financiers prirent l'ascenseur privé menant au sous-sol et Herr Bischoff accompagna son visiteur jusqu'à la chambre forte.

— Je vais ouvrir les cinq coffres qui sont désormais à votre nom à l'aide de ma clé, mais vous seul pouvez les ouvrir avec la vôtre.

— Merci, dit Poskonov, attendant que Herr Bischoff ait regagné l'entrée de la chambre forte.

— Prenez tout votre temps, dit le banquier. Seulement, je vous préviens, à 18 heures la grande porte se verrouille automatiquement et elle ne se rouvre qu'à neuf heures le lendemain matin, et il faudrait au moins une arme atomique pour la forcer. A 17 h 45, une sonnerie se déclenche pour vous prévenir qu'il vous reste un quart d'heure.

— Parfait, répondit l'homme qui, dans toute sa carrière, n'avait jamais reçu pareil avertissement de quiconque.

Herr Bischoff tendit au camarade Poskonov l'enveloppe contenant la clé de Romanov.

A peine la massive porte d'acier se fut-elle refermée derrière le banquier suisse que le Soviétique consulta la pendule murale. Il avait un peu plus de deux heures pour faire le tri entre ce qui pouvait être emporté au Brésil et ce qui devrait rester là. Une retraite payée par l'État et l'ordre de Lénine — de seconde classe — ne constituaient pas aux yeux de Poskonov des perspectives d'avenir particulièrement exaltantes.

Il introduisit la clé dans la serrure et ouvrit le premier des petits coffres, qui contenait des titres de propriété concernant des terres que l'État possédait depuis des décennies. Il grinça de rage. Le second coffre renfermait des lots d'actions de sociétés jadis florissantes qui n'avaient aujourd'hui plus aucune valeur. Au grand désappointement de Poskonov, le troisième coffre ne recelait qu'un testament prouvant que tout cela appartenait au père de Romanov et à son héritier direct. Avait-il attendu toutes ces années pour découvrir en fin de compte que le vieil homme lui avait raconté des bobards ? Où étaient donc passés les monceaux de joyaux, les perles et les pièces d'or ? Romanov aurait-il déjà fait main basse sur le trésor ?

Poskonov ouvrit le premier des grands coffres. L'œil arrondi de stupeur, il contempla les douze compartiments. Il souleva un couvercle, mais mollement. Lorsqu'il vit les pierres précieuses briller de tous leurs feux, il sentit ses jambes se dérober sous lui. Plongeant les mains dans le coffret, il laissa couler les gemmes entre ses doigts avec une joie d'enfant.

Le second coffret se trouva contenir des perles, et le troisième des pièces d'or et des médaillons qui allumèrent des étincelles dans les yeux du vieil homme. Il ne s'était pas rendu compte du temps qu'il avait mis à examiner les autres alvéoles ; mais lorsque la sonnerie résonna, il était à des milliers de kilomètres de là, jouissant déjà de sa fortune toute neuve. Il regarda la pendule. Il lui restait assez de temps pour tout remettre dans les compartiments. Demain, il reviendrait et retirerait d'un seul coup ce qu'il avait bien mérité après cinquante ans de bons et loyaux services.

Le dernier couvercle remis en place, il jeta un nouveau regard à la pendule : dix-huit heures moins six. Juste le temps d'examiner le dernier coffre, histoire de voir si son contenu était aussi alléchant.

Il donna un tour de clé et, se léchant les babines à l'avance, sortit le grand coffre de son logement. Un coup d'œil, se promit-il, rien qu'un coup d'œil. Lorsqu'il vit le cadavre en décomposition, la peau terreuse, il recula en chancelant, épouvanté par cette vision macabre, et tomba, la main crispée sur son cœur.

On découvrit les deux corps le lendemain matin à neuf heures.

*
**

Le téléphone avait à peine commencé à sonner qu'Adam décrocha pour faire taire le grésillement strident.

— Il est huit heures, monsieur, susurra une voix suave.

— Merci, dit le jeune homme en raccrochant.

L'appel était inutile, car il y avait au moins une heure qu'il était réveillé et examinait son plan sur toutes les coutures. Il avait fini par trouver comment il allait tuer Romanov.

Sautant à bas de son lit, il alla tirer les rideaux et jeta un œil à l'ambassade soviétique. Il se demanda depuis combien de temps le Russe était réveillé.

Regagnant le lit, il prit le téléphone et composa le numéro que Robin lui avait donné. Au bout d'un certain temps, une voix âgée annonça :

— Madame Beresford, à l'appareil.

— Bonjour, madame. Adam Scott, je suis un ami de Robin. Je voulait m'assurer qu'elle était bien rentrée.

— Elle est bien rentrée, en effet, confirma la mère de Robin. J'ai été ravie de la voir débarquer car d'habitude elle ne vient que le week-end. Elle passe généralement la nuit chez

elle quand elle rentre aussi tard. Je crois qu'elle dort encore.
Vous voulez que je vous la passe ?

— Ne la dérangez surtout pas, déclina Adam. Je voulais
juste prendre rendez-vous avec elle pour le déjeuner. Pouvez-vous lui dire que je rappellerai plus tard ?

— Certainement. Merci d'avoir appelé, monsieur Scott.

Adam reposa le récepteur sur son support et sourit. Les
pièces du puzzle s'emboîtaient à merveille mais, sans le
concours du « colonel », la principale lui ferait défaut. Adam
entreprit de glisser dans une grande enveloppe tous les
papiers dont Tomkins avait besoin. Il sortit ensuite l'icône de
la poche de sa veste, la retourna et examina avec soin la petite
couronne en argent. S'emparant du canif du colonel, il se mit
en devoir de la retirer.

Une demi-heure plus tard, Adam se trouvait dans l'ascenseur qui l'entraînait vers les sous-sols de l'hôtel. Une fois
arrivé au parking, il se dirigea vers l'emplacement où il avait
garé la Ford Cortina verte. Il déverrouilla la porte et jeta la
vieille veste du « colonel » sur le siège, puis referma à clé,
vérifiant la fermeture des portières avant de regagner le
rez-de-chaussée en ascenseur.

Le gérant de la boutique pour hommes de la galerie
commerciale venait juste d'ouvrir. Adam prit tout son temps
pour choisir une chemise blanche, un pantalon de flanelle
grise et un blazer marine, qu'il passa dans la cabine d'es-
sayage.

A neuf heures vingt-trois, il régla sa note au *Royal Garden
Hotel* et demanda au portier d'aller lui chercher la Ford. Il
attendit son retour près de l'entrée de l'hôtel.

Les minutes passant, il commença à craindre que le
« colonel » ne vînt pas au rendez-vous. S'il lui faisait faux
bond, il ne resterait plus à Adam qu'à téléphoner à Lawrence,
au lieu d'appeler Romanov.

Un coup de klaxon l'arracha à ses réflexions : on venait de
garer la voiture de Tomkins près de l'entrée.

— Votre voiture, monsieur, annonça le portier en rendant
les clés à Adam.

— Merci, dit ce dernier en lui donnant le dernier billet d'une livre de Tomkins.

Il fourra le portefeuille dans l'enveloppe, qu'il cacheta, avant de consulter sa montre.

Il dut patienter deux minutes encore avant d'apercevoir le « colonel » qui gravissait en soufflant la montée conduisant à l'entrée du *Royal Garden Hotel.*

L'homme tenait à la main un petit sac.

— Je l'ai, mon capitaine, je l'ai, ahana le « colonel » en rejoignant Adam. Mais il faut que je rentre immédiatement, sinon il va s'apercevoir que l'objet a disparu.

Il passa le sac au jeune homme, qui l'entrouvrit et en vérifia le contenu.

— Vous êtes un homme de parole, dit Adam. Vos petites affaires sont là-dedans.

Sans un mot, il lui remit le paquet qu'il avait préparé, ainsi que les clés. Et il tendit le doigt vers la voiture de location.

Le « colonel » s'élança vers la Ford, grimpa dedans et descendit à toute allure la rampe de l'hôtel avant de tourner à gauche dans Kensington Palace Gardens.

Adam regarda sa montre : neuf heures trente-cinq.

— Pouvez-vous m'appeler un taxi ? fit-il au portier.

Le chauffeur baissa sa vitre et jeta un coup d'œil interrogateur à Adam.

— Chesham Place, SW 1.

Adam passa vingt minutes dans la boutique pendant que l'artisan exécutait le surprenant travail qu'on lui avait confié. Adam examina le résultat d'un air approbateur, lui donna deux demi-couronnes et gagna à pied King's Road, où il héla un autre taxi.

— Où va-t-on, patron ?

— A la Tour de Londres.

*
**

A 9 h 30 tout le monde était en place pour la réunion du D4 et Busch attaqua bille en tête sans même laisser à Lawrence le temps de s'asseoir.

— Comment diable avez-vous fait votre compte pour le perdre, cette fois ?

— C'est entièrement ma faute, reconnut Lawrence. Nous faisions surveiller tous les ports de Newhaven à Harwich, mais, à la minute où mon agent a vu Romanov et son acolyte quitter le port de Douvres et se lancer à la poursuite de l'autocar, il en a déduit qu'il avait repéré Scott. J'avais déjà demandé au responsable du service de l'immigration de laisser débarquer Scott sans faire de foin. J'avais l'intention de prendre le relais dès qu'il aurait passé la douane. Il n'y avait aucune raison de modifier ce plan tant que Romanov était étroitement surveillé. C'était compter sans Scott, qui a réussi à rouler et Romanov et l'agent que nous avions posté à Douvres.

— Mais on a eu une seconde chance dans le train, s'obstina Busch.

Lawrence fixa l'homme de la C.I.A., pour voir s'il allait reconnaître que ses deux agents s'étaient, eux aussi, fait semer par Scott à Douvres.

— Notre homme était dans le train, dit Lawrence avec force. Mais la seule fois où il a eu une chance de contacter Scott sans témoins, il a été agressé et passé à tabac par une poignée de loubards imbibés d'alcool — des adolescents, apparemment — qui rentraient d'une excursion au bord de la mer.

— Peut-être que nous recrutons mal nos agents, remarqua Matthews, le nez sur ses papiers.

Lawrence ne releva pas.

— Scott, l'icône du tsar et Romanov seraient donc encore terrés à Londres ? fit Snell.

— Ça en a tout l'air, convint Lawrence.

— Alors tout n'est peut-être pas perdu, ajouta Snell. Scott va peut-être essayer de vous contacter.

— Non, déclara tranquillement Lawrence.

— Pourquoi êtes-vous si catégorique ?

— Parce que Scott sait qu'il y a un traître parmi nous et qu'il croit que c'est moi.

— Ambassade soviétique.

— Adam Scott. Il faut absolument que je joigne le major Romanov.

— Bonjour, monsieur Scott. Il n'y a pas de major Romanov à l'ambassade, répondit une voix polie.

— Le contraire m'eût étonné.

— Mais si vous voulez bien me laisser votre numéro, je vais me renseigner.

— Je préfère patienter. Je suis sûr que vous n'aurez aucun mal à le trouver quand il saura qui le demande.

Il y eut un long silence au bout du fil et Adam espéra que le shilling qu'il avait glissé dans le monnayeur suffirait. Enfin, il perçut un déclic.

— Qui est à l'appareil ? lâcha une voix incrédule.

— Vous le savez très bien, dit sèchement Adam. J'ai un marché à vous proposer.

— Un marché ? reprit Romanov en écho, passant de l'incrédulité à la stupeur.

— Je vous échange mon icône — qui n'a aucune valeur pour moi, comme vous me l'avez si justement fait remarquer — contre la vôtre, qui, elle, en a. Et je veux en outre les documents qui me permettront d'établir l'innocence de mon père.

— Qui me dit que vous n'êtes pas en train de monter un coup contre moi ?

— Ça, c'est à vous de voir. Mais vous n'avez rien à perdre.

Des bip-bip commencèrent à se faire entendre sur la ligne.

— Votre numéro ? jeta Romanov.

— 738-91-21.

— Je vous rappelle.

La communication fut coupée.

— Il vous faut longtemps pour me dire à quelle adresse correspond le 738-91-21 ? demanda Romanov à l'agent local du K.G.B. assis en face de lui.

— Dix minutes, répondit ce dernier. Mais ça pourrait être un piège.

— Très juste. Seulement, comme il ne reste plus que dix-neuf heures pour que l'icône soit en Amérique, je n'ai guère le choix.

Romanov se tourna vers l'agent du K.G.B.

— Comment est la circulation à Londres le vendredi matin ?

— Difficile. Pourquoi ?

— Parce que je vais avoir besoin d'une moto et d'un chauffeur doué, rétorqua Romanov.

**

La dame entre deux âges campait dans sa cabine téléphonique et Adam ne pouvait rien faire. Elle avait en effet profité de ce qu'il était sorti jeter un œil sur le pont pour s'engouffrer à l'intérieur. Elle devait se demander pourquoi il n'utilisait pas la cabine voisine, qui était libre, elle.

Il consulta nerveusement sa montre : dix heures quarante-cinq. Passé onze heures, il lui faudrait filer, car s'attarder deviendrait malsain. Mais il ne doutait pas que Romanov réussît à localiser son appel bien avant.

Bavarde impénitente, la femme jacassa douze bonnes minutes avant de se décider à reposer le combiné. En sortant, elle adressa un radieux sourire à Adam.

Encore trois minutes et il lui faudrait téléphoner à Lawrence et annuler son plan originel. Il se mit à observer les Beefeaters qui patrouillaient devant l'Entrée des Traîtres. Un nom de circonstance. Il avait choisi cet endroit parce que, de là, il avait une vue imprenable sur le chemin menant au pont-levis, ce qui lui éviterait d'être pris par surprise. Et en dernier ressort, il lui restait toujours le fossé ceinturant la Tour.

Pour la première fois de son existence, Adam sut ce que signifiaient cinq minutes d'attente. Lorsque le téléphone sonna, il eut l'impression d'entendre une sirène d'alarme. Il décrocha nerveusement, l'œil braqué sur la route.

— Scott ?

— Oui.

— Je suis à moins d'une minute de la cabine et je vous vois parfaitement. Avant que la minute se soit écoulée, j'aurai atteint le bout du pont. Soyez-y avec votre icône. Faute de quoi je brûlerai sous vos yeux les papiers innocentant votre père.

La communication fut coupée.

Une autre pièce du puzzle venait de se mettre en place, pour la plus grande joie d'Adam. Il sortit et balaya la route du regard. Une moto B.M.W. stoppa à l'autre bout du pont. Vêtu d'un blouson de cuir, son conducteur semblait ne s'intéresser qu'à la circulation. L'homme installé derrière lui, par contre, fixait Adam.

Ce dernier se mit à avancer lentement, après avoir plongé une main dans sa poche pour vérifier que l'icône était bien à sa place.

Il ne se trouvait plus qu'à trente mètres de l'extrémité du pont quand le passager de la moto en descendit et se mit à marcher dans sa direction. Lorsque leurs regards se croisèrent, Romanov s'arrêta net, tendant à bout de bras un petit paquet carré. Adam se contenta de tapoter sa poche et continua d'avancer. Les deux hommes continuèrent de progresser l'un vers l'autre, semblables aux chevaliers de jadis, jusqu'à ce qu'ils ne fussent plus qu'à quelques pas de distance. S'immobilisant presque simultanément, ils se firent face.

— Je veux y jeter un coup d'œil, exigea Romanov.

Adam sortit lentement l'icône de sa poche et la plaqua contre sa poitrine de façon que son vis-à-vis pût distinguer le visage de saint Georges.

— Retournez-la, ordonna l'officier du K.G.B.

Adam s'exécuta et le Soviétique ne put dissimuler sa joie en apercevant la petite couronne en argent incrustée au dos.

— A vous, maintenant, dit Adam.

Romanov brandit son icône comme il aurait brandi une épée. Le tableau rutila sous les rayons du soleil estival.

— Les documents, ajouta Adam, se forçant à parler d'un ton calme.

Le Soviétique retira un paquet de son blouson et déplia lentement les papiers, qu'Adam reconnut aussitôt.

— Dirigez-vous vers le mur, fit l'Anglais, montrant du doigt le côté du pont. Et posez-y l'icône et les documents.

Romanov obéit tandis qu'Adam se dirigeait vers le mur opposé et y plaçait son icône.

— Avancez doucement, cria Adam.

Sans se quitter du regard ni s'approcher à plus de deux mètres l'un de l'autre, les deux hommes se dirigèrent chacun vers le côté opposé du pont. Lorsque l'icône fut à sa portée, Romanov s'en empara, courut et sauta sur la moto sans un regard en arrière. Quelques secondes plus tard, la B.M.W. se fondait dans le flot dense de la circulation.

Adam ne bougea pas. Bien que ne l'ayant perdu de vue qu'une heure, il était soulagé de récupérer l'original. Il passa en revue les papiers qui allaient lui permettre de faire la preuve de l'innocence de son père et les rangea dans sa veste.

Ignorant les touristes, dont certains s'étaient mis à le regarder d'un drôle d'air, Adam commençait à souffler lorsqu'il sentit un doigt pointu s'enfoncer dans son dos. Il fit un bond, pivota et se trouva nez à nez avec une petite fille.

— Tu le refais bientôt, ton numéro, avec ton copain ?

⁂

Quand la B.M.W. s'arrêta dans Kensington Palace Gardens devant l'ambassade soviétique, Romanov mit pied à terre, gravit en courant les marches du perron et entra en trombe dans le bureau de l'ambassadeur, lequel ne crut pas nécessaire de lui demander si sa mission avait réussi.

— Ça a marché comme sur des roulettes, s'exclama Romanov en lui tendant l'icône. Il a été pris par surprise.

L'ambassadeur retourna l'œuvre d'art et, au vu de la couronne d'argent, ses doutes s'envolèrent.

— J'ai ordre d'expédier l'icône à Washington sur-le-champ par la valise diplomatique. Il n'y a pas de temps à perdre.

— Je regrette de ne pouvoir la remettre en main propre à son destinataire, fit Romanov.

— Vous vous êtes acquitté avec succès de votre mission, camarade major, c'est l'essentiel.

L'ambassadeur appuya sur un bouton et deux hommes entrèrent presque aussitôt. L'un tenait ouverte la valise diplomatique tandis que l'autre attendait, immobile, à ses côtés. L'ambassadeur leur remit l'icône et les regarda la mettre dans la valise. Vu leur gabarit, les deux messagers auraient pu sans effort emporter la table de travail de l'ambassadeur.

— Un avion se tient prêt à décoller à Heathrow. Il vous conduira directement à Washington, reprit l'ambassadeur. Nous avons réglé tous les problèmes de douane. Vous devriez atterrir à l'aéroport National vers cinq heures, heure de Washington, ce qui laissera amplement le temps à nos camarades là-bas de remplir leur part du contrat.

Les deux hommes opinèrent, scellèrent la valise en présence du diplomate et tournèrent les talons. Romanov s'approcha de la fenêtre et regarda la voiture officielle s'engager dans Kensington High Street et prendre la direction de l'aéroport.

— Vodka, camarade major ?

— Volontiers, répondit Romanov, qui ne quitta son poste d'observation que lorsque le véhicule fut sorti de son champ de vision.

Le diplomate prit deux verres dans un buffet, une bouteille dans le réfrigérateur, et versa au major une généreuse rasade de Stolichnaya.

— Il n'est pas exagéré de dire que vous avez joué un rôle important dans cette affaire grâce à laquelle l'Union soviétique va devenir la nation la plus puissante du monde, dit-il en lui tendant son verre. Buvons aux habitants des Aléoutiennes qui vont devenir citoyens à part entière de l'Union des républiques socialistes soviétiques.

— Comment cela ? s'étonna Romanov.

— Il est temps que je vous mette au courant de l'importance de votre mission, décida l'ambassadeur.

Et de faire part à Romanov des informations qu'il avait reçues le matin même de Moscou. L'officier du K.G.B. se félicita d'avoir été tenu dans l'ignorance de l'énormité de l'enjeu.

— J'ai rendez-vous avec le ministre des Affaires étrangères cet après-midi à trois heures pour un petit briefing. Nous pouvons faire confiance aux Anglais, leur sens du fair-play est bien connu. J'ai cru comprendre que ma visite contrariait le ministre : il comptait se rendre dans sa circonscription pour assister à je ne sais quelles réjouissances locales. Les Britanniques ont vraiment une conception bizarre des partis politiques.

Romanov sourit.

— Aux îles Aléoutiennes ! dit-il en levant son verre. Et à Washington, où en sont les choses en ce moment ?

— Notre ambassadeur a déjà demandé à être reçu par le secrétaire d'État américain et la réunion est prévue pour ce soir huit heures. Il donnera ensuite une conférence de presse à l'ambassade. Cela vous amusera peut-être d'apprendre que le président Johnson a annulé son week-end au Texas et demandé aux chaînes de télévision la possibilité de s'adresser à ses compatriotes à une heure de grande écoute lundi pour les entretenir d'un sujet d'importance nationale.

— Quelques heures de plus et c'était raté, ajouta Romanov, se versant une autre rasade de vodka.

— On peut dire que ç'a été tangent. Sans le décalage horaire entre l'Angleterre et les États-Unis, nous n'aurions jamais abouti dans les temps.

Romanov frissonna en songeant que le coup était décidément passé bien près, et il avala sa seconde vodka d'un trait.

— Je propose que nous déjeunions ensemble, camarade. Je sais que vous avez ordre de regagner la mère patrie immédiatement, mais mon secrétaire m'a affirmé que le premier avion à destination de Moscou ne partait pas avant huit heures ce soir. Je vous envie : vous allez recevoir un accueil triomphal à votre retour au Kremlin demain.

— Mais j'y pense... Et les mille livres que je dois...

— Ah, oui, fit l'ambassadeur. Je vous donne ça tout de suite.

Il ouvrit le petit tiroir de son bureau qui était fermé à clé et y prit une mince liasse de billets enveloppés dans de la cellophane.

Romanov glissa le paquet dans sa poche et s'en fut déjeuner avec le diplomate.

⁂

Busch fit irruption dans le bureau de Lawrence.

— Romanov a l'icône, s'écria-t-il.

La mâchoire pendante, Lawrence le fixa, l'air éperdu.

— Vous en êtes sûr ?

— Je viens de recevoir un message de Washington. Les Soviétiques ont demandé officiellement à s'entretenir avec le secrétaire d'État à huit heures ce soir.

— Je ne peux pas le croire, souffla Lawrence.

— Moi, si, dit Busch. Votre salopard d'ami est un traître, comme son père, ce que nous savions d'ailleurs depuis le début. Il n'y a pas d'autre explication.

— Il est peut-être mort à l'heure qu'il est, avança Lawrence calmement.

— Ça vaudrait mieux pour lui, gronda Busch.

Le téléphone qui était sur le bureau de Lawrence sonna. Il l'empoigna comme un noyé se cramponnant à une bouée.

— J'ai un Dr. John Vance au bout du fil, lui annonça sa secrétaire. Il paraît que vous lui aviez demandé de vous appeler.

Vance ? Vance ? Le nom éveillait un vague écho dans la mémoire de Lawrence, mais il n'arrivait pas à se souvenir de qui il s'agissait exactement.

— Passez-le-moi.

— Bonjour, monsieur Pemberton.

— Bonjour, docteur. En quoi puis-je vous être utile ?

— Vous m'avez demandé de vous téléphoner une fois que j'aurais examiné Scott.

— Scott ? répéta Lawrence, sidéré.

— Oui, Adam Scott. Vous vous rappelez ? Je devais lui faire passer une visite médicale approfondie.

Lawrence ne bronchait toujours pas.

— Il est tout à fait apte, poursuivit le médecin. Il a bien

quelques coupures et une vilaine ecchymose, mais dans quelques jours il n'y paraîtra plus.

— Des coupures, des ecchymoses ? s'ébahit Lawrence.

— Exactement. Mais ne vous en faites pas pour Scott. Il peut commencer quand vous voudrez. Si vous tenez toujours à l'embaucher, évidemment.

— Bien sûr que j'y tiens, affirma Lawrence. Mr. Scott serait-il encore dans vos murs ?

— Non. Il a quitté mon cabinet il y a environ dix minutes.

— Il ne vous a pas dit où il allait, par hasard ? s'enquit Lawrence.

— Il ne m'a rien dit de précis. Seulement qu'il devait aller dire au revoir à un ami à l'aéroport.

⁎

Après le café, Romanov consulta sa montre. Il lui restait assez de temps pour se rendre à son rendez-vous et attraper ensuite son avion. Il remercia l'ambassadeur avec effusion, descendit en courant le perron et grimpa à l'arrière de la voiture noire anonyme.

Le chauffeur démarra sans un mot, car il avait déjà reçu les instructions du major.

Ni l'un ni l'autre ne parlèrent pendant le trajet fort bref. Le chauffeur s'arrêta dans Charlotte Street, où il se gara. Romanov s'extirpa de son siège, traversa la rue et sonna à la porte d'une maison discrète.

— Vous êtes membre du club ? nasilla une voix dans l'interphone.

— Oui, répondit le Soviétique.

Il y eut un déclic métallique. L'homme du K.G.B. poussa le battant et descendit l'escalier. Une fois dans le club, il lui fallut quelques secondes avant de réussir à accommoder dans la pénombre. Il distingua alors Mentor, assis tout seul à une petite table près d'un pilier, à l'autre bout de la pièce.

Romanov eut un hochement de tête. L'homme se leva, traversa la piste de danse et passa près de lui sans s'arrêter. Le major le suivit dans les lavabos et vérifia qu'ils étaient seuls. Rassuré sur ce point, il entraîna l'autre dans un réduit dont il poussa le verrou. Le Soviétique retira alors de sa poche les mille livres et les tendit à l'homme assis sur le siège des W.-C. Mentor s'empara du paquet d'un geste avide, le défit et, se penchant, commença de compter. Il ne vit pas Romanov lever le bras. La main du Russe s'abattit avec une violence inouïe sur la nuque de Mentor, qui s'écroula par terre.

Romanov le releva d'un geste brutal. Il lui fallut plusieurs secondes pour ramasser les billets éparpillés sur le carrelage. Une fois qu'il les eut tous récupérés, il les fourra dans la poche de sa victime. Le Soviétique s'employa ensuite à déboutonner la braguette de Mentor, baissa son pantalon sur ses chevilles. Puis il souleva le couvercle et l'installa sur la lunette, les jambes aussi écartées que possible compte tenu du fait qu'il était empêtré dans son pantalon, les pieds bien en dehors. Romanov se glissa ensuite sous la porte, laissant les toilettes verrouillées de l'intérieur. Il jeta rapidement un coup d'œil à sa mise en scène. De l'extérieur, on ne voyait que les jambes écartées et le pantalon tirebouchonnant sur les chevilles.

Soixante secondes plus tard, Romanov avait réintégré la voiture et se dirigeait vers Heathrow.

**

Adam arriva à l'aéroport deux heures avant le départ du vol de l'Aeroflot. Il se posta de façon à avoir une vue imprenable sur les quarante mètres que Romanov aurait à parcourir pour monter à bord de l'appareil, persuadé que le Soviétique n'atteindrait pas la passerelle.

**

Romanov enregistra ses bagages au comptoir de la B.E.A. peu après six heures. Il n'avait pu résister au plaisir de voyager par la B.E.A., bien qu'il sût pertinemment que

Zaborski n'appréciait pas ces fantaisies. Mais qui s'amuserait à lui reprocher cette peccadille un jour pareil ?

Après avoir remis sa carte d'embarquement, il prit l'escalier mécanique menant à la salle d'attente des premières et s'assit en attendant que son vol soit annoncé. C'était à chaque fois la même chose : dès qu'il avait terminé une mission, il n'avait qu'une envie : rentrer chez lui. Il se leva pour se verser une tasse de café. Comme il passait devant une table au milieu de la pièce, le gros titre de l'*Evening Standard* de Londres accrocha son regard. *Exclusif. Johnson annule son week-end au Texas. Mystère total.* Romanov s'empara du journal et lut le premier paragraphe, qui ne lui apprit rien qu'il ne sût déjà. Quant aux spéculations qui étaient développées dans les paragraphes suivants, elles étaient loin de la vérité.

Romanov avait hâte de voir la une de la *Pravda* le lendemain, où ne manquerait pas de s'étaler toute l'histoire. Ça, ce serait une exclusivité. Une vraie.

« La B.E.A. annonce le départ du vol 117 à destination de Moscou. Les passagers de première sont invités à se présenter à la porte n° 23. » Le major du K.G.B. quitta le salon et s'engagea dans le long couloir menant à l'avion. Il était dix-huit heures cinquante-deux minutes lorsqu'il foula le tarmac sans se presser. L'appareil transportant l'icône atterrirait à Washington dans deux heures. Romanov rentrerait à Moscou à temps pour voir le Dynamo jouer mardi contre le Spartak au stade Lénine. Il se demanda si les haut-parleurs annonceraient son arrivée à la foule, comme la coutume le voulait quand un des membres du Politburo assistait à un match. Romanov gravit la passerelle et pénétra dans l'appareil. Il écrasa les pieds de son voisin en prenant sa place, près du hublot.

— Désirez-vous boire quelque chose avant le décollage ? s'enquit l'hôtesse.

— Un café, dit le voisin de Romanov.

Ce dernier hocha la tête pour lui signifier qu'il prendrait la même chose.

L'hôtesse revint quelques minutes plus tard avec les deux cafés, et aida l'homme assis à côté de Romanov à déplier sa tablette. L'homme du K.G.B. installa la sienne tandis que la jeune femme lui passait son café.

Il en but une gorgée, le trouva trop chaud et le posa sur la tablette devant lui. Il vit alors son voisin prendre une petite boîte de faux sucre et en verser deux granulés dans le breuvage fumant.

Pourquoi se fatiguer ainsi ? songea Romanov. La vie est si courte...

Il jeta un coup d'œil par le hublot et vit l'avion de l'Aeroflot se diriger vers la piste d'envol. Il sourit en songeant au voyage autrement confortable qu'il allait faire. Il goûta de nouveau son café : cette fois, il était à la température voulue. Il en but une longue gorgée et commença à avoir sommeil, ce qui n'avait rien d'étonnant car il n'avait pratiquement pas dormi de la semaine.

Se laissant aller contre le dossier de son siège, il ferma les yeux. Il allait ramasser tous les honneurs que l'État voudrait bien lui accorder. Valchek étant désormais hors circuit, il pouvait même essayer de se mettre sur les rangs pour tenter de dégommer Zaborski. S'il échouait, c'était sans importance ; grâce à la fortune de son grand-père, il avait une solution de rechange toute trouvée.

Son seul regret en quittant Londres était de ne pas avoir réussi à liquider Scott. Mais il se dit que les Américains s'en chargeraient. Pour la première fois en une semaine, il allait pouvoir décrocher, souffler un peu...

Quelques instants plus tard, le passager assis à côté du Soviétique prit le gobelet de Romanov et le posa près du sien. Il replia ensuite la tablette de Romanov, lui mit une couverture sur les jambes et un masque sur les yeux, restés grands ouverts. Relevant la tête, il s'aperçut que l'hôtesse était à ses côtés.

— Je peux vous aider ? sourit-elle.

— Non, merci. Il a demandé qu'on ne le dérange pas pendant le voyage. Il a eu une semaine difficile.

— Bien, monsieur. Nous n'allons pas tarder à décoller, fit l'hôtesse en ramassant les gobelets, qu'elle fit disparaître prestement.

L'homme se mit à pianoter nerveusement sur la tablette. Le chef de cabine s'approcha de lui. Pas trop tôt.

— Nous venons de recevoir un appel urgent pour vous, monsieur. Il faut que vous retourniez immédiatement à Whitehall.

— J'avoue que je m'y attendais un peu.

**

Adam regarda l'avion de l'Aeroflot s'élancer dans le ciel et virer vers l'Est. Il n'arrivait pas à comprendre pourquoi Romanov n'était pas à son bord. Il n'aurait quand même pas eu l'audace de prendre le vol de la B.E.A.! Adam recula et se glissa dans l'ombre à la seconde où il l'aperçut et, l'œil rond, le fixa.

Lawrence retraversait le tarmac, un sourire satisfait éclairant son visage.

ÉPILOGUE

— Vendu à monsieur, au milieu, pour la somme de cinq mille livres. Et nous passons maintenant au lot n° 32, annonça le commissaire-priseur, contemplant du haut de son estrade les premiers rangs de la salle bondée. Il s'agit d'une icône représentant saint Georges et le dragon, précisa-t-il tandis que son assistant plaçait le petit tableau sur le chevalet posé près de lui.

L'officier ministériel contempla les visages levés vers lui, experts, amateurs éclairés et simples curieux.

— Est-ce que j'ai une offre pour ce magnifique spécimen d'art russe ?

Robin agrippa la main d'Adam.

— J'ai les nerfs à fleur de peau, ça ne m'était pas arrivé depuis ma rencontre avec Romanov.

— Je veux bien vous croire, fit Adam.

— Bien entendu, il ne s'agit pas de l'original, qui est exposé au palais d'Hiver, expliqua le commissaire-priseur. Mais c'est néanmoins une fort belle copie, exécutée par un peintre de la cour vers 1914, ajouta-t-il, enveloppant l'œuvre d'un regard ému.

— Pas d'offre ? Eh bien, disons mise à prix huit mille.

Robin et Adam eurent l'impression que les secondes qui suivirent n'en finissaient pas de s'égrener.

— Merci, monsieur, dit le commissaire-priseur, captant un signe discret venu des premiers rangs.

Adam et Robin ne parvinrent pas à voir de qui émanait l'enchère. Ils avaient passé une heure assis au fond de la salle à regarder se vendre les lots précédents sans forcément réussir à distinguer les acquéreurs.

— Selon l'expert, ça peut aller chercher dans les combien ? s'enquit Robin pour la deuxième fois.

— Entre dix et vingt mille.

— Neuf mille, énonça le commissaire-priseur, l'œil sur l'enchérisseur qui semblait être à droite.

— Quand je pense que les Soviétiques ont accepté de procéder à l'échange... C'est à peine croyable, chuchota Robin.

— Pourquoi ? Ils ont récupéré leur icône, les Américains le traité, et moi la mienne. Voilà le fruit du génie de Lawrence.

— Dix mille, devant. Merci, monsieur.

— Qu'allez-vous faire de tout cet argent ?

— Acheter une autre contrebasse, un cadeau de mariage pour ma sœur et donner le reste à ma mère.

— Onze mille, au milieu, dit le commissaire-priseur. Merci, madame.

— L'argent ne ressuscitera pas Heidi, remarqua placidement Robin.

Adam opina d'un air pensif.

— Au fait, vous avez vu ses parents ? Comment ça s'est passé ?

— Le ministre des Affaires étrangères les a reçus personnellement la semaine dernière. Ce n'est pas cela qui les a consolés, bien sûr, mais du moins leur a-t-il confirmé que je leur avais dit la vérité.

— Douze mille.

L'œil du commissaire-priseur revint se braquer sur les premiers rangs.

— Et vous, vous avez vu le ministre ?

— Seigneur Dieu, non ! Un petit nouveau comme moi ? Vous plaisantez ! Je pourrai m'estimer heureux si j'arrive à entrevoir Lawrence, alors le ministre...

La jeune femme étouffa un rire.

— Si vous voulez mon avis, vous avez déjà eu de la chance qu'on vous propose un job au Foreign Office.

— Entièrement d'accord, renchérit Adam. Mais un poste s'est trouvé soudainement vacant.

— Qu'entendez-vous par « soudainement » ? jeta Robin, agacée de voir ses questions demeurer sans réponse.

— Un des membres de la petite équipe de Lawrence a été contraint de prendre une retraite anticipée.

— C'est ce qui est arrivé à Romanov, aussi ? questionna Robin, s'efforçant désespérément de découvrir ce qui s'était passé depuis leur dernière rencontre.

— Treize mille, poursuivit le commissaire-priseur, fixant la dame assise au milieu de la salle.

— Quand les Soviétiques se sont aperçus, au terme de l'échange, que vous leur aviez rendu leur copie alors que Romanov vous avait remis l'original, il n'a pas dû faire long feu.

— Le fait est qu'on n'a plus entendu parler de lui, convint Adam d'un air innocent. Et, d'après les renseignements que nous avons recueillis, il semble que Zaborski, son patron, soit en passe d'être limogé et remplacé par un nommé Youri Andropov.

— Quatorze mille, enchaîna le commissaire-priseur, l'œil sur le gentleman du premier rang.

— Que s'est-il passé lorsque vous avez sorti de votre poche les documents prouvant que votre père n'avait pas introduit en fraude le poison dont s'est servi Goering ?

— Après que les Soviétiques eurent certifié l'authenticité des papiers, Lawrence est allé trouver le colonel du régiment et lui a fourni toutes les preuves voulues.

— Et alors ? glissa Robin. Il y a eu des réactions ?

— Ils vont célébrer un office à la mémoire de papa et ils ont commandé à un certain Ward son portrait, qui sera accroché au mess du régiment. Maman a été invitée à l'inauguration en présence de tous les officiers qui ont servi avec mon père.

— Quatorze mille, une fois, dit le commissaire-priseur, levant imperceptiblement son marteau.

— Elle a dû être folle de joie, commenta Robin.

— Elle a fondu en larmes. Tout ce qu'elle a trouvé à dire, ç'a été : « Quel dommage que ton père ne puisse voir ça. » La vie a de ces ironies... Si seulement il avait ouvert cette lettre...

— Quatorze mille, deux fois, poursuivit le commissaire-priseur, le marteau prêt à s'abattre sur la table.

— Si nous allions déjeuner au *Ritz* pour fêter ça ? proposa Adam, ravi de constater que la vente marchait si bien.

— Non, merci, déclina Robin.

Adam la dévisagea, stupéfait.

— Ça ne va pas être drôle si, chaque fois que je vous pose une question, j'ai droit à la version officielle soigneusement expurgée.

— Désolé, dit Adam, penaud.

— C'est moi qui suis désolée, rectifia Robin, je suis injuste. Maintenant que vous faites partie de la maison, vous êtes tenu à la prudence. Autant me faire une raison : je mourrai sans savoir quel traité était caché dans l'icône.

Adam détourna les yeux de la jeune femme qui lui avait sauvé la vie.

— A moins que je ne réussisse à découvrir le pot aux roses en 1996, lorsque les archives officielles seront ouvertes au public.

Il se tourna vers elle.

— Hélas..., commença-t-il tandis que le marteau s'abattait avec un bruit mat sur la table.

— Vendu à monsieur, au premier rang, pour la somme de quatorze mille livres.

— Pas mal, sourit Adam.

— Eh bien moi, je trouve qu'il a plutôt fait une bonne affaire, rétorqua tranquillement la jeune femme.

Son compagnon lui jeta un coup d'œil étonné.

— Qui sait combien le quarante-neuvième État se serait vendu s'il avait été mis aux enchères, souffla Robin dans un chuchotement.

Cet ouvrage a été réalisé sur
Système Cameron
par la SOCIÉTÉ NOUVELLE FIRMIN-DIDOT
Mesnil-sur-l'Estrée
pour le compte de France Loisirs
le 30 avril 1988

Imprimé en France
Dépôt légal : avril 1988
N° d'édition : 13812 – N° d'impression : 9185